suhrkamp taschenbuch 3182

Mit dem ironischen Porträt des sich selbst quälenden Intellektuellen Efraim Nissan, genannt Fima, ist Amos Oz nicht nur eine Diagnose der gegenwärtigen israelischen Gesellschaft gelungen, sondern zugleich ein äußerst humor- und liebevolles Porträt der täglich mit den Fragen von Leben und Tod konfrontierten einzelnen Israelis. Denn hier werden die Hoffnungen wie Ängste der Israelis auf das genaueste dargestellt: Jerusalem erscheint als völlig verrottet, nichts funktioniert, jeder »zweite Typ ein halber Prophet und ein halber Ministerpräsident«, kurz: »ein Irrenhaus«.
»Das erzählerische Œuvre dieses politischen Romanciers, der sich in der epischen Nähe von Salman Rushdie und Günter Grass, Milan Kundera und Lars Gustafsson, Lobo Antunes und Mario Vargas Llosa aufhält, könnte jetzt schon als kritische Annotation der Geschichte Israels gelesen werden – und als wachsender Prozeß einer Ernüchterung, ja Ausnüchterung politischer und gesellschaftlicher Utopien.« *Wolfram Schütte, Frankfurter Rundschau*
Amos Oz, geboren 1939 in Jerusalem, wurde 1992 mit dem Friedenspreis des Deutschen Buchhandels ausgezeichnet. In den Verlagen Insel und Suhrkamp liegen u. a. vor: *Sehnsucht*. Drei Erzählungen (st 2627), *Eine Frau erkennen*. Roman (st 2206), *Bericht zur Lage des Staates Israel* (st 2192), *Black Box*. Roman (st 1898), *Der perfekte Frieden*. Roman (st 1747), *Mein Michael*. Roman (st 1589), *Im Lande Israel* (st 1066), *Nenn die Nacht nicht Nacht*. Roman (st 2736).

Amos Oz
Der dritte Zustand

Roman

Aus dem Hebräischen
von Ruth Achlama

Suhrkamp

Titel der Originalausgabe:
Ha mazaw ha schlischi

suhrkamp taschenbuch 3182
Erste Auflage 2001

Druck: C. H. Beck'sche Buchdruckerei, Nördlingen
Printed in Germany

1 2 3 4 5 6 – 06 05 04 03 02 01

Der dritte Zustand

1. Verheißung und Gnade

Fünf Tage vor dem Unheil hatte Fima einen Traum, den er morgens um halb sechs Uhr in sein Traumbuch eintrug. Dieses braune Büchlein lag stets unter dem Stapel zerfledderter Zeitungen und Hefte am Fußende des Bettes auf dem Boden. Fima hatte sich angewöhnt, in aller Frühe, beim ersten Morgengrauen zwischen den Jalousieritzen, noch im Bett zu notieren, was er bei Nacht gesehen hatte. Hatte er gar nichts gesehen oder das Gesehene vergessen, knipste er trotzdem die Nachttischlampe an, blinzelte ein wenig, setzte sich auf, legte sich irgendeine dicke Zeitschrift als Schreibunterlage auf die angewinkelten Knie und vermerkte zum Beispiel:

»Den zwanzigsten Dezember – leere Nacht.«

Oder:

»Den vierten Januar – irgendwas mit Fuchs und Leiter, aber die Einzelheiten sind ausgelöscht.«

Das Datum schrieb er in Worten, nicht Zahlen. Danach stand er zum Pinkeln auf und legte sich wieder aufs Ohr, bis draußen Taubengurren und Hundebellen aufklangen und irgendein Vogel in der Nähe sich anhörte, als traue er seinen Augen nicht vor Verblüffung. Fima nahm sich dann vor, sofort aufzustehen, in zwei, drei Minuten, höchstens einer Viertelstunde, nickte aber manchmal wieder ein und schlief dann bis acht oder neun Uhr durch, da seine Arbeit in der Praxis immer erst um ein Uhr nachmittags begann. Im Schlaf, fand er, gab es weniger Lügen als im Wachen. Obwohl er längst begriffen hatte, daß die Wahrheit außerhalb seiner Reichweite lag, wollte er soweit wie möglich von den kleinen Lügen des Alltags loskommen, die als feiner Staub in die verstecktesten Ecken und Winkel drangen. Montag früh, als ein orangen trüber Schimmer zwischen den Lamellen hindurchzusickern begann, setzte er sich im Bett hoch und vermerkte folgendes in seinem Büchlein: »Eine nicht gerade schöne, aber attraktive Frau rauschte herein, trat jedoch nicht vor meinen Aufnahmeschalter, sondern kam trotz des Schilds *Zutritt nur für Personal* hinter mir herein. ›Meine Dame‹, sagte ich, ›Fragen nur von vorn, bitte.‹ Sie lachte. ›Kennen wir schon, Efraim, kennen wir‹, sagte sie. Obwohl ich ja gar keine Klingel habe, sagte ich: ›Beste Frau, wenn Sie nicht rausgehen, muß ich läuten.‹ Doch auch diese Worte reizten sie nur zu einem leisen, sympathischen Lachen, das wie ein Strahl reinen Wassers perlte. Sie war schmalschulterig, der Hals ein wenig faltig, aber Busen und Bauch wölbten sich sanft, und die Waden steckten in Seidenstrümpfen mit geschwungener Naht. Ihre wohlgerundete, gelöste Gestalt wirkte sinnlich und rührend zugleich. Oder vielleicht berührte einen gerade der Gegensatz zwischen dem strengen Lehrerinnengesicht und der guten Figur. ›Ich habe ein Kind von dir‹, sagte sie, ›es wird Zeit, daß unsere Tochter dich kennenlernt.‹ Obwohl ich wußte, daß ich den Arbeitsplatz nicht verlassen durfte und es gefährlich war, hinter ihr herzugehen – noch dazu barfuß, denn das war ich plötzlich –, machte ich mir innerlich ein Zeichen: Falls sie ihr Haar mit der linken Hand auf die linke Schulter vorstreicht, heißt es mitkommen. Sie wußte Bescheid, zog mit leichter Geste das Haar nach vorn, so daß es über das Kleid bis zur linken Brust fiel, und sagte: ›Komm.‹ Ich folgte ihr durch etliche Straßen und Gassen, Treppenhäuser, Tore und mit Steinfliesen gepflasterte Höfe der spanischen Stadt Valladolid, die aber eigentlich mehr oder weniger dem Bucharenviertel hier in Jerusalem glich. Obwohl die Frau in dem kindlichen Baumwollkleid und den aufreizenden Strümpfen eine Fremde war, der ich noch nie begegnet war, wollte ich gern das Mädchen sehen. So passierten wir Hauseingänge, die uns in Hinterhöfe voll behangener Wäscheleinen führten, erreichten von dort aus wieder neue Gassen und weiter schließlich einen alten Platz, auf dem eine Laterne im Regen leuchtete. Denn es hatte angefangen zu regnen, nicht stark, nicht in Strömen, ja fast ohne Tropfen, eher Niederschlag der hohen Feuchtigkeit in der langsam dunkelnden Luft. Keiner lebenden Seele begegneten wir unterwegs. Nicht mal einer Katze. Plötzlich stoppte die Frau in einem Flur, der Reste bröckelnder Pracht aufwies – Eingang zu einem orientalischen Palast vielleicht oder auch nur ein Tunnel zwischen einem feuchten Hof zum nächsten mit kaputten Briefkästen und geborstenen Kacheln –, nahm mir die Armbanduhr ab und deutete auf eine zerrissene Armeewolldecke im Treppenwinkel, als habe mit dem Ablegen der Armbanduhr eine Entblößung begonnen, in der ich ihr nun eine Tochter zeugen müsse, und ich fragte, wo wir seien und wo jene Kinder, denn unterwegs hatte sich das Mädchen in mehrere Kinder verwandelt. Die Frau sagte: ›Karla.‹ Ich konnte nicht wissen, ob Karla nun der Name des Mädchens oder auch dieser Frau selbst war, die meine Schulter an ihren Busen drückte, oder ob sie *kar-la,* ›ihr ist kalt‹, meinte, bezogen auf die Nacktheit der mageren kleinen Mädchen oder gedacht als Aufforderung, sie zu liebkosen, damit ihr warm werde. Als ich sie umarmte, zitterte sie am ganzen Leib, nicht begehrlich, sondern verzweifelt, und flüsterte mir, wie jenseits jeder Hoffnung, zu: ›Fürchte dich nicht, Efraim, ich kenne einen Weg und werde dich lebendig auf die arische Seite bringen.‹ Im Traum klang dieses Wispern verheißungs- und gnadenvoll, so daß ich ihr weiter gläubig vertraute und freudig folgte, ohne daß im Traum die geringste Verwunderung aufgekommen wäre, wieso sie sich plötzlich in meine Mutter verwandelt hatte und wo die arische Seite sein mochte. Bis wir ans Wasser gelangten. Am Ufer stand breitbeinig ein Mann in dunkler Uniform mit militärisch gestutztem blonden Schnurrbart und sagte: ›Man muß trennen.‹

Auf diese Weise stellte sich heraus, daß ihr wegen des Wassers kalt war und ich sie nicht wiedersehen würde. Ich wachte traurig auf, und selbst jetzt, da ich diese Eintragung beende, ist die Trauer nicht vorüber.«

2. Fima steht zur Arbeit auf

Efraim kletterte in verschwitzter Unterwäsche aus dem Bett, sperrte die Jalousielamellen ein wenig und blickte aus dem Fenster auf den Beginn eines Jerusalemer Wintertags. Die nahen Häuser erschienen ihm nicht nah, eher fern von ihm und voneinander, und niedrige Nebelfetzen trieben zwischen ihnen hindurch. Kein Lebenszeichen regte sich draußen. Als dauere der Traum an. Aber jetzt war das keine Kopfsteingasse mehr, sondern ein schäbiges Sträßchen am Südwestende von Kiriat Jovel – zwei Reihen breiter, plumper Siedlungsbauten, Ende der fünfziger Jahre schnell und billig hochgezogen. Die Bewohner hatten die meisten Balkons mit Zementblöcken, Asbestplatten, Glas und Aluminium zugebaut. Hier und da hingen leere Blumenkästen und vertrocknete Topfpflanzen an einem rostigen Geländer. Im Süden sah er die Bethlehemer Berge, die mit einer grauen Wolke verschmolzen und an diesem Morgen häßlich, ja richtig dreckig wirkten, als türmten sich dort an Stelle von Bergen riesige Haufen Industriemüll. Ein Nachbar hatte wegen der Kälte und Feuchtigkeit Mühe, seinen Wagen in Gang zu bekommen: Der Motor röchelte und verstummte und röchelte erneut lange und heiser wie ein Sterbenskranker, der trotz seiner bereits zerfressenen Lungen pausenlos weiterraucht. Wieder überkam Fima das Gefühl, er befinde sich irrtümlich hier und müsse eigentlich an einem gänzlich anderen Ort sein.

Aber was der Irrtum war und wo dieser andere Ort lag, wußte er diesen Morgen nicht, ja, hatte es eigentlich noch nie gewußt.

Das Ächzen des Motors weckte seinen Morgenhusten, worauf er sich vom Fenster löste, da er den Tag nicht in Müßigkeit und Trauer beginnen wollte. Aus eben diesem Grund sagte er sich: Faulpelz!, wandte sich um und begann mit einfachen Streck- und Beugeübungen vor dem Spiegel, dessen Fläche von schwarzen Inseln und Kontinenten übersät war, deren gewundene Küstenlinien vor Buchten und Fjorden wimmelten. Dieser Spiegel prangte außen an einer Tür des uralten braunen Kleiderschranks, den ihm sein Vater vor rund dreißig Jahren gekauft hatte. Vielleicht hätte er die Frau fragen sollen, zwischen was er zu trennen hatte, aber dazu war es nun zu spät.

Für gewöhnlich verabscheute Fima das Herumhängen am Fenster. Und vor allem konnte er den Anblick einer am Fenster stehenden Frau – Rücken zum Zimmer, Gesicht nach draußen – nicht ertragen. Vor der Scheidung hatte er Jael dauernd in Rage gebracht, weil er sie jedesmal anbrüllte, wenn sie so dastand und auf die Straße oder das Gebirge hinausschaute.

»Was, verstoße ich schon wieder gegen die Hausordnung?«

»Du weißt doch, daß mich das nervös macht.«

»Dein Problem, Effi.«

Aber an diesem Morgen machten ihn auch die Gymnastikübungen vor dem Spiegel nervös und schlapp, so daß er zwei, drei Minuten später damit aufhörte – nicht ehe er sich noch einmal als Faulpelz betitelt und verächtlich schnaufend hinzugefügt hatte: »Ihr Problem, mein Herr.«

Vierundfünfzig Jahre war er alt. Und in den Jahren des Alleinseins hatte er sich angewöhnt, gelegentlich mit sich selber zu reden. Diese Angewohnheit zählte er zu seinen Hagestolzticks – zusammen mit dem Verlieren des Marmeladenglasdekkels, dem Stutzen der Haare in nur einem Nasenloch unter Vergessen des zweiten, dem Öffnen des Hosenreißverschlusses aus Zeitersparnisgründen schon auf dem Weg zur Toilette, dem Danebenzielen zu Beginn des Pinkelns und dem Betätigen der Wasserspülung mittendrin, um durch das laute Plätschern der stotternden Blase auf die Sprünge zu helfen, bemüht, noch bei laufendem Wasserstrom fertig zu werden, so daß stets ein Wettlauf zwischen der Klosettspülung und seinem eigenen Wasser einsetzte. Als ewiger Verlierer bei diesem Rennen blieben ihm dann nur zwei Möglichkeiten: entweder er nahm – das Glied in der Hand – die ärgerliche Warterei in Kauf, bis der

Behälter wieder vollgelaufen war und die Schüssel erneut gespült werden konnte, oder er fand sich damit ab, den Urin bis zum nächstenmal auf dem Wasser schwimmen zu lassen. Da er jedoch weder nachgeben noch seine Zeit mit Warten vergeuden wollte, pflegte er den Hebel vor der gänzlichen Auffüllung des Behälters zu betätigen. Damit löste er ein verfrühtes Rinnsal aus, das zwar nicht zur Säuberung des Beckens ausreichte, ihm aber erneut die ärgerliche Alternative zwischen Abwarten und ergebenem Rückzug aufzwang. Dabei gab es doch so einige Liebschaften und Ideen in seinem Leben, auch ein paar Gedichte, die seinerzeit Erwartungen geweckt hatten, Gedanken über den Sinn der Welt, klare Auffassungen über das gegenwärtig ziellose Treiben des Staates, detaillierte Vorstellungen für die Gründung einer neuen politischen Bewegung, diese und jene Sehnsüchte und das ständige Verlangen, ein neues Kapitel anzufangen. Und da stand er hier nun allein in seiner verschlampten Wohnung an einem trüben, regnerischen Morgen, in den erniedrigenden Kampf versunken, den Hemdenzipfel aus den Zähnen des Hosenreißverschlusses freizukriegen. Und während dessen leierte ihm ein nasser Vogel draußen unablässig einen Satz von drei Noten vor, als sei er zu dem Schluß gelangt, Fima sei geistig zurückgeblieben und werde nie verstehen.

Durch das Aufspüren und genaue, detaillierte Aufzählen seiner Altherrengewohnheiten hoffte Fima von sich selbst wegzukommen, eine spöttische Distanz herzustellen und so seine Sehnsüchte oder seine Ehre zu schützen. Doch gelegentlich offenbarte sich ihm, wie durch Erleuchtung, dieses gründliche Nachspüren nach lächerlichen oder zwanghaften Angewohnheiten nicht als Befestigungslinie, die ihn von dem alten Hagestolz trennte, sondern gerade als eine List des alternden Junggesellen mit dem Ziel, ihn, Fima, wegzudrängen und abzuschütteln, um seinen Platz einzunehmen.

Er beschloß, zum Kleiderschrank zurückzukehren und sich im Spiegel zu betrachten. Wobei er es als seine Pflicht ansah, beim Anblick seines Körpers weder Verächtlichkeit noch Verzweiflung oder Selbstmitleid zu empfinden, sondern sich mit den Gegebenheiten abzufinden. Im Spiegel blickte ihm ein blasser, leicht übergewichtiger Angestellter mit Speckfalten um die Taille entgegen, ein Büromensch in nicht sehr frischer Wäsche, mit spärlich schwarzbehaarten weißen Beinen, die im Verhältnis zum Bauch zu mager wirkten, ergrauendem Haar, hängenden Schultern und schlaffen Männerbrüsten am keineswegs sonnengebräunten Oberkörper, dessen Haut hie und da von Fettpickeln befallen war, unter denen einer sich rötlich entzündet hatte. Diese Pickel begann er nun vor dem Spiegel mit Daumen und Zeigefinger auszudrücken. Das Platzen der kleinen Abszesse und das Herausquellen des gelblichen Fetts bereiteten ihm leichten Genuß, ein hämisch vages Vergnügen. Fünfzig Jahre, eine wahre Elefantenschwangerschaft lang, war dieser abgetakelte Schreibtischmensch im Schoß des Kindes, des Jünglings und des Mannes angeschwollen. Und nun, nach Ablauf von fünfzig Jahren, war die Schwangerschaft beendet, die Gebärmutter aufgeplatzt, und der Schmetterling hatte eine plumpe Larve geboren. In dieser Larve – *Golem* auf gut hebräisch – erkannte Fima sich selbst.

Und doch entdeckte er dabei, daß die Dinge sich eben jetzt verkehrten, daß im tiefsten Innern der Larve von nun an und für immer das Kind mit den staunenden Augen und den zarten langen Gliedmaßen verborgen lag.

Das von einem leisen Grinsen begleitete Sichabfinden vermengte sich manchmal mit seinem Gegenteil – der innigen Sehnsucht des Kindes, des Jünglings und des Mannes, aus deren Schoß die Larve hervorgekrochen war. Dann kam es ihm momentan vor, als werde ihm das unwiederbringlich Verlorene in destilliertem, reinem, korrosionsgeschütztem, gegen Sehnsucht und Schmerz gefeitem Aggregatzustand zurückgegeben. Wie im Vakuum einer Glasblase wurde ihm einen Augenblick lang auch Jaels Liebe wieder zuteil – mit einer Berührung ihrer Lippen und Zunge hinter seinem Ohr und dem gewisperten »faß mich da an, da«.

Als Fima dann im Bad entdeckte, daß sein Rasierschaum aufgebraucht war, stand er ein Weilchen unentschlossen herum, bis ihm der Geistesblitz kam, es mit einer dicken Schicht gewöhnlicher Handseife zu versuchen. Nur verströmte dieses Stück anstelle von normalem Seifengeruch den säuerlichen Hauch einer Achselhöhle an einem heißen Tag. Er schabte sich mit der Rasierklinge über die Wangen, bis sie rot wurden, vergaß aber die Bartstoppeln unterm Kinn. Danach duschte er warm, beendete die Prozedur beherzt mit drei Sekunden kaltem Guß und fühlte sich nun einen Moment frisch und energiegeladen, bereit, ein neues Lebenskapitel anzufangen, bis das von gestern, vorgestern und vorvorgestern feuchte Handtuch ihn wieder mit dem eigenen Nachtdunst umhüllte – als sei er gezwungen, ein angeschmuddeltes Hemd wiederanzuziehen.

Vom Bad begab er sich in die Küche, stellte Kaffeewasser auf, spülte eine der schmutzigen Henkeltassen im Ausguß, gab zwei Süßstofftabletten nebst zwei Teelöffeln Pulverkaffee hinein und ging sein Bett machen. Der Kampf mit der Tagesdecke zog sich drei, vier Minuten hin, und als er in die Küche zurückkehrte, merkte er, daß er den Kühlschrank über Nacht aufgelassen hatte. Er holte Margarine, Marmelade und ein gestern angefangenes Joghurt heraus, wobei offenbar wurde, daß ein dummes Insekt sich ausgerechnet diesen offenen Joghurtbecher zum Ort seines Freitods erkoren hatte. Mittels eines Teelöffels versuchte Fima den Leichnam herauszufischen, versenkte ihn dabei aber nur um so tiefer. So warf er den Becher in den Müll und begnügte sich im übrigen mit schwarzem Kaffee, da er, ohne nachzuprüfen, annahm, die Milch sei im offenen Kühlschrank gewiß auch sauer geworden. Er hatte vor, das Radio anzuschalten, um Nachrichten zu hören: Gestern hatte die Regierung bis in die Nacht hinein getagt. War eine Kommandotruppe auf Generalstabsbefehl in Damaskus abgesprungen und hatte Hafez Assad gefangengenommen? Oder wollte, umgekehrt, Arafat einreisen, um vor der Knesset in Jerusalem zu sprechen? Fima meinte eher, es würde wohl allerhöchstens von einer Abwertung des Schekels oder irgendeiner Korruptionsaffäre die Rede sein. In Gedanken sah er sich seine Minister zu einer mitternächtlichen Kabinettssitzung einberufen. Alter Rebellengeist aus Jugendbewegungstagen veranlaßte ihn, diese Sitzung ausgerechnet in einer verwahrlosten Volksschule im Stadtteil Katamon anzusetzen – auf abblätternden Bänken vor der mit Rechenaufgaben vollgekritzelten Tafel. Er selber würde sich in Arbeiterjacke und verschossenen Hosen nicht ans Lehrerpult, sondern auf die Fensterbank setzen. Würde erbarmungslos ein Bild der aktuellen Wirklichkeit abrollen lassen. Die Minister durch die Schilderung des drohenden Unheils konsternieren. Gegen Morgen würde er den Mehrheitsbeschluß herbeiführen, im ersten Stadium, sogar ohne jedes Abkommen, sämtliche Truppen aus dem Gazastreifen abzuziehen. Sollten sie von dort unsere Ortschaften beschießen, werde ich sie von der Luft aus bombardieren. Aber wenn sie Ruhe halten, ihre Friedensbereitschaft unter Beweis stellen, warten wir ein bis zwei Jahre ab und verhandeln dann mit ihnen über die Zukunft von Nablus und Hebron.

Nach dem Kaffee schlüpfte er in den fadenscheinigen braunen Zottelbärpullover, den Jael ihm überlassen hatte, blickte auf die Uhr und sah, daß er die Siebenuhrnachrichten verpaßt hatte. Deshalb ging er den *Ha'arez* heraufholen, vergaß aber den Briefkastenschlüssel mitzunehmen, so daß er die Zeitung aus dem Schlitz zerren mußte und dabei die Titelseite zerriß. Auf der Treppe blieb er stehen, um die Überschriften zu lesen, ging weiter, stoppte erneut und gelangte zu der Überzeugung, dieser Staat sei einem Trupp Geistesgestörter in die Hände gefallen. Immer und ewig diktieren Hitler und der Holocaust ihr gesamtes Reden und Tun, wieder und wieder drängt es sie, jede Friedenschance auszulassen oder zunichte zu machen, weil ihnen der Frieden als Nazi-Finte erscheint, allein auf ihre Vernichtung ausgerichtet. Als er an der Wohnungstür angelangt war, begriff er, daß er sich erneut widersprach, und warnte sein Hirn vor der für die israelische Intelligenzija typischen Hysterie und Weinerlichkeit: Wir müssen uns vor der verlockenden, aber törichten Annahme hüten, die Geschichte werde letzten Endes die Bösen bestrafen. Während er sich eine zweite Tasse Kaffee einschenkte, setzte er seinen vorherigen Überlegungen eine Formulierung entgegen, die er in politischen Diskussionen mit Uri Gefen, Zwicka und den anderen häufig verwendete: Wir müssen endlich lernen, in Übergangszuständen, die sogar viele Jahre dauern können, zu leben und zu handeln, statt beleidigt mit der Wirklichkeit zu spielen. Unsere mangelnde Bereitschaft, in einem offenen Zustand zu leben, unsere Sucht, sofort zur Schlußzeile überzugehen und augenblicklich festzulegen, was am Ende herauskommen soll – das sind doch die wahren Ursachen unserer politischen Impotenz.

Als er zu Ende gelesen hatte, was die Fernsehkritikerin über ein Programm, das er gestern völlig verschwitzt hatte, zu sagen wußte, war es schon nach acht Uhr. Da hatte er also wieder die Nachrichten verpaßt und stellte wütend fest, daß er zu dieser Zeit längst am Schreibtisch sitzen und arbeiten müßte. Er wiederholte sich die Worte aus dem Traum: Man muß trennen. Aber zwischen was? Eine nahe, sanfte, warme Stimme, die weder männlich noch weiblich klang, aber von tiefem Mitgefühl erfüllt war, sagte zu ihm: Und wo bist du, Efraim? Fima erwiderte: Gute Frage. Dann setzte er sich auf seinen Schreibtischstuhl, betrachtete die unbeantworteten Briefe und die Einkaufsliste, die er Samstag abend aufgestellt hatte, und erinnerte sich, daß er heute morgen dringend in einer unaufschiebbaren Angelegenheit telefonieren mußte, nur fiel ihm partout nicht ein, mit wem. So rief er Zwicka Kropotkin an, riß ihn aus dem Schlaf, worüber er nun selber erschrak, entschuldigte sich *in extenso,* traktierte Zwi aber trotzdem zwanzig Minuten lang mit den taktischen Fehlern der Linken, den sich abzeichnenden Veränderungen in der amerikanischen Haltung und der allenthalben unablässig tickenden Uhr des islamischen Fanatismus, bis Zwi sagte: »Entschuldige, Fima, sei nicht böse, aber ich muß mich nun wirklich anziehen und sputen, damit ich zu meiner Vorlesung komme.« Fima beendete das Gespräch, wie er es begonnen hatte, mit einer überlangen Entschuldigung, wußte aber immer noch nicht, ob er heute morgen nun jemand anrufen oder umgekehrt auf ein dringendes Telefonat warten mußte, das er jetzt durch dieses Gespräch mit Zwi womöglich verpaßt hatte, das eigentlich, wie ihm jetzt bewußt wurde, kaum ein Dialog, sondern eher ein Monolog seinerseits gewesen war. Deshalb verzichtete er darauf, auch Uri Gefen anzuläuten, und studierte unterdessen mit besonderer Sorgfalt den Computerauszug der Bank, bei dem er nicht begriff, ob nun sechshundert Schekel auf seinem Konto eingelaufen und vierhundertfünfzig davon abgebucht waren oder umgekehrt. Der Kopf sank ihm auf die Brust, und vor seinen geschlossenen Augen zogen Massen entfesselter Moslems vorüber, skandierten Suren und Parolen, zertrampelten und brandschatzten alles, was ihnen in die Quere kam. Bis sich der Platz leerte und nur noch vergilbte Papierfetzen im Winde wirbelten, eingebunden in das Rauschen des von hier bis zu den nebelgrau verhangenen Bethlehemer Bergen fallenden Regens. Wo bist du, Efraim? Wo ist die arische Seite? Und wenn ihr kalt ist, warum?

Fima wurde von einer warmen, schweren Hand geweckt. Er schlug die Augen auf und sah die braune Vaterhand wie eine Schildkröte auf seinem Oberschenkel liegen, eine alte, breite Pranke mit flachen, gelblichen Fingernägeln, die Oberfläche in Täler und Hügel gegliedert, von dunkelblauen Adern durchzogen und mit Altersflecken zwischen dem spärlichen Haarflaum gesprenkelt. Im ersten Moment war er verblüfft, doch im zweiten begriff er, daß es seine eigene Hand war. Nun raffte er sich auf und las dreimal nacheinander die am Schabbat niedergeschriebenen Stichworte für einen Aufsatz, den er noch heute in Druck zu geben versprochen hatte. Aber was er eigentlich hatte schreiben wollen, ja, was ihn gestern noch mit aufkeimender

Schaffensfreude erfüllt hatte, erschien ihm jetzt banal. Damit schrumpfte auch die Lust, überhaupt etwas zu verfassen.

Nach einigem Nachdenken wurde ihm klar, daß nicht alles verloren war: Es handelt sich lediglich um eine technische Schwierigkeit. Wegen der niedrigen Wolken und dem Nebelregen gibt es hier nicht genug Licht. Man braucht Licht. Das ist alles. Er knipste die Schreibtischlampe an in der Hoffnung, damit einen Neuanfang des Aufsatzes, dieses Morgens, seines Lebens zu begründen. Doch sogleich begriff er, daß diese Lampe kaputt war. Oder vielleicht war sie heil und nur die Birne durchgebrannt? Er stürzte zum Einbauschrank im Flur, fand dort entgegen all seinen Erwartungen tatsächlich eine neue Birne und konnte sie sogar problemlos reinschrauben. Aber auch die neue Glühbirne war ausgebrannt oder womöglich von ihrer Vorgängerin beeinflußt. Deshalb ging er auf die Suche nach einer dritten, kam jedoch unterwegs auf die Idee, das Flurlicht zu probieren, und mußte sogleich beide Birnen von jeder Schuld freisprechen, weil einfach der Strom ausgefallen war. Um dem Müßiggang zu entkommen, beschloß er Jael anzurufen: Wenn ihr Mann antwortete, würde er wortlos den Hörer auflegen. War es Jael selber, würde ihm sicher der Augenblick die richtigen Worte in den Mund legen. Wie einmal, als er sie nach einem heftigen Streit mit dem Satz versöhnt hatte, wenn wir nicht verheiratet wären, würde ich jetzt um deine Hand anhalten, worauf sie ihm unter Tränen lächelnd erwidert hatte, wenn du nicht mein Mann wärst, würde ich wohl einwilligen. Nach zehn oder zwanzig hohlen Klingelzeichen sah Fima ein, daß sie gar nicht mit ihm sprechen wollte, oder vielleicht drückte Ted dort mit aller Macht die Gabel hinunter und ließ sie nicht abnehmen.

Außerdem überkam ihn Müdigkeit. Der lange nächtliche Streifzug durch die Gassen Valladolids hatte ihm den ganzen Vormittag verdorben. Um eins mußte er doch schon an seinem Arbeitsplatz hinter dem Aufnahmeschalter der Privatpraxis in Kiriat Schmuel sein. Und jetzt war es bereits zwanzig nach neun. Fima zerknüllte den Stichwortzettel, die Stromrechnung, die Einkaufsliste und den Bankauszug und warf sie allesamt in den Papierkorb, damit der Schreibtisch endlich frei für die Arbeit war. Dann ging er in die Küche, neues Kaffeewasser aufsetzen, blieb dabeistehen und erinnerte sich im Halbdämmern an das Jerusalemer Abendlicht vor rund drei Jahren am Eden-Kino in der Agrippasstraße, wenige Monate nach der Griechenlandreise. Jael hatte damals gesagt, ja, Effi, ich lieb' dich ziemlich viel und lieb' dich gern und lieb' es, wenn du redest, aber warum meinst du bloß, wenn du ein paar Minuten mit Reden aufhörst, würdest du aufhören zu existieren, und er war verstummt wie ein von der Mutter ausgeschimpftes Kind. Als eine Viertelstunde vergangen sein mochte, der Kessel sich aber hartnäckig weigerte, warm zu werden, obwohl Fima zweimal den Stecker fester in die Steckdose gedrückt hatte, kapierte er endlich, daß es ohne Strom Kaffee weder gab noch geben würde. Deshalb kroch er voll angezogen wieder unter die Wintersteppdecke, stellte den Wecker auf Viertel vor zwölf, vergrub das Traumbuch unter dem Zeitungs- und Zeitschriftenstapel am Bettende, zog die Decke bis zum Kinn hoch und bemühte sich, intensiv an Frauen zu denken, bis es ihm gelang, sein Glied zu wecken, das er nun mit allen zehn Fingern umklammerte wie ein Einbrecher, der am Abflußrohr emporklettert, oder vielleicht, grinste er, wie ein Ertrinkender sich an einem Strohhalm festhält. Aber seine Müdigkeit war bei weitem stärker als seine Lust, und so erschlaffte er und nickte ein. Draußen legte der Regen zu.

3. Flausensack

Um zwölf Uhr hörte er in den Nachrichten, ein junger Araber sei heute morgen von einem Plastikgeschoß tödlich getroffen worden, das offenbar bei einem Zwischenfall mit Steine werfenden Jugendlichen im Flüchtlingslager Jabaliya aus dem Gewehr eines Soldaten abgefeuert worden sei. Der Leichnam sei von Vermummten aus dem Krankenhaus in Gaza entführt worden, und die Umstände des Vorfalls würden weiter ermittelt. Fima sinnierte ein wenig über die Formulierung der Nachricht. Besonders verabscheute er die Wendung »von einem Plastikgeschoß tödlich getroffen«. Und ereiferte sich über das Wort »offenbar«. Danach ärgerte er sich allgemeiner über das Passiv, das dabei war, die Texte öffentlicher Verlautbarungen und vielleicht die Sprache überhaupt zu erobern.

Obwohl uns womöglich gerade die Scham, ein gesundes, löbliches Schamgefühl, daran hindert, einfach mitzuteilen: Ein jüdischer Soldat hat einen arabischen Jugendlichen erschossen. Andererseits gaukelt uns diese verunreinigte Sprache doch dauernd vor, schuld seien das Gewehr, die zu ermittelnden Umstände, das Plastikgeschoß – als sei diese ganze Unreinheit Schuld des Himmels, unausweichliche Vorbestimmung.

Und eigentlich, dachte er weiter, wer weiß?

Es liegt doch schon so ein geheimer Zauber in dem Ausdruck »Schuld des Himmels«?

Zum Schluß wurde er auf sich selber wütend: nix Zauber und nix geheim. Laß endlich den Himmel in Ruhe.

Fima hielt sich eine Gabel an Stirn, Schläfe, Hinterkopf und versuchte zu erraten oder zu empfinden, was sich in der Sekunde abspielen mochte, in der das Geschoß eindrang und die Schädeldecke durchschlug: kein Schmerz, keine Erschütterung – vielleicht, meinte er, vielleicht nur ein scharfes Aufblitzen von Ungläubigkeit, von Unvorbereitetsein, wie ein Kind, das sich darauf eingestellt hat, eine väterliche Ohrfeige einzustekken, während der Vater ihm statt dessen plötzlich einen weißglühenden Spieß gezielt in den Augapfel stößt. Gibt es den Bruchteil einer Sekunde, ein Zeitatom, in dem, wer weiß, vielleicht die Erleuchtung kommt? Das Licht der sieben Himmel? Wodurch alles, was vage und verschwommen im Leben war, einen winzigen Augenblick aufklart, bevor die Dunkelheit sich herabsenkt? All die Jahre lang sucht man eine komplizierte Lösung für ein vertracktes Rätsel, und da im letzten Moment blitzt eine einfache Lösung auf?

An diesem Punkt sagte Fima sich mit wütend heiserer Stimme: Genug mit dem Gehirnterror. Die Worte »vage« und »verschwommen« erregten seinen Widerwillen. Er erhob sich, ging hinaus, schloß die Wohnungstür hinter sich ab und achtete besonders darauf, in welche Tasche er den Schlüssel steckte. Unten im Hausflur sah er in seinem Briefkasten einen weißen Umschlag durch die Löcher schimmern. Aber in der rechten Hosentasche war nur der Wohnungsschlüssel. Der Briefkastenschlüssel mußte wohl auf dem Schreibtisch liegengeblieben sein. Wenn nicht in der Tasche einer anderen Hose. Oder auf einer Ecke der Küchentheke. Er zögerte, ließ die Sache aber auf sich beruhen, da er annahm, daß es doch nur die Wasser- oder Telefonrechnung oder auch bloß Reklame war. Dann aß er Rührei mit Wurst, gemischten Salat und Kompott in dem kleinen Lokal gegenüber und erschrak mittendrin, weil er durchs Fenster in seiner Wohnung Licht brennen sah. Er überlegte kurz, erwog die unwahrscheinliche Möglichkeit, daß er persönlich sowohl hier als dort weilte, rang sich aber lieber zu der Annahme durch, die Störung sei wohl eben beseitigt und der Strom wieder eingeschaltet worden. Ein Blick auf die Zeiger seiner Uhr sagte ihm, wenn er jetzt in die Wohnung hinaufgehen, das Licht ausmachen, den Briefkastenschlüssel suchen und den Brief befreien wollte, würde er zu spät zur Arbeit kommen. Deshalb zahlte er und sagte: »Vielen Dank, Frau Schönberg.«

Worauf sie ihn wie immer verbesserte: »Der Name ist Scheinmann, Dr. Nissan.«

Und Fima fortfuhr: »Aber gewiß doch. Natürlich. Verzeihung. Und was schulde ich Ihnen? Nein? Ich hab' schon bezahlt? Dann habe ich mich anscheinend nicht zufällig geirrt. Ich wollte zweimal zahlen, weil das Schnitzel – Schnitzel? – besonders gut geschmeckt hat. Verzeihung, danke und auf Wiedersehen. Ich muß mich beeilen. Schaun Sie bloß mal, wie's regnet. Sie sehen ein bißchen müde aus? Traurig? Vielleicht wegen des Winters. Macht nichts. Es wird schon aufklaren. Seien Sie gegrüßt. Auf Wiedersehen. Bis morgen.«

Als der Autobus zwanzig Minuten später an der Kongreßhalle hielt, dachte Fima, daß es eine ausgesuchte Dummheit gewesen war, heute ohne Schirm aus dem Haus zu gehen. Und der Wirtin zu versprechen, es werde schon aufklaren. Woher wollte er das wissen? Ein schmaler, blitzblanker Speer rötlichen Lichts brach plötzlich zwischen den Wolken durch und entzündete ein Fenster hoch oben in den Höhen des Hilton-Hotels, daß es ihm die Augen blendete. Trotz des Gleißens sah er jedoch ein einzelnes Handtuch an einem Balkongeländer im zehnten oder zwanzigsten Stockwerk des Hotelturms flattern und meinte, ganz scharf und genau den Parfümhauch der Frau, die sich damit abgetrocknet hatte, zu wittern. Dabei sagte er sich: Schau doch mal einer an, wie nichts auf der Welt wirklich vergeudet wird, nichts gänzlich verlorengeht und kaum eine Minute ohne ein kleines Wunder verstreicht. Vielleicht fügt sich alles zum Guten.

Die Zweizimmerwohnung am Rand von Kiriat Jovel hatte ihm sein Vater 1961 anläßlich seiner zweiten Eheschließung gekauft, knapp ein Jahr, nachdem Fima seinen Bachelorgrad an der Geschichtsfakultät in Jerusalem mit Auszeichnung erworben hatte. In jenen Tagen hatte sein Vater große Hoffnungen auf ihn gesetzt. Auch andere glaubten damals an Fimas Zukunft. Er erhielt ein Stipendium und hätte beinah ein Magisterstudium angeschlossen, so daß man schon an Promotion und wissenschaftliche Laufbahn dachte. Aber im Sommer 1960 traten eine Reihe von Störungen oder Komplikationen in seinem Leben ein. Bis auf den heutigen Tag grinsten seine Freunde wohlwollend vergnügt, sobald das Gespräch, in seiner Abwesenheit, auf »Fimas Geißbockjahr« kam: Man erzählte sich, Mitte Juli, einen Tag nach der letzten Abschlußprüfung, habe er sich im Garten des Klosters Ratisbon in die französische Fremdenführerin einer katholischen Reisegruppe verliebt. Er hatte auf einer Bank im Garten gesessen und auf eine Freundin, die die Schwesternschule besuchte, gewartet – eine gewisse Schula, die zwei Jahre später seinen Freund Zwi Kropotkin heiratete. Ein Oleanderzweig blühte ihm in den Fingern, und über seinem Kopf debattierten die Vögel. Von der Nachbarbank aus fragte Nicole ihn: Vielleicht gibt es hier Wasser? Sprechen Sie Französisch? Fima bejahte beides, obwohl er keine Ahnung hatte, wo es Wasser gab, und auch nur sehr spärliche Französischkenntnisse besaß. Von diesem Moment an blieb er ihr auf den Fersen, wohin sie sich in Jerusalem auch wandte, ließ trotz ihrer höflichen Bitten nicht locker und gab selbst nicht auf, als der Gruppenleiter ihn warnte, er müsse sich über ihn beschweren. Als sie zur Messe in die Dormitionskirche ging, wartete er eineinhalb Stunden vor der Schwelle auf sie wie ein Gassenköter. Jedesmal, wenn sie das King's Hotel gegenüber dem Terra-Santa-Gebäude verließ, fand sie Fima, begeistert, ungestüm, mit brennenden Augen, vor der Drehtür. Als sie das Museum besuchte, lauerte er ihr vor jedem Pavillon auf. Kaum hatte sie das Land verlassen, sauste er in ihrem Gefolge nach Paris und von dort – bis vor ihr Haus in Lyon. Bei Mondschein nach Mitternacht, so hieß es in Jerusalem, war Nicoles Vater in den Garten hinausgekommen und hatte mit einem doppelläufigen Jagdgewehr auf Fima geschossen, wobei er ihn am Oberschenkel streifte. Drei Tage verbrachte Fima im Franziskanerhospital, begann sich schon zu erkundigen, wie man zum Christentum übertrat. Nicoles Vater kam ins Krankenhaus, bat ihn um Verzeihung und erbot sich, ihm beim Religionswechsel behilflich zu sein, aber inzwischen hatte

Nicole auch von ihrem Vater genug und flüchtete vor beiden zu ihrer Schwester nach Madrid und von dort zur Schwägerin nach Malaga, während Fima – dreckig, verzweifelt, glühend und stoppelgesichtig – ihr in Zügen und verrußten Bussen nachreiste, bis ihm in Gibraltar das Geld ausging und man ihn unter Einschaltung des Roten Kreuzes fast gewaltsam auf einem panamaischen Frachtschiff heimholte. Bei der Ankunft in Haifa wurde Fima festgenommen und saß sechs Wochen in einem Militärgefängnis, weil er mit Kugelschreiber das Datum auf dem Passierschein geändert hatte, der dem Reservesoldaten den Aufenthalt im Ausland erlaubt. Zu Beginn dieser Liebesaffäre soll Fima zweiundsiebzig Kilo gewogen haben, während die Gefängniswaage im September keine sechzig anzeigte. Er wurde aus der Haft entlassen, nachdem sein Vater sich bei einem hohen Beamten für ihn eingesetzt hatte, und verknallte sich prompt lauthals und skandalträchtig in die Gattin eben dieses Beamten, eine bekannte Dame der Jerusalemer Gesellschaft, die über eine Sammlung wertvoller Radierungen verfügte und rund zehn Jahre jünger als ihr Mann, aber mindestens acht Jahre älter als Fima war. Im Herbst wurde sie schwanger von ihm und übersiedelte in sein Zimmer im Musrara-Viertel. Die ganze Stadt zerriß sich die Mäuler über die beiden. Im Dezember ging Fima erneut an Bord eines Frachtschiffs, diesmal unter jugoslawischer Flagge, und gelangte nach Malta, wo er drei Monate auf einer Zierfischzuchtfarm arbeitete und seinen Gedichtband *Augustinus' Tod und seine Auferstehung im Schoße Dulcineas* verfaßte. In der maltesischen Hauptstadt Valetta verguckte sich die Eigentümerin der billigen Pension, in der er wohnte, im Januar in ihn und zog mit Sack und Pack zu ihm ins Zimmer. Aus Angst, sie könne ebenfalls schwanger werden, entschloß er sich zu einer Ziviltrauung. Diese Ehe dauerte kaum zwei Monate, denn inzwischen war es seinem Vater, unter Mithilfe von Freunden in Rom, gelungen, seine Fährte aufzuspüren und ihm mitzuteilen, daß seine Jerusalemer Geliebte die Leibesfrucht verloren habe, in Depression versunken und bereits zu Ehemann und Kunstsammlung zurückgekehrt sei. Fima, der sein Handeln nun für völlig unverzeihlich hielt, beschloß schweren Herzens, sich sofort von der Pensionswirtin zu trennen und den Frauen für immer fernzubleiben. Eine Liebesverbindung führe unweigerlich zu Unheil, dachte er, während liebesfreie Verbindungen nur Erniedrigung und Unrecht brächten. Er verließ Malta völlig mittellos an Deck eines türkischen Fischdampfers, in der Absicht, sich für mindestens ein Jahr in ein bestimmtes Kloster auf Samos zurückzuziehen. Unterwegs packte ihn das Grauen bei dem Gedanken, seine Exfrau könne womöglich ebenfalls schwanger sein, und er erwog, zu ihr zurückzukehren, meinte dann jedoch, es sei klug gewesen, ihr sein Geld, aber keinerlei Anschrift zurückzulassen, so daß sie ihn nirgends suchen konnte. Er ging in Saloniki von Bord, verbrachte eine Nacht in der Jugendherberge, und dort träumte er in süßem Schmerz von seiner ersten Liebe, Nicole, deren Spuren er in Gibraltar verloren hatte. Im Traum hieß sie plötzlich Therese, und Fima sah, wie sein Vater Therese und das Baby im Keller des Jerusalemer YMCA-Gebäudes mit geladenem Jagdgewehr gefangenhielt, wurde aber erst gegen Ende des Traums selber zu dem gefangenen Kind. Am nächsten Morgen stand er auf und machte sich in Saloniki auf die Suche nach einer Synagoge, obwohl er nie die Religionsgesetze eingehalten hatte und fest glaubte, daß Gott weder fromm war noch sich für Religion interessierte. Aber da er keine andere Anschrift hatte, beschloß er, halt einmal dort nachzusehen. Vor der Synagoge traf er drei junge Mädchen aus Israel, die auf einer Rucksacktour durch Griechenland waren und eben in die nördlichen Bergregionen weiterziehen wollten, denn inzwischen war der Frühling angebrochen. Fima schloß sich ihrem Treck an. Unterwegs fand er, dem Vernehmen nach, Gefallen an einer der drei, Ilia Abarbanel aus Haifa, die für ihn große Ähnlichkeit besaß mit Maria Magdalena auf einem Gemälde, von dem er sich partout nicht erinnern konnte, wo er es gesehen hatte und von wem es stammte. Und da Ilia sein

Werben nicht erhörte, schlief er ein paarmal mit ihrer Gefährtin Liat Sirkin, die ihn in ihren Schlafsack eingeladen hatte, als sie eine Nacht in irgendeinem Gebirgstal oder heiligen Hain verbringen mußten. Liat Sirkin lehrte Fima zwei, drei sonderbare, durchdringende Genüsse, und er meinte, über das erhebende fleischliche Vergnügen hinaus auch feine Anzeichen geistiger Freuden zu empfinden: Fast schon von Tag zu Tag stärker erfaßte ihn eine geheimnisvolle Bergeslust, verbunden mit einem Wonnegefühl, in deren Folge solch scharfe Beobachtungsgaben in ihm erwachten, wie er sie noch nie gekannt hatte, weder vorher noch nachher. Damals in den Bergen Nordgriechenlands konnte er den Sonnenaufgang hinter einem Olivenhain betrachten und die Schöpfung der Welt darin erblicken. Oder in der Mittagshitze an einer Schafherde vorbeikommen und dabei die absolute Gewißheit erlangen, daß er jetzt nicht zum ersten Mal lebte. Oder auf der weinbewachsenen Terrasse eines Dorfgasthauses bei Käse, Salat und Wein sitzen und mit eigenen Ohren den Schneesturm über die Tundren des Polarkreises tosen hören. Auch spielte er den Mädchen auf einer Querflöte vor, die er aus Schilfrohr gebastelt hatte, und schämte sich nicht, vor ihnen zu tanzen und zu springen und kindliche Späße zu treiben, bis er ihnen glockenreines Mädchenlachen und schlichte Freude entlockte. Die ganze Zeit über sah er keinen Widerspruch zwischen seiner schmachtenden Sehnsucht nach Ilia und den Nächten mit Liat, achtete aber kaum auf die Dritte im Bunde, die meist Schweigen wahrte. Dabei hatte gerade sie ihm den Fuß verbunden, als er barfuß in eine Glasscherbe getreten war. Die drei Mädchen und auch die anderen Frauen, die es in seinem Leben gegeben hatte, einschließlich seiner Mutter, die in seinem zehnten Lebensjahr gestorben war, verschmolzen in seinen Augen fast zu einer einzigen. Nicht etwa, weil er meinte, Frau sei gleich Frau, sondern weil es ihm in der Festbeleuchtung, die sein Inneres überflutete, manchmal schien, als gebe es die Unterschiede von Mensch zu Mensch, zwischen zwei Menschen, gleich ob Mann,

Frau oder Kind, nicht wirklich, außer vielleicht in der äußerlichsten Schicht, der wechselnden Schale: wie das Wasser die Form von Schnee, Dunst, Dampf, Eisbrocken, Wolkenfetzen oder Hagel annehmen kann. Oder wie die Kloster- und Kirchenglocken des Dorfes sich in Klang und Takt unterschieden, aber dasselbe Ziel verfolgten. Diese Gedanken teilte er den Mädchen mit, von denen zwei es glaubten, während die dritte ihn ›mein Geliebter‹ nannte und sich damit begnügte, seine Hemden zu flicken, und auch darin sah Fima nur verschiedene Ausdrucksformen desselben Inhalts. Das zurückhaltende Mädchen, Jael Levin aus Javne'el, weigerte sich nicht, an ihren gemeinsamen Nacktbädern in milden Vollmondnächten teilzunehmen, wenn sie eine Quelle oder einen Bach fanden. Einmal sahen sie aus der Ferne verstohlen einen etwa fünfzehnjährigen Schafhirten seinen Trieb bei einer Ziege befriedigen. Und einmal sahen sie zwei fromme alte Frauen in schwarzer Witwenkleidung mit großen Holzkreuzen auf der Brust am hellen Mittag mitten auf dem Feld stumm und reglos mit gefalteten Händen auf einem Stein sitzen. Eines Nachts hörten sie aus einer leeren Ruine Singen. Und einmal begegnete ihnen unterwegs ein alter, runzliger Mann, der im Gehen auf einem kaputten Akkordeon spielte, das keinen Ton mehr von sich gab. Am nächsten Morgen ging ein kurzer, starker Schauer nieder, eine Art griechischer Spätregen, und die Luft wurde derart klar, daß man über große Entfernungen hinweg die Eichenwipfel schemenhaft über den roten Ziegeldächern der kleinen Dörfer in den Tälern schwanken sah, während dunkle Zypressen- und Kiefernwäldchen sich fast Nadel für Nadel auf den fernen Berghängen abhoben. Ein Berg trug noch eine Schneekappe, die wegen des tiefen Himmelsblaus nicht weiß, sondern sattsilbern schimmerte. Auch Vogelschwärme schwebten wie im Schleiertanz über sie hinweg. Fima sagte plötzlich ohne Grund oder Zusammenhang etwas, das die drei Mädchen zum Lachen brachte: »Hier«, sagte er, »liegt der Hund begraben.«

Ilia sagte: »Ich fühle mich träumender als im Traum und wacher als im Wachen. Man kann es nicht erklären.«

Liat meinte: »Es ist das Licht. Einfach das Licht.«

Und Jael: »Wer hat Durst? Gehn wir ans Wasser runter.«

Knapp einen Monat nach Ende dieser Reise fuhr Fima nach Javne'el, um das dritte Mädchen zu suchen. Er erfuhr, daß Jael Levin Luftfahrttechnik am Haifaer Technikum studiert hatte und in einer geheimen Luftwaffenanlage in den Bergen westlich von Jerusalem arbeitete. Nach fünf oder sechs Begegnungen fand er, daß ihre Nähe ihm Ruhe einflößte und seine Nähe sie auf ihre gemäßigte Weise amüsierte. Als er sie zögernd fragte, ob sie nach ihrer Ansicht zueinander paßten, antwortete Jael mit den Worten: Du redest ziemlich schön. Darin meinte er einen Anflug von Zuneigung zu sehen. Die er in sein Herz schloß. Danach suchte und fand er Liat Sirkin und saß eine halbe Stunde lang mit ihr in einem kleinen Strandcafé, nur um sicher zu sein, daß sie nicht von ihm schwanger war. Aber nach dem Kaffee ließ er sich erneut dazu verleiten, mit ihr zu schlafen, in einem billigen Hotel in Bat-Jam, und war nun wieder nicht sicher. Im Mai lud er alle drei nach Jerusalem ein und stellte ihnen seinen Vater vor. Der Alte faszinierte Ilia mit seinen Kavaliersmanieren im alten Stil, unterhielt Liat mit lehrreichen Anekdoten und Fabeln, zog beiden aber Jael vor, bei der er »Anzeichen von Tiefe« wahrnahm. Fima stimmte ihm zu, obwohl er keineswegs sicher war, worin diese Zeichen bestanden. Trotzdem ging er weiter mit ihr aus, bis sie einmal zu ihm sagte: »Sieh mal dein Hemd an. Halb in der Hose und halb draußen. Warte. Ich bring's in Ordnung.«

Und im August 1961 saßen Jael und Efraim Nissan schon verheiratet in einer kleinen Wohnung, die ihm sein Vater am Ende von Kiriat Jovel, am Rand Jerusalems, gekauft hatte, nachdem Fima im Beisein eines Notars ergeben ein ihm vom Vater vorgelegtes Dokument unterzeichnet hatte, in dem er sich unwiderruflich verpflichtete, künftig jede Handlung zu unterlassen, die sein Vater als »Abenteuer« bezeichnen würde.

Außerdem versprach er darin, nach Ablauf des verlorenen Jahres sein Magisterstudium aufzunehmen. Der Vater seinerseits verpflichtete sich in der besagten Urkunde, das Studium seines Sohnes und Jaels Ausbildung zu finanzieren, und versprach den beiden sogar einen bescheidenen monatlichen Zuschuß für die Dauer der ersten fünf Ehejahre. Damit verschwand Fimas Name aus den Jerusalemer Stadtgesprächen. Die Abenteuer hörten auf. Das Jahr des Geißbocks machte dem der Schildkröte Platz. Aber an die Universität kehrte er trotzdem nicht zurück, vielleicht abgesehen von einigen Interviews, die er seinem Freund Zwi Kropotkin gewährte, der indes unaufhaltsam von der Magisterarbeit zur Dissertation weitereilte und schon damals Grundsteine für den Turmbau seiner historischen Aufsätze und Bücher zu legen begann. 1962 veröffentlichte Fima auf Drängen seiner Freunde und Zwickas besonderen Einsatz die Gedichtsammlung, die er während seiner kurzen Ehe auf Malta verfaßt hatte: *Augustinus' Tod und seine Auferstehung im Schoße Dulcineas.* Im ersten und zweiten Jahr fanden sich Kritiker und Leser, die in Efraim Nissan ein hoffnungsvolles Talent sahen, auf dessen Entfaltung es sich zu warten lohne. Doch auch diese Hoffnung erlosch nach einiger Zeit, weil Fima verstummt war. Keine Gedichte mehr schrieb. Jeden Morgen wurde Jael von einem Militärfahrzeug abgeholt, fuhr zur Arbeit in einen Stützpunkt, dessen Lage Fima nicht kannte, und beschäftigte sich mit irgendeiner technischen Entwicklung, von der er nichts verstand und nach der er nicht fragte. Den ganzen Vormittag lief er in der Wohnung herum, hörte jede Nachrichtensendung, futterte im Stehen, was er im Kühlschrank fand, diskutierte mit sich selbst und mit den Rundfunksprechern, machte wütend das Bett, das Jael am Morgen nicht mehr geschafft hatte und eigentlich auch gar nicht hätte machen können, weil er, wenn sie das Haus verließ, noch darin schlief. Danach las er die Morgenzeitung zu Ende, kaufte ein paar Lebensmittel ein, kehrte mit den beiden Mittagszeitungen zurück, vertiefte sich bis abends darein und verstreute die einzelnen Blätter über die gesamte Wohnung. Zwischen Zeitungen und Rundfunknachrichten zwang er sich an den Schreibtisch. Eine Zeitlang fesselte ihn ein christliches Buch mit dem Titel *Der Dolch des Glaubens,* das von Pater Raimundus Martini stammte und 1651 in Paris zu dem Zweck veröffentlicht worden war, ein für allemal die Glaubenssätze »der Mauren und der Juden« zu widerlegen. Fima hatte nämlich vorgehabt, die Wurzeln des kirchlichen Antisemitismus erneut zu untersuchen. Dabei erwachte jedoch in ihm ein vages Interesse an der Vorstellung des verborgenen Gottes. Er verfolgte die Lebensgeschichte des Mönchs Eusebius Sophronius Hieronymus, der bei jüdischen Lehrern Hebräisch lernte, sich 386 im judäischen Bethlehem niederließ, das Alte und das Neue Testament ins Lateinische übersetzte und vielleicht absichtlich die Kluft zwischen Juden und Christen vertiefte. Aber dieses Studium befriedigte Fima nicht, die Müdigkeit überwältigte ihn, er versank in Nichtstun. Blätterte etwa in der Hebräischen Enzyklopädie, vergaß, was er hatte nachschauen wollen, und vergeudete zwei, drei Stunden mit der Lektüre willkürlicher Beiträge in alphabetischer Reihenfolge. Fast jeden Abend setzte er seine verblichene Schirmmütze auf und ging Freunde besuchen, um bis ein Uhr morgens über die Lavon-Affäre, den Eichmann-Prozeß, die kubanische Raketenkrise, die deutschen Wissenschaftler in Ägypten oder die Bedeutung des Papstbesuchs in Israel zu debattieren. Wenn Jael gegen Abend von der Arbeit zurückkehrte und ihn fragte, ob er schon gegessen habe, antwortete Fima griesgrämig: Was ist? Wo steht denn geschrieben, daß ich essen muß? Und während sie noch unter der Dusche war, begann er ihr durch die geschlossene Badezimmertür hindurch auseinanderzusetzen, wer in Wirklichkeit hinter dem Kennedy-Mord gestanden hatte. Fragte Jael ihn abends, ob er wieder ausgehe, um sich mit Uri oder Zwicka zu streiten, gab er zur Antwort: Ich geh' auf eine Orgie. Und fragte sich, wie er sich von seinem Vater bloß mit dieser Frau hatte verkuppeln lassen können. Aber manchmal verliebte er sich urplötzlich von neuem in ihre kräftigen Finger, die am Ende des Tages ihre zarten Knöchel massierten, oder in ihre Gewohnheit, sich gedankenverloren die Wimpern entlangzufahren, und umwarb sie wie ein schüchtern schwärmender Schuljunge, bis sie ihm erlaubte, ihren Körper zu erfreuen, worauf er sie unter sorgfältigstem Hinhorchen präzise und glühend liebkoste. Zuweilen sagte er ihr mitten in einer kleinlichen Auseinandersetzung: Wart ab, Jael, das geht vorüber. Bald fängt unser richtiges Leben an. Gelegentlich gingen die beiden Freitagabend zu Schabbatbeginn in den leeren Gassen Nordjerusalems spazieren, und er erzählte ihr mit zurückhaltender Bewunderung von den Paarungen des Körpers mit dem Licht bei den frühen Mystikern. Dabei weckte er in ihr Freude und Zärtlichkeit, die bewirkten, daß sie sich an ihn schmiegte und ihm verzieh, daß er ein bißchen dicker geworden war oder wieder einmal vergessen hatte, ein frisches Hemd für den Schabbat anzuziehen, oder dauernd an ihrer hebräischen Ausdrucksweise herumverbessern mußte. Und, wieder heimgekehrt, umschlangen sie einander verzweifelt.

1965 reiste Jael aufgrund eines Sonderarbeitsvertrags ans Forschungsinstitut der Firma Boing nach Seattle im Nordosten der Vereinigten Staaten. Fima weigerte sich mitzukommen, behauptete, eine Zeit der Trennung werde ihnen beiden guttun, und blieb allein in der Zweizimmerwohnung in Kiriat Jovel. Er hatte eine bescheidene Anstellung als Sekretär in der Aufnahme einer gynäkologischen Privatpraxis im Stadtteil Kiriat Schmuel. Vom akademischen Leben hielt er sich fern, soweit Zwi Kropotkin ihn nicht zu einem Kurzseminar über die Bedeutung der Persönlichkeit in der Geschichte oder über die Vorzüge und Nachteile des Historiographen als Zeuge mitschleppte. Freitag abends tauchte er bei Nina und Uri Gefen oder bei anderen Freunden auf und ließ sich leicht in politische Debatten hineinziehen, bei denen er zuweilen sämtliche Anwesenden durch irgendeine pointierte Formulierung oder eine paradoxe Voraussage verblüffen, sich aber dann nie mit seinen

Siegen zufriedengeben konnte, sondern wie ein zwanghafter Spieler unbedingt weitermachen und auch bei Fragen, von denen er absolut nichts verstand, gewinnen mußte, und das in jeder kleinsten Einzelheit, bis selbst die treusten Kumpel seiner überdrüssig wurden. Gelegentlich brachte er ein paar Bücher mit und erbot sich freiwillig, abends bei den Kindern zu bleiben, wenn seine Freunde ausgehen wollten. Oder er fand sich freudig bereit, ihnen beim Korrekturlesen, stilistischen Überarbeiten oder Formulieren einer Zusammenfassung behilflich zu sein. Zuweilen pendelte er auch als Vermittler bei einem kleinen Ehekrach zwischen den betroffenen Parteien hin und her. Von Zeit zu Zeit veröffentlichte er im *Ha'arez* kurze, scharfsinnige Artikel über politische Tagesfragen. Manchmal fuhr er allein für ein paar Urlaubstage in eine Privatpension in eine der alten Moschawot des nördlichen Scharon. Sommer für Sommer versuchte er mit neuem begeisterten Elan, Autofahren zu lernen, fiel aber Herbst für Herbst bei der Prüfung durch. Ab und zu fand eine Frau, die er in der Praxis oder bei Freunden kennengelernt hatte, den Weg zu seiner verschlampten Wohnung und in sein nach frischer Wäsche schreiendes Bett. Wo sie dann rasch entdeckte, daß Fima viel mehr auf ihr Vergnügen aus war als auf sein eigenes. Manche Frauen fanden das großartig und herzerweichend, andere gerieten eher in Verlegenheit und machten sich schnell aus dem Staub. Er war imstande, eine Frau ein bis zwei Stunden lang mit zarten, abwechslungsreichen Liebkosungen voll Erfindungsreichtum, Einfallsgabe und sogar körperlichem Humor zu überhäufen und erst zum Schluß so schnell mal nebenbei sich seine eigene Befriedigung zu verschaffen, kaum daß seine Geliebte überhaupt mitbekam, daß er schon seine bescheidene und wohlverdiente Kommission bei ihr erhoben hatte, während er sich ihr immer noch aufmerksam hingab. Frauen, die ihrer Beziehung zu Fima ein gewisses Maß an Kontinuität oder Festigkeit zu verleihen suchten, ihm womöglich bereits den Wohnungsschlüssel entlockt hatten, veranlaßten ihn, nach zwei, drei Wochen in seine verlotternde Pension in Pardes Chana oder Magdiel zu flüchten und erst zurückzukehren, wenn sie die Hoffnung aufgegeben hatten. Aber derlei Dinge hatten sich eher bis vor fünf, sechs Jahren ereignet und waren seither immer seltener geworden.

Als Jael ihm Anfang 1966 aus Seattle schrieb, es gebe einen anderen Mann in ihrem Leben, mußte Fima innerlich über die abgedroschene Phrase »ein anderer Mann in meinem Leben« lachen. Die Liebesaffären seines Geißbockjahrs, die Ehe mit Jael, Jael selber – all das erschien ihm jetzt nicht weniger banal, verstiegen und sogar kindisch als die revolutionäre Untergrundzelle, die er zu Gymnasialzeiten zu gründen versucht hatte. Er nahm sich vor, ein paar schlichte Zeilen zu verfassen, um sowohl ihr als auch dem anderen Mann alles Gute für ihr Leben zu wünschen. Aber als er sich gegen Abend an den Schreibtisch setzte, konnte er bis zum nächsten Mittag nicht mit dem Schreiben aufhören und hatte sich einen vierunddreißig Seiten langen, glühenden Brief abgerungen, in dem er ihr gestand, wie sehr er sie liebte. Beim Wiederlesen verwarf er diesen Brief, zerriß ihn, schmiß die Fetzen ins Klosett und zog die Spülung, denn wer konnte Liebe in Worte fassen, und wenn sie sich schon verbal ausdrücken ließ, war das doch ein Zeichen, daß sie verflogen war. Oder zumindest dabei, sich auf und davon zu machen. Zum Schluß riß er ein Blatt aus einem Rechenheft und kritzelte darauf: »Ich kann nicht aufhören, Dich zu lieben, weil das nicht von mir abhängt, aber Du bist natürlich frei. Was bin ich bloß blind gewesen. Wenn es hier im Haus was gibt, das Du brauchst, schreib nur, und ich schicke es ab. Vorerst sende ich Dir per Paket drei Nachthemden, die pelzbesetzten Hausschuhe und die Fotos. Aber wenn es Dir nichts ausmacht, lasse ich den Schnappschuß von uns beiden im galiläischen Bethlehem hier bei mir.« Diesem Brief entnahm Jael, daß Fima in die Scheidung einwilligte und keine Schwierigkeiten machen werde. Als sie jedoch in Jerusalem ankam, ihm einen grauen, trägen Typ mit zu breiten Kinnbacken und einer Stirn, an der ein Paar dicke Augenbrauen wie struppige Schnauzbärte wuchsen, vorstellte und sagte: Darf ich bekannt machen, das ist Efraim Nissan, und das ist Ted Tobias, laßt uns alle drei gut Freund sein, bereute Fima das Ganze und lehnte es nachdrücklich ab, sich scheiden zu lassen. Ted und Jael kehrten also nach Seattle zurück. Die Verbindung riß bis auf ein paar Luftpostbriefe und Postkarten zur Regelung unumgänglicher Angelegenheiten ab.

Viele Jahre später, Anfang 1982, erschienen Ted und Jael eines Winterabends bei Fima mit ihrem dreijährigen Sohn, einem nachdenklichen Albino, der leicht schielte, eine Brille mit dicken Gläsern trug und in einem amerikanischen Astronautenanzug steckte, an dem ein glitzerndes Metallschildchen mit der Aufschrift *Challenger* prangte. Dieser Kleine zeigte sich imstande, komplizierte Bedingungssätze zu formulieren und heiklen Fragen auszuweichen. Fima war sofort in den kleinen Dimmi Tobias vernarrt, gab daher seinen Widerstand auf und bot Jael und Ted Scheidung, Hilfe und Freundschaft an. Für Jael allerdings hatte die Scheidungssache jegliche Bedeutung verloren, und auch in der Freundschaft sah sie keinen Sinn mehr: In den vergangenen Jahren hatte sie sich bereits zweimal von Ted getrennt und Affären mit ein paar anderen Männern gehabt, bevor sie sich entschloß, zu Ted zurückzukehren und fast in allerletzter Minute noch Dimmi zur Welt zu bringen. Fima gewann das Herz des versonnenen Challengers mit einer Geschichte über einen räuberischen Wolf, der Raub und Gewalt zu entsagen beschloß und sich einer Hasenkolonie anschließen wollte. Als die Geschichte zu Ende war, schlug Dimmi seinerseits einen anderen Ausgang vor, der Fima logisch, feinfühlig und humorvoll erschien.

Unter Einschaltung von Fimas Vater wurde die Scheidung im stillen arrangiert. Ted und Jael ließen sich in Bet-Hakerem nieder, fanden beide Arbeit in einem Forschungsinstitut und teilten jedes Jahr in drei Teile: Sommer in Seattle, Herbst in Pasadena, Winter und Frühling in Jerusalem. Manchen Freitagabend luden sie Fima zu sich nach Hause ein, wo sich auch die Kropotkins, die Gefens und die übrigen Mitglieder der Gruppe versammelten. Zuweilen ließen sie Dimmi bei Fima in Kiriat Jovel und fuhren für zwei, drei Tage nach Elat oder Obergaliläa. Abends diente ihnen Fima als ehrenamtlicher Babysitter, weil er Zeit hatte und sich zwischen ihm und Dimmi eine Freundschaft entwickelte. Aufgrund einer sonderbaren Logik redete der Kleine Fima mit »Großvater« an – und Fimas Vater ebenso. Fima erwarb die Fertigkeit, aus Streichholzschachteln, Streichhölzern und Klebstoff Häuser, Burgen, Schlösser und Befestigungsanlagen mit Schießscharten zu basteln. Was völlig dem Bild widersprach, das seine Freunde, Jael und auch er selber sich von ihm machten – das Abbild eines Schlemihls, der mit zwei linken Händen auf die Welt gekommen war und niemals lernen würde, einen tropfenden Hahn zu reparieren oder einen Knopf anzunähen.

Neben Dimmi und seinen Eltern gehörten dem Kreis eine Reihe sympathischer, arrivierter Menschen an, die Fima teils schon aus Studentenzeiten kannten, seine Geißbockjahrerlebnisse von fern mitverfolgt hatten und zum Teil immer noch hofften, der Bursche werde eines Tages aufstehen, sich schütteln und auf die eine oder andere Weise Jerusalem in Taumel versetzen. Stimmt, manchmal geht er einem ein bißchen auf die Nerven, sagten sie, er übertreibt gern, hat kein Gefühl für das richtige Maß, aber wenn er glänzt, dann glänzt er. Eines Tages werden wir noch von ihm hören. Der Einsatz lohnt sich bei ihm. Wie er etwa letzten Freitag – zu Beginn des Abends, bevor er mit seinen Politikerimitationen anfing – Zwi das Wort »Kult« vom Mund weggeschnappt und uns alle wie Kleinkinder gefesselt hat, als er plötzlich bemerkte, »aber es ist doch alles Kult«, und dann aus dem Handgelenk diese Theorie da entwickelte, über die wir nun schon die ganze Woche sprechen. Oder dieser verblüffende Vergleich zwischen Kafka und Gogol, die er dann beide wiederum den chassidischen Volkslegenden gegenüberstellte.

Im Lauf der Jahre lernten einige von ihnen die Mischung aus Scharfsinn und Zerstreutheit, Trauer und Begeisterung, Feinsinn und Hilflosigkeit, Tiefe und Torheit zu schätzen, die sie bei Fima entdeckten. Außerdem konnte man ihn jederzeit zum Korrigieren von Druckfahnen oder zur Beratung über einen Aufsatzentwurf heranziehen. Hinter seinem Rücken tuschelte man gutmütig: Das ist doch einer, wie soll man sagen, ein origineller, warmherziger Typ, bloß faul ist er. Ohne jeden Ehrgeiz. Denkt einfach nicht an morgen. Dabei ist er ja nicht mehr jung.

Trotz allem: etwas an seinem dicklichen Äußeren, seiner plumpen, gedankenversunkenen Gehweise, der hübschen hohen Stirn, den müde herabhängenden Schultern, dem schütteren hellen Haar, den guten Augen, die immer verloren nach innen oder aber über Berge und Wüsten hinweg zu schauen schienen – etwas an seiner Gestalt überschwemmte sie mit Zuneigung und Freude und zauberte ihnen ein breites Lächeln aufs Gesicht, wenn sie ihn auch nur von weitem, von der anderen Straßenseite aus, im Stadtzentrum herumlaufen sahen, als wisse er nicht, wer ihn hergebracht hatte und wie er hier wieder herauskam. Dann sagten sie: Da geht Fima und fuchtelt mit den Armen, diskutiert sicher mit sich selbst und siegt gewiß in der Debatte.

Auch entstand über die Jahre eine gespannte, zornerfüllte, widerspruchsvolle Freundschaft zwischen Fima und seinem Vater, dem bekannten Kosmetikfabrikanten und Altmitglied der Cherut-Bewegung Baruch Numberg. Noch jetzt, da Fima vierundfünfzig und sein Vater zweiundachtzig Jahre zählte, stopfte der Vater seinem Sohn zum Abschluß eines jeden Besuchs zwei, drei Zehnschekelnoten oder einen Zwanziger in die Hosentasche. Und Fima zahlte insgeheim monatlich achtzig Schekel auf ein Sparkonto ein, das er auf den Namen von Teds und Jaels Sohn eröffnet hatte. Der Junge war jetzt zehn Jahre alt, sah aber immer noch wie sieben aus: verträumt und voller Vertrauen. Manchmal meinten Fremde im Autobus eine leichte

Ähnlichkeit zwischen dem Kind und Fima festzustellen – im Kinnschnitt, an der Stirn oder vielleicht im Gang. Im letzten Frühjahr hatte Dimmi zwei Schildkröten und ein paar Seidenraupen in einem kleinen Verschlag halten wollen, den Fima und Ted ihm auf dem verlotterten Küchenbalkon in Kiriat Jovel freimachten. Und obwohl Fima bei anderen und auch in seinen eigenen Augen als unrettbar vergeßlicher, zerstreuter Faulpelz galt, gab es den ganzen Sommer über nicht einen einzigen Tag, an dem er vergessen hätte, das zu reinigen, mit Futter zu versorgen und zu streuen, was er als »unseren Flausensack« bezeichnete. Aber jetzt im Winter waren die Seidenraupen eingegangen. Und die zwei Schildkröten hatten sie dort unten im Wadi freigelassen, wo Jerusalem aufhört und die Felsenöde beginnt.

4. Hoffnungen auf den Anfang eines neuen Kapitels

Der Eingang zur Privatpraxis in Kiriat Schmuel lag auf der Rückseite des Hauses. Ein mit Jerusalemstein gepflasterter Pfad führte durch den Garten dorthin. Jetzt im Winter bedeckten regenfeuchte Piniennadeln den Weg und machten ihn schlüpfrig. Fima war ganz und gar in die Frage vertieft, ob der kältestarre Vogel, den er auf einem niedrigen Zweig entdeckt hatte, wohl die von West nach Ost rollenden Donnerschläge hörte: Kopf und Schnabel hatte er tief unter den Flügeldaunen vergraben. Von Zweifeln befallen, blickte Fima noch einmal nach hinten, um sich zu vergewissern, ob es wirklich ein Vogel war oder vielleicht nur ein nasser Zapfen. Dabei rutschte er aus und landete auf den Knien. Ja, verharrte kurz auf allen vieren – nicht etwa vor Schmerzen, sondern vor lauter Schadenfreude über sich selbst. Und sagte mit leiser Stimme: Alle Achtung, mein Lieber.

Irgendwie fand er diesen Sturz wohlverdient, und zwar gerade als logische Folge des kleinen Wunders, das sich auf der Herfahrt am Fuß des Hilton-Hotels ereignet hatte.

Schließlich kam er wieder auf die Beine und blieb zerstreut im Regen stehen wie jemand, der nicht weiß woher und wohin. Er hob den Kopf und blickte zu den obereren Stockwerken hinauf, sah aber nur geschlossene Läden und mit Gardinen verhangene Fenster. Auf manchen Balkons standen vereinzelte Geranienkästen, deren Blüten durch den Regen einen sinnlichen Schimmer gewannen und dadurch an die geschminkten Lippen einer geschmacklosen Frau erinnerten.

Am Eingang der Praxis hing ein schwarzes Glasschild von diskreter Eleganz mit der silbernen Inschrift: *Dr. Wahrhaftig – Dr. Etan – Fachärzte für Frauenheilkunde.* Zum tausendstenmal debattierte Fima innerlich mit diesem Schild, wieso es denn nicht auch Fachpraxen für Männerheilkunde gab und was diese schwerfällige Formulierung sollte – die Sprache duldete keine solche Häufung zusammengesetzter Substantive. Doch sofort verspottete er sich selbst wegen des Ausdrucks »die Sprache duldet nicht«, der ihm in jeder Hinsicht banal und absurd erschien. Scham und Schmach erfüllten ihn, als ihm wieder einfiel, daß er beim Nachrichtenhören weniger über den Tod des arabischen Jungen im Flüchtlingslager Jabaliya als über den üblen Gebrauch der Wendung »von einem Plastikgeschoß getötet worden« in Aufruhr geraten war.

Besaß ein Geschoß denn Hände?

Wurde sein eigenes Hirn etwa langsam rissig?

Wieder versammelte er seine Minister zu einer Kabinettssitzung in dem verlotterten Klassenzimmer. Vor die Tür plazierte er einen Wachtposten in Palmach-Manier mit kurzen Hosen, Kefiyah und Strickmütze. Einige Minister setzten sich vor ihn auf den blanken Boden. Andere lehnten an der mit Schautafeln bedeckten Wand. Fima legte ihnen mit knappen, scharfen Worten die Notwendigkeit dar, zwischen »den Gebieten, die wir im Sechstagekrieg erobert haben, und der Wahrung unserer Identität zu wählen«. Gleich darauf, als alle noch in heller Erregung waren, ließ er abstimmen, wobei er gewann, und gab sofort detaillierte Ausführungsbestimmungen.

Vor dem Sieg im Sechstagekrieg war die Lage der Nation weniger gefährlich und destruktiv als heute, grübelte er. Oder vielleicht nicht weniger gefährlich, sondern nur weniger drükkend und deprimierend? Fällt es uns leichter, mit der drohenden Vernichtung zu leben, als auf der Anklagebank zu sitzen? Die drohende Vernichtung hat uns Stolz und Gemeinschaftsgefühl verliehen, aber die Anklagebank ruiniert unsere Moral. Doch eigentlich ist es nicht richtig, die Alternative so zu formulieren. Und womöglich ruiniert die Anklagebank nur die Moral der Intelligenz russischer und westlicher Abstammung, während die Masse des Volkes sich gar nicht nach dem Stolz Davids gegenüber Goliat sehnt? Und der Ausdruck »Masse des Volkes« ist doch ein hohles Klischee. Unterdessen ist deine Hose durch den Sturz schlammverschmiert, die Hände, die den Schlamm abwischen wollen, kleben ebenfalls vor Dreck, und es regnet und regnet einem schlankweg auf den Kopf. Jetzt ist es schon fünf nach eins. Er konnte sich anstrengen, wie er wollte, pünktlich zur Arbeit zu erscheinen, irgendwie kam er immer zu spät.

Die Praxis erstreckte sich über zwei miteinander verbundene Privatwohnungen im Erdgeschoß. Die mit verschnörkelten Gittern gesicherten Fenster gingen auf einen kahlen, nassen Jerusalemer Garten hinaus, beschattet von dunklen Pinien, zu deren Füßen hier und da ein paar graue Felsblöcke sprossen. Die Baumkronen rauschten schon beim leichtesten Luftzug. Jetzt im stürmischen Wind mußte Fima an ein entlegenes Dorf in Polen oder vielleicht einer der baltischen Republiken denken, ein Dorf, in dem der Sturm durch die umgebenden Wälder pfeift, über verschneite Felder peitscht, in die Strohdächer der Hütten bläst und die Kirchenglocken zum Schwingen bringt. Und der Wolf heult in der Nähe. Im Kopf hatte er schon eine kleine Geschichte fertig über dieses Dorf, über Nazis, Juden und Partisanen – vielleicht würde er sie heute abend Dimmi erzählen und von ihm dafür einen Marienkäfer im Glas oder ein Raumschiff aus einem Stück Apfelsinenschale erhalten.

Aus dem zweiten Stock perlten Klavier-, Geigen- und Celloklänge der drei ältlichen Musikerinnen, die dort wohnten, Privatstunden gaben und wohl ab und zu in kleinen Sälen zu Gedenktagen, bei der feierlichen Verleihung des Preises für jiddische Literatur oder der Einweihung eines Kulturhauses oder Pensionärsklubs auftraten. Obwohl Fima schon Jahre lang in dieser Praxis arbeitete, verkrampfte sich sein Herz jedesmal, wenn er ihr Spiel hörte – als antworte ein verborgenes Cello in seinem Innern auf den Ruf eines Cellos von droben, erwidere mit stummem Zauberklang. Und als wachse tatsächlich über die Jahre eine geheimnisvolle Verbindung zwischen dem, was man hier unten Frauenkörpern mit Edelstahlzangen antat, und der klingenden Melancholie von oben.

Dr. Wahrhaftig sah einen dicklichen, schlampigen Fima mit dreckverschmierten Knien und Händen vor sich, der ihn wie ein betretenes Kind anlächelte. Wie immer erregte Fimas Anblick seine freudige Zuneigung, vermischt mit dem starken Drang, ihm einen Rüffel zu erteilen. Er war ein sanfter, etwas ängstlicher Mann, der aufgrund seines rührseligen Wesens häufig nur mit Mühe die Tränen zurückzudrängen vermochte, besonders wenn jemand sich bei ihm entschuldigte und um Vergebung bat. Vielleicht war er deswegen stets bemüht, den gestrengen Wüterich zu markieren und seine ganze Umgebung durch Tadel und Rügen einzuschüchtern. Die ihm aber wiederum stets höflich gerieten, sichtlich bedacht, ja nicht zu verletzen: »Ah! Exzellenz! Herr Generalmajor von Nissan! Geradewegs aus dem Schützengraben! Man muß Ihnen einen Orden anheften!«

Fima sagte zaghaft: »Ich hab' mich ein bißchen verspätet. Tut mir leid. Ich bin hier im Eingang ausgerutscht. So ein Regen draußen.«

Wahrhaftig brüllte: »Ach ja! Wieder mal diese fatale Verspätung! Wieder mal *force majeure*!« Und erzählte Fima zum hundertstenmal den Witz von dem Verstorbenen, der zu seiner eigenen Beerdigung zu spät gekommen war.

Er war ein breiter, massiger Typ mit der Gestalt eines Kontrabasses, das rote, schmächtige Gesicht aufgedunsen wie das eines Säufers und mit einem Netz kränklicher Adern durchzogen, die so dicht unter der Haut lagen, daß man ihm beinah den Puls am Zittern des Wangengewebes ablesen konnte. Zu jeder Gelegenheit hatte er einen Scherz parat, der stets mit den Worten »es gibt einen alten Witz« begann. Und jedesmal brach er in schallendes Lachen aus, sobald er sich nur der Pointe näherte. Fima, der bereits zur Genüge wußte, warum der Tote seine Beerdigung verpaßt hatte, lächelte trotzdem leicht, weil er diesen sanften Mann, der den Tyrannen nur spielte, gern mochte. Wahrhaftig schwang mit seiner dröhnenden Herrscherstimme oft lange Reden über Themen wie die Beziehung zwischen Eßgewohnheiten und Weltanschauung oder den ewigen Gegensatz zwischen dem Künstler und dem Gelehrten oder das sozialistische Wirtschaftssystem, das zu Nichtstun und Schwindelei ermuntere und daher für einen geordneten Staat unpassend sei. Die Worte »geordneter Staat« pflegte er mit mystischem Pathos auszusprechen – wie ein Gläubiger, der die Wundertaten Gottes preist.

»Leer bei uns heute«, sagte Fima.

Wahrhaftig erwiderte, in einigen Minuten müsse eine Dame, eine berühmte Malerin, mit einer leichten Eileiterverstopfung eintreffen. Das Synonym Muttertrompete erinnerte ihn dann wiederum an einen alten Witz, den er Fima nicht ersparte.

Inzwischen war lautlos wie auf Samtpfoten Dr. Gad Etan aus seinem Zimmer hervorgeschossen. Hinter ihm kam die Schwester Tamar Greenwich, die etwas von den Pionierinnen der alten Generation an sich hatte – eine Mittvierzigerin im himmelblauen Baumwollkleid, das Haar streng zurückgekämmt und zu einem kleinen Wollknäuel im Nacken gebunden. Wegen eines eigenartigen Pigmentfehlers war das eine Auge grün und das andere – braun. Sie durchquerte die Aufnahme, am Arm eine blasse Patientin, die sie in ein hier »Aufwachraum« genanntes Nebenzimmer führte.

Dr. Etan, ein elastischer Tarzantyp, lehnte sich an den Aufnahmeschalter und kaute langsam seinen Kaugummi. Mit einer Kinnbewegung erwiderte er Fimas Gruß oder Wahrhaftigs Frage an ihn oder auch beides. Seine wäßrigblauen Augen fixierten irgendeinen Punkt hoch über der Modigliani-Reproduktion. Mit seinem blasierten Gesicht und dem schmalen blonden Schnurrbärtchen erschien er Fima wie ein hochmütiger preußischer Diplomat, der gegen seinen Willen an die Botschaft in der Äußeren Mongolei versetzt worden ist. Er ließ Wahrhaftig noch einen alten Witz fertig erzählen. Dann trat Stille ein, in die er ein Weilchen später, wie ein schläfriger Gepard, fast ohne die Lippen zu bewegen, einwarf: »Los. Genug gebrabbelt.«

Wahrhaftig gehorchte sofort und trottete ihm nach ins Behandlungszimmer. Die Tür fiel hinter ihnen ins Schloß. Ein Schwall penetranten Desinfektionsgeruchs drang zwischen Türöffnen und Türschließen aus dem Raum.

Fima wusch sich die Hände am Waschbecken und machte Kaffee für die Patientin im Aufwachraum. Dann schenkte er auch Tamar und sich ein, zog eine weiße Jacke über, setzte sich hinter seine Schaltertheke und sah den Terminkalender durch, in dem er die Besuche der Patientinnen vermerkte. Bei sich nannte er dieses Heft *Sefer Schalschelet Hakabbala* – »Aufnahmefolge« oder auch »Kette der Überlieferung«, Titel eines alten historiographischen Werks. Auch hier schrieb er Zahlen nicht in Ziffern, sondern in Buchstaben. Außer den Besuchen vermerkte er eingegangene und aufgeschobene Zahlungen, Termine für Laboruntersuchungen, Untersuchungsergebnisse und Terminänderungen. Darüber hinaus führte er die Patientenkartei mit Krankengeschichte, Rezeptkopien, Ultraschallergebnissen und Röntgenbildern. Darin und in der Beantwortung des Telefons erschöpfte sich seine Tätigkeit. Abgesehen vom Kaffeekochen alle zwei Stunden für die beiden Ärzte und die Schwester und gelegentlich auch für eine Patientin nach einer schmerzhaften Behandlung.

Seinem Tisch gegenüber befand sich eine Warteecke mit Couchtisch, zwei Sesseln, Teppich sowie Degas und Modigliani an den Wänden. Manchmal war Fima aus eigenen Stükken bereit, einer Wartenden die Zeit zu versüßen, indem er ihr ein lockeres Gespräch über ein neutrales Thema wie die Preiserhöhungen oder ein Fernsehprogramm vom Vorabend aufnötigte. Aber die meisten Patientinnen warteten lieber schweigend und blätterten Zeitschriften durch, worauf Fima die Augen in seine Papiere vergrub und seine Präsenz möglichst verringerte, um keine Verlegenheit entstehen zu lassen. Was mochte sich hinter den geschlossenen Türen der Behandlungsräume abspielen? Was war die Ursache jenes weiblichen Seufzers, den Fima hörte oder zu hören meinte? Was drückten die

Züge der einzelnen Frauen beim Kommen und beim Gehen aus? Welche Geschichte endete da in dieser Praxis? Oder welche begann? Welcher Männerschatten stand hinter dieser und jener Frau? Wer war das Kind, das nicht geboren werden würde? Wie hätte sein Schicksal aussehen können? Solche Fragen versuchte Fima gelegentlich zu beantworten – oder zu formulieren –, wobei Schauder und Abscheu mit der tiefempfundenen Verpflichtung rangen, wenigstens im Geist jede Art von Leid mitzufühlen. Mal erschien ihm die Weiblichkeit selbst als himmelschreiendes Unrecht, ja fast als grausame Krankheit, die die Hälfte der Menschheit befallen hatte und die Betroffenen Demütigungen und Beleidigungen aussetzte, die der anderen Hälfte erspart blieben. Mal wiederum erwachte unbestimmter Neid in ihm, ein Gefühl der Benachteiligung und des Versäumens, als sei ihm irgendeine geheime Gabe versagt, die es den weiblichen Erdenbürgern erlaubt, sich auf eine einfache – ihm für immer versperrte – Weise mit der Welt zu verbinden. Soviel er auch darüber nachgrübelte – es wollte ihm nicht gelingen, zwischen Mitgefühl und Neid zu trennen oder zu wählen. Gebärmutter, Empfängnis, Schwangerschaft, Geburt, Mutterschaft, Stillen, sogar die Monatsregel, ja selbst Ausschabung und Abtreibung versuchte er sich in Gedanken auszumalen, getragen von dem ständigen Bemühen, in der Phantasie das zu empfinden, was ihm zu empfinden nicht vergönnt war, wobei es so im Grübeln vorkommen konnte, daß ein Finger sich unwillkürlich hinreißen ließ, seine Brustwarzen zu betasten. Die ihm wie Spott und Hohn oder vielleicht wie klägliche Überreste erschienen. Zum Schluß überflutete ihn eine Woge tiefen Mitleids mit aller Welt, Männern und Frauen, als sei er zu dem Empfinden gelangt, die Trennung in Geschlechter sei nichts als ein böser Scherz. Als sei es an der Zeit, ihr nun durch Zuneigung und Vernunft tatkräftig ein Ende zu bereiten. Oder zumindest das aus dieser Trennung entstehende Leid zu verringern. Unaufgefordert pflegte er hinter seinem Tisch hervorzukommen, um einer Wartenden ein

Glas Wasser aus dem Kühlschrank einzuschenken und es ihr dann mit zaghaftem Lächeln zu reichen, wobei er etwa murmelte: Wird schon gut werden. Oder: Trinken Sie, dann fühlen Sie sich besser. Meist erregte er nur leises Staunen, aber zuweilen gelang es ihm, ein dankbares Lächeln hervorzuzaubern, auf das er mit einem Kopfnicken reagierte, als wolle er sagen: Wenigstens etwas.

Wenn Fima zwischen Telefonaten und Eintragungen Zeit blieb, las er schon mal einen Roman in Englisch. Oder die Biographie eines Staatsmanns. Doch meist las er keine Bücher, sondern verschlang die beiden Abendzeitungen, die er auf dem Herweg kaufte, peinlich bedacht, auch nicht die kleinste Meldung zu übersehen. Kommentare, Klatschspalten, eine Veruntreuung im Safeder Konsumladen, eine Bigamieaffäre in Aschkelon, eine unglückliche Liebe in Kfar Saba – alles war für ihn von Interesse. Hatte er die Zeitungen durchforstet, saß er nachdenklich da. Oder berief Kabinettssitzungen ein, steckte seine Minister in Guerillauniformen, schwang Reden vor ihnen, verkündete bedrohliche und tröstende Prophezeiungen, erlöste die Kinder Israels gegen ihren eigenen Willen und schuf Frieden im Land.

Wenn Ärzte und Schwester zwischen den Behandlungen zu ihm herauskamen, um Kaffee zu trinken, büßte Fima zuweilen jäh die Fähigkeit zum Zuhören ein und fragte sich, was er eigentlich hier machte, was ihn mit diesen Fremden verband. Doch er fand keine Antwort auf die Frage, wo er denn sonst sein müßte. Obwohl er heftig, schmerzlich spürte, daß es einen Ort gab, an dem man auf ihn wartete und über sein Ausbleiben verwundert war. Danach kramte er lange in seinen Taschen, förderte schließlich Tabletten gegen Sodbrennen zutage, von denen er eine im Mund zerkaute, und durchforstete noch einmal die Zeitungen – womöglich hatte er die Hauptsache übersehen.

Etan war Wahrhaftigs Exschwiegersohn: Gad Etan hatte Alfred Wahrhaftigs einzige Tochter geheiratet, die vor zehn

Jahren mit einem Gastdichter, in den sie sich bei ihrer Arbeit auf der Jerusalemer Buchmesse verliebt hatte, nach Mexiko durchgebrannt war. Wahrhaftig, der Gründer und Seniorpartner der Praxis, legte Gad Etan gegenüber ein sonderbar ehrfürchtiges Verhalten an den Tag und überhäufte seinen ehemaligen Schwiegersohn mit kleinen Gesten demütiger Selbstverleugnung, die er unter höflichen Wutausbrüchen zu tarnen suchte. Dr. Etan, der auf Fruchtbarkeitsprobleme spezialisiert war, bei Bedarf aber auch als Anästhesist fungierte, war hingegen ein kühler, schweigsamer Typ. Er besaß die feste Angewohnheit, lange konzentriert auf seine Finger zu starren, als fürchte er sie zu verlieren. Oder als verblüffe ihn deren bloße Existenz nach wie vor. Tatsächlich waren es lange, wohlgeformte, bewundernswert musikalische Finger. Außerdem bewegte sich Etan wie ein schläfriges Tier oder umgekehrt wie jemand, der diese Minute aus dem Schlaf erwacht. Zuweilen legte sich ein leises, kaltes Lächeln über seine Züge, bei dem die wäßrigblauen Augen nicht mitmachten. Doch gerade diese Kühle weckte staunendes Vertrauen bei den Frauen und irgendeinen Drang, ihn aus seiner Reserve hervorzulocken oder seine Grausamkeit zum Schmelzen zu bringen. Etan ignorierte zarte Werbungen und quittierte Geständnisse seiner Patientinnen mit einem trockenen Satz wie: »Gut. Ja. Aber es bleibt keine Wahl.« Oder: »Was soll man machen. So was passiert.«

Mitten in Wahrhaftigs Witzen vollführte Etan zuweilen eine schnelle Hundertachtziggraddrehung im Stand, wie ein Panzerturm, und verschwand mit katzenartigen Schritten hinter seiner Sprechzimmertür. Es schien, als weckten alle Menschen, egal ob Männer oder Frauen, leichte Verachtung bei ihm. Und da er seit einigen Jahren wußte, daß Tamar in ihn verliebt war, hatte er seinen Spaß daran, ihr ab und zu einen kurzen, ätzenden Satz an den Kopf zu werfen: »Was hast du denn heute für einen Geruch an dir.« Oder: »Zieh doch den Rock glatt. Du brauchst deine Knie nicht an uns zu verschwenden. Diesen Anblick bietet man uns hier zwanzigmal am Tag.« Und diesmal sagte er: »Leg mir bitte Scheide und Gebärmuttermund dieser Malerin auf den Tisch. Ja. Die berühmte Dame. Ja. Die Ergebnisse. Was hast du denn gedacht. Ja. Ihre. Deine brauche ich nicht.«

Tamars Augen, das grüne linke wie das braune rechte, füllten sich mit Tränen der Demütigung. Worauf Fima, als wolle er die Prinzessin aus den Klauen des Drachens befreien, aufsprang und selbst das gewünschte Krankenblatt zum Tisch des Arztes trug. Der einen leeren Blick hineinwarf, die Augen dann wieder starr auf seine Finger richtete – vor der starken Behandlungslampe erstrahlten seine weiblichen Finger in unnatürlichem, fast durchsichtigem Rosenglanz – und es für richtig hielt, auch Fima mit einer tödlichen Salve zu belegen: »Weißt du zufällig, was ›Regel‹ bedeutet? Dann richte bitte Frau Licht aus, ja, heute, ja, telefonisch, gewiß doch, daß ich sie genau zwei Tage nach ihrer nächsten Regel hier haben muß. Und falls ›Regel‹ am Telefon nicht gut rüberkommen sollte, sag ihr bitte, zwei Tage nach der Periode. Ist mir egal, was du sagst. Meinetwegen sag ihr zwei Tage nach ihrem Thorafreudenfest. Hauptsache, du gibst ihr einen entsprechenden Termin. Danke.«

Wahrhaftig, der im Fall eines Brandes dazu neigte, den Inhalt des nächstbesten Eimers ins Feuer zu kippen, ohne erst groß zu prüfen, ob Wasser oder Benzin drin war, mischte sich ein: »Thorafreudenfest, das erinnert mich an einen alten Witz über Begin und Jassir Arafat.« Und schon begann er zum hundertsten Mal zu erzählen, wie Begins Scharfsinn über Arafats Schlechtigkeit siegte.

Gad Etan erwiderte: »Ich hätte sie alle beide aufgehängt.«

Tamar sagte: »Gad hat einen schweren Tag gehabt.«

Und Fima fügte seinerseits hinzu: »Es sind überhaupt schwere Tage. Was wir in den Gebieten machen, wird andauernd nach Kräften verdrängt, mit dem Ergebnis, daß eine wut- und aggressionsgeladene Atmosphäre herrscht und jeder über jeden herfällt.«

An diesem Punkt stellte Wahrhaftig die Rätselfrage, was der

Unterschied zwischen Monte Carlo und Ramallah sei? Und erzählte noch einen Witz. Wobei er mittendrin, auf halbem Weg zwischen Monte Carlo und Ramallah, in dröhnendes Gelächter ausbrach. Doch plötzlich erinnerte er sich seiner Autorität, wurde zornrot im Gesicht, plusterte sich auf – die Wange zitterte – und donnerte vorsichtig: »Bitte! Die Pause ist beendet! Tut mir leid! Fima! Tamar! Auf der Stelle die Kneipe schließen! Unser ganzer Staat hier – asiatischer als Asien! Was heißt Asien! Afrika! Aber bei mir wird noch wie in einem geordneten Staat gearbeitet!«

Diese Worte waren allerdings überflüssig, da Gad Etan bereits wieder in sein Zimmer geschlüpft war, Tamar sich draußen das Gesicht wusch und Fima sowieso nicht von seinem Schalter wich.

Um halb sechs kam eine große, blonde Frau in einem hübschen schwarzen Kleid. Sie hielt vor Fimas Tisch und fragte, fast wispernd, ob man's ihr ansähe? Ob sie grauenhaft aussähe?

Fima, der die Frage nicht gehört hatte, antwortete versehentlich auf eine andere: »Aber sicher, Frau Tadmor. Natürlich wird keiner etwas erfahren. Sie können beruhigt sein. Wir sind hier diskret.« Und obwohl er es taktvoll vermied, sie anzublikken, spürte er ihre Tränen und fügte hinzu: »Hier in der Schachtel sind Papiertaschentücher.«

»Sind Sie auch Arzt?«

»Nein, Frau Tadmor. Ich bin nur Büroangestellter.«

»Sie sind schon lange hier?«

»Von Anfang an. Seit Praxiseröffnung.«

»Da haben Sie hier gewiß alle möglichen Szenen erlebt.«

»Manchmal gibt's hier ein paar schwierige Momente.«

»Und Sie sind kein Arzt?«

»Nein, Frau Tadmor.«

»Auf wie viele Ausschabungen kommen Sie so pro Tag?«

»Leider kann ich Ihnen diese Frage nicht beantworten.«

»Entschuldigen Sie die Frage. Das Leben hat mir jäh einen schweren Schlag versetzt.«

»Ich verstehe. Bedaure.«

»Nein, Sie verstehen nicht. Bei mir ist keine Ausschabung vorgenommen worden. Nur eine kurze Behandlung, aber ziemlich demütigend.«

»Tut mir leid. Ich hoffe, es wird Ihnen jetzt bessergehen.«

»Gewiß steht bei Ihnen genau vermerkt, was man mit mir angestellt hat.«

»Ich gucke niemals in die Krankenblätter, wenn Sie das meinen.«

»Sie haben Glück, daß Sie nicht als Frau geboren sind. Sie können nicht einmal ahnen, was Ihnen da erspart geblieben ist.«

»Bedaure. Soll ich Ihnen Kaffee machen? Oder Tee?«

»Immerfort bedauern Sie. Was bedauern Sie denn so viel? Sie haben mich ja noch nicht einmal angeschaut. Blicken ständig zur Seite.«

»Entschuldigen Sie. Habe ich gar nicht gemerkt. Pulverkaffee? Oder türkischen?«

»Komisch, nicht? Ich war sicher, Sie seien auch Arzt. Nicht wegen der weißen Jacke. Sind Sie zur Ausbildung hier? Praktikant?«

»Nein, Frau Tadmor. Ich bin nur Bürokraft. Vielleicht hätten Sie lieber ein Glas Wasser? Es ist kalter Sprudel im Kühlschrank.«

»Wie ist es, so lange an einem solchen Ort zu arbeiten? Ist das denn eine Stelle für einen Mann? Entwickelt man da nicht eine Abscheu gegen Frauen? Sogar in physischer Hinsicht?«

»Ich meine nicht. Jedenfalls kann ich wohl nur von mir selber sprechen.«

»Und Sie? Keine Abscheu vor Frauen?«

»Nein, Frau Tadmor. Im Gegenteil.«

»Was ist das Gegenteil von Abscheu?«

»Vielleicht Zuneigung? Neugier? Ein bißchen schwer zu erklären.«

»Warum schauen Sie mich nicht an?«

»Ich hatte nicht…, wollte keine Verlegenheit aufkommen lassen. Da, das Wasser kocht. Darf ich einschenken? Kaffee?«

»Verlegenheit Ihrerseits? Oder meinerseits?«

»Läßt sich schwer exakt beantworten. Vielleicht sowohl als auch. Weiß nicht.«

»Haben Sie zufällig einen Namen?«

»Ich heiße Fima. Efraim.«

»Ich heiße Annette. Und Sie sind verheiratet?«

»War ich mal, Frau Tadmor. Zweimal sogar. Beinah dreimal.«

»Und ich stecke in der Ehescheidung. Richtiger gesagt, bin ich der leidende Teil. Schämen Sie sich, mich anzuschauen? Angst vor Enttäuschung? Oder wollen Sie bloß sichergehen, daß Sie nicht eines Tages mitten auf der Straße überlegen müssen, ob Sie mich nun grüßen sollen oder nicht?«

»Mit Zucker und Milch, Frau Tadmor? Annette?«

»Sie würden sich gut zum Frauenarzt eignen. Mehr als dieser komische Alte, der mir unten den Finger in der Plastikhülle reinschiebt und mich oben mit einem Witz über Kaiser Franz-Josef, der den lieben Gott bestraft, ablenken will. Darf ich das Telefon benutzen?«

»Selbstverständlich. Bitte schön. Ich bin derweil drinnen, im Karteiraum. Wenn Sie fertig sind, rufen Sie mich, damit wir einen neuen Termin vereinbaren. Brauchen Sie einen neuen Termin?«

»Fima, Efraim. Bitte. Schaun Sie mich an. Nur keine Angst. Ich werde Sie nicht verzaubern. Früher, als ich noch schön war, sind mir die Männerherzen wie Fliegen zugeschwirrt, und jetzt will mich nicht mal der Arzthelfer mehr angucken.«

Fima hob den Blick. Und schreckte sofort zurück, weil die Qualen und der Sarkasmus, die er in ihren Zügen las, momentane Begierde aufflackern ließen. Er senkte die Augen wieder auf seine Papiere und sagte behutsam: »Aber Sie sind immer noch eine sehr schöne Frau. Jedenfalls in meinen Augen. Hatten Sie nicht telefonieren wollen?«

»Nicht mehr. Hab's mir anders überlegt. Sehr viele Dinge bereue ich jetzt. Bin ich nicht häßlich?«

»Im Gegenteil.«

»Auch Sie sind nicht gerade der Hübscheste. Schade, daß Sie aufgegossen haben. Ich hatte überhaupt nicht trinken wollen. Macht nichts. Trinken Sie halt. Und vielen Dank.«

Beim Hinausgehen, an der Tür, sagte sie noch: »Sie haben meine Telefonnummer. Sie steht bei Ihnen in der Kartei.«

Fima grübelte ein wenig darüber nach. Die Worte »ein neues Kapitel« schienen ihm fast billig, und doch wußte er, daß er sich zu anderen Zeiten vielleicht in diese Annette hätte verlieben können. Aber warum zu anderen Zeiten? Zum Schluß sagte er sich in Jaels alten Worten: »Dein Problem, mein Lieber.«

Damit schob er die Papiere in die Schublade, schloß das Karteizimmer ab und ging die Tassen spülen, da bald zugemacht wurde.

5. Fima wird bei Dunkelheit im strömenden Regen völlig durchnäßt

Nach Praxisschluß fuhr er mit dem Bus zum Stadtzentrum und suchte sich ein billiges Restaurant in einer Gasse nicht weit vom Zionsplatz, wo er Salat und Pizza mit Pilzen aß, Coca-Cola trank und eine Tablette gegen Sodbrennen lutschte. Da er nicht genug Bargeld in der Tasche hatte, wollte er mit Scheck bezahlen, den man von ihm allerdings nicht annahm. Daraufhin schlug Fima vor, seinen Personalausweis im Lokal zu hinterlegen und am nächsten Morgen wiederzukommen, um die Schuld zu begleichen. Doch in keiner Jacken-, Hemden- oder Hosentasche war der Ausweis zu finden: Gestern oder am letzten Wochenende hatte er einen elektrischen Wasserkessel anstelle des ausgebrannten gekauft, mangels ausreichender Barschaft den Personalausweis im Elektrogeschäft hinterlegt und ihn dann auszulösen vergessen. Oder war es in der Buchhandlung Steimatzky gewesen? Zu guter Letzt, schon halb verzweifelt, fischte er aus der Gesäßtasche einen zerknautschten Fünfzigschekelschein, den ihm sein Vater wohl vor zwei, drei Wäschen dort hineingestopft haben mußte. Bei der Suchaktion war auch noch eine Telefonmünze zum Vorschein gekommen, mit der Fima nun die Fernsprechzelle vor dem Sensor-Gebäude auf dem Zionsplatz ansteuerte und Nina Gefen anrief: Er erinnerte sich verschwommen, daß ihr Ehemann Uri nach Rom gefahren war. Vielleicht ließ sie sich ja überreden, ins Orion-Kino mitzugehen und die französische Komödie mit Jean Gabin anzusehen, von der Tamar ihm in der Kaffeepause erzählt hatte. An den Namen des Films konnte er sich nicht mehr erinnern. Aber am anderen Ende der Leitung ertönte Ted Tobias hölzerne, stark amerikanisch gefärbte Stimme mit der trockenen Frage: »Was ist denn nun schon wieder los, Fima?«

»Nichts, bloß daß es mir auf den Kopf regnet«, stammelte Fima verwirrt, da er nicht begriff, was Ted bei Nina Gefen wollte. Bis er mit einiger Verspätung kapierte, daß er vor lauter Zerstreutheit versehentlich Jael statt Nina angerufen hatte. Und warum hatte er was von strömendem Regen faseln müssen? Es fiel doch kein einziger Tropfen. Schließlich faßte er sich und fragte Ted, wie es Dimmi gehe und wie der Zubau des Balkons vorankomme. Ted Tobias erinnerte ihn daran, daß der Balkon schon zu Winteranfang zugebaut worden war. Und Jael sei mit Dimmi zu einer Kindervorstellung im Theater; sie würden wohl gegen zehn Uhr zurückkommen. Ob er was ausrichten solle? Fima beugte sich über seine Uhr, riet, daß es noch keine acht war, und plötzlich, ohne daß er es beabsichtigt hätte, fragte er Ted, ob er ihn mal überrumpeln dürfe, überrumpeln in Anführungszeichen natürlich, er würde sich in einer bestimmten Angelegenheit gern mal mit ihm beraten. Worauf er ihm rasch versicherte, daß er bereits zu Abend gegessen habe und keinesfalls mehr als eine viertel oder halbe Stunde rauben werde.

»Okay, geht in Ordnung«, sagte Ted. »Komm rauf. Bloß denk dran, daß wir heute abend ein bißchen beschäftigt sind.«

Fima begriff den Wink, daß er besser nicht kommen oder wenigstens nicht wie üblich bis nach Mitternacht bleiben solle. War auch nicht etwa beleidigt, sondern bot sogar großzügig an, ein andermal reinzuschauen. Aber Ted beharrte höflich energisch: »Ein halbes Stündchen geht schon.«

Fima freute sich besonders, daß es nicht regnete, weil er keinen Schirm dabei hatte und bei seiner Geliebten nicht pudelnaß ankommen wollte. Dabei merkte er jedoch, daß es immer kälter wurde, und gelangte zu dem Schluß, es bestehe Aussicht auf Schnee, was seine Freude noch erhöhte. Unterwegs, in der Gegend des Machane-Jehuda-Markts, sah er durch das Busfenster im Licht einer Straßenlaterne ein schwarzes Graffito: *Aravim – hachuza!*, das er im Geist sofort ins Deutsche übersetzte – Araber raus. Nun brauchte er nur noch »Araber« durch »Juden« zu ersetzen, um in wütende Erregung zu geraten. Augenblicklich ernannte er sich selbst zum Staatspräsidenten und beschloß einen dramatischen Schritt: Am Jahrestag des Blutbads in dem arabischen Dorf Dir Jassin würde er dem Ort einen offiziellen Besuch abstatten und zwischen den Ruinen einfache, eindringliche Worte des Inhalts sagen, daß wir israelischen Juden auch ohne Erörterung der Frage, welche Seite mehr Schuld trägt, das tiefe Leid, das den palästinensischen Arabern nun seit rund vierzig Jahren widerfährt, verstehen und zur Beendigung dieses Leids alles Vernünftige zu tun bereit sind, außer uns selbst aus der Welt zu schaffen. Eine solche Ansprache würde sofort in jeder arabischen Hütte Widerhall finden, die Phantasie anregen und womöglich ein emotionales Momentum auslösen. Einen Augenblick schwankte Fima zwischen emotionalem Momentum und emotionalem Durchbruch – welche Bezeichnung würde sich wohl besser als Überschrift für einen kleinen Artikel eignen, den er am nächsten Morgen für die Freitagzeitung zu schreiben gedachte? Schließlich verwarf er alle beide und schlug sich den Aufsatz aus dem Kopf.

Im Fahrstuhl unterwegs zum sechsten Stock des Wohnhauses in Bet-Hakerem beschloß er, diesmal gemäßigt, herzlich und gelassen aufzutreten und sich alle Mühe zu geben, mit Ted wie mit seinesgleichen zu reden, sogar in politischen Dingen, obwohl dieser ihn meist schon nach wenigen Minuten durch seine Sprechweise nervös machte – einen langsamen, wohlabgewogenen Tonfall mit wüstem amerikanischen Akzent und trockener Vernunft, unter unaufhörlichem Gefummel an den Knöpfen der hübschen Strickjacke. Wie ein offizieller Sprecher des State Department.

Zwei, drei Minuten stand Fima vor der Tür, ohne an die Klingel zu fassen, und scharrte mit den Sohlen auf der Fußmatte, um nur ja keinen Dreck hineinzutragen. Doch mitten in diesem Gekicke ohne Ball ging die Tür vor ihm auf, und Ted half ihm, sich aus der Jacke zu befreien, die wegen eines Risses im Ärmelfutter zur Falle geworden war.

»Grauenhaftes Wetter«, sagte Fima.

Ted fragte, ob es schon wieder regne.

Obwohl der Regen längst, noch bevor Fima aus der Praxis weggegangen war, aufgehört hatte, erwiderte er voll Pathos: »Was heißt Regen! Eine Sintflut!«

Ohne eine Aufforderung abzuwarten, stürmte er – unter Hinterlassung feuchter Schuhabdrücke im Korridor – schnurstracks auf Teds Arbeitszimmer zu, schlug sich zwischen Bücherstapeln, Tabellen, Skizzen und Computerausdrucken auf dem Teppich durch, bis sein weiteres Vordringen an der Front des breiten Schreibtisches scheiterte, auf dem Teds Textverarbeitungsgerät stand, und lugte unerlaubterweise auf das geheimnisvolle Diagramm, das da in Grün und Schwarz auf dem Bildschirm flimmerte. Während er sich noch über seine eigene Unkenntnis in Computerdingen lustig machte, begann er zuvorkommend, als sei er der Gastgeber, auf Ted einzureden: »Setz dich, Teddy, nimm Platz, mach's dir gemütlich.« Wobei er selbst ohne Zögern den Arbeitsstuhl vor dem Computerbildschirm besetzte.

Ted fragte, was er einschenken dürfe.

»Egal«, meinte Fima. »Ein Glas Wasser. Schade um die Zeit. Oder Cognac. Oder vielleicht lieber was Heißes. Völlig gleichgültig. Ich bin ja sowieso nur auf ein paar Minuten hier.«

In breitgedehntem Tonfall mit der Trockenheit eines Telefonvermittlers und ohne Fragezeichen am Satzende entschied Ted Tobias: »Gut. Ich geb' dir Brandy. Und du bist absolut sicher, daß du Abendbrot gegessen hast.«

Fima hatte plötzlich Lust, zu lügen und zu sagen, nein, er sterbe vor Hunger. Hielt sich aber lieber zurück.

Ted, im Schaukelstuhl, hüllte sich in Schweigen und Pfeifenrauch. Ohne sein Zutun genoß Fima den Duft des erlesenen Tabaks. Und entdeckte, daß Ted ihn seelenruhig mit zurückhaltender anthropologischer Neugier musterte. Der hätte wohl auch weder gestaunt noch mit der Wimper gezuckt, wenn sein Gast plötzlich ein Lied angestimmt hätte. Oder in Tränen ausgebrochen wäre. Fima indes entschied nach einiger Überlegung, keins von beiden zu tun, und begann statt dessen: »Jael ist also nicht zu Hause und Dimmi auch nicht. Ich hab' vergessen, ihm Schokolade mitzubringen.«

»Richtig«, sagte Ted, wobei er ein Gähnen unterdrückte. Und paffte ein neues Wölkchen bläulichen Wohlgeruchs aus seiner Pfeife. Fima heftete den Blick auf einen Stapel Computerskizzen, blätterte ein wenig darin herum, als gehörten sie ihm, und verglich mit besonderer Sorgfalt Blatt sechs und neun, als sei in eben diesem Moment der Entschluß bei ihm gereift, sich augenblicklich selbst in Flugzeugtechnik fortzubilden.

»Was plant ihr uns denn hier so? Ein Raumschiff, das Plastikgeschosse abfeuert? Oder eine fliegende Kiesschleuder?«

»Das ist unser Paper für eine britische Zeitschrift. Vorerst noch was sehr Experimentelles: Düsenantrieb für Kraftfahrzeuge. Wie du vielleicht weißt, arbeiten Jael und ich seit Jahren daran. Du hast schon ein paarmal gebeten, wir sollten's dir vielleicht ein wenig erklären, und zwei Minuten später wolltest du dann liebend gern, daß wir aufhören. Aber dieses Paper bin ich *committed,* bis Ende der Woche fertigzuschreiben. Das ist die *deadline.* Vielleicht bringst du mir wirklich mal bei, was *committed* und *deadline* auf hebräisch heißt? Du weißt es doch sicher? Als Dichter? Nein?«

Fima strengte sein Gehirn an und wäre beinah auf die gewünschten hebräischen Entsprechungen gekommen. Beide standen gewissermaßen grinsend auf der Gedächtnisschwelle, entschlüpften ihm aber wie freche Katzenjunge, wenn seine Finger sie schon fast berührten. Dann fielen sie ihm wieder ein, doch als er den Mund zur Antwort öffnete, glitten sie ihm unter der Zunge erneut ins Dunkel. »Vielleicht helf' ich dir ein bißchen?« schlug er in seiner Verlegenheit vor.

»Danke, Fima«, sagte Ted. »Ich glaube, das ist nicht nötig. Aber sicher wartest du bequemer im *living room,* bis die beiden zurück sind? Da könntest du dir die Nachrichten anschauen?«

»Gib mir Dimmis Legokasten«, sagte Fima, »ich werd' ihm inzwischen den Davidsturm nachbauen. Oder das Rachelsgrab. Oder sonstwas. Dann störe ich dich nicht bei der Arbeit.«

»Kein Problem«, meinte Ted.

»Was heißt, kein Problem! Ich bin doch gekommen, um mit dir zu reden!«

»Dann bitte sehr, red«, sagte Ted. »Ist was passiert?«

»Also folgendermaßen«, begann Fima, ohne die leiseste Ahnung, wie er fortfahren wollte, und hörte sich zu seiner Verblüffung sagen: »Du weißt, daß die Lage in den Gebieten unerträglich ist.«

»Wenigstens sieht's so aus«, sagte Ted ruhig, und im selben Augenblick stand Fima fast greifbar das verblüffende, aber lebendige, scharfe Bild vor Augen, wie dieses graue Maultier, dessen Brauen zwei gekräuselten Schnauzbärten ähnelten, mit seinen schweren Schultern Jaels nackten Körper striegelte. Sich zu ihr niederbeugte und sein Glied zwischen ihren kleinen, festen Brüsten rieb, ausdauernd in gleichmäßigem Arbeitsrhythmus, als säge er ein Brett durch. Bis Jaels Augen sich mit Tränen füllten und plötzlich auch Fimas, und er sich eilig in ein fleckiges Taschentuch schneuzte, bei dessen Hervorziehen ihm ein Zwanzigschekelschein aus der Tasche fiel – vielleicht das Wechselgeld, das er in dem Lokal am Zionsplatz herausbekommen hatte, oder eine frühere Spende seines Vaters.

Ted bückte sich und reichte ihm den Schein. Dann preßte er den Tabak in seiner Pfeife ein wenig fester, zündete sie von neuem an und ließ einen feinen Rauchschleier aufsteigen, den Fima verabscheuen wollte, aber unwillkürlich genoß.

»Ja«, sagte Ted, »du hast also von der Lage in den Gebieten angefangen. Wirklich eine komplizierte Sache.«

»Was redest du eigentlich von der Lage in den Gebieten«, ereiferte sich Fima. »Was heißt Lage in den Gebieten. Das ist auch so ein Selbstbetrug. Es geht hier nicht um die Lage in den Gebieten, sondern um die Situation im Staat. Innerhalb der grünen Linie. In der israelischen Gesellschaft. Die Gebiete sind nichts als unsere eigene Schattenseite. Was dort tagtäglich passiert, ist bloß der konkrete Ausdruck des moralischen

Fäulnisprozesses, der uns seit siebenundsechzig befallen hat. Wenn nicht schon vorher. Wenn nicht von Anfang an.«

»Fäulnis?« fragte Ted vorsichtig.

»Fäulnis. *Degeneration. Corruption.* Wir lesen jeden Morgen Zeitung, hören den ganzen Tag Nachrichten, schauen Abend für Abend die Fernsehnachrichten, seufzen, sagen einander, daß es auf gar keinen Fall so weitergehen kann, unterzeichnen hier und da einen Aufruf, aber eigentlich tun wir gar nichts. Null. *Zero.* Nix.«

»Nein«, sagte Ted, und nach einigem Nachdenken, währenddessen er bedächtig und konzentriert seine Pfeife neu gestopft und in Brand gesetzt hatte, fügte er bescheiden hinzu: »Jael geht zweimal die Woche *volunteering* im Toleranzförderungskomitee. Aber es heißt, es käme bald zu einer Spaltung in diesem Verein. Woher kommt übrigens dieses Wort ›Aufruf‹? Hat das was mit auf, auf zu großen Taten zu tun oder mit dem einsamen Rufer in der Wüste?«

»Aufruf«, erwiderte Fima, »Petition. Ein Wisch Papier. Selbstbefriedigung.« Dabei schlug er vor lauter Wut versehentlich mit der Faust auf die Tastatur des Textverarbeitungsgeräts.

»Paß auf«, sagte Ted, »wenn du meinen Computer kaputthaust, hilft das den Arabern auch nicht.«

»Wer redet denn überhaupt von Hilfe für die Araber!« schrie Fima verletzt. »Hier geht's drum, uns selber zu helfen! Das sind nur die da, die Verrückten, die Rechten, die versuchen uns so hinzustellen, als wäre es unsere Absicht, den Arabern zu helfen!«

»Begreif ich nicht«, sagte Ted und kratzte sich übertrieben den Krauskopf wie ein Begriffsstutziger. »Was, jetzt sagst du, wir versuchen nicht die Lage der Araber zu verbessern?«

Fima fing also mit mühsam unterdrückter Wut ganz von vorne an und erklärte in einfachem Hebräisch seine Auffassung von den taktischen und psychologischen Fehlern, die die gemäßigte Linke in den Augen der Masse des Volkes mit dem Feind solidarisch erscheinen ließen. Wobei er erneut über sich selber wütend wurde, weil er den abgedroschenen Ausdruck »Masse des Volkes« verwendet hatte. Während seiner Rede merkte er, daß Ted verstohlen nach den Computergraphiken, die auf dem Teppich verstreut lagen, schielte und mit dem haarigen Finger immer wieder den Tabak in seiner Pfeife festdrückte. Am Finger glitzerte der Ehering. Vergeblich mühte sich Fima, das Bild auszulöschen, wie eben dieser Finger mit haargenau der gleichen Bewegung an Jaels Schamlippen pochte. Gleichzeitig beschlich ihn der Verdacht, er werde hier belogen und betrogen, Jael verstecke sich im Schlafzimmer vor ihm, weine stumm erstickt mit bebenden Schultern ihre Tränen ins Kissen, wie sie manchmal mitten im Beischlaf losweinte und wie Dimmi zuweilen lautlos weinte, wenn er eine Ungerechtigkeit erkannte, die man ihm, einem Elternteil oder Fima angetan hatte.

»In einem geordneten Staat«, fuhr er fort, unwillkürlich Dr. Wahrhaftigs Lieblingsausdruck verwendend, »in einem geordneten Staat hätte sich schon längst ein Bürgeraufstand formiert. Eine Arbeiter- und Studentenfront hätte die Regierung gezwungen, auf der Stelle mit diesem Greuel aufzuhören.«

»Was heißt Bürgeraufstand? *Civil resistance*? Warum heißt das so? Hat das was mit dem Gegenteil von Schlafenlegen zu tun? Ich geb' dir noch ein bißchen Brandy, Fima. Das wird dich beruhigen.«

Mit fieberhafter Verzweiflung kippte Fima den Brandy in einem langen Zug hinunter – den Kopf zurückgelegt wie die Wodkatrinker in Rußlandfilmen. Vor seinen Augen zeichnete sich bis in alle Einzelheiten das Bild ab, wie dieser Schrank mit den buschigen Augenbrauen, die wie Stahlwolltopfkratzer wirkten, Jael Samstag morgens ein Glas Orangensaft ans Bett bringt und sie schläfrig, wohlig, die Augen noch fast geschlossen, eine zarte Hand ausstreckt und den Verschluß seiner – sicher rotseidenen – Pyjamahose streichelt. Dieses Bild weckte in Fima weder Eifersucht noch Begierde oder Wut, sondern, zu seiner Verblüffung, tiefes Mitgefühl für diesen ehrlichen, fleißigen Menschen, der an ein Arbeitstier erinnerte, Tag und Nacht vor seinem Computer hockte, um einen Weg zur Vervollkommnung des Düsenantriebs für Kraftfahrzeuge zu finden, und hier in Jerusalem vermutlich keinen einzigen Freund besaß.

»Das traurigste ist diese fortschreitende Lähmung der Linken«, sagte Fima.

»Stimmt«, erwiderte Tobias. »Sehr richtig. Das war bei uns fast dasselbe zu Zeiten von Vietnam. Soll ich Kaffee machen?«

Fima verfolgte ihn in die Küche und fuhr leidenschaftlich fort: »Der Vergleich mit Vietnam – das ist unser allergrößter Fehler, Teddy. Hier ist nicht Vietnam, und wir sind ganz sicher keine Blumenkinder. Der zweite Fehler ist der, zu hoffen, die Amerikaner würden die Arbeit schon für uns erledigen und uns aus den Gebieten rausholen. Was schert's die, daß wir hier langsam, aber sicher zum Teufel gehen?«

»Richtig«, sagte Ted in dem Tonfall, in dem er Dimmi für die Lösung einer Rechenaufgabe zu loben pflegte, »sehr richtig. Keiner tut dem anderen einen Gefallen. Jeder kümmert sich um sich selber. Und selbst dafür reicht der Verstand nicht immer.« Unterdessen hatte er einen Kessel aufgesetzt und begonnen, das saubere Geschirr aus der Spülmaschine zu räumen.

Fima – in höchster Aufregung stürmisch herumfuchtelnd, als wolle er augenblicklich das Gegenteil beweisen – schob Ted ein Stück zur Seite und fing unaufgefordert an mitzuhelfen: schnappte sich eine große Handvoll Besteck aus der Maschine und lief nun in der Küche herum, riß Türen und Schubladen auf, ohne sie wieder zuzumachen, auf der Suche nach einem Ort, wo er seine Beute in Frieden abladen konnte, und referierte unablässig über den Unterschied zwischen Vietnam und Gaza und zwischen *Tissmonet*-Nixon und *Tissmonet*-Schamir, obwohl ihm dabei einige Messer und Gabeln aus der losen Hand rutschten und sich über den Küchenboden verteilten.

Ted bückte sich, hob sie auf und fragte höchst vorsichtig: »*Tissmonet*? Ist das ein neues Wort im Hebräischen?«

»*Tissmonet*. Syndrom. Wie ihr damals das Vietnamsyndrom hattet.«

»Hast du nicht vorhin gesagt, der Vergleich mit Vietnam wär' ein Fehler?«

»Ja. Nein. In gewisser Hinsicht ja. Das heißt... Man muß vielleicht zwischen Symptom und Syndrom unterscheiden.«

»Hier«, sagte Ted, »leg das hier in die zweite Schublade.«

Aber Fima hatte bereits aufgegeben, ließ die ganze Handvoll Besteck auf der Mikrowelle los, zog sein Taschentuch hervor, putzte sich erneut die Nase und wischte dann geistesabwesend den Küchentisch damit ab, während Ted Teller nach Art und Größe sortierte und jeden Stapel an seinen richtigen Platz in den Schrank über dem Spülstein stellte.

»Warum gibst du das nicht an die Presse, Fima. Mach's publik, damit noch andere es lesen. Deine Sprache ist so reich. Und das macht dir auch die Seele leichter: Man sieht doch, wie du leidest. Faßt die Politik derart persönlich auf. Nimmst dir die Lage zu Herzen. In einer Dreiviertelstunde ungefähr kommt Jael mit Dimmi zurück. Und ich muß ein bißchen arbeiten. Wie hast du gesagt, nennt man *deadline* auf hebräisch? Am besten trägst du vielleicht deinen Kaffee in den *living room,* und ich dreh' dir den Fernseher an? Ungefähr die Hälfte der Nachrichten kriegst du noch mit. Okay?«

Fima willigte sofort ein: Es würde ihm doch nicht einfallen, den ganzen Abend zu stehlen. Aber statt seinen Kaffee zu nehmen und sich ins Wohnzimmer zu begeben, vergaß er die Tasse auf der Küchenplatte und lief Ted hartnäckig den ganzen Korridor entlang nach, bis Ted sich entschuldigte, auf die Toilette ging und die Tür hinter sich abschloß. Vor verschlossener Tür führte Fima seinen angefangenen Spruch zu Ende: »Ihr seid amerikanische Staatsbürger, könnt jederzeit mit Düsenantrieb hier abhauen, aber was wird mit uns? Gut. Ich geh' Nachrichten schauen. Werd' dich nicht mehr stören. Bloß hab' ich keine Ahnung, wie man euern Fernseher anschaltet.«

Statt ins Wohnzimmer zu gehen, betrat er das Zimmer des Jungen.

Augenblicklich befiel ihn große Müdigkeit. Und da er den Lichtschalter nicht fand, warf er sich im Dunkeln voll bekleidet auf das von schemenhaften Robotern, Flugzeugen und Zeitmaschinen umgebene kleine Bett, über dem, mit unsichtbaren Fäden an der Decke befestigt, eine riesige, in Neonfarben glitzernde Raumrakete schwebte, die Spitze genau auf Fimas Kopf gerichtet und durch einen leichten Luftzug in langsame, drohende Kreisbewegungen versetzt, wie ein Urteil verkündender Finger. Bis Fima die Augen zumachte und sich unvermittelt sagte, wozu denn reden und reden, es ist alles verloren, und das Geschehene läßt sich nicht trennen. Damit überkam ihn der Schlaf. Als er beinah eingedämmert war, spürte er verschwommen, daß Teddy eine kuschelige Wolldecke über ihn breitete. In seiner Benommenheit murmelte er: »Soll ich dir die Wahrheit sagen, Teddy? Nur zwischen uns? Die Araber haben offenbar schon begriffen, daß man uns nicht ins Meer jagen kann. Bleibt bloß das Problem, daß die Juden schlecht ohne jemanden leben können, der sie ins Meer jagen möchte.«

»Ja«, erwiderte Ted leise. »Die Lage ist gar nicht so gut.« Und ging hinaus.

Fima wickelte sich in die Decke, zog sich in sich selbst zurück und wollte noch bitten, man solle ihn wecken, sobald Jael da war. Doch vor lauter Müdigkeit entschlüpfte ihm der Satz: »Weck Jael nicht auf.«

Rund zwanzig Minuten schlief er. Erst als jenseits der Wand das Telefon klingelte, wachte er auf, streckte die Hand aus und kippte Dimmis Legoturm um. Dann versuchte er die Decke zusammenzufalten, gab es aber gleich wieder auf, weil er es eilig hatte, Ted zu finden: Er mußte ja immer noch erklären, was ihn heute abend hergeführt hatte. Statt ins Arbeitszimmer geriet er ins Schlafzimmer, in dem ein Nachtlämpchen mit warmem rötlichen Licht brannte. Er sah, daß das breite Bett bereits zum Schlafen aufgeschlagen war – zwei gleiche Kissen, zwei blaue Wolldecken in seidigen Laken, zwei Nachtschränke, auf dem je ein aufgeschlagenes Buch, Textseite nach unten, lag –, und vergrub das Gesicht, ja den ganzen Kopf in Jaels Nachthemd. Doch gleich schüttelte er es ab und rannte seine Jacke suchen. Mit mondwandlerischer Gründlichkeit durchkämmte er sämtliche Räume der Wohnung, fand aber weder Ted noch Jacke, obwohl er getreulich jedem Licht nachging. Schließlich sank er auf einen Schemel in der Küche und suchte mit den Augen die Messer, für die er vorher nicht den richtigen Platz gefunden hatte.

Ted Tobias kam, das Lineal in der Hand, aus dem Dunkel und sagte langsam unter deutlicher Betonung jedes einzelnen Wortes wie ein Militärfunker: »Du hast ein bißchen geschlafen. Zeichen, daß du müde warst. Ich kann dir deinen Kaffee in der Mikrowelle aufwärmen.«

»Nicht nötig«, sagte Fima, »danke. Ich lauf', weil ich sonst zu spät komme.«

»Ah. Zu spät. Wohin zu spät?«

»Bin verabredet«, sagte Fima zu seiner eigenen Überraschung in einem Ton von Mann zu Mann, »hab' völlig vergessen, daß ich heute abend noch verabredet bin.« Mit diesen Worten drehte er sich zur Wohnungstür und begann mit dem Schloß zu ringen, bis Ted sich seiner erbarmte, ihm die Jacke reichte, das Schloß aufsperrte und mit leiser Stimme, aus der Fima leichte Trauer heraushörte, bemerkte: »Sieh mal, Fima, *it's none of my business,* aber ich glaube – du brauchst ein bißchen Urlaub. Dein Zustand ist ein bißchen unten. Was soll ich Jael ausrichten?«

Fima steckte den linken Arm durch das Loch im Ärmelfutter statt in den Ärmel selber und kapierte absolut nicht, wieso sich die Tunnelröhre in eine Sackgasse verwandelt hatte. Augenblicklich kochte er vor Wut, als habe Ted ihm das Jackeninnere durcheinandergebracht, und quetschte durch die Zähne: »Du brauchst ihr gar nichts auszurichten. Ich habe ihr nichts zu sagen. Bin ja überhaupt nicht ihretwegen gekommen. Sondern um mit dir zu reden, Ted. Bloß daß du so ein Bock bist.«

Ted Tobias war nicht beleidigt, hatte das letzte Wort wahrscheinlich gar nicht verstanden. Dafür antwortete er vorsichtig auf englisch: »Vielleicht bestell' ich dir besser ein Taxi?«

Fima, sofort von tiefer Reue und Scham erfüllt, erwiderte: »Danke Teddy. Nicht nötig. Verzeih mir den Ausbruch. Letzte Nacht hab' ich schlecht geträumt, und heute ist wohl einfach nicht mein Tag. Ich hab' dich bloß beim Arbeiten gestört. Sag Jael, ich hätte abends Zeit, auf das Kind aufzupassen, wann immer ihr mich braucht. *Commitment* heißt übersetzt ›Verpflichtung‹ oder ›Verbindlichkeit‹. Und *deadline* weiß ich nicht: vielleicht ›tote Leitung‹. Übrigens, wozu brauchen wir Düsenantrieb auf dem Festland? Wuselt man so nicht schon genug herum? Vielleicht erfindet ihr was, damit wir endlich stillsitzen? Verzeihung und auf Wiedersehen, Teddy. Du hättst mir diesen Brandy nicht geben sollen. Ich red' so schon Unsinn.«

Als er unten aus dem Fahrstuhl trat, prallte er im Dunkeln mit Jael zusammen, die den schlafenden Dimmi in seinem Fliegeranzug auf den Armen trug. Jael stieß einen leisen Überraschungsschrei aus; das Kind wäre ihr beinah aus den Armen gerutscht. Einen Moment später, sobald sie Fima erkannt hatte, sagte sie müde: Was bist du für ein Golem. Statt sich zu entschuldigen, umarmte Fima alle beide stürmisch mit einem befreiten Arm und einem Ärmelschlauch und begann den Kopf des schläfrigen Challengers mit fieberhaften Küssen zu bedekken, wie ein ausgehungerter Vogel Nahrung aufpickt. Und fuhr dann fort, auch Jael alles zu küssen, was ihm im Dunkeln erreichbar war, konnte aber ihr Gesicht nicht finden, sondern beugte sich vor, um ihr stürmisch von einer Schulter zur andern den feuchten Rücken abzuknutschen. Dann flüchtete er ins Freie und suchte im Finstern bei strömendem Regen die Bushaltestelle. Denn inzwischen hatte sich seine Prophezeiung vom Beginn des Abends erfüllt, als er Ted mit den Worten: »Was heißt Regen! Eine Sintflut!« geantwortet hatte. Und auf der Stelle war er völlig durchnäßt.

6. Als sei sie seine Schwester

Und tatsächlich hatte er diesen Abend eine Art Verabredung: Kurz nach halb elf klingelte er, durchfroren und durchweicht, mit quatschnassen Schuhen, am Tor der Gefens. Sie wohnten in der deutschen Kolonie in einem massiven Steinhaus, inmitten alter Pinien tief im Innern eines großen, von einer Mauer umfriedeten Gartens.

»Ich bin zufällig bei euch vorbeigekommen und hab' Licht gesehen«, erklärte er Nina unbeholfen. »Da dachte ich, ich stör' mal zwei Minuten. Nur um von Uri das Buch über Leibowitz zu holen und ihm zu sagen, daß wir, näher betrachtet, in der Debatte über den Krieg zwischen Iran und Irak beide recht gehabt haben. Soll ich lieber ein andermal hereinschauen?«

Nina nahm ihn kichernd bei der Hand und zog ihn hinein: »Uri ist doch in Rom«, sagte sie. »Du hast selber Samstag abend angerufen, um dich von ihm zu verabschieden, und hast ihm am Telefon einen richtigen Vortrag gehalten, warum für uns nun gerade ein irakischer Sieg besser wäre. Wie du aussiehst. Und ich soll glauben, du seist rein zufällig um elf Uhr nachts durch unsere Straße gekommen. Was soll nur aus dir werden, Fima?«

»Hab' eine Verabredung gehabt«, murmelte er, während er sich aus der Falle seiner jetzt auch noch regentriefenden Jacke zu befreien suchte. »Der Ärmel ist zu«, erklärte er.

»Setz dich hier vor den Ofen«, sagte Nina. »Wir müssen dich erst mal trocken kriegen. Sicher hast du auch nichts gegessen. Ich hab' heute an dich gedacht.«

»Ich auch an dich. Ich wollte dich verführen, ins Orion-Kino zu einer Komödie mit Jean Gabin mitzukommen. Hab' angerufen, aber du hast dich nicht gemeldet.«

»Ich dachte, du warst verabredet? Außerdem bin ich bis neun im Büro hängengeblieben. Ein Importeur von Sexartikeln hat Pleite gemacht, und ich wickel' ihn ab. Gläubiger sind ausgerechnet zwei ultraorthodoxe Schwager. Stell dir diese Komödie mal vor. Was brauch' ich da Jean Gabin. Egal. Komm, zieh dich aus: Du siehst ja aus wie ein Kater, der ins Wasser gefallen ist. Da, trink erst mal 'n Scotch. Schade, daß du dich nicht selber siehst. Nachher geb' ich dir was zu futtern.«

»In welchem Zusammenhang hast du heute an mich gedacht?«

»Dein Artikel vom Freitag. Ganz ordentlich. Vielleicht ein bißchen hysterisch. Ich weiß nicht, ob ich dir's erzählen soll: Zwi Kropotkin will schon ein Durchsuchungsteam aufstellen, um in deine Wohnung einzubrechen, aus sämtlichen Schubladen die Gedichte, die du seiner Überzeugung nach sicher weiterschreibst, rauszukramen und sie der Veröffentlichung zuzuführen. Damit du nicht völlig in Vergessenheit gerätst. Was hast du denn für eine Verabredung gehabt? Mit einer Sirene? Unter Wasser? Sogar deine Unterwäsche ist naß.«

Fima, der nur noch lange Unterhosen und ein angegrautes Winterunterhemd anhatte, grinste: »Meinetwegen soll'n sie mich vergessen. Ist mir ja selbst schon entfallen. Soll ich auch die Unterwäsche ausziehen? Was, du wickelst weiter deinen Sexshop ab? Übergibst du mich auch diesen Ultrafrommen?«

Nina war Rechtsanwältin, in seinem Alter und Jaels Freundin, eine dem Nelson-Zigaretten-Rauchen verfallene Frau, deren Brille ihr ein bissiges Aussehen verlieh. Ihr dünnes, graumeliertes Haar war erbarmungslos gestutzt. Mager und eckig war sie, wie ein hungriger Fuchs, und ihr dreieckiges Gesicht erinnerte Fima ebenfalls an einen von seinen Verfolgern eingekreisten Vertreter dieser Gattung. Aber ihre Brüste waren schwer und attraktiv, und die wunderbar geformten Hände hätten einem Mädchen aus dem Fernen Osten gehören können. Sie reichte ihm ein Bündel von Uris Kleidern – gebügelt und fein sauber riechend – und befahl: »Zieh dich an. Und trink. Und setz dich hier an den Kamin. Versuch vielleicht, ein paar Minuten nicht zu reden. Der Irak siegt offenbar auch ohne deine Hilfe. Ich mach' dir Rührei und Salat. Oder soll ich Suppe warm machen?«

»Mach mir überhaupt nichts«, sagte Fima. »Fünf Minuten, dann geh' ich.«

»Was, hast du noch eine Verabredung?«

»Heute morgen hab' ich das Licht in der ganzen Wohnung brennen lassen. Und außerdem –«

»Ich fahr' dich heim«, sagte Nina. »Nachdem du ein bißchen trocken und warm geworden bist und was gegessen hast. Jael hat mich vorhin angerufen. Von ihr weiß ich, daß du nichts gegessen hast. Sie sagte, du hättest Teddy zugesetzt. Der Eugen Onegin aus Kiriat Jovel. Still. Keine Widerrede.«

Uri Gefen, Ninas Mann, war einst ein berühmter Kampfflieger und danach Pilot bei El Al gewesen, bevor er 1971 in die Privatwirtschaft überwechselte und einen verzweigten Importhandel aufbaute. In Jerusalem war Uri als Ehefrauenjäger berüchtigt. Die ganze Stadt wußte, daß Nina sich mit seinen Abenteuern abgefunden hatte und seit Jahren eine Art platonische Freundschaft zwischen beiden herrschte. Manchmal wurden Uris Flammen Ninas Freundinnen. Kinder hatten sie keine, aber ihr gemütliches Haus diente an Freitagabenden als Treffpunkt eines festen Jerusalemer Freundeskreises – Rechtsanwälte, Offiziere, Staatsbeamte, Künstler und Dozenten. Fima mochte sie beide, weil sowohl Uri als Nina ihn, jeder auf seine Weise, unter ihre Fittiche nahmen. Er hatte unterschiedslos jeden gern, der ihn ertragen konnte. Sein Herz gehörte dem Grüppchen guter Freunde, die weiterhin an ihn glaubten, ihn entsprechend anzutreiben suchten und dauernd die Vergeudung seiner Begabungen beklagten.

Auf Anrichte, Kaminsims, Bücherregal standen Fotos von Uri Gefen mit oder ohne Uniform. Er war ein großer, breiter, lauter Mann voll rauher Kumpelhaftigkeit, der bei Frauen, Kindern und sogar Männern das Verlangen nach Körperkontakt mit ihm weckte. In seinem Äußeren erinnerte er ein wenig an den Schauspieler Anthony Quinn. Auf Schritt und Tritt verbreitete er herzliche Rauhbeinigkeit. Wenn er redete, faßte er seine Gesprächspartner, gleich ob Männlein oder Weiblein, gern an, klatschte ihnen auf den Bauch, packte sie an den Schultern oder legte ihnen eine wildgesprenkelte Riesenpranke aufs Knie. In Hochstimmung war er fähig, seinem Publikum vor Lachen die Tränen in die Augen zu treiben, indem er in den Tonfall eines Marktschreiers auf dem Machane-Jehuda-Markt verfiel, Abba Eban als Redner im Übergangslager Bet-Lid verkörperte oder mal nebenbei den Einfluß von Fimas Artikeln auf Camus' Erzählungen analysierte. Und manchmal begann er auch im Freundeskreis, in Anwesenheit seiner Frau, offenherzig seine Erfolge beim weiblichen Geschlecht zu schildern. Fröhlich und taktvoll, ohne sich über seine Bettpartnerinnen lustig zu machen, ihre Identität preiszugeben oder herumzuprahlen, erzählte er den Ablauf der Liebesgeschichten mit wehmütigem Humor – als ein Mensch, der längst erfahren hat, wie sehr Liebe und Lächerlichkeit stets miteinander verquickt sind. Wie weit Verführer und Verführte einem festen Ritual folgen. Wie kindisch und sinnlos sein unermüdlicher Eroberungsdrang war und wie gering dabei der Anteil körperlicher Begierde. Wie stark Lügen, Posen und Einstellungen auch in echte Liebe eingeflochten sind. Und wie die Jahre uns alle zusehends der Genußfähigkeit und des Sehnsuchtsvermögens entkleiden, so daß alles verschleißt und verblaßt. Daher erschien er selber in seinen schabbatabendlichen Decamerone-Geschichten in etwas komischem Licht, als prüfe der Erzähler Uri Gefen den Liebhaber Uri Gefen unter dem Mikroskop und filtre erbarmungslos das Lächerliche heraus. Manchmal sagte er: »Bis man anfängt, was zu begreifen, ist die Amtszeit abgelaufen.« Oder: »Es gibt ein bulgarisches Sprichwort, das besagt: Ein alter Kater behält am besten, wie man jault.«

In Uris Gesellschaft – mehr noch als in Ninas Armen – wurde Fima stets von einer Welle der Sinnlichkeit gepackt. Uri weckte bei ihm den stürmischen Drang, diesen wunderbaren Burschen zu beeindrucken, ja sogar zu verblüffen. Ihn in der

Diskussion zu schlagen. Seinen starken Händedruck zu spüren. Aber nicht immer gelang es Fima, Uri in der Diskussion zu besiegen, denn Uri war ebenfalls mit durchdringendem Witz begabt, der Fimas Scharfsinn nicht nachstand. Und sie hatten auch die Fähigkeit gemeinsam, mit ungezwungener Leichtigkeit vom Humoristischen in tragische Einsicht und zurück zu wechseln. Mit zwei Sätzen eine Argumentation zu zerstören, die sie eine Viertelstunde lang mühsam entwickelt hatten.

An den Schabbatabenden bei Uri und Nina war Fima in seinem Element: Wenn ihn die Muse küßte, war er imstande, die ganze Gesellschaft bis in die kleinen Morgenstunden mit einem Reigen schillernder Widersprüche zu fesseln. Durch eine politische Analyse zu verblüffen. Sie zu amüsieren und in Erregung zu versetzen.

»So einen wie Fima gibt's nicht noch mal«, pflegte Uri Gefen mit väterlicher Zuneigung zu sagen.

Worauf Fima ergänzte: »Und einer davon ist auch schon zu viel.«

Und Nina anfügte: »Schaut euch diese beiden an. Romeo und Julius. Oder richtiger Dick und Doof.«

Fima zweifelte kaum daran, daß Uri längst von seinen, Fimas, seltenen Schäferstündchen mit Nina wußte. Vielleicht fand er das amüsant. Oder rührend. Womöglich war Uri von Anfang an der Autor, Regisseur und Produzent dieser kleinen Komödie gewesen: Manchmal stellte sich Fima im Geist Uri Gefen vor, wie er morgens aufstand, sich mit einer erstklassigen Klinge rasierte, am Frühstückstisch Platz nahm, eine blütenweiße Serviette über die Knie breitete, in sein Notizbuch schaute und aufgrund eines Kreuzchens, das bei ihm in zweimonatigen Abständen verzeichnet war, Nina beim Kaffeetrinken, hinter seiner Zeitung versteckt, daran erinnerte, daß es diese Woche Zeit sei, Fima seine periodisch fällige Behandlung zukommen zu lassen, damit er nicht völlig austrockne. Doch dieser Verdacht tat weder seiner Sympathie für Uri noch dem körperlichen Wohlgefühl und der geistigen Hochstimmung, die ihn in Gegenwart seines charismatischen Freunds stets erfüllte, den geringsten Abbruch.

Alle paar Wochen erschien Nina ohne Vorwarnung um zehn oder elf Uhr morgens, parkte ihren verstaubten Fiat vor dem klobigen Wohnblock in Kiriat Jovel und schleppte zwei Taschen voll Lebens- und Reinigungsmitteln an, die sie unterwegs eingekauft hatte – eine Art hartgesottene Sozialarbeiterin, die unter Einsatz ihres Lebens an die vorderste Notstandsfront vorprescht. Nach einem fast wortlos eingenommenen Kaffee stand sie auf und streifte energisch die Kleider ab. Dann legten sie sich rasch hin, waren in Null Komma nichts fertig und sprangen schnell wieder auf, wie zwei Soldaten im Schützengraben zwischen zwei Bombenhageln eilig eine Konserve verschlingen.

Sofort nach der Liebe schloß Nina sich in Fimas Badezimmer ein, schrubbte ihren hageren Körper und in einem Schwung auch gleich noch Waschbecken und Klosettschüssel. Erst dann setzten sie sich zum Kaffee zusammen, um über politische Dichtung oder die große Koalition zu debattieren, wobei Nina kettenrauchte und Fima eine Scheibe Schwarzbrot mit Marmelade nach der anderen futterte. Niemals gelang es ihm, der Verlockung dieses warmen kräftigen Brots zu widerstehen, das sie ihm aus einer kleinen georgischen Bäckerei mitbrachte.

Fimas Küche sah immer aus wie nach der Flucht: leere Flaschen und Eierschalen unter dem Spülstein, offene Schraubgläser auf der Marmorplatte, vertrocknete Marmeladenhäufchen, angebrochene Joghurtbecher, Beutel mit sauren Milchresten, Krümel und klebrige Inseln auf dem Tisch. Wenn Nina gelegentlich vom missionarischen Eifer gepackt wurde, krempelte sie den einen Ärmel hoch, streifte Gummihandschuhe über und stürzte sich – die brennende Zigarette schräg im Mundwinkel hängend, als sei sie an der Unterlippe festgeklebt – auf Schränke, Kühlschrank, Marmorplatte und Fliesen. In einer halben Stunde vermochte sie Kalkutta in Zürich zu verwandeln. Im Verlauf des Gefechts lehnte Fima, überflüssig und voll guten Willens, an der Küchentür und polemisierte mit ihr und mit sich selber über den Zusammenbruch des Kommunismus oder die Gegner der Chomskyschen Sprachtheorie. Sobald sie gegangen war, mischten sich Scham, Sympathie, Sehnsucht und Dankbarkeit bei ihm, so daß er ihr tränenden Auges nachlaufen und »danke, Liebling« oder »ich bin dieser Gunst gar nicht würdig« hätte sagen mögen, hielt aber an sich und riß sogar eilig sämtliche Fenster auf, um den Zigarettenrauch zu vertreiben, der die Küche vernebelte. Und es gab auch eine verschwommene Halluzination: Er lag krank im Bett, und Nina pflegte ihn. Oder umgekehrt: Nina war schwer krank, und er befeuchtete ihr die Lippen und wischte ihr den Schweiß von der Stirn.

Zehn Minuten nach seiner Ankunft aus dem Regen saß Fima schon in Uris pfiffigem Sessel, den Fima als eine »Kombination von Hängematte und Wiegenlied« bezeichnete. Nina hatte ihm dampfende, feingewürzte Erbsensuppe vorgesetzt, sein Scotchglas aufgefüllt und ihn mit Uris Sachen – Hemd, Hose und roter Pullover – eingekleidet, die ihm zwar viel zu groß, aber doch höchst bequem waren. Seine Füße steckten in Fellhausschuhen, die Uri aus Portugal mitgebracht hatte. Seine eigenen Kleider hatte sie indes zum Trocknen auf einen Stuhl vor den Kamin gehängt. Nun diskutierten sie über die neue lateinamerikanische Literatur, den magischen Realismus, in dem Nina die Fortführung Kafkas erblickte, während Fima ihn verärgert eher als eine Vulgarisierung der Traditionen Cervantes' und Lope de Vegas betrachtete und Nina prompt auf die Palme brachte, indem er behauptete, er persönlich würde auf diesen ganzen südamerikanischen Zirkus samt Feuerwerk und rosa Zuckerwatte zugunsten einer einzigen Seite Tschechow verzichten. Hundert Jahre Einsamkeit für eine Dame mit Hund.

Nina zündete sich eine neue Zigarette an und sagte: »Paradoxa. Gut. Aber was wird mit dir.« Und weiter: »Wann nimmst du dich endlich selber an der Hand. Wann hörst du auf zu fliehen.«

Fima sagte: »Mindestens zwei Anzeichen in der letzten Zeit sprechen für Schamirs langsames Begreifen der Tatsache, daß es ohne die PLO nicht geht.«

Nina schaute ihn durch ihre Brillengläser und den Zigarettenqualm hindurch an und sagte: »Manchmal denke ich, du bist ein hoffnungsloser Fall.«

Worauf Fima entgegnete: »Wir sind doch beide hoffnungslos verloren, Nina.«

Im selben Augenblick überwältigte ihn zärtliche Zuneigung zu dieser Seele, die ihm da in abgewetzten Jeans mit Männerreißverschluß und weitem Männerhemd gegenübersaß, als sei sie seine leibliche Schwester. Ihre Unschönheit und Unweiblichkeit erschienen ihm plötzlich geradezu schmerzlich weiblich und attraktiv. Ihre großen, weichen Brüste forderten ihn auf, seinen Kopf zwischen sie zu legen. Ihr kurzes graues Haar verursachte ein Kribbeln in seinen Fingerspitzen. Und er wußte genau, womit er diese gehetzte Füchsinnenmiene vertreiben und ihrem Gesicht den Ausdruck der höchsten Wonnen eines seligen kleinen Mädchens verleihen konnte. Dabei erwachte in den Tiefen von Uris Hose sein Glied. Gute Laune, Spendierfreudigkeit und Mitleid für eine Frau kündigten stets erwachende Leidenschaft an. Seine Lenden entflammten in fast schmerzender Begierde: zwei Monate hatte er nicht mehr mit einer Frau geschlafen. Der Geruch feuchter Wolle, den Jael verströmt hatte, als er ihr im dunklen Treppenhaus den Rücken küßte, mischte sich jetzt mit dem Dunst seiner hier vor dem Kamin trocknenden Kleidung. Sein Atem wurde schneller, die Lippen öffneten sich und bebten. Wie bei einem Kind. Nina sah es und sagte: »Einen Moment noch, Fima. Laß mich die Zigarette fertig rauchen. Gib mir noch ein paar Minuten.«

Aber Fima, schüchtern und brennend vor Leidenschaft und Erbarmen, hörte nicht auf sie, sondern fiel vor ihr auf die Knie und zog an ihrem Bein, bis sie wegrutschte und neben ihm auf dem Teppich landete. Neben den Tischbeinen begann ein unbeholfener Kampf mit seinen und ihren Kleidern. Mit Mühe konnte er noch Brille und brennende Zigarette aus der Bahn räumen, während seine Lenden sich unablässig an ihrem Schenkel rieben und er ihr Gesicht mit Küssen überschwemmte, als wolle er sie von der zunehmenden Reibung ablenken. Bis es ihr gelang, ihn abzudrängen und sie beide aus der Kleidung zu befreien, wobei sie flüsterte: »Langsam, Fima. Verschling mich doch nicht.« Aber er hörte nichts, lag vielmehr im Handumdrehen mit vollem Gewicht auf ihr, und küßte unablässig ihr Gesicht, und unaufhörlich leise flehende Bitten und hastige Entschuldigungen zu stammeln. Doch als sie sich seiner erbarmte und gut, komm, sagte, schrumpfte sein Glied plötzlich. Zog sich in die Falten seiner Höhle zurück, wie eine erschrokkene Schildkröte den Kopf tief unter den Panzer steckt.

Und trotzdem ließ er nicht ab, sie zu küssen und zu liebkosen und sich für seine Müdigkeit zu entschuldigen, nachts habe er schlecht geträumt, und heute abend habe ihn Ted aus dem Haus geworfen, nachdem er ihn mit Brandy vollgegossen habe, und nun der Scotch. Offenbar sei heute doch nicht sein Tag.

Zwei Tränen traten in die Winkel von Ninas kurzsichtigen Augen. Jetzt, ohne Brille, wirkte sie zart, verträumt, als sei ihr Gesicht weit nackter als ihr Leib. Lange blieben sie eng umschlungen reglos liegen wie zwei Soldaten im Graben unter Beschuß. Beschämt und durch ihre Beschämung verbunden. Bis sie sich von ihm löste, umhertastete, sich eine neue Zigarette anzündete und zu sagen versuchte, macht nichts, Kind, und ihm zu verstehen geben wollte, daß er sie gerade jetzt tiefer erreiche, als es beim Beischlaf möglich sei. Und wieder nannte sie ihn Kind und sagte, komm, geh dich waschen, dann legen wir dich schlafen.

Getröstet und elegisch legte Fima den Kopf in ihre Achselhöhle, hielt aber die Brille von ihr fern, weil er sich ihrer nackten Körper und seines eingeschrumpften Gliedes schämte, sich allein danach sehnte, sich an sie zu schmiegen, weder zu sehen noch gesehen zu werden. Nahe und schweigend lagen sie auf dem Teppich im Schein des langsam schwächer werdenden

Kaminfeuers und lauschten dem Sturm draußen und den Regengüssen an die Fensterscheiben und dem Gurgeln des Wassers im Regenrohr, sanft und zufrieden beide, als hätten sie den Liebesakt vollendet und einander höchstes Vergnügen bereitet. Plötzlich fragte Fima: »Was meinst du, Nina? Ob Jael und Uri miteinander geschlafen haben?«

Damit war der Zauber gebrochen. Nina befreite sich heftig aus seiner Umarmung, schnappte sich ihre Brille, warf sich die Tischdecke um, zündete mit energischen Bewegungen noch eine Nelson an und meinte: »Sag, warum kannst du nie mal fünf Minuten durchgehend schweigen.«

Danach wollte er wissen, was genau ihr an seinem Artikel vom Freitag gefallen habe.

»Warte«, sagte Nina.

Er hörte eine Tür zuschlagen. Einen Moment später schoß das Wasser aus den Hähnen in die Badewanne. Er kramte in seinem Kleiderhaufen und suchte sämtliche Taschen nach den Tabletten gegen Sodbrennen ab. Wie aus Schadenfreude gegen sich selbst wiederholte er Ted Tobias' Worte: Dein Zustand ist ein bißchen unten. Und Jaels Satz: Was bist du für ein Golem.

Als Nina zwanzig Minuten später mit frischgewaschenem Haar, duftend, parfümiert und im braunen Morgenrock, zu Versöhnung und Trost bereit herauskam, fand sie die Kleidung ihres Mannes auf dem Teppich verstreut, das Kaminfeuer in den letzten Zügen und die Fellhausschuhe, die Uri aus Portugal mitgebracht hatte, wie tote Katzen vor der Tür liegen. Fima war weg. Aber sie sah, daß er sein Glas geleert und das Buch über Leibowitz ebenso mitzunehmen vergessen hatte wie einen seiner Socken, der überm Stuhl vor dem Feuer hing, das einen Augenblick mit letzter Kraft aufflackerte und gleich darauf erstarb. Nina sammelte Kleidungsstücke und Schuhe ein, räumte Glas, Suppentasse und vergessenen Socken weg, zog die Teppichecke gerade, tastete mit den schlanken, wohlgeformten Fingern, die denen einer jungen Chinesin glichen, nach den Zigaretten. Und lächelte unter Tränen.

7. Mit mageren Fäusten

Morgens um Viertel nach sechs notierte er in seinem braunen Traumbuch, was er in der Nacht gesehen hatte. Der Großband *Jerusalem in der hebräischen Dichtung* diente ihm als Tischplatte auf den schräg hochgezogenen Knien. Und das Datum vermerkte er, wie immer, in Worten, nicht Ziffern.

Im Traum war ein Krieg ausgebrochen. Der Schauplatz sah so ähnlich aus wie die Golanhöhen, nur noch öder. Wie auf der Mondoberfläche. Er selbst ging in Uniform, aber ohne Marschgepäck oder Waffe einen verlassenen Sandweg entlang, zu dessen beiden Seiten, wie er wußte, Minenfelder lagen. Besonders erinnerte er sich, daß die Luft sehr grau und stickig gewesen war, wie vor einem Sturm. Weit entfernt läutete eine Glocke langsam, mit großen Pausen, der Klang in unsichtbaren Schluchten widerhallend. Von einem Glockenschlag zum nächsten herrschte lange Stille. Keine Seele zeigte sich. Nicht einmal ein Vogel. Und keine Spur einer Ortschaft. Wieder hatten sie uns überrascht. Die feindliche Panzerkolonne rollte auf einen schmalen Bergpaß zu, eine Art Einschnitt, den Fima wegaufwärts, am Fuß steiler Anhöhen, entdeckte. Er begriff, daß die Graufärbung der Luft von dem Staub herrührte, den die Ketten aufwirbelten, und hörte nun, dank dieser Erkenntnis, durch das Glockengeläut hindurch auch leises Motorenbrummen. Jetzt wußte er, daß er die Aufgabe hatte, sie am Einschnitt, dort, wo der Weg den Paß kreuzte, abzufangen. Sie mit Reden aufzuhalten, bis die Truppe mobilisiert war und zur Abriegelung der Schlucht eintreffen würde. Er begann mit aller Kraft zu rennen. Er keuchte. Das Blut pochte in den Schläfen. Die Lungen schmerzten. Es stach in den Rippen. Obwohl er sämtliche Muskeln anspannte, kam er kaum vorwärts, trat fast auf der Stelle und suchte dabei krampfhaft nach Worten, die er benutzen könnte, um den Feind aufzuhalten. Er mußte sofort einen Ausdruck, eine Idee, eine Botschaft oder aber etwas

Amüsantes finden, Sätze, die die auf ihn zurollende Kolonne veranlassen würden, anzuhalten, Köpfe aus den Panzertürmen zu strecken, ihm zuzuhören. Wenn er sie schon nicht überzeugen konnte, würde er wenigstens Zeit gewinnen. Ohne die es keine Hoffnung gab. Doch da verließ ihn die Kraft, die Beine knickten weg, und der Kopf war bar jeden Gedankens. Kein einziges Wort wollte ihm einfallen. Das Dröhnen der Motoren kam immer näher, schwoll stärker und stärker an, schon hörte man Geschützlärm und Maschinengewehrbellen hinter der Kurve. Und er sah Flammenblitze in einer Rauch- oder Staubwolke, die den Einschnitt füllte, ihm in die Augen drang und in der Kehle brannte. Zu spät. Er würde nicht mehr rechtzeitig kommen. Es gab keine Worte auf der Welt, die das Stampfen des wahnsinnigen Stiers, der da auf ihn zustürmte, hätten bremsen können. In einer Sekunde würde er zermalmt sein. Schlimmer noch als das Grauen war jedoch die Schmach über sein Versagen. Über die Wortlosigkeit. Sein wilder Lauf wurde langsamer, verwandelte sich in mühsames Schlurfen, weil sich ein Gewicht herabgesenkt hatte, das ihm auf die Schultern drückte. Als es ihm gelang, den Kopf zu wenden, merkte er, daß ein Kind auf ihm ritt, ihm mit mageren, boshaften Fäusten auf den Kopf trommelte und ihm mit den Knien den Hals abdrückte. Bis er fast erstickte.

Und weiter schrieb Fima in sein Buch: »Die Bettwäsche riecht schon. Heute muß ein Sack voll zur Wäscherei. Und doch war da was: Geblieben ist eine Sehnsucht nach jenen öden Bergen und diesem sonderbaren, grauen Licht, besonders aber nach dem Glockenklang, der dort in den verlassenen Wadis mit sehr langen Pausen zwischen den einzelnen Anschlägen widerhallte und mich wie aus unmeßlichen Fernen erreichte.«

8. Meinungsverschiedenheiten über die Frage, wer die Inder eigentlich sind

Um zehn Uhr morgens, als er gerade am Fenster stand, um die Regentropfen zu zählen, sah er Baruch Numberg mit dem Taxi ankommen und noch ein wenig mit dem Fahrer reden. Sein Vater war ein gepflegter alter Mann mit Anzug und Fliege und einem scharf geschnittenen weißen Bärtchen, das ihm wie ein moslemischer Krummdolch aus dem Gesicht ragte. Im Alter von zweiundachtzig führte er immer noch souverän die Kosmetikfabrik, die er in den dreißiger Jahren in Jerusalem aufgebaut hatte.

Er beugte sich zum Wagenfenster und referierte offenbar dem Fahrer – das unbedeckte weiße Haar im Wind wehend, den Hut in der Linken und seinen geschnitzten Stock mit Silberknauf in der Rechten. Fima wußte, daß der Alte weder feilschte noch auf Wechselgeld wartete, sondern eine unterwegs begonnene Geschichte zu Ende führte. Seit nunmehr fünfzig Jahren beglückte er die Jerusalemer Taxifahrer mit einem fortlaufenden Seminar über chassidische Legenden und fromme Geschichten. Er war ein eingefleischter Geschichtenerzähler. Dabei hatte er die feste Angewohnheit, jede Geschichte auszulegen und ihre Moral aufzuzeigen. Wenn er einen Witz erzählte, pflegte er, als Nachtisch, zu erklären, wo die Pointe steckte. Und gelegentlich erläuterte er noch zusätzlich, was die scheinbare und was die wahre Pointe war. Seine Witzinterpretation weckte schallendes Gelächter bei seinen Zuhörern, was ihn wiederum ermunterte, weitere Anekdoten zum besten zu geben und sie ebenfalls zu erläutern. Er war überzeugt, daß aller Welt die Pointen entgingen und er die Pflicht hatte, ihnen die Augen zu öffnen. In seiner Jugend war er vor den Bolschewiken aus Charkow geflohen und im Anschluß an ein Chemiestudium in Prag nach Jerusalem gekommen, wo er in einem kleinen Heimlabor Lippenstifte und Puder herzustellen begann – und damit den Grundstein für die florierende Kosmetikfabrik legte. Ein geschwätziger alter Geck war er. In den Jahrzehnten seiner Witwerschaft umgaben ihn ständig allerlei Freundinnen und Begleiterinnen. In Jerusalem herrschte allgemein die Auffassung, die Frauen, die sich um ihn scharten, seien nur auf sein Geld aus. Fima war anderer Meinung: Er hielt den Vater trotz seines lauten Auftretens für einen guten, großzügigen Menschen. Über die Jahre hinweg unterstützte der Alte mit seinem Geld jede Sache, die ihm richtig oder zu Herzen gehend erschien. Er gehörte einer Vielzahl Komitees, Kommissionen, Vereinen, Gruppen und Gesellschaften an. Beteiligte sich regelmäßig an öffentlichen Spendenaktionen für Obdachlose, Einwandereraufnahme, Kranke, die komplizierte Operationen im Ausland brauchten, Bodenerwerb in den Gebieten, Herausgabe von Gedenkbänden, Erhaltung historischer Stätten, Einrichtung von Heimen für verwahrloste Kinder und von Zufluchtsstätten für Frauen in Not. Setzte sich für die Unterstützung mittelloser Künstler, die Abschaffung von Tierversuchen, die Beschaffung von Rollstühlen und die Vermeidung von Umweltverschmutzung ein. Sah keinen Widerspruch darin, sowohl für die Verstärkung der traditionellen Erziehung als auch für das Komitee gegen religiösen Zwang zu spenden. Leistete monatliche Beihilfen an Studenten aus dem Kreis der nationalen Minderheiten, an Opfer von Gewaltverbrechen und auch für die Resozialisierung der Täter. In jede dieser Initiativen investierte der Vater bescheidene Summen, aber alle zusammen verschlangen wohl rund die Hälfte des Gewinns, den die Kosmetikfabrik abwarf, und einen Großteil seiner Zeit. Außerdem hatte er eine starke Leidenschaft, fast schon Besessenheit für alles, was mit Vertragsabschlüssen und der Beachtung des Kleingedruckten zu tun hatte: Wenn Chemikalien eingekauft oder gebrauchtes Gerät verkauft werden mußte, setzte er eine ganze Batterie von Rechtsanwälten, Beratern und Rechnungsprüfern ein, um jedes Schlupfloch von vornherein zu stopfen. Juristische Urkunden, notarielle Zahlungsbefehle, paraphierte Vertragsentwürfe – all das verursachte ihm ein spielerisches Vergnügen, das fast an künstlerische Erregung grenzte.

Seine Freizeit verlebte er in Damengesellschaft. Auch jetzt, da er die Achtzig überschritten hatte, saß er noch gern im Café. Sommer wie Winter trug er einen guten Anzug mit Fliege, ein weißseidenes Taschentuchdreieck lugte ihm wie eine Schneeflocke am heißen Sommertag aus der Brusttasche, an den Hemdsärmeln prangten silberne Manschettenknöpfe, am kleinen Finger funkelte ein Ring mit Stein, und der weiße Bart bog sich wie ein tadelnder Finger nach vorn – so pflegte er dazusitzen, den geschnitzten Spazierstock mit Silberknauf zwischen den Knien, den Hut vor sich auf dem Tisch: ein rosiger, geschniegelter, strahlender Greis, stets in Begleitung einer schmucken Geschiedenen oder einer guterhaltenen Witwe – sämtlich kultivierte europäische Damen mit feinen Umgangsformen zwischen fünfundfünfzig und sechzig. Manchmal setzte er sich mit zwei oder drei von ihnen an seinen Stammtisch im Café. Bestellte ihnen Strudel und Espresso, während er unweigerlich ein Glas erstklassigen Likör und einen Teller mit Früchten der Saison vor sich hatte.

Das Taxi fuhr ab, und der Alte winkte ihm zum Abschied wie stets mit dem Hut nach. In seiner weichen, rührseligen Art war für ihn jeder Abschied der letzte. Fima ging ihm die Treppe hinunter entgegen. Von oben meinte er ihn ein verhaltenes chassidisches ja-wa-wam vor sich hinsummen zu hören. Wenn er allein war und gelegentlich auch, wenn man mit ihm sprach, summte er pausenlos. Fima fragte sich zuweilen, ob sein Vater diese Töne selbst im Schlaf produzierte: als entspränge das Summen einer inneren heißen Quelle, die sprudelnd heraustrat. Als sei der Körper zu eng für die Melodie. Oder als habe das Alter ihm winzige Risse beigebracht, durch die die Weisen aus ihm heraustraufelten. Und schon auf den Stufen glaubte Fima den spezifischen Geruch seines Vaters in der Nase zu spüren – einen Duft, den er von frühester Kindheit an kannte und auch in einem Raum voll fremder Menschen hätte herausschnuppern können: Es war ein Hauch Kölnisch Wasser, zusammen mit der stickigen Luft geschlossener Räume, dem Atem alter Möbel, dem Dunst von gekochtem Fisch mit Karotten, Federbetten und einem Anflug zu süßen Likörs.

Als Vater und Sohn sich schnell und schlaff umarmten, weckte dieser aschkenasische Geruch bei Fima eine Mischung aus Abscheu, Scham vor dieser Abscheu und dem alten Drang, seinen Vater ein bißchen zu reizen, auf irgendeinem ihm heiligen Grundsatz herumzutrampeln, ärgerliche Widersprüche in seinen Auffassungen aufzudecken, ihn ein wenig aus dem Häuschen zu bringen.

»Nuuu«, begann der Vater, prustend und schnaufend von der Anstrengung des Treppensteigens, »was hat mein Herr Professor mir heute zu erzählen? Ist Zion schon ein Erlöser erschienen? Haben die Araber uns ihr Herz in Liebe zugewandt?«

»Schalom, Baruch«, erwiderte Fima, an sich haltend.

»Ja. Schalom, mein Lieber.«

»Was gibt's Neues? Macht dir der Rücken noch zu schaffen?«

»Der Rücken«, sagte der Alte, »zum Glück ist der Rücken dazu verurteilt, stets hinten zu bleiben. Noch ist der Rücken dort – und ich bin schon hier. Er wird mich niemals einholen. Und wenn, Gott behüte, doch – kehre ich ihm den Rücken. Aber mein Atem wird immer kürzer. Genau wie meine Geduld. Und hier verkehren sich die Dinge: Ich setze ihm nach, nicht er mir. Und womit beschäftigt sich der Herr Efraim in diesen hohen Tagen? Fährt fort, die Welt durch das Walten des Allmächtigen zu verbessern?«

»Es gibt nichts Neues«, sagte Fima und fühlte sich, während er dem Vater Stock und Hut abnahm, genötigt hinzuzufügen: »Absolut nichts Neues. Bloß daß der Staat in die Brüche geht.«

Der Alte zuckte die Achseln: Diese Trauerreden höre er nun schon fünfzig Jahre – der Staat sei dies, und der Staat sei nicht das –, und inzwischen lägen die Trauerredner längst sieben Zoll unter der Erde, Staub im Mund, und der Staat würde stärker und stärker. Ihnen allen zum Trotz. Je mehr man ihn unter Druck setze, um so mehr erstarke er und breite sich aus. Unterbrich mich nicht, Efraim. Laß mich eine nette Geschichte erzählen. Bei uns in Charkow, zu Zeiten von Lenins Revolution, hat irgendein törichter Anarchist mitten in der Nacht ein Schlagwort an die Kirchenwand geschmiert: *Gott ist tot – gezeichnet: Friedrich Nietzsche.* Gemeint ist der irrsinnige Philosoph. Nun, da ist in der nächsten Nacht ein Klügerer gekommen und hat dort hingeschrieben: *Friedrich Nietzsche ist tot – gezeichnet: Gott.* Einen Moment, ich bin nicht fertig. Erlaube mir gütigst, dir zu erläutern, wo die Pointe der Geschichte steckt, und schalt unterdessen mal den Wasserkessel an und schenk bitte deinem Vater ein mikroskopisches Tröpfchen von dem Cointreau ein, den ich dir letzte Woche mitgebracht habe. Übrigens wird es Zeit, daß du mal deine Bude hier streichen läßt, Fimotschka. Damit nicht das Ungeziefer die Oberhand gewinnt. Du bestellst bloß den Weißbinder, und die Rechnung schickst du einfach mir. Wo waren wir stehengeblieben? Ein Glas Tee. Euer Nietzsche ist einer der Erzväter der Unreinheit. Ein Abgrund des Greuels. Hier, ich erzähl' dir eine Begebenheit zwischen Nietzsche und Rabbi Nachman Krochmal, die einmal gemeinsam in der Eisenbahn nach Wien fuhren.

Wie gewohnt erklärte der Vater im folgenden, wo hier die Pointe lag. Fima lachte schallend, weil die Erklärung, im Unterschied zu der Geschichte selbst, amüsant war. Worauf der Vater sich wiederum über Fimas Gelächter freute und noch eine Bahnfahrtgeschichte draufgab, diesmal von einem Paar auf Hochzeitsreise, das die Hilfe des Schaffners in Anspruch nehmen mußte. »Und begreifst du, Efraim, wo hier die wahre Pointe steckt? Nicht im Verhalten der Braut, sondern eben darin, daß der Bräutigam ein Schlemihl ist.«

Fima sagte sich die Worte, die er am Vortag Dr. Etan hatte sagen hören: »Ich hätte sie alle beide aufgehängt.«

»Und was ist nun der Unterschied zwischen einem Schlemihl und einem Schlimasel, Efraim? Der Schlemihl ist der, der dem Schlimasel immer kochendheißen Tee auf die Hose gießt. So sagt man. Aber in Wirklichkeit verbirgt sich hinter dieser Spitzfindigkeit etwas Tiefes, Geheimnisvolles: Diese zwei, Schlemihl und Schlimasel, Tölpel und Unglücksrabe, sind alle beide unsterblich. Hand in Hand ziehen sie von Land zu Land, von Zeitalter zu Zeitalter, von Geschichte zu Geschichte. Wie Kain und Abel. Wie Jakob und Esau. Wie Raskolnikow und Swidrigailow. Oder wie Rabin und Peres. Und wer weiß, vielleicht sogar wie Gott und Nietzsche. Wenn wir schon bei Eisenbahnaffären angelangt sind, werd' ich dir noch eine wahre Begebenheit erzählen. Einmal ist der Eisenbahndirektor unseres Landes zu irgendeinem Weltkongreß von Bahndirektoren gefahren. So einer Konferenz. Da öffnete der Ewige dem Esel den Mund, und unser Hampelmann steht da und redet und redet ohne Pause. Geht nicht vom Podium runter. Bis es dem Bahndirektor von Amerika zu dumm wird und er die Hand hebt und den unsrigen bei aller Achtung fragt, entschuldigen Sie, Herr Cohen, wie lang ist euer Schienennetz dort insgesamt in Erez Israel, daß Sie soviel reden? Nun, da ließ sich unser Delegierter gar nicht verwirren, sondern erwiderte mit Hilfe dessen, der dem Hahne Erkenntnis gegeben: Die Länge habe ich nicht exakt im Kopf, Herr Smith, aber die Breite – genau wie bei euch. Übrigens, diese Geschichte habe ich einmal von einem dusseligen Juden gehört, der Rußland statt Amerika genommen und damit die ganze Pointe vermasselt hat, weil bei denen, in Rußland, die Spurbreite tatsächlich anders ist als bei uns, anders als in der ganzen Welt: einfach so. Egal was. Aus purem Trotz. Damit Napoleon, sollte er wieder bei ihnen einfallen, seine Waggons auf keinen Fall bis Moskau durchrollen lassen kann. Wo waren wir stehengeblieben? Bei den Flitterwöchlern. In Wahrheit besteht keinerlei Hinderungsgrund, daß du dich aufmachst und eine bildhübsche Dame zur Frau nimmst. Wenn du möchtest, bin ich dir auch gern bei der Suche nach einer solchen und so weiter behilflich. Bloß beeil dich bitte, mein Lieber, du bist ja nun kein Jüngling von zwanzig mehr, und auch ich, na, morgen oder übermorgen weht der Wind darüber und fertig, Baruch Numberg ist tot – gezeichnet: Gott. Das Amüsante an der Geschichte von dem Pärchen auf Hochzeitsreise ist nicht der ärmste Bräutigam, der den Schaffner bittet, ihm zu zeigen, womit man anzündet, das heißt, wie man die Braut benutzt. Nein und nochmals nein. Amüsant ist gerade die Assoziation zum Kartenlochen. Obwohl, wenn man's bedenkt, sag du mir bitte: Was ist daran lustig? Was gibt's hier zu lachen? Schämst du dich nicht zu grinsen? Eigentlich ist es traurig, sogar zu Herzen gehend. Die meisten Witze auf der Welt bauen auf das eitle Vergnügen, das wir am Unglück anderer empfinden. Und warum ist das so, Fimotschka, würdest du so gut sein, mir das einmal zu erklären, wo du doch Historiker, Dichter, Denker bist, warum das Mißgeschick anderer uns Genuß bereitet? Sonderbare Lust? Uns grinsen läßt? Der Mensch ist ein Paradox, mein Lieber. Ein höchst eigenartiges Geschöpf. Exotisch. Lacht, wenn man weinen müßte, weint, wenn Lachen angebracht wäre, lebt ohne Verstand und stirbt ohne Lust. Des Menschen Tage sind wie Gras. Na, und Jael hast du in der letzten Zeit gesehen? Nein? Und euern kleinen Jungen? Erinner mich daran, dir später eine wunderbare Geschichte des Rabbi von Lyzhansk, Rabbi Elimelech, zu erzählen, eine Fabel von Scheidung und Sehnsucht. Allegorisch spielt er damit auf das Volk Israel und die göttliche Gegenwart an, während ich da meine eigene Auslegung habe. Aber vorher erzähl mir bitte, wie dein Leben und Tun aussieht. So geht es ja nicht, Efraim: Ich rede und rede wie – hm – wie unser Eisenbahndirektor, und du schweigst. Wie in der Geschichte vom Kantor auf einer einsamen Insel. Ich erzähl' sie dir nachher. Nur laß es mich nicht vergessen. Es geht dabei um einen Kantor, der über die Hohen Feiertage, Gott behüte, auf einer einsamen Insel steckengeblieben war – da, wieder rede ich, und du bist stumm. Sag doch was, erzähl mir von Jael und dem melancholischen Kind. Nur erinner mich hinterher dran, auf diesen Kantor zurückzukommen: In gewisser Hinsicht gleicht doch jeder von uns einem Kantor auf einsamer Insel, und wiederum in bestimmter Hinsicht sind alle Tage hohe, furchtbare Tage.«

Fima hörte bei jedem Atemzug ein leichtes, leises Pfeifen – fast wie das Maunzen einer Katze – aus der Brust seines Vaters. Als habe der Alte aus Ulk ein heiseres Pfeifchen in der Gurgel verborgen.

»Trink, Baruch. Dein Tee wird kalt.«

»Hab' ich dich denn um Tee gebeten, Efraim?« fragte der alte Mann. »Ich habe darum gebeten, etwas von dir zu hören. Gebeten, daß du mir von dem einsamen Jungen erzählst, von dem ihr der ganzen Welt stur vormachen wollt, er stamme vom Samen dieses amerikanischen Holzklotzes. Ich habe dich gebeten, ein bißchen Ordnung in dein Leben zu bringen. Daß du endlich ein vernünftiger Mensch wirst. Daß du dich ein wenig um deine Zukunft kümmerst, statt dir Tag und Nacht um das Wohlergehen der lieben Araber Sorgen zu machen.«

»Ich sorge mich nicht um die Araber«, berichtigte Fima. »Das habe ich dir schon tausendmal erklärt. Ich sorge mich um uns.«

»Gewiß, Efraim, gewiß. Keiner bestreitet die Reinheit eurer Absichten. Die Sache ist nur die, daß ihr einzig und allein euch selber täuscht: Angeblich bitten deine Araber nur höflich, Sichem und Hebron zurückzubekommen, und schon gehen sie fröhlich und guter Dinge nach Hause – und damit Frieden über Israel und über Ismael. Aber nicht das wollen sie von uns. Jerusalem wollen sie haben, Fimotschka, Jaffa, Haifa, Ramle. Uns ein bißchen abschlachten – das ist alles, was sie wollen. Uns als Volk ausrotten. Wenn ihr euch bloß die Mühe machen würdet, ein wenig zuzuhören, was sie untereinander reden. Aber ihr hört ja dauernd nur euch selber, noch und noch.« Wieder entfuhr der Brust des Vaters ein leiser, gedehnter Pfeifton, als wundere er sich über die Naivität seines Sohnes.

»Sie sagen in letzter Zeit nun gerade etwas andere Dinge, Vater.«

»Sagen sie. Schön, daß sie das sagen. Sollen sie doch nach Herzenslust Süßholz raspeln. Mit Worten ist das leicht getan. Die haben von euch einfach liebliche Rede und Honigseim gelernt. Laufen hocherhobenen Hauptes herum. Was sie sagen, ist unwichtig. Wichtig ist, was sie wirklich wollen. Wie dieser Hamiter, Ben Gurion, von den Juden und den Gojim gesagt hat.« Offenbar hätte der Vater diese Dinge gern noch ausgeführt und begründet, aber der Atem wurde ihm kurz, kam pfeifend und endete in Husten. Als gäbe es in seinem Innern eine lose Tür, die der Wind in ungeölten Angeln hin- und herschlug.

»Sie möchten jetzt einen Kompromiß eingehen, Baruch. Nun sind wir der sture Teil, der nicht nachgeben, ja nicht einmal mit ihnen reden will.«

»Kompromiß. Sicher. Schön hast du das gesagt. Ein Kompromiß ist was außerordentlich Gutes. Das ganze Leben besteht aus Kompromissen. Dazu gibt es eine wunderbare Geschichte, die man über Rabbi Mendel von Kotsk erzählt. Aber mit wem möchtest du denn zu einem Kompromiß gelangen? Mit denen, die uns nach dem Leben trachten und nur darauf aus sind, uns zu vernichten und auszurotten? Du bestellst mir ein Taxi, damit ich nicht zu spät komme, und bis der Wagen da ist, erzähle ich dir ein Erlebnis von Jabotinsky, als er einmal mit dem antisemitischen Innenminister des zaristischen Rußlands, Plehwe, zusammengetroffen ist. Und weißt du, was Jabotinsky ihm gesagt hat?«

»Aber das war Herzl, Vater. Herzl und nicht Jabotinsky.«

»Du, mein Schlaukopf, solltest Herzls und Jabotinskys Namen lieber nicht mißbrauchen. Leg deine Schuhe ab, da du dich auf heiliges Terrain begibst. Die drehen sich doch jedesmal im Grabe um, wenn ihr den Mund aufmacht und auf den gesamten Zionismus pfeift.«

Urplötzlich kochte Fima vor Wut, vergaß ganz und gar sein

Gelöbnis der Zurückhaltung, unterdrückte nur mühsam den finsteren Drang, den Vater an seinem Ziegenbart zu packen oder das noch unberührte Teeglas zu zerschmettern, und brüllte verwundet los: »Du bist blind und taub, Baruch. Mach doch endlich die Augen auf. Wir sind jetzt die Kosaken, und sie, die Araber, sind täglich, stündlich die Pogromopfer.«

»Die Kosaken«, wiederholte der Vater mit amüsiertem Gleichmut, »nun? Und wennschon? Warum sollten wir nicht endlich einmal zur Abwechslung Kosaken sein? Wo steht denn geschrieben, daß Jude und Goj nicht mal kurz die Rollen tauschen dürfen? Einmal in tausend Jahren oder so? Wärst du, mein Lieber, bloß selber mal ein bißchen Kosak und nicht so ein ewiger Schlimasel. Dein Filius ist genau wie du: ein Schaf im Schafspelz.«

Und weil er den Anfang der Unterhaltung inzwischen vergessen hatte, setzte er Fima, der vor Wut ein Streichhölzchen nach dem anderen zerbrach, erneut den Unterschied zwischen einem Schlemihl und einem Schlimasel auseinander und sinnierte laut, daß die beiden vielleicht ein unsterbliches Paar bildeten, das Hand in Hand auf der Welt herumwanderte. Danach erinnerte er Fima daran, daß die Araber vierzig riesige Staaten von Indien bis Kusch besäßen und wir gerade eben ein einziges kleines Land von Handtellergröße. Und begann diese vierzig Staaten namentlich aufzuzählen, wobei er genüßlich jedesmal einen hageren Finger mehr aufstellte. Als er bei Iran und Indien angelangt war, konnte Fima es nicht mehr aushalten. Er fiel seinem Vater im Brustton der mit Füßen getretenen Gerechtigkeit ins Wort, stampfte wie ein Kind auf den Boden und schrie, der Iran und Indien seien keine arabischen Staaten.

»Nun? Also? Was schert's dich?« fragte der Alte, verschmitzt lächelnd im Singsang eines Vorbeters. »Haben wir etwa schon eine befriedigende Antwort auf die tragische Frage, wer Jude ist, gefunden, so daß wir uns nun den Kopf darüber zerbrechen müssen, wer Araber ist?«

Fima sprang verzweifelt auf, eilte ans Telefon, um ein Taxi zu bestellen und stürzte danach gleich ans Bücherbord, um die Enzyklopädie ins Feld zu führen. Damit hoffte er, seinem Vater endlich eine vernichtende Niederlage zu bereiten, von der er sich nicht wieder erholen würde. Doch wie bei einem Alptraum wollte ihm partout nicht einfallen, unter welchem Stichwort und in welchem Band er die Liste arabischer Staaten nachschlagen müßte. Während er noch wutschnaubend einen Band nach dem anderen herausriß, merkte er plötzlich, daß sein Vater – leise eine zarte chassidische Weise, von leichtem, trokkenen Husten durchsetzt, vor sich hinsummend – aufstand, Hut und Stock einsammelte und seinem Sohn unter Abschiedsworten flink einen zusammengefalteten Geldschein in die Hosentasche steckte, indes Fima stammelte: »Das ist einfach unmöglich. Ich glaub's nicht. Das kann doch nicht sein. Das ist ja Wahnsinn.«

Aber nicht zu erklären versuchte, was ihm denn nun unmöglich erschien, weil der Vater, schon an der offenen Tür, hinzufügte: »Nun. Auch gut. Ich geb' nach. Soll's halt ohne die Inder sein. Dann haben sie eben nur neununddreißig Staaten. Auch das ist weit mehr, als sie verdient haben. Auf gar keinen Fall dürfen wir zwei den Arabern erlauben, Unfrieden zwischen uns zu säen, Fimotschka. Die Freude werden wir ihnen nicht machen. Die Liebe, wenn man das so ausdrücken kann, siegt über den Streit. Das Taxi ist sicher schon unten, und man darf einen Juden nicht von der Arbeit abhalten. Nun sind wir wieder nicht auf die Hauptsache zu sprechen gekommen. Nämlich, daß das Herz schon müde und erschöpft ist. Bald mache ich mich auf den Weg, Fimotschka – gezeichnet: der Herr der Heerscharen. Und du, mein Lieber, was wird aus dir? Was aus deinem kleinen Sohn? Denk ein bißchen nach, Efraim. Überlege es dir gut. Du bist doch ein Denker und Dichter. Denk nach und sag mir bitte, woher wir alle stammen. Leider habe ich keine Söhne und Töchter außer dir. Und mir scheint, auch ihr habt niemanden außer mir. Die Tage vergehen ohne Ziel, ohne Freude, ohne Sinn. In fünfzig oder hundert Jahren sitzen hier in diesem Zimmer jetzt noch gar nicht geborene Menschen, eine Generation, stark und gewaltig, und die Frage, ob du und ich einmal hier gewesen sind und wenn ja – wozu wir gewesen sind und was wir getan haben im Leben, ob wir rechtschaffen oder böse, froh oder unglücklich waren, ob wir irgend etwas Nützliches getan haben – diese Fragen werden ihnen piepsegal sein, so wichtig wie eine Knoblauchschale, wie man sagt. Keinen Gedanken werden sie auf uns verschwenden. Werden einfach hier hocken und ihr Leben auf ihre Weise leben, als seien du und ich und wir allesamt nur Schnee von gestern. Grippe vom letzten Jahr. Eine Handvoll Staub. Bei dir hier hat man auch nicht genug Luft zum Atmen. Die Luft selber ist ein bißchen stickig. Abgesehen vom Weißbinder brauchst du vielleicht auch noch einen Gipser und andere Handwerker. Und die Rechnung schick bitte mir. Was die Kosaken anbetrifft, Efraim, die läßt du lieber in Ruhe. Was weiß ein Bursche wie du schon von Kosaken. Statt dich um die Kosaken zu kümmern, hör lieber endlich auf, das Leben zu vergeuden. Wie ein kahler Strauch in der Steppe. Sei mir gegrüßt.«

Ohne auf Fima, der ihn begleiten wollte, zu warten, schwenkte der Alte den Hut, als nehme er für immer Abschied, und ging, rhythmisch mit dem Stock gegen die Geländerstreben schlagend und eine leise Weise vor sich hinsummend, die Treppe hinab.

9. »So zahlreich sind die Dinge, die wir hätten besprechen, vergleichen können ...«

Noch zwei Stunden blieben Fima bis zum Arbeitsbeginn in der Praxis. Er hatte vor, das Bett frisch zu beziehen, im selben Schwung auch Hemd und Unterwäsche und die Handtücher in Küche und Bad zu wechseln und auf dem Weg zur Arbeit alles in die Wäscherei zu bringen. Als er die Küche betrat, um das Handtuch vom Haken zu klauben, sah er den Ausguß voll klebrigem Geschirr, auf der Anrichte eine fettige Bratpfanne und auf dem Tisch eingetrocknete Marmelade in einem seines Deckels beraubten Glas. Ein fauler, von einem Fliegenschwarm umschwirrter Apfel lag auf dem Fensterbrett. Fima packte ihn vorsichtig mit Daumen und Zeigefinger – wie den Kragen von jemand mit einer ansteckenden Krankheit – und warf ihn in den Mülleimer unter der überquellenden Spüle. Nur quoll auch der Eimer schon über. Der angegammelte Apfel kullerte von der Spitze des Haufens hinunter und fand Zuflucht zwischen alten Sprühdosen und Putzmittelbehältern hinter dem Mülleimer. Dort bekam man ihn nur kniend oder kriechend wieder heraus. Fima beschloß, diesmal kompromißlos und ohne weitere Rücksicht den Flüchtling um jeden Preis zu schnappen. Gelang es ihm, würde er das als Zeichen für einen glücklichen Anfang werten und unter Ausnutzung der Erfolgssträhne den Mülleimer hinunterbringen. Auf dem Rückweg daran denken, endlich die Zeitung und die Post aus dem Briefkasten zu fischen. Und gleich weiter das Geschirr spülen und Ordnung im Kühlschrank schaffen, selbst wenn er deswegen das Bettbeziehen aufschieben müßte.

Doch als er niederkniete, um den verlorenen Apfel zu suchen, entdeckte er hinter dem Eimer auch ein halbes Brötchen und ein fettiges Margarinepapier sowie die ausgebrannte Birne vom gestrigen Stromausfall, bei der ihm jetzt einfiel, daß sie eigentlich gar nicht ausgebrannt war. Und da kam ihm auch ein

Kakerlak entgegengewankt, der ihm müde und apathisch aussah. Nicht zu flüchten versuchte. In jäher Mordlust zog Fima noch im Knien einen Schuh aus, schwang ihn hoch, zuckte aber mittendrin zurück, weil ihm im selben Moment einfiel, daß Stalins Schergen seinerzeit genauso, durch einen Hammerschlag auf den Kopf, Leo Trotzki im mexikanischen Exil ermordet hatten. Dabei entdeckte er verblüfft die Ähnlichkeit zwischen Trotzki auf dessen letztem Bild und seinem Vater, der eben erst hier gewesen war, um ihn inständig zu bitten, doch zu heiraten. Den Schuh starr in der Hand, beobachtete er staunend die Fühler des Insekts, die langsam Halbkreise beschrieben. Sah viele winzige, harte, schnurrbartartige Stoppeln. Musterte die dünnen, offenbar vielgliedrigen Beine. Gewahrte feingeschnittene, längliche Flügel. Und empfand plötzlich Ehrfurcht vor der zarten, präzisen Form dieses Geschöpfs, das ihm nun nicht mehr eklig, sondern wunderbar geformt erschien: Vertreter einer verhaßten, verfolgten, in die Abwasserleitungen vertriebenen Art, einer mit sturer Überlebenskunst und schneller List begabten Spezies, die einer uralten, auf Furcht, simpler Grausamkeit und traditionellen Vorurteilen basierenden Abscheu zum Opfer gefallen war. Flößen uns womöglich gerade die Wendigkeit dieser Rasse, ihre Armseligkeit und Häßlichkeit, die starken Lebenskräfte, mit denen sie begnadet ist, Grauen ein? Grauen vor der Mordlust, die allein schon ihr Erscheinen bei uns hervorruft? Grauen vor der geheimnisvollen Vitalität eines Geschöpfs, das weder stechen noch beißen kann und immer Distanz hält? Fima zog sich also stumm und höflich zurück. Streifte – den Geruch seiner Socke ignorierend – den Schuh wieder über den Fuß. Und schloß sanft die Tür des Unterschranks, um das Lebewesen dort nicht zu erschrecken. Dann richtete er sich stöhnend auf und beschloß, die Hausarbeiten auf einen anderen Tag zu verschieben, da nicht ein oder zwei, sondern ungebührlich viele und lästige anstanden.

Er schaltete den Kessel an, um sich Kaffee zu machen, stellte das Radio auf den Musiksender ein und erwischte genau den

Anfang des Requiems von Fauré, dessen erste, tragische Klänge ihn bewegten, ans Fenster zu treten und eine Weile auf die Bethlehemer Berge zu schauen. Die Menschen, von denen sein Vater gesprochen hatte, die, die noch nicht geboren waren und in hundert Jahren in diesem Zimmer wohnen würden, ohne irgendwas über ihn und sein Leben zu wissen – sollte bei denen wirklich kein einziges Mal die Neugier danach erwachen, wer Anfang 1989 hier gewohnt hatte? Aber warum sollte sie das interessieren? Gab es denn irgend etwas in seinem Leben, das Leuten nützen könnte, deren Eltern noch nicht mal geboren waren? Etwas, das ihnen wenigstens Denkanstöße zu liefern vermochte, wenn sie an einem Wintermorgen des Jahres 2089 an diesem Fenster standen? In hundert Jahren wäre der Düsenantrieb zu Lande sicher eine verbreitete, selbstverständliche Angelegenheit, so daß die Menschen, die hier wohnen würden, keinen besonderen Grund hätten, sich an Jael und Teddy zu erinnern, ebensowenig wie an Nina und Uri samt ihrem Kreis oder an Tamar und die beiden Ärzte. Sogar Zwi Kropotkins historische Studien wären bis dahin gewiß überholt. Höchstens bliebe noch eine Randbemerkung in einem veralteten Band von ihnen übrig. Albern, nichtig, verächtlich erschien ihm sein Neid auf Zwi. Dieser Neid, den er sogar vor sich selber hartnäckig leugnete. Der Neid, dessen insgeheimes Nagen er mit endlosen Wortgefechten übertönte. Indem er Zwicka am Telefon zu fassen kriegte, ihn unvermittelt nach dem Exilkönig von Albanien fragte und sie beide in eine erregte Debatte über den albanischen Islam oder die Geschichte des Balkans verwickelte. Im Abschlußexamen hatte er immerhin etwas besser abgeschnitten als sein Freund. Und er war auch auf ein paar blendende Gedanken gekommmen, die Zwi aufgegriffen, sich aber trotz aller Proteste starrsinnig nicht bereit erklärt hatte, sie in einer Fußnote dankend als seine, Fimas, zu vermerken. Wenn nur diese Müdigkeit weichen wollte, hätte er noch die Kraft loszulegen, den Rückstand des Geißbockjahrs aufzuholen, diesen mittelmäßigen, verwöhnten Professor, der sich in Sportsakkos hüllte und graue Binsenwahrheiten näselte, in zwei, drei Jahren zu überrunden. Keinen Stein von Kropotkins Gebäuden würde er auf dem andern lassen. Würde alles in wütendem Sturm erschüttern und davonfegen. Ein wahres Erdbeben auslösen und neue Fundamente legen. Aber wozu? Allerhöchstens würde irgendein Student Ende des nächsten Jahrhunderts so nebenbei in Klammern den veralteten Ansatz der Nissan-Kropotkinschen Schule erwähnen, die Ende des zwanzigsten Jahrhunderts in Jerusalem zu kurzer Blüte gelangte – am Ausgang der sozioempirischen Epoche, die unter Sentimentalität litt und sich primitiver Mittel bediente. Nicht einmal zwischen ihnen beiden unterscheiden würde er. Sie einfach mit einem Bindestrich zusammenfassen, ehe er die Klammer nach ihnen schloß.

Jener Student, der in hundert Jahren dieses Zimmer hier bewohnen würde, trug in Fimas Gedanken plötzlich den Namen Joeser. Fast greifbar sah er ihn am selben Fenster stehen und auf dieselben Berge schauen. Und er sagte zu ihm: Spotte du mal nicht. Dank unserer bist du hier. Einmal hatte die Stadt Ramat Gan eine feierliche Baumpflanzung am Neujahrsfest der Bäume veranstaltet. Der erste, schon alte Bürgermeister, Abraham Krenizi, stand vor tausend Kleinen aus allen Kindergärten, jedes Kind mit einem Setzling in der Hand. Auch der Bürgermeister hielt ein junges Bäumchen. Er hatte die Aufgabe, den Kindern eine Rede zu halten, wußte aber nicht, was er sagen sollte. Plötzlich entrang sich ihm aus tiefstem Herzen eine Ansprache von einem – stark russisch gefärbten – Satz: »Liebste Kinderlein, ihr seid die Bäume, und wir sind der Dünger.« Hatte es nicht Sinn, diesen Satz hier in die Wand zu ritzen, wie ein Häftling in die Zellenwand, damit es dieser hochmütige Joeser lesen konnte? Damit er an uns denken mußte? Aber bis dahin würde man doch Putz und Farbe und womöglich die Wände selbst erneuern. In hundert Jahren würde das Leben wacher, intensiver, vernünftiger und freudvoller sein. Die Kriege mit den Arabern würde man achselzuckend als einen absurden Reigen wirrer Stammesfehden abtun. Wie die Geschichte des Balkans. Joeser würde sicher nicht seine Vormittage mit der Jagd auf Kakerlaken und seine Abende in schmuddeligen Lokalen hinterm Zionsplatz vergeuden. Der dann gewiß völlig abgerissen und in schwungvoll optimistischem Stil neu aufgebaut war. An Stelle von in schmierigem Öl gebratenen Eiern, an Stelle von Marmelade und Joghurt schluckte man dann vermutlich alle paar Stunden zwei, drei Kapseln und hatte damit die Nahrungsaufnahme erledigt. Es würde weder verdreckte Küchen noch Kakerlaken oder Ameisen mehr geben. Die Menschen würden sich den ganzen Tag mit nützlichen, faszinierenden Dingen beschäftigen, die Abendstunden der Wissenschaft und der Schönheit widmen, ihr Leben im Licht der Vernunft führen, und falls irgendwo Liebe erwachte, wäre es wohl möglich, von fern einen schwachen elektromagnetischen Impuls auszutauschen, um vorzufühlen, ob sich der Versuch lohnte, diese Liebe in körperliche Annäherung umzusetzen. Die Winterregen würde man für immer aus Jerusalem verbannt und in die landwirtschaftlichen Regionen abgelenkt haben. Alle würden sozusagen heil auf die arische Seite hinüberkommen. Nichts und niemand würde mehr säuerlich riechen. Das Wort »Leiden« würde den Leuten ungefähr soviel bedeuten wie uns heute das Wort »Alchimie«.

Wieder fiel der Strom aus. Zwei Minuten später war die Sache behoben. Sicher signalisieren sie mir damit, daß ich zur Bank gehen und die Rechnung begleichen muß, andernfalls – schalten sie mir den Strom ab und lassen mich im Dunkeln sitzen. Auch die Schulden beim Lebensmittelhändler schwellen an. Und gestern im Lokal gegenüber, habe ich da nun der Frau Schneider ihr Schnitzel bezahlt oder es wieder mal anschreiben lassen? Dimmi habe ich das Buch der Leierkastenlieder zu kaufen vergessen. Was hält uns eigentlich? Wozu verharren wir hier noch? Warum machen wir uns nicht auf und räumen Jerusalem denen, die nach uns kommen werden? Eine sehr gute Frage, antwortete er in leisem Ton. Seine Kabinettssitzung berief er diesmal ins Scha'are-Zedek-Hospital in der Jaffa-Straße, einen prächtigen, verlassenen Bau, der seit der Übersiedlung der Krankenanstalt in den vor einigen Jahren erstellten Neubau zerbröckelte. Beim Schein einer Karbidlampe, zwischen öden, zerbrochenen Bänken und krummen, rostigen Bettgestellen, ließ er seine Minister im Halbkreis niedersitzen. Forderte und erhielt von jedem einzelnen einen knappen Bericht über die Lage an den verschiedenen Fronten. Und überraschte sie mit der Mitteilung, er gedenke gegen Morgen nach Tunis zu fliegen und vor dem palästinensischen Nationalrat zu sprechen. Den Hauptanteil der historischen Verantwortung für die Leiden der arabischen Bevölkerung des Landes werde er ohne Zögern ihren fanatischen Führern von den zwanziger Jahren an auf die Schultern laden. Da werde er mit seinem Zorn nicht zurückhalten. Trotzdem wolle er vorschlagen, nun einen Schlußstrich unter den Teufelskreis des Blutvergießens zu ziehen und fortan gemeinsam eine vernünftige, auf Ausgleich und Versöhnung beruhende Zukunft aufzubauen. Einzige Vorbedingung für die Aufnahme von Verhandlungen solle die beiderseitige vollständige Einstellung jeglicher Gewalttaten sein. Am Ende der Sitzung, gegen Morgen, ernannte er Uri Gefen zum Verteidigungsminister. Gad Etan erhielt das Außenressort, Zwi wurden Erziehung und Unterricht unterstellt, Nina die Finanzen, Wahrhaftig übernahm die Verantwortung für soziale Wohlfahrt, Ted und Jael sollten sich um Wissenschaft, Ökologie und Energie kümmern. Information und innere Sicherheit wollte er vorerst in eigenen Händen behalten. Und von nun an war das Kabinett in Revolutionsrat umbenannt. Der revolutionäre Prozeß würde innerhalb von sechs Monaten abgeschlossen sein. Bis dahin wäre der Frieden erreicht. Und sofort danach kehren wir in unsere Privatsphäre zurück und mischen uns nicht mehr in die Arbeit der gewählten Regierung ein. Ich selber werde in völlige Anonymität wegtauchen. Werde meinen Namen ändern und verschwinden. Jetzt wollen wir uns bitte einzeln durch die Seitenausgänge verdrücken.

Sollte er Dimmi beteiligen?

Während der Chanukkaferien hatte der Junge einen Vormittag im Labor des Kosmetikwerkes im Stadtteil Romema verbracht. Als Fima ihn abholen kam, um mit ihm in den biblischen Zoo zu gehen, entdeckte er, daß der Alte sich mit dem Jungen im Labor eingeschlossen hatte und ihm beibrachte, wie man Azeton auch zur Herstellung von Sprengstoff verwendet. Fima wurde fuchsteufelswild und bestürmte sofort glühend seinen Vater: Warum den Jungen verderben, wir haben schon genug Mörder, wozu seine Seele vergiften. Aber Dimmi schnitt den Wortstreit ab, indem er behutsam vermittelnd bemerkte: »Großvaters Bomben lackieren sowieso nur die Fingernägel.« Worauf sie alle drei losprusteten.

An der Wand links vom Fenster, in etwa eineinhalb Meter Entfernung, am Rand eines Flecks, an dem der Putz abgebröckelt war, sah Fima einen grauen Schleuderschwanz starr dastehen und, wie er selbst, mit sehnsüchtigen Augen auf die Bethlehemer Berge spähen. Oder auf eine für Fima unsichtbare Fliege. Einst waren in diesen Bergen und Steilschluchten Richter und Könige, Eroberer, Propheten der Mahnung und des Trostes, Weltverbesserer, Gauner, Seher, Priester und Stimmenhörer, Mönche, Verräter, Heilande, römische Statthalter und byzantinische Herrscher, moslemische Feldherren und christliche Kreuzritter, Asketen, Eremiten, Wundertäter und Schmerzensmänner umhergestreift. Bis heute läutet Jerusalem Kirchenglocken zu ihrem Gedenken, ruft klagend ihre Namen von den Minaretten der Moscheen, versucht sie mit kabbalistischen Kombinationen und Beschwörungen zurückzubringen. Doch jetzt, in diesem Moment, war augenscheinlich kein Lebewesen außer ihm, dem Schleuderschwanz und dem Licht mehr in der Stadt übriggeblieben. Als Junge hatte er auch bei seinem Stromern durch Gassen und Geröllfelder ein Raunen zu vernehmen gemeint. Ja, hatte einmal sogar versucht, in Worten aufzuschreiben, was er zu hören glaubte. Seinerzeit war er vielleicht noch imstande gewesen, ein paar Herzen zu erschüttern. Und noch immer vermochte er zuweilen einige Seelen, vor allem Frauen, in den Freitagsabendgesprächen bei den Tobias' oder den Gefens zu faszinieren. Manchmal stellte er einen blendenden Gedanken in den Raum, und für einen kurzen Moment hielt alles den Atem an. Danach wanderten seine Ideen von Mund zu Ohr und gelangten gelegentlich sogar in die Presse. Ab und zu, wenn er guter Stimmung war, glückte es ihm, einen neuen Ausdruck zu prägen. Eine Lagebeurteilung in Worte zu fassen, die bisher niemand aneinandergereiht hatte. Eine eindringliche Zukunftsprognose zu erstellen, die in der Stadt die Runde machte, wobei es zuweilen vorkam, daß er sie einige Tage später – von ihm und seinem Namen losgelöst und häufig verfälscht – im Radio wiederhörte. Freunde erinnerten ihn gern – wie mit leichtem Tadel – daran, daß es ihm zwei-, dreimal gelungen war, das Kommende verblüffend genau vorauszusehen, etwa 1973, als er von Haus zu Haus gezogen war und bis zur Lächerlichkeit die Blindheit, mit der der Staat Israel geschlagen sei, und das bevorstehende Unheil beklagt hatte. Oder am Vorabend des Libanonkriegs. Oder vor der islamischen Welle. Jedesmal, wenn die Freunde ihn an seine Weissagungen erinnerten, zuckte Fima zusammen und meinte verlegen lachend, das sei ja keine Großtat, die Schrift habe doch schon an der Wand gestanden, so daß jedes Kind sie lesen konnte.

Gelegentlich fotokopierte Zwi Kropotkin ihm aus einem Zeitungsfeuilleton oder einer Literaturzeitschrift eine Bezugnahme auf den Band *Augustinus' Tod*, den irgendein Kritiker momentweise dem Vergessen entrissen hatte, um diese Gedichte als Schützenhilfe in seinem Krieg für oder gegen die heutige Lyrik einzusetzen. Fima zuckte dann die Achseln und murmelte, genug, Zwicka, laß doch. Seine Weissagungen und Gedichte erschienen ihm gleichermaßen fern von der Hauptsache: Wohin will die Seele sich aufmachen, ohne zu wissen, was sie erwartet? Was ist Wirklichkeit und was nur Schein? Wo kann man etwas Verlorenes suchen, von dem man vergessen hat, was es war? Einmal, in seinem Geißbockjahr während der kurzen Ehe mit der Pensionswirtin in Valetta, hatte er in einem Café vor den Lagerhäusern am Hafen gesessen und zwei Fischern beim Tricktrackspielen zugeschaut. Aber eigentlich weniger die beiden als einen Schäferhund beobachtet, der hechelnd auf einem freien Stuhl zwischen ihnen saß. Die Ohren dieses Hundes standen so gerade und steif nach vorn gerichtet, als wolle er heraushören, wie der nächste Zug verlaufen werde, wobei er unablässig mit den Augen, die Fima fasziniert, staunend und demutsvoll erschienen, die Finger der Spieler, das Rollen des Würfels und die Bewegungen der Steine auf dem Brett verfolgte. Nie im Leben, weder vorher noch nachher, hatte Fima je eine derart konzentrierte Anstrengung, das Unbegreifliche zu begreifen, gesehen. Als habe dieser Hund in seinem Lechzen nach Entschlüsselung sich der Stufe genähert, auf der man die Körperlichkeit abstreift. Und genau so müssen wir doch das uns Unzugängliche betrachten. Soviel wie möglich begreifen. Oder wenigstens begreifen, wie weit man nicht begreifen kann. Manchmal stellte sich Fima den Weltenschöpfer, an den er nicht so ganz glaubte, in der Gestalt eines sephardischen Jerusalemer Händlers um die Sechzig vor, hager, gebräunt, runzlig, von Zigaretten und Arrak zerfressen, in abgewetzten braunen Hosen und einem nicht besonders sauberen weißen Hemd, ohne Schlips, aber bis oben an den knochigen Hals zugeknöpft, ausgetretenen braunen Schuhen und einem etwas zu knapp sitzenden, ärmlichen Jackett von altmodischem Schnitt. Dieser Schöpfer saß stets dösend – das Gesicht zur Sonne, die Augen fast geschlossen, den Kopf auf die Brust gesunken – auf einem Korbschemel vor seinem Kurzwarenladen im Viertel Sichron Mosche. Ein kalter Zigarettenstummel klebte ihm an der Unterlippe. Die Bernsteinkette lag starr in seiner Hand. Am Finger trug er einen schweren Ring, von dem manchmal ein Lichtfunke sprühte. Fima blieb stehen und wagte es, ihn anzusprechen – mit äußerster Höflichkeit. In der dritten Person. Zögernd. Dürfe er den verehrten Herrn mit einer einzigen Frage bemühen? Über das verschrumpelte, faltige Antlitz huschte ein leichtes ironisches Zucken. Vielleicht war es nur das störende Gebrumm einer Fliege. Hat der Herr geruht, *Die Brüder Karamasow* zu studieren? Die Debatte zwischen Iwan und dem Teufel? Mitjas Traum? Oder das Kapitel über den Großinquisitor? Nein? Und was geruht der Herr auf jene Anfrage zu erwidern? Windhauch, Windhauch, das ist alles Windhauch? Wird der Herr erneut das Argument benutzen: Wo warst du, als ich die Erde gegründet? Oder: Ich werde sein, der ich sein werde? Darauf würde der Alte einmal sauer nach Tabak und Arrak aufstoßen, seine Hände, die so ausgedörrt wie die eines Weißbinders waren, umdrehen und sie ausgestreckt auf die Knie legen. Nur der Ring an seinem Finger würde einen Moment aufblitzen und wieder stumpf werden. Kaute er etwas? Grinste er? War er eingeschlafen? Fima würde also aufgeben. Sich entschuldigen und seines Weges gehen. Nicht rennend, nicht hastigen Schritts und doch wie jemand, der flüchtet und weiß, daß er flüchtet, und weiß, daß seine Flucht vergeblich ist.

Vom Fenster aus sah er, wie die Sonne sich anstrengte, zwischen den Wolken freizukommen. Im Sträßchen und auch in den Bergen trat eine undefinierbare Veränderung ein. Es war kein Aufklaren, sondern nur ein leichtes Farbschillern, als sei die Luft selber mit Zögern und Zweifel beladen. Alles, was das Leben von Uri Gefen, Zwi, Teddy und den andern Mitgliedern der Gruppe ausfüllte, all diese Dinge, in die man Leidenschaft und Begeisterung investierte, erschienen Fima jetzt öde wie das Laub, das zu Füßen des kahlen Maulbeerbaums im Hof vor sich hinfaulte. Es gibt ein vergessenes Wunschziel, nicht Ziel, nicht Wunsch, auch nicht völlig vergessen, etwas ruft einen. Einen Moment fragte er sich, was es ihm ausmachen würde, heute zu sterben. Die Frage weckte nichts bei ihm: weder Angst noch Lust. Der Tod kam ihm banal vor, wie einer von Wahrhaftigs Witzen. Und sein tägliches Leben war voraussehbar und ermüdend wie die Moralgeschichten seines Vaters. Er stimmte plötzlich mit den Worten des Alten überein, nicht hinsichtlich der Identität der Inder, sondern darin, daß die Tage freud- und ziellos vergingen. Schlemihl und sein Gefährte verdienten tatsächlich Mitleid, nicht Spott. Aber was hatte er mit denen zu tun? Er, Fima, strotzte doch vor unermeßlichen Kräften, deren Einsatz er nur wegen dieser Müdigkeit hinausschob. Als warte er auf den richtigen Zeitpunkt. Oder auf irgendeinen Donnerschlag, der die Kruste im Innern aufbrechen würde. Es wäre zum Beispiel möglich, in der Praxis zu kündigen. Dem Alten tausend Dollar abzuschwatzen, sich auf einem Frachter einzuschiffen und ein neues Leben anzufangen. In Island. Auf Kreta. In Safed. Er könnte sich für ein paar Monate in die Familienpension am Rand der Moschawa Magdiel zurückziehen und ein Bühnenstück verfassen. Oder ein Bekenntnis. Er könnte ein politisches Programm erarbeiten, Gleichgesinnte mitreißen und um sich scharen, eine neue Bewegung gründen, die die Apathie überwinden und sich wie ein Lauffeuer im Volk verbreiten würde. Man konnte auch einer der bestehenden Parteien beitreten, fünf, sechs Jahre eine emsige politische Tätigkeit entfalten, von Ortsgruppe zu Ortsgruppe ziehen, die nationale Lage in neuem Licht darstellen, bis selbst die verbohrtesten Geister aufgerüttelt waren, und so ans Ruder kommen und dem Lande Frieden bringen: 1977 war es einem bis dahin unbekannten Bürger namens Longe oder Lange gelungen, ins Parlament von Neuseeland gewählt zu werden, und 1984 lag die Regierung schon in seinen Händen. Man konnte sich verlieben, und man konnte in den Geschäftsbetrieb seines Vaters einsteigen und die Kosmetikfabrik zur Keimzelle eines Industriekonzerns machen. Oder im Flug die akademische Ausbildung abschließen, Zwi und seine Leute überrunden, die Fakultätsleitung übernehmen und eine neue Lehrmeinung begründen. Er könnte Jerusalem mit einem neuen Gedichtzyklus überraschen – wie lächerlich war doch der Ausdruck »Jerusalem überraschen«. Oder Jael zu sich zurückholen? Und Dimmi? Oder etwa diese Bude hier verkaufen und das Geld dazu benutzen, sich ein verlassenes Haus am

Rand eines abgelegenen Moschaws in den obergaliläischen Bergen herzurichten? Oder umgekehrt? Hier Maurer, Zimmerleute und Weißbinder reinholen, alles von Grund auf erneuern lassen, die Rechnung seinem Vater schicken und damit ein neues Kapitel anfangen? Da kam die Sonne zwischen den Wolkenfetzen über dem Gilo-Viertel heraus und überschüttete einen der Berge mit zartem Goldlicht. Das Wort »Goldlicht« fand Fima diesmal zwar nicht übertrieben, ließ es aber lieber wieder fallen. Allerdings nicht bevor er es laut ausgesprochen und dabei eine lebhafter Freude verspürt hatte. Dann prüfte er laut die Worte »klipp und klar«. Und schmunzelte erneut vor Vergnügen.

Eine Glasscherbe unten im Hof blitzte so strahlend auf, als habe sie den Weg gefunden und bedeute auch ihm mitzukommen. Im Geist wiederholte Fima die Worte seines Vaters: eine Handvoll Staub. Schnee von gestern. Grippe vom letzten Jahr. Aber statt Grippe kam ihm das Wort Gerippe.

Worin ähnelte der erstarrte Schleuderschwanz an der Wand dem Kakerlak, den er unter dem Spülstein gesehen hatte, und worin unterschieden sie sich? Dem Anschein nach vergeudete keiner von beiden den Schatz des Lebens. Obwohl für sie offenbar ebenfalls Baruch Numbergs Urteilsspruch galt: Leben ohne Verstand und sterben ohne Lust. Jedenfalls ohne Tagträume von Regierungsübernahme und Friedensstiftung.

Verstohlen öffnete Fima das Fenster, peinlich bedacht, ja nicht den grübelnden Schleuderschwanz aufzuschrecken. Und obwohl er bei seinen Freunden und auch in eigener Sicht als Tolpatsch galt, der mit zwei linken Händen auf die Welt gekommen war, gelang es ihm, das Fenster lautlos aufzumachen. Jetzt war er sicher, daß dieses Geschöpf den Blick auf irgendeinen Punkt im Raum heftete, den auch er, Fima, fixieren mußte. Aus welcher entlegenen Provinz des Evolutionsreiches, aus welch dämmrigen Urgefilden der Dinosaurierzeit voll glutspeiender Vulkane, dampfender Dschungel und dunstwabernder Erde, Abermillionen Jahre vor all den Königen, Propheten und Heilanden, die hier durch die Berge von Bethlehem gezogen waren, mochte ihm dieses Lebewesen da zugesandt worden sein, das ihn nun aus eineinhalb Meter Entfernung irgendwie liebevoll besorgt anguckte. Wie ein fürsorglicher entfernter Verwandter, den Fimas Zustand bekümmerte. Tatsächlich ein waschechter Dinosaurier durch und durch, nur auf Eidechsengröße geschrumpft. Fima schien ihn zu beschäftigen, denn warum sonst bewegte er langsam den Kopf hin und her, als wolle er sagen: Ich muß mich über dich wundern. Oder als tue ihm Fima mit seinem unklugen Verhalten leid, obwohl ihm leider nicht zu helfen war. Das war die Bewegung, die man gemeinhin Kopfschütteln nennt.

Und wirklich war das doch ein entfernter Verwandter, dessen Zugehörigkeit zu einem abgelegenen Familienzweig sich nicht leugnen ließ. Du und ich, mein Lieber, und auch wir beide und Trotzki haben viel mehr gemeinsam, als uns trennt: Kopf und Hals und Wirbelsäule und Neugier und Appetit und Glieder und Geschlechtslust und die Fähigkeit, zwischen Licht und Dunkelheit sowie zwischen Kälte und Wärme zu unterscheiden, und Rippen und Lungen und Alterungsprozeß und Gesichts- und Gehörsinn und Verdauungssystem und Ausscheidungsorgane und schmerzempfindliche Nerven und Stoffwechsel und Gedächtnis und Gefahrempfinden und ein verzweigtes Gewirr von Blutgefäßen und einen Fortpflanzungsapparat und ein begrenztes Regenerationssystem, das letztendlich auf Selbstvernichtung eingestellt ist. Und auch ein Herz, das als komplizierte Pumpe arbeitet, und Geruchssinn und Selbsterhaltungstrieb und die Begabung, zu fliehen, Unterschlupf zu suchen und sich zu tarnen, und ein Orientierungssystem und ein Gehirn und offenbar auch Einsamkeit. So zahlreich sind die Dinge, die wir hätten besprechen, vergleichen, voneinander lernen können. Außerdem muß man vielleicht eine noch entferntere Familienverbindung mit einbeziehen – die zwischen uns dreien und der Pflanzenwelt. Wenn wir die Hand beispielsweise auf ein Feigen- oder Weinblatt legen, kann doch nur ein

Blinder die Ähnlichkeit in der Form verneinen, die Gabelung der Finger, das Geflecht der Röhren und Fasern, deren Aufgabe es ist, Nahrung zu verteilen und Abfall abzutransportieren. Und wer sagt, daß sich hinter dieser Verwandtschaft nicht eine noch dämmrigere zwischen uns allen und den Mineralen im besonderen und der unbelebten Welt im allgemeinen erstreckt? Jede lebende, wachsende Zelle besteht aus einem Haufen unbelebter Stoffe, die ihrerseits keineswegs leblos sind, sondern ununterbrochen vor winzigen elektrischen Ladungen wimmeln. Elektronen. Neutronen. Herrscht etwa auch dort das Muster von Männlein und Weiblein, die sich weder verbinden noch trennen können? Fima grinste. Und kam zu dem Schluß, sich besser mit dem Burschen Joeser abzufinden, der in hundert Jahren an diesem Fenster stehen und auf seinen Schleuderschwanz starren würde und in dessen Augen er unwichtiger als eine Knoblauchschale sein mußte. Vielleicht wird ein Teil von mir, ein Molekül, ein Atom, ein Neutron, dann tatsächlich hier im Zimmer anwesend sein, dachte er, womöglich gerade in einer Knoblauchschale. Vorausgesetzt, die Menschen verwenden in künftigen Zeiten noch Knoblauch.

Warum sollten sie eigentlich nicht?

Nur mit Dimmi könnte man vielleicht über diese Träumereien reden.

Jedenfalls besser Propheten und Eidechsen und Feigenblätter und Neutronen, als sein Hirn mit Bomben aus Nagellack vollzustopfen.

Im Nu löste sich der Schleuderschwanz vom Fleck, krümmte sich und verschwand blitzschnell in oder hinter einem Regenrohr. Weg war er. Klipp und klar. Das Requiem von Fauré war zu Ende; es folgten Borodins Polowetzer Tänze, die Fima nicht mochte. Zudem brannte ihm das stärker werdende Licht in den Augen. Er machte das Fenster zu und begann einen Pullover zu suchen, kam aber zu spät und konnte den elektrischen Wasserkessel nicht mehr retten, der schon lange in der Küche gekocht hatte, bis das ganze Wasser verdampft war, so daß er jetzt nur noch nach Rauch und versengtem Gummi roch. Fima wußte, daß er zwischen einer Reparatur beim Elektriker auf dem Weg zur Arbeit und dem Kauf eines neuen Kessels wählen mußte.

»Dein Problem, mein Lieber«, sagte er sich.

Nachdem er eine Tablette gegen Sodbrennen zerkaut hatte, entschied er sich für Urlaub. Er rief die Praxis an und teilte Tamar mit, daß er heute nicht zur Arbeit kommen werde. Nein, er sei nicht krank. Ja, dessen sei er sicher. Alles in bester Ordnung. Ja, eine private Angelegenheit. Nein, er habe keinerlei Probleme und brauche keine Hilfe. Auf jeden Fall vielen Dank. Richte aus, daß ich mich entschuldige.

Er begann im Telefonbuch zu suchen, und siehe da, welch ein Wunder, unter »T« fand er Tadmor, Annette und Jerucham in der Vorstadt Mewasseret Jeruschalaim.

Annette persönlich nahm den Hörer ab.

»Entschuldigen Sie die Störung«, sagte Fima. »Es spricht der Sekretär von gestern, Efraim. Fima. Vielleicht erinnern Sie sich, wir haben uns ein wenig in der Praxis unterhalten. Und da habe ich gedacht –«

Annette erinnerte sich sehr gut. Brachte ihre Freude zum Ausdruck. Und schlug vor, sich in der Stadt zu treffen: »Sagen wir, in einer Stunde? Oder anderthalb? Wenn es Ihnen recht ist, Efraim? Ich habe gewußt, daß Sie mich heute anrufen würden. Bloß fragen Sie mich nicht, wieso. Ich hatte einfach so ein Gefühl. Irgend etwas zwischen uns ist gestern – ja, offengeblieben. Also in einer Stunde? Im Café Savion? Und falls ich mich ein bißchen verspäte – geben Sie die Hoffnung nicht auf.«

10. Fima verzichtet und verzeiht

Eine Viertelstunde lang wartete er an einem Seitentisch auf sie, dann wurde er hungrig und bestellte sich Kaffee und Kuchen. Am nächsten Tisch saß ein Knessetabgeordneter einer Rechtspartei in Gesellschaft eines bärtigen jungen Mannes von hübschem schlanken Aussehen, der Fima wie ein Funktionär aus einer Siedlung in den Gebieten vorkam. Sie unterhielten sich leise, aber hier und da konnte Fima einzelne Satzfetzen aufschnappen.

»Ihr seid auch schon Schlappschwänze«, sagte der junge Mann. »Habt vergessen, wo ihr herstammt und wer euch hochgebracht hat.«

Danach ging die Unterredung in Flüsterton über.

Fima dachte daran, wie er gestern abend bei Nina das Weite gesucht, sich vor ihren Augen blamiert, in Teds Arbeitszimmer lächerlich gewirkt und Jael und sich im dunklen Treppenhaus erniedrigt hatte. Eigentlich wäre es jetzt ganz nett, eine Debatte mit den beiden Geheimniskrämern dort zu beginnen. Ohne Mühe hätte er sie kurz und klein gekriegt. Annette Tadmor mußte es sich anders überlegt haben, grübelte er, sicher hatte sie ihre Zusage bereut und würde nicht mehr zum Rendezvous erscheinen. Warum sollte sie auch? Ihre rundlich mollige Figur, ihre Niedergeschlagenheit, ihr einfarbiges Baumwollkleid, das an die Uniform einer Internatsschülerin erinnerte – all das weckte einen Anflug von Begehren, vermischt mit Schadenfreude über sich selbst: Ein Glück, daß sie zurückgeschreckt ist. Da hat sie dir die nächste Blamage erspart.

Der junge Siedler stand auf und kam mit zwei langen Schritten an seinen Tisch, wobei Fima erschrak, da der Bursche eine Pistole im Gürtel trug.

»Verzeihung. Sind Sie vielleicht zufällig Rechtsanwalt Prag?«

Fima überdachte die Frage, war kurz versucht, sie zu bejahen, da Prag ihm seit eh und je einen leisen Stich im Herzen versetzte, und sagte dann: »Ich glaube kaum.«

»Wir sind hier mit jemandem verabredet, den wir noch nie gesehen haben«, sagte der Siedler. »Ich dachte, Sie wären's vielleicht. Entschuldigung.«

»Ich«, sagte Fima mutig, als feuere er den ersten Schuß im Bürgerkrieg, »ich gehöre nicht zu euch. Für mich seid ihr eine Pest.«

Darauf der Bursche mit Liebkindlächeln und Liebet-Israel-Miene: »Solche Ausdrücke sollte man lieber für den Feind aufbewahren. Wegen grundlosen Hasses ist der Tempel zerstört worden. Es würde uns allen nicht schaden, mal ein wenig grundlose Liebe zu versuchen.«

Helle Debattierfreude, schmeichelnde Siegeslust wallten wie Wein in Fima hoch, auf der Zungenspitze stand schon eine vernichtende Replik, doch in diesem Moment sah er Annette in der Tür verwirrt um sich blicken und bedauerte fast, daß sie gekommen war. Mußte ihr aber zuwinken und auf den Siedler verzichten. Sie entschuldigte sich für die Verspätung, und als sie sich ihm gegenübersetzte, sagte er ihr, sie sei gerade im rechten Moment gekommen, um ihn aus den Klauen der Hisbollah zu befreien. Oder richtiger, die Hisbollah aus seinen. Worauf er ihr ohne Zurückhaltung seine Ansichten in knapper Form darlegte. Erst dann kam er dazu, sich bei ihr zu entschuldigen, daß er nicht auf sie gewartet, sondern bereits Kaffee und Kuchen bestellt hatte. Und fragte sie, was sie trinken wolle. Zu seiner Verblüffung bat sie um ein Gläschen Wodka und fing an, ihm von ihrer Scheidung nach sechsundzwanzig Jahren Ehe zu erzählen, die nach ihrer Ansicht nun gerade vorbildlich gewesen sei. Zumindest dem Anschein nach.

Fima bestellte ihr Wodka. Er selbst nahm einen zweiten Kaffee und dazu ein Käse- und ein Eibrot, weil er immer noch hungrig war. Dabei hörte er ihr nur halb zu, weil am Nebentisch inzwischen ein Glatzkopf im grauen Regenmantel dazugekommen war, gewiß dieser Mister Prag, und die drei da anscheinend davon tuschelten, der Staatsanwaltschaft einen Keil zwischen die Räder zu treiben. Angestrengt bemüht, ihr Gespräch aufzufangen, sagte er, fast ohne auf seine eigenen Worte zu achten, zu Annette, er könne ihr die sechsundzwanzig Jahre kaum glauben, weil sie wie höchstens vierzig aussehe.

»Das ist nett von Ihnen«, erwiderte sie. »Sie strahlen überhaupt eine Warmherzigkeit auf mich aus. Ich meine, wenn ich einmal alles, aber wirklich alles einem guten Zuhörer erzählen könnte, würde mir das vielleicht helfen, ein bißchen Ordnung im Kopf zu schaffen. Zu begreifen, was mir passiert ist. Obwohl ich weiß, daß ich hinterher noch weniger verstehen werde. Haben Sie Geduld zum Zuhören?«

Der Knessetabgeordnete sagte: »Wir werden wenigstens versuchen, Zeit zu gewinnen. Das kann nichts schaden.«

Und der Mann im Regenmantel, vermutlich Rechtsanwalt Prag: »Für euch sieht das kinderleicht aus. In Wirklichkeit ist das gar nicht so leicht.«

»Als ständen Jerry und ich lange ruhig auf dem Balkon«, sagte Annette, »lehnten uns übers Geländer, schauten auf Garten und Wäldchen hinaus, Schulter an Schulter, und plötzlich packte er mich ohne Vorwarnung und würfe mich hinunter. Wie eine alte Kiste.«

»Traurig«, bemerkte Fima. Und etwas später: »Furchtbar.«

Dabei legte er die Finger auf ihre um die Tischkante gekrallte Hand, weil ihr wieder Tränen in den Augen standen.

»Einverstanden«, sagte der Siedler, »wir bleiben in Verbindung. Nur Vorsicht am Telefon.«

»Sehen Sie«, fuhr Annette fort, »in Romanen, Theaterstükken, Filmen gibt es immer solch geheimnisvolle Frauen. Kapriziös. Unberechenbar. Verlieben sich wie Mondsüchtige und flattern davon wie Vögel. Greta Garbo. Marlene Dietrich. Liv Ullmann. Alle möglichen *femmes fatales.* Rätselhafte Frauenherzen. Verachten Sie mich nicht, weil ich mitten am Tag Wodka trinke. Was ist dabei. Auch Sie sehen nicht glücklich aus. Langweile ich Sie?«

Fima rief den Kellner und bestellte ihr ein zweites Gläschen. Und für sich eine Flasche Sprudel und noch ein Käsebrot. Die drei Verschwörer standen auf und gingen. Als sie an seinem Tisch vorbeikamen, lächelte der Siedler harmlos und verbindlich, als verstehe und vergebe er, und sagte: »Schalom und alles Gute. Vergessen Sie nicht, daß wir letzten Endes alle im selben Boot sitzen.«

In Gedanken verlagerte Fima diesen Augenblick in ein Berliner Café am Ende der Weimarer Republik, versetzte sich selbst in die Rolle eines Märtyrers – von Ossietzky, Kurt Tucholsky – und verwarf das Ganze sofort, weil der Vergleich ihm weit hergeholt, ja fast hysterisch vorkam. Zu Annette sagte er: »Schauen Sie sich die gut an. Das sind die Typen, die uns alle in den Abgrund zerren.«

»Ich bin schon im Abgrund«, sagte Annette.

Und Fima: »Machen Sie weiter. Sie hatten von fatalen Frauen gesprochen.«

Annette leerte das neue Gläschen, ihre Augen strahlten, ein Fünkchen Koketterie mogelte sich zwischen ihre Worte: »Das Angenehme bei Ihnen ist, Efraim, daß es mir überhaupt nichts ausmacht, welchen Eindruck ich bei Ihnen hervorrufe. Das bin ich nicht gewöhnt. Normalerweise ist mir, wenn ich mit einem Mann spreche, am allerwichtigsten, wie er mich sieht. Es ist mir noch nie passiert, daß ich so mit einem fremden Mann zusammensitze und freimütig von mir rede, ohne daß mir alle möglichen Signale entgegengesandt werden, wenn Sie wissen, was ich damit meine. Daß ich wie von Mensch zu Mensch spreche. Sie sind doch nicht verletzt?«

Fima lächelte unwillkürlich, als Annette die Worte »fremder Mann« benutzte. Sie fing sein Lächeln auf und kicherte ihm zu wie ein getröstetes Kind nach dem Weinen. Und sagte: »Was ich sagen wollte, nicht daß Sie nicht männlich sind, sondern daß ich mit Ihnen wie mit einem Bruder reden kann. Was haben uns die Dichter nicht schon mit ihren Beatrixen, Naturgewalten im Kleid, Gazellen, Tigerinnen, Möwentöchtern, Schwänen überschüttet, alles Blabla, dieser ganze Mist. Und ich sage Ihnen, gerade das Wesen des Mannes scheint mir tausendmal komplizierter zu sein. Oder vielleicht überhaupt nicht kompliziert, all diese faulen Geschäfte: Frau, gib mir Sex – und nimm ein bißchen Gefühl. Oder Gefühlstheater. Sei Hure und Mutter. Kuschende Hündin bei Tag und Pussycat bei Nacht. Manchmal meine ich, Männer liebten Sex, aber haßten Frauen. Seien Sie nicht gekränkt, Efraim. Ich verallgemeinere einfach. Sicher gibt es auch andere. Zum Beispiel Sie. Ihr ruhiges Zuhören tut mir jetzt gut.«

Fima beugte sich vor, um ihr schnell die Zigarette anzuzünden, die sie aus der Handtasche gezogen hatte. Bei sich dachte er: Am hellichten Tag laufen die schon mitten in Jerusalem ganz offen mit Pistolen im Gürtel herum. War die Krankheit etwa von Anfang an im zionistischen Gedanken angelegt? Können die Juden denn nicht in den Lauf der Geschichte zurückkehren, ohne zu Dreck zu werden? Muß jeder, der als Kind mißhandelt worden ist, unweigerlich als Erwachsener zum Gewalttäter werden? Und bevor wir wieder in die Geschichte einstiegen – waren wir da kein Dreck? Entweder Fischke, der Lahme, oder Arje, der Körperstarke – gibt's da keinen dritten Weg?

»Mit fünfundzwanzig Jahren«, fuhr Annette fort, »nach zwei, drei Liebesaffären, einer Ausschabung und dem Bachelor in Kunstgeschichte lerne ich einen jungen Orthopäden kennen. Ein ruhiger, schüchterner Bursche, kein typischer Israeli, wenn Sie verstehen, was ich damit meine, ein feiner Mensch, der mich behutsam umwirbt, mir sogar täglich einen höflichen Liebesbrief schickt, aber niemals zulangt. Ein fleißiger, aufrichtiger Typ. Kocht mir gern Kaffee. Betrachtet sich als mittleren Durchschnitt. Ein Nachwuchsarzt, der Schwerarbeit leistet – Schichtdienst, Bereitschaftsdienst, Nachtwachen. Mit drei, vier Freunden, die ihm alle ziemlich ähneln. Mit Flüchtlingseltern, so feinsinnig und kultiviert wie er. Und nach knapp einem Jahr sind wir schon verheiratet. Ohne Seelenstürme. Ohne heulende

Sirenen. Faßt mich an, als sei ich aus Porzellan, wenn Sie verstehen, was ich damit meine.«

Fima hätte sie fast mit den Worten unterbrochen: Wir sind doch alle so, deshalb haben wir den Staat verloren. Aber er hielt sich zurück und schwieg. Drückte nur sorgfältig den vor sich hinsiechenden Zigarettenstummel aus, den Annette auf dem Aschenbecherrand abgelegt hatte. Und vertilgte den Rest seines Brotes, war aber immer noch hungrig.

»Wir legen unsere Ersparnisse und die Zuschüsse der Eltern zusammen, kaufen eine kleine Wohnung in Givat Scha'ul, Möbel, Kühlschrank, Herd, suchen gemeinsam Gardinen aus. Ohne Meinungsverschiedenheiten. Alles in Ehren und Freundschaft. Er gibt mir einfach gern nach, oder so meinte ich damals. Freundschaft ist das passende Wort: Wir beide bemühen uns, die ganze Zeit gut zu sein. Fair. Wetteifern in Rücksichtnahme. Dann wird die Tochter geboren und zwei Jahre später – der Sohn. Jerry ist natürlich ein vernünftiger, hingebungsvoller Vater. Konsequent. Beständig. Das richtige Wort ist: zuverlässig. Ein Ehemann, der bereitwillig Windeln wäscht, Fliegengitter saubermachen kann und aus Büchern lernt, wie man eine Mahlzeit zubereitet und Topfpflanzen pflegt. Führt die Kinder zu Vergnügungen in die Stadt, soweit es seine Arbeit zuläßt. Wird im Lauf der Zeit sogar etwas besser im Bett. Begreift langsam, daß ich nicht aus Porzellan bin, wenn Sie verstehen, was ich damit meine. Weiß manchmal was Lustiges am Eßtisch zu erzählen. Allerdings beginnt er hier und da Eigenheiten zu entwickeln, die mich zuweilen ziemlich nervös machen. Kleine, unschädliche, aber sehr hartnäckige Angewohnheiten. Zum Beispiel mit dem Finger auf Gegenstände klopfen. Nicht wie der Arzt einem Kranken die Brust abklopft, sondern als poche er an eine Tür. Sitzt, in die Zeitung vertieft, auf dem Sessel und klopft unwissentlich pausenlos auf die Lehne. Als wünsche er, man möge ihm öffnen. Schließt sich im Bad ein, planscht eine halbe Stunde im Wasser und hört nicht auf an die Kacheln zu pochen, als suche er dahinter ein Geheimfach mit einem Schatz. Oder seine Angewohnheit, häufig ›asoi‹ zu sagen, statt Antwort zu geben, wenn man mit ihm spricht. Ich sage ihm, ich hätte einen Fehler in der Stromrechnung gefunden, und er sagt: Asoi. Die Kleine erzählt ihm, die Puppe sei böse mit ihr, und er äußert grinsend: Asoi. Ich mische mich ein und sage, vielleicht hörst du mal deinen Kindern zu, und auch darauf erwidert er: Asoi. Und die Angewohnheit, manchmal durch die Lücke zwischen den beiden Vorderzähnen einen leisen, verächtlichen Pfiff auszustoßen, der eigentlich vielleicht weder Pfiff noch verächtlich, sondern nur ein Atemzug bei geöffneten Lippen ist. Sooft ich ihm auch sage, daß dieses Pfeifen mich wahnsinnig macht – er kann's nicht aufgeben, merkt offenbar gar nicht, daß er schon wieder gepfiffen hat. Aber letzten Endes sind das ja kleine Unannehmlichkeiten, mit denen sich leben läßt. Es gibt auf der Welt Ehemänner, die ewig besoffen, faul, untreu, grausam, abartig oder geisteskrank sind, und außerdem haben sich womöglich auch bei mir alle möglichen Gewohnheiten eingestellt, die ihm nicht gefallen, und er beherrscht sich und schweigt. Es hat keinen Sinn, großen Aufruhr um sein Pfeifen und Geklopfe zu machen, die er, dafür spricht einiges, vermutlich gar nicht unter Kontrolle hat. So vergehen die Jahre. Wir schließen einen Balkon, machen eine Europareise, kaufen ein kleines Auto, wechseln die ersten Möbel gegen neue aus. Und ziehen auch einen Schäferhund groß. Bringen seine und meine Eltern in einem privaten Altersheim unter. Jerry steuert seinen Teil bei, bemüht sich, mir Freude zu machen, ist zufrieden über das gemeinsam Erreichte. Oder so schien es mir. Und macht weiter mit seinem Pfeifen, Klopfen und gelegentlichen Asoisagen.«

Fima sinnierte: Panzer umstellen das Knessetgebäude, Fallschirmjäger dringen in die Sendeanstalt ein, ein Obristenputsch – nein, den wird's hier nicht geben. Hier kommt es nur zu einer schleichenden Unterwanderung. Jeden Tag einen Zentimeter weiter. Die Leute werden's gar nicht merken, wie die Lichter ausgehen. Weil sie nicht ausgeknipst werden. Sondern langsam verlöschen. Entweder tun wir uns endlich zusammen und lösen selbst eine tiefe nationale Krise aus – oder es gibt keinen definitiven Krisenpunkt. Laut sagte er: »Sie schildern es so präzise, daß ich es vor mir sehe.«

»Langweile ich Sie nicht? Seien Sie nicht böse, daß ich schon wieder rauche. Es fällt mir schwer, darüber zu reden. Wegen der Tränen sehe ich sicher wie ein Schreckgespenst aus. Seien Sie so gut und schaun mich nicht an.«

»Im Gegenteil«, sagte Fima, und nach kurzem Zögern fügte er hinzu: »Auch Ihre Ohrringe sind hübsch. Ausgefallen. Wie zwei Glühwürmchen. Nicht, daß ich eine Ahnung hätte, wie ein Glühwürmchen aussieht.«

»Es tut gut, mit Ihnen zusammenzusein«, sagte Annette. »Zum ersten Mal seit langer Zeit fühle ich mich wohl. Obwohl Sie fast kein Wort sagen und nur verständnisvoll zuhören. Als die Kinder ein bißchen größer sind, ermutigt mich Jerry, eine Halbtagsstelle bei der Jerusalemer Stadtverwaltung anzunehmen. Wir fangen an zu sparen. Wechseln das Auto. Träumen davon, uns ein Eigenheim mit Ziegeldach und Garten in Mewasseret Jeruschalaim zu bauen. Setzen uns manchmal abends, nachdem die Kinder eingeschlafen sind, zusammen, gucken amerikanische Wohnmagazine an, zeichnen alle möglichen Grundrisse. Manchmal klopft er mit dem Finger auf diese Planskizzen, als prüfe er die Härte des Materials. Beide Kinder zeigen musikalische Begabung, und wir beschließen einstimmig, das nötige Geld für Musikstunden, Privatlehrer und Konservatorium aufzuwenden. Verbringen zu viert den Sommerurlaub in Naharia am Strand. Zu Chanukka fahren wir zwei allein, ohne Kinder, mieten uns einen Bungalow in Elat. Vor zehn Jahren haben wir die Wohnung seiner Eltern verkauft und diesen Bungalow erworben. Samstagabend versammeln sich drei, vier befreundete Paare bei uns. Scheuen Sie sich nicht, mich zu unterbrechen, wenn Sie das Zuhören leid sind, Efraim. Vielleicht gehe ich zu sehr ins einzelne? Dann wird dieser Zuverlässige zum stellvertretenden Stationsarzt ernannt. Empfängt Privatpatienten, zu Hause. So daß der Traum vom Häuschen mit Garten in Mewasseret Jeruschalaim langsam real wird. Wir beide verwandeln uns in Experten für Marmor, Fliesen und Ziegeln, wenn Sie verstehen, was ich damit meine. All diese Jahre fällt, abgesehen von nichtigen Streitigkeiten, kein Schatten zwischen uns. Oder so schien es mir. Jeder Streit endet mit gegenseitigen Entschuldigungen. Er bittet um Verzeihung, und ich bitte um Verzeihung, und er zischt: Asoi. Dann wechseln wir gemeinsam die Bettwäsche oder machen Salat fürs Abendessen.«

Fünftausend Mann, dachte Fima, fünftausend von uns, die sich einfach weigern würden, Reservedienst in den Gebieten zu leisten – das wäre genug. Das ganze Besatzungsregime würde zusammenbrechen. Aber genau diese fünftausend werden zu Experten für Dachziegel. Diese Aasheinis haben, aus ihrer Sicht, recht, wenn sie sagen, sie bräuchten nur Zeit zu gewinnen. Am Ende ihrer Geschichte geht sie mit mir ins Bett. So bereitet sie sich darauf vor.

»Einige Winter hindurch«, fuhr Annette fort, wobei ihr ein bitterer, sarkastischer Zug um die Mundwinkel spielte, als habe sie seine Gedanken gelesen, »vielleicht zwei oder drei Winter verbringt er eine Nacht pro Woche in Beer Scheva, weil er dort für irgendeinen Kurs an die medizinische Fakultät berufen worden ist. Der Gedanke, es gebe andere Frauen in seinem Leben, ist mir nie gekommen. Das schien mir einfach nicht zu ihm zu passen. Besonders, da sogar das, was er für den Hausgebrauch hatte, über die Jahre ein wenig nachließ, wenn Sie verstehen, was ich damit meine. Also er und Liebchen – nee. Genau wie ich mir zum Beispiel nicht hätte vorstellen können, daß er ein syrischer Spion sein könnte: geht einfach nicht. Ich wußte alles über ihn. So glaubte ich jedenfalls. Und akzeptierte ihn, wie er war, einschließlich der leisen Verachtungspfiffe, die er manchmal durch die Lücke zwischen den beiden Schneidezähnen hervorpreßte, hatte mir schon eingeredet, das seien nicht direkt Pfiffe und gewiß keine verächtlichen. Andererseits – ich schäme mich, Ihnen das zu erzählen, aber ich möchte nun mal alles auspacken – bin ich im Sommer vor acht Jahren drei Wochen bei einer Cousine in Amsterdam zu Besuch gewesen und da doch für ein paar irrsinnige Tage einem schwachköpfigen blonden Sicherheitsbeamten der Botschaft in die Arme getaumelt. Beinah zwanzig Jahre jünger als ich. Ein Typ, der sich sehr schnell als narzißtischer Idiot entpuppte. Ziemlich viehisch im Bett, wenn Sie verstehen, was ich damit meine. Vielleicht wird es Sie amüsieren, daß jemand ihm in den Kopf gesetzt hatte, Frauen würden erregt, wen man ihnen den Bauch mit Honig vollschmiert. Stellen Sie sich das bloß vor. Kurz gesagt – ein verdrehter Junge, sonst nichts. War den kleinen Fingernagel meines guten Mannes nicht wert.«

Aus eigenem Antrieb bestellte Fima noch einen Wodka und – seinem Hunger nachgebend – ein weiteres Käsebrot. Das letzte. Dabei nahm er sich vor: geduldig und feinfühlend sein. Nicht über sie herfallen. Die Politik aus dem Spiel lassen. Mit ihr nur über Poesie und die Einsamkeit im allgemeinen sprechen. Und vor allem Geduld bewahren.

»Voller Schuldgefühle kehre ich aus Amsterdam zurück, unterdrücke nur mit Mühe den Drang, ihm zu beichten, aber er hegt keinerlei Verdacht. Im Gegenteil. Über die Jahre hatten wir uns angewöhnt, manchmal, nachdem die Kinder eingeschlafen waren, im Bett zu liegen und gemeinsam Broschüren zu lesen, aus denen wir lernten, Dinge zu tun, die wir vorher nicht gekannt hatten. Entgegenkommen, Rücksichtnahme und Zurückstecken verliehen unserem Leben einen ruhigen Braunton. Zugegeben, viele Gesprächsthemen gibt es nicht. Schließlich interessiere ich mich nicht so sehr für Orthopädie. Aber das Schweigen bedrückt uns nie. Wir können einen ganzen Abend dasitzen und lesen. Gemeinsam Musik hören. Fernsehen. Gelegentlich trinken wir sogar ein Gläschen vor dem Schlafengehen. Manchmal schlafe ich ein und wache eine Stunde später wieder auf, weil er keinen Schlaf findet und geistesabwesend auf den Bettkasten am Kopfende trommelt.

Ich bitte ihn aufzuhören, und er entschuldigt sich und läßt es, worauf ich wieder einschlafe und auch er einschläft. Oder so schien es mir. Wir erinnern einander daran, auf die Figur zu achten, da wir beide leicht zur Korpulenz neigen. Bin ich ein bißchen dick, Efraim? Wirklich nicht? Und inzwischen haben wir alle möglichen elektrischen Haushaltsgeräte angeschafft. Beschäftigen drei Vormittage pro Woche eine Hausgehilfin. Besuchen seine und meine Eltern, die wir alle vier im selben Altersheim untergebracht haben. Zum Ärztekongreß in Kanada fährt er ohne mich, aber zur Orthopädenkonferenz in Frankfurt bin ich mit eingeladen. Dort gehen wir uns einen Abend sogar mal eine Stripteaseshow angucken. Was mich ziemlich angeekelt hat, wobei ich jedoch heute glaube, daß es ein Fehler war, es ihm zu sagen. Ich hätte schweigen sollen. Ehrlich gesagt, Efraim, mag ich gar nicht daran denken, was Sie von mir halten werden, wenn ich Sie bitte, mir noch ein Gläschen zu bestellen. Noch eins und fertig. Es fällt mir schwer. Und Sie hören mir zu wie ein Engel. Dann, vor sechs Jahren, sind wir endlich in die selbstgeplante Villa umgezogen, nach Mewasseret Jeruschalaim, und sie ist fast genauso geworden, wie wir sie uns erträumt hatten, mit einem separaten Flügel für die Kinder, mit einem schrägwinkligen Schlafzimmer unterm Dach wie in einem Chalet in den Alpen.«

Ein Engel mit der Erektion eines Nashorns, grinste Fima innerlich und spürte erneut, wie mit dem Mitleid die Begierde in ihm erwachte und die Begierde wiederum Scham, Wut und Schadenfreude über sich selbst nach sich zog. Und weil er an Nashörner dachte, fiel ihm die starre Haltung der Dinosaurier-Eidechse ein, die ihm am Morgen ein Kopfschütteln entgegengebracht hatte. Dann sann er ein wenig über Ionescos *Nashörner* nach, wobei er sich zwar vor oberflächlichen Vergleichen in acht nahm, aber trotzdem grinsen mußte, weil Rechtsanwalt Prag ihn weit mehr an einen Büffel als an ein Nashorn erinnerte. Nun fragte er: »Sagen Sie, Annette, sind Sie überhaupt nicht hungrig? Ich verschlinge hier ein belegtes Brot nach dem anderen, und Sie haben noch nicht mal Kuchen angerührt. Vielleicht schauen wir einen Augenblick in die Speisekarte?«

Doch Annette zündete sich, als habe sie gar nichts gehört, eine neue Zigarette an. Fima schob ihr den Aschenbecher, den der Kellner geleert, und den Wodka, den er ihr gebracht hatte, näher hin. »Wie wär's mit einer Tasse Kaffee?«

»Absolut nicht«, sagte Annette, »ich fühle mich so wohl mit Ihnen. Erst gestern sind wir uns begegnet, und es ist, als hätte ich einen Bruder gefunden.«

Fima hätte beinah den Lieblingsausdruck ihres Mannes benutzt und asoi gesagt, hielt sich aber zurück, strich ihr wie unbewußt über die Wange und bat: »Machen Sie weiter, Annette. Sie hatten von den Alpen gesprochen.«

»Ich bin dumm gewesen. Blind. Glaubte, das neue Haus sei die Verkörperung des Glücks. Des Seelenglücks natürlich. Wie faszinierte uns das Leben außerhalb der Stadt! Die Landschaft, die Stille. Gegen Abend traten wir hinaus, um nachzumessen, wie hoch die Setzlinge gediehen waren, ehe wir vom Garten auf den Balkon hinaufgingen, um im Sitzen zuzuschauen, wie die Berge dunkel wurden. Fast ohne zu sprechen und doch in Freundschaft. Oder so schien es mir. Wie zwei alte Freunde, die schon keine Worte mehr brauchen, wenn Sie das verstehen. Jetzt glaube ich, daß auch das ein Irrtum war. Daß er mit seinem Klopfen aufs Balkongitter etwas auszudrücken versuchte, vielleicht wie mit Morsezeichen, und auf eine Antwort von mir wartete. Manchmal guckte er mich so an, über die Linsen seiner Lesebrille hinweg, das Kinn auf die Brust gesenkt, fast ein wenig überrascht, als sei ich ihm neu, als hätte ich mich sehr verändert, und ließ ein leises Pfeifen hören. Wenn ich ihn nicht so viele Jahre kennen würde, hätte ich noch meinen können, er wäre plötzlich in die Rolle eines Gassenjungen verfallen, der Frauen nachpfeift. Heute scheint mir, daß ich diesen Blick überhaupt nicht verstanden habe. Dann wurde die Tochter zum Wehrdienst eingezogen und vor einem Jahr – auch der Sohn: Er wurde ins Militärorchester aufgenommen.

Das Haus hatte sich geleert. Meist gehen wir um halb elf schlafen. Lassen eine einzige Laterne brennen, damit sie den Garten bei Nacht ein wenig erhellt. Draußen stehen die beiden Wagen stumm unter ihrem Schutzdach. Außer zweimal pro Woche, wenn er Nachtdienst im Krankenhaus versieht und ich bis Sendeschluß vorm Fernseher hocke. In der letzten Zeit habe ich auch ein bißchen zu malen angefangen. Für mich. Ohne Ambitionen. Obwohl Jerry vorschlug, meine Bilder mal einem Fachmann zu zeigen, vielleicht seien sie was wert. Ich sagte: Ob sie nun was wert sind oder nicht – darum geht's mir nicht. Jerry sagte: Asoi. Und dann hat's mich erwischt. Einmal, an einem Samstagmorgen vor eineinhalb Monaten – hätte ich mir damals bloß auf die Zunge gebissen und geschwiegen – habe ich zu ihm gesagt: Jerry, wenn so das Alter aussieht, was macht's uns dann aus zu altern? Was soll bei uns denn schlecht sein? Und da springt er plötzlich auf und postiert sich mit dem Gesicht zu Jossel Bergers Schmetterlingsfressern an der Wand – vielleicht kennen Sie das Bild, eine Reproduktion, die er mir mal zum Geburtstag geschenkt hat –, steht so nervös angespannt da, läßt einen leisen Pfiff zwischen den Zähnen durch, als habe er diesen Moment auf dem Bild einen Strich entdeckt, der vorher nicht drauf war oder den er bisher nicht bemerkt hatte, und sagt: Red du lieber nur für dich selber. Denn ich denk' noch nicht mal im Traum ans Altern. Und da lag so was in seiner Stimme, in der Haltung seines Rückens, der sich plötzlich gewissermaßen verhärtete und krümmte wie der Buckel einer Hyäne, und dann dieser rote Nacken, ich hatte noch nie gemerkt, wie rot sein Nacken war, irgendwas ließ mich vor lauter Angst im Sessel zusammenschrumpfen. Ist was passiert, Jerry? Das ist so, sagte er, es tut mir sehr leid, aber ich muß weg. Kann nicht mehr. Muß einfach. Versteh doch. Sechsundzwanzig Jahre tanze ich wie ein dressierter Bär nach deiner Flöte, und nun möchte ich mal ein bißchen nach meiner eigenen Flöte tanzen. Ich hab' schon ein Zimmer. Zur Miete. Hab' alles geregelt. Abgesehen von meiner Kleidung, meinen Büchern und dem Hund nehme ich nichts von hier mit. Versteh bitte: Mir bleibt keine Wahl. Die Lügen stehen mir schon bis hier. Damit dreht er sich um und geht und kommt aus seinem Arbeitszimmer mit zwei Koffern zurück, die er anscheinend noch nachts gepackt hatte, und wendet sich zur Tür. Aber was hab' ich denn getan, Jerry? Du mußt verstehen, sagt er, es geht nicht um dich. Es geht um sie. Sie kann die Lügerei nicht mehr aushalten, kann mich nicht länger als dein Fußabtreter sehen. Und ich kann nicht ohne sie sein. Ich würde dir raten, sagt er von der Tür, die Dinge nicht zu erschweren, Annette. Daß du keine Szenen machst. So ist es auch leichter für die Kinder. Als sei ich umgekommen. Versteh, ich ersticke. Und mit diesen Worten pocht er leicht an den Türrahmen, pfeift dann dem Hund, startet seinen Peugeot und entschwindet. All das hat vielleicht kaum eine Viertelstunde gedauert. Als er am nächsten Tag anrief, hab' ich sofort aufgelegt. Nach zwei Tagen hat er wieder angerufen, und ich wollte erneut auflegen, hatte aber schon nicht mehr die Kraft. Statt den Hörer runterzuknallen, habe ich ihn angefleht, komm zurück, und ich versprech' dir, besser zu sein. Sag mir nur, was ich falsch gemacht habe, und ich tu's nicht wieder. Doch er erklärt in seinem Arztton, als sei ich irgendeine hysterische Patientin, ständig wiederholend: Versteh. Es ist alles vorbei. Ich weine jetzt nicht vor Wut, Efraim, bloß vor Schmach. Vor Demütigung. Vor zwei Wochen schickt er mir so einen kleinen Rechtsanwalt, furchtbar höflich, offenbar persischer Abstammung, der sich prompt in Jerrys Sessel setzt, so daß ich mich fast wundere, wieso er weder auf die Lehne pocht noch durch die Zähne pfeift, und mir da zu erklären anfängt: Sehen Sie, Frau Tadmor, Sie bekommen von ihm mindestens das Doppelte von dem, was Ihnen jedes Rabbinats- oder Zivilgericht auch nur im Traum zugesprochen hätte. Am besten, Sie gehen blitzschnell auf unser Angebot ein, denn ehrlich gesagt habe ich in meiner ganzen Praxis noch keinen Menschen gesehen, der gleich vom ersten Moment an bereit ist, so das gesamte Gemeinschaftsgut hinzugeben. Nicht eingeschlossen der Peugeot und der Bungalow in Elat natürlich. Aber alles andere – ist Ihrs, trotz all dem Leid, das Sie ihm zugefügt haben, womit er prompt vor Gericht seelische Grausamkeit geltend machen und Ihnen alles wegnehmen könnte. Und ich flehe doch, als hörte ich gar nicht, diesen Lackaffen an, er solle mir nur sagen, wo mein Mann sei, solle mich ihn treffen lassen, mir wenigstens seine Telefonnummer geben. Aber der fängt an mir zu erklären, warum das im gegenwärtigen Stadium besser nicht geschehe, zum Wohl aller Beteiligten, zumal mein Mann heute nacht sowieso mit seiner Bekannten für zwei Monate nach Italien abreise. Nur noch einen Wodka, Efraim. Mehr trink' ich nicht. Das versprech' ich. Sogar die Zigaretten sind mir ausgegangen. Ich weine jetzt Ihret-, nicht seinetwegen, weil ich dran denken muß, wie wunderbar Sie gestern in der Praxis zu mir waren. Und jetzt sagen Sie mir bitte nur, ich sollte mich beruhigen, erklären Sie mir, solche Dinge geschähen in Israel wohl durchschnittlich alle neun Minuten oder so. Achten Sie nicht auf die Tränen. Mir wird's gerade ein bißchen leichter. Seit ich gestern aus der Praxis zurückkam, hab' ich mich unaufhörlich gefragt, wird er nun anrufen oder nicht? Ich hatte ein Gefühl, daß ja. Fürchtete mich aber zu hoffen. Sind Sie auch geschieden? Hatten Sie mir nicht erzählt, Sie seien zweimal verheiratet gewesen? Warum haben sie die beiden ausrangiert? Möchten Sie erzählen?«

»Ich habe sie nicht ausrangiert«, sagte Fima. »Genau umgekehrt.«

»Erzählen Sie trotzdem«, meinte Annette. »Aber ein andermal. Nicht heute. Heute bin ich nicht aufnahmefähig. Sie müssen mir jetzt nur die volle Wahrheit sagen: Bin ich langweilig? Egoistisch? Autistisch? Abstoßend? Finden Sie meinen Körper abstoßend?«

»Im Gegenteil«, erwiderte Fima. »Ich meine vielmehr, ich sei nicht gut genug für Sie. Trotzdem spüre ich, daß wir gewissermaßen beide im selben Boot sitzen. Aber schauen Sie, Annette: Plötzlich ist es draußen aufgeklart. Diese schönen Wintertage in Jerusalem, dieses Licht zwischen den Regenschauern, als singe der Himmel. Vielleicht gehen wir ein bißchen? Einfach so spazieren? Jetzt ist es schon halb fünf, und bald wird's dunkel. Wenn ich Mut hätte, würde ich Ihnen auf der Stelle sagen, daß Sie eine schöne, attraktive Frau sind. Verstehen Sie mich nicht falsch. Gehen wir? Einfach ein wenig bummeln und schauen, wie das Licht abnimmt? Wird's Ihnen nicht zu kalt?«

»Danke. Ich habe Ihnen schon Stunden geraubt. Aber eigentlich doch. Gehen wir also spazieren. Wenn Sie nicht etwas vorhaben. Es ist schön, wie Sie das ausgedrückt haben, daß der Himmel singt. Alles, was Sie mir sagen, klingt schön. Nur versprechen Sie mir, daß Sie nichts von mir erwarten, damit Sie nicht enttäuscht werden. Verstehen Sie: Ich bin nicht fähig. Unwichtig. Ich hätte es nicht sagen sollen. Verzeihung. Gehen wir und reden weiter.«

Später, am Abend, voll reuiger Verlegenheit, weil er die dreckige Bettwäsche nicht gewechselt hatte, und beschämt, weil er ihr außer Rührei, einer einzigen überweichen Tomate und dem Likör seines Vaters nichts hatte anbieten können, nahm Fima ihr mit behutsamen, galanten Händen die Oberbekleidung ab. Wie ein Vater, der seine kranke Tochter ins Bett bringt. Reichte ihr einen ausgeblichenen Flanellschlafanzug, den er aus dem Schrank geholt, zögernd beschnuppert, aber mangels eines anderen doch genommen hatte. Deckte sie mit seiner Decke zu und kniete auf dem kalten Boden vor ihr, um sich für den schwachen Ofen und die hügelige Matratze zu entschuldigen. Dann führte er die Hand an ihr Gesicht, und ihre Lippen berührten einen Augenblick seinen Handrücken. Das vergalt er ihr überschwenglich, küßte sie auf Stirn, Brauen und Kinn – an die Lippen traute er sich nicht heran – und strich ihr mit der Hand über das lange Haar. Beim Streicheln flüsterte er ihr zu, weine ruhig, macht nichts, das darfst du. Als sie schluchzte, wegen der Heulerei sei ihr Gesicht verquollen und häßlich wie eine Rübe, löschte Fima das Licht. Mit äußerst zärtlichen Fingern liebkoste er ihre Schultern, ihren Hals, verharrte dort wohl eine Viertelstunde, bevor er zur Brustsenke fortschritt, sich aber zurückhielt, den Gipfel zu berühren. Die ganze Zeit über ließ er nicht von seinen väterlichen Küssen ab, mit deren Hilfe er sie von seinen Fingern abzulenken hoffte, die zur Innenseite ihrer Knie weiterglitten. Mir geht's schlecht, Efraim, schlecht, und ich bin nichts wert. Fima erwiderte flüsternd, du bist großartig, Annette, du faszinierst mich, und mit diesen Worten stahl sich sein Finger in die Nähe ihrer Scham und hielt inne, bereit, sich klaglos von dort verdrängen zu lassen. Als ihm klar wurde, daß sie in ihre Schmach versunken war, immer wieder in abgehacktem Gewisper das ihr zugefügte Unrecht schilderte, ohne sein Tun zu bemerken, begann er ihr sanft aufzuspielen, bemüht, das Fingerklopfen ihres Ehemannes aus ihren Gedanken zu vertreiben, bis sie aufseufzend eine Hand in seinen Nacken legte und sagte, du bist ja so gut. Aus diesem Geflüster schöpfte er den Mut, ihre Brüste zu befummeln und seine Begierde an ihre Seite zu schmiegen, wagte aber noch nicht, sich an ihr zu reiben. Fuhr nur fort, sie hier und da zu streicheln, ihre Saiten spielen zu lernen und sie dabei mit tröstendem und versöhnendem Gewisper zu überhäufen, auf das er selbst nicht achtete. Bis er endlich spürte, daß seine Geduld sich auszuzahlen begann, ein sanftes Aufwallen ihres Körpers, ein leichtes Kräuseln, Beben wahrnahm, obwohl sie weiter unaufhörlich redete, klagte, sich und ihm erläuterte, was sie falsch gemacht hatte, womit sie Jerry wohl auf die Nerven gegangen war, wie sie sich an Mann und Kindern versündigt hatte, und in der Dunkelheit eingestand, daß es außer der Geschichte in Amsterdam noch zwei weitere Affären mit zwei seiner Freunde gegeben hatte, hohle, dumme Abenteuer zwar, aber womöglich folge daraus doch, daß sie das, was ihr widerfahren sei, verdient habe. Inzwischen hatte sein Finger den richtigen Takt gefunden, zwischen ihren Seufzern tauchten andere ächzende Laute auf, und sie protestierte nicht, als er seine Leidenschaft an ihrer Taille zu reiben begann. Fima fand sich also großzügig mit ihrem Spiel ab, so zu tun, als sei sie derart in Trauer versunken, daß sie gar nicht merke, wie ihre Wäsche abgestreift wurde, während ihr Körper ansprach, ihre Schenkel seine musizierende Hand zu drücken begannen und ihre Finger seinen Nacken streichelten. Aber gerade, als er seinen Augenblick für gekommen hielt und höchstpersönlich den Platz seines Fingers einnehmen wollte, versteifte sich ihr Körper, und ein sanfter, kindlicher, überraschter und begeisterter Wonneschrei brach aus ihr hervor. Und sie erschlaffte sofort. Brach von neuem in Tränen aus. Schlug ihm mit zwei schwächlichen Fäusten auf die Brust und jammerte, warum hast du das getan, warum hast du mich gedemütigt, ich bin doch schon am Boden zerstört. Drehte ihm den Rücken zu und heulte wie ein Baby vor sich hin. Fima wußte, daß er zu spät gekommen war. Die Gelegenheit versäumt hatte. Den Bruchteil einer Sekunde durchwirbelten ihn Heiterkeit und Wut und schmerzliche Begierde und Schadenfreude über sich selbst in einem solchen Strudel, daß er in diesem Augenblick fähig gewesen wäre, den zuckersüßen Siedler mitsamt seinem Advokaten und dem entsprechenden Knessetmitglied mit der Pistole abzuknallen, während er sich selber als Idioten bezeichnete. Eine Minute später steckte er zurück. Fand sich damit ab, daß er verzichten und vergeben mußte.

Er stand auf, deckte Annette zu und fragte kleinlaut, ob er ihr noch ein Tröpfchen Likör einschenken dürfe. Oder ein Glas Tee machen? Sie setzte sich mit einem Ruck auf, preßte sich das unsaubere Laken an die Brust, fummelte wütend nach einer Zigarette, zündete sie an und fauchte: »Was bist du für ein Schuft!«

Fima, bemüht, sich beim Anziehen bedeckt zu halten, um die Schmach seines verzweifelten Nashornismus vor ihr zu verbergen, stammelte wie ein gemaßregeltes Kind: »Aber was hab' ich denn gemacht. Ich hab' doch nichts getan.«

Und wußte, daß diese Worte wahr und gelogen waren, wäre beinah in blasses, krankhaftes Gelächter ausgebrochen, ja, hätte um ein Haar »asoi« gemurmelt. Aber er beherrschte sich, meinte entschuldigend, er sei selber entsetzt, begreife gar nicht, was ihm passiert sei, ihre Nähe habe ihn derart verwirrt, daß er sich vergessen habe – kannst du mir verzeihen?

Sie zog sich schnell an, mit harten Bewegungen wie eine wutschnaubende alte Frau, den Rücken ihm zugekehrt, kämmte sich mit brutalen Kammstrichen, die Tränen waren inzwischen getrocknet, zündete eine neue Zigarette an und befahl Fima, ihr ein Taxi zu bestellen und nie wieder anzurufen. Als er sie die Treppe hinab begleiten wollte, sagte sie mit kalter, flacher Stimme: »Das ist überflüssig. Schalom.«

Fima ging unter die Dusche. Obwohl aus dem warmen Hahn nur ein lauwarmer, fast schon kalter Strahl kam, brachte er genug Willenskraft auf, sich zu duschen, einzuseifen und lange abzubrausen. Unter den dreien ist der wahre Schurke doch Rechtsanwalt Prag, grübelte er. Dann zog er saubere Wäsche an und wechselte danach im Sturm die ganze Bettwäsche, sämtliche Handtücher, das Küchentuch und sein Hemd und stopfte alles in einen Plastiksack, den er neben die Wohnungstür stellte, damit er nicht etwa vergaß, ihn morgen früh zur Wäscherei zu bringen. Während er sein Bett frisch bezog, versuchte er zwischen den beiden Schneidezähnen hindurch zu pfeifen, brachte es aber nicht fertig. Wir sitzen alle im selben Boot, hatte der schöne Siedler gesagt, und Fima fand zu seiner Verblüffung, daß er in gewisser Hinsicht recht hatte.

11. Bis zur letzten Laterne

Nachdem er den Wäschesack abgestellt hatte, ging er in die Küche, um Annettes Zigarettenkippen zu beseitigen. Als er die Tür der Abfallecke unter dem Spülstein aufmachte, sah er den Kakerlak, Trotzki, vor dem überquellenden Mülleimer tot auf dem Rücken liegen. Was hatte seinen Tod ausgelöst? Eine Gewalttat war auszuschließen. Und gewiß stirbt man in meiner Küche nicht des Hungers. Fima dachte ein wenig darüber nach, fand, daß Schmetterling und Kakerlak sich nur in der Form unterschieden und dies sicherlich keinen ausreichenden Grund dafür bildete, daß die Schmetterlinge für uns Freiheit, Schönheit und Reinheit symbolisieren, während der Kakerlak als Verkörperung des Ekels gilt. Was war also die Todesursache? Fima erinnerte sich, daß morgens, als er den Schuh gegen Trotzki erhoben, aber wieder davon abgelassen hatte, dieses Geschöpf überhaupt nicht versucht hatte, seinem Schicksal zu entfliehen. Vielleicht war er da schon krank, und ich bin ihm nicht zu Hilfe gekommen.

Fima ging in die Hocke, schob den Kakerlak behutsam in ein trichterförmig gerolltes Stück Zeitung und warf ihn nicht etwa in den Mülleimer, sondern bereitete ihm ein Grab in der Erde des Blumentopfs auf der Fensterbank, in dem schon lange nichts mehr wuchs. Nach der Beisetzung stürzte er sich auf den Geschirrstapel im Ausguß, spülte Teller und Tassen. Als er bei der Pfanne angelangt war, mußte er altes Bratfett herunterscheuern, ermüdete dabei und entschied, die Pfanne solle, gemeinsam mit dem übrigen Geschirr, gefälligst bis morgen warten. Ein Glas Tee konnte er sich nicht machen, weil der Kessel heute vormittag, während er selber noch über die Tiefen der Evolution brütete und einen gemeinsamen Nenner suchte, ausgebrannt war. Er ging pinkeln, wurde aber mittendrin ungeduldig und drückte die Spülung, um seine stotternde Blase anzutreiben. Auch diesmal verlor er das Rennen, wollte jedoch nicht warten, bis der Behälter wieder vollgelaufen war, trat also den Rückzug an und löschte beim Hinausgehen das Licht. Man muß versuchen, Zeit zu gewinnen, sagte er sich. Und fügte hinzu: Wenn du verstehst, was ich damit meine.

Kurz vor Mitternacht zog er den Flanellschlafanzug an, den Annette auf den Teppich geworfen hatte, ging ins Bett, genoß wohlig die sauberen Bezüge und begann Zwicka Kropotkins Artikel im *Ha'arez* zu lesen. Der Beitrag erschien ihm gelehrt und grau wie Zwicka selber, aber er hoffte, dadurch leichter in den Schlaf zu kommen. Als er das Licht ausknipste, fiel ihm der kindlich sanfte Begeisterungsschrei ein, der Annettes Kehle entschlüpft war, als ihre Lenden sich um seinen Finger preßten. Wieder stieg die Begierde in ihm auf und damit auch die Gekränktheit und das Gefühl, daß ihm Unrecht widerfahren sei: Fast zwei Monate waren vergangen, ohne daß er mit einer Frau geschlafen hätte, und nun hatte er gestern und heute abend zwei Frauen verpaßt, obwohl er sie wahrlich schon in den Armen hielt. Wegen deren Egoismus würde er jetzt nicht einschlafen können. Einen Augenblick rechtfertigte er Jerry, Dr. Tadmor, der Annette verlassen hatte, weil er vor lauter Lügen zu ersticken drohte. Doch fast sofort sagte er sich: Was bist du für ein Schuft. Unwillkürlich begann seine Hand langsam sein Glied zu trösten. Aber ein Fremder, ein gemäßigter, vernünftiger Mann, dessen Eltern noch nicht einmal geboren waren, der Mensch, der in einer Winternacht in hundert Jahren hier in diesem Zimmer sein würde, beobachtete ihn aus dem Dunkeln mit Augen, die Fima skeptisch, nur mäßig neugierig und fast amüsiert vorkamen. Fima ließ von seinem Glied ab und forderte in lautem, mürrischem Ton: »Erlaub du dir mal kein Urteil über mich.« Und fügte rechthaberisch hinzu: »In hundert Jahren steht hier sowieso nichts mehr. Alles zerstört.« Und weiter: »Sei still. Wer hat denn mit dir gesprochen.«

Damit verstummten sie beide, Joeser und er selber, und auch seine Leidenschaft hatte sich beruhigt. An ihre Stelle trat ein

Anfall nächtlicher Energie – geschliffen scharfe Wachheit, eine Woge innerer Kräfte, verbunden mit klarem Verstand: In diesem Augenblick wäre er fähig gewesen, sich mit den drei Verschwörern im Café Savion zu messen und sie im Handumdrehen zu besiegen, oder ein Gedicht zu schreiben, eine Partei zu gründen, die Friedensverträge abzufassen – in seinem Kopf rumorten Worte und Satzfetzen, die in ihrer Unangreifbarkeit und Präzision deutlich vor ihm standen. Er warf die Decke ab, spurtete an den Schreibtisch, berief aber nicht den Revolutionsrat zu einer nächtlichen Sitzung ein, sondern verfaßte innerhalb einer halben Stunde in einem Schwung, ohne jede Streichung oder Änderung, einen Artikel für die Freitagszeitung: eine Antwort auf Zwi Kropotkin hinsichtlich des Preises der Moral und des Preises der Ignorierung der Moral in einer Zeit tagtäglicher Gewalt. Alle möglichen Wölfe und Wolfsfell Tragende reden hier einem primitiven Darwinismus das Wort, schreien, in Kriegszeiten müsse die Moral, ebenso wie Frauen und Kinder, zu Hause bleiben, und sobald wir das Joch der Moral abschüttelten, könnten wir leicht und fröhlich losziehen und jeden erledigen, der sich uns in den Weg stellt. Zwi verstrickt sich in den Versuch, diese Auffassung mit praktischen Argumenten zu widerlegen: die sogenannte aufgeklärte Welt werde uns bestrafen, wenn wir uns weiterhin wie Wölfe benehmen. Aber tatsächlich sind doch letzten Endes alle Gewaltregime zusammengebrochen und verschwunden, während gerade diejenigen Völker und Gesellschaftssysteme überdauerten, die die Werte der menschlichen Moral hochhielten. In historischer Sicht, schrieb Fima, gilt der Satz: Mehr als du die Moral schützt, schützt die Moral dich, und ohne sie sind auch die grausamen, skrupellosen Wolfsklauen dem Verderben und der Fäulnis anheimgegeben.

Danach zog er ein frisches Hemd und saubere Hosen an, hüllte sich in den von Jael geerbten Zottelbärpullover, schlüpfte in seine Jacke, wobei er diesmal geschickt der Ärmelfalle auswich, zerkaute eine Tablette gegen Sodbrennen und sprang –

vor freudigem Verantwortungsbewußtsein sprühend – die Treppe immer zwei Stufen auf einmal hinunter.

Leichtfüßig, elastisch, hellwach, gleichgültig gegenüber der nächtlichen Kühle und von der Stille und Öde trunken, schritt Fima nun die Straße hinab, als spiele man ihm ein Marschlied auf. Es gab keine Menschenseele auf den feuchten Straßen. Jerusalem war in seine Hände gegeben, damit er die Stadt vor sich selber schütze. Die Häuserreihen des Viertels ragten schwer und plump in die Dunkelheit. Nur die Laternen hatten sich in fahlgelben Dunst gehüllt. In den Treppenhauseingängen schimmerten die Hausnummern in schwachem elektrischen Licht, dem es hier und da gelang, sich in der Scheibe eines parkenden Wagens widerzuspiegeln. Ein automatisches Leben, dachte er, geprägt von Bequemlichkeit und Leistung, Besitzerwerb, den alltäglichen Eß-, Finanz- und Beischlafgewohnheiten gesetzter Menschen, dem Versinken der Seele in den Speckfalten, den Ritualen des sozialen Prestiges – das hat der Psalmist gemeint, als er sagte: Abgestumpft und satt ist ihr Herz. Es ist das satte Herz, das nichts mit dem Tod im Sinn hat und allein danach strebt, satt zu bleiben. Hier liegt Annettes und Jerrys Unglück verborgen. Der eingeklemmte Geist ist es, der Jahre über Jahre vergeblich pocht, auf leblose Gegenstände klopft, darum fleht, die Tür zu öffnen, nachdem sie verschlossen worden ist. Und er pfeift auch verächtlich durch die Lücke zwischen zwei Vorderzähnen. Schnee von gestern. Grippe vom letzten Jahr. Gerippe vom letzten Jahr. Und was haben wir mit der arischen Seite zu tun.

Und Sie, Herr Ministerpräsident? Was haben Sie in Ihrem Leben getan? Was haben Sie heute getan? Und gestern?

Fima kickte unbewußt gegen eine leere Dose. Die das Sträßchen hinunterkullerte und eine Katze aus einem Mülleimer hochschreckte. Du hast über Tamar Greenwichs Leiden gespottet, bloß weil sie durch eine Laune der Pigmente mit einem braunen und einem grünen Auge geboren ist. Hast Etan und Wahrhaftig verachtet, obwohl man sich fragen muß, worin genau du eigentlich besser bist als sie. Hast grundlos Ted Tobias gekränkt, diesen ehrlichen, fleißigen Mann, der dir noch nie was Böses getan hat. Ein anderer an seiner Stelle hätte dich keinen Fuß mehr in seine Wohnung setzen lassen. Ganz zu schweigen davon, daß wir dank ihm und Jael vielleicht bald Düsenantrieb zu Lande haben.

Was hast du mit dem Schatz des Lebens angefangen? Welchen Nutzen hast du gebracht? Neben der Unterzeichnung von Aufrufen?

Und damit nicht genug, hast du auch deinem Vater, aus dessen Hand du lebst und dessen Freigebigkeit noch zig andere Menschen tagtäglich genießen, unnötig Sorgen bereitet. Als du im Radio vom Tod des arabischen Jungen aus Gaza, dem wir eine Kugel in den Kopf gejagt haben, hörtest – was genau hast du da unternommen? Du hast dich über die Formulierung aufgeregt. Hast gegen den Stil der Berichterstattung rebelliert. Und die Demütigung, die du Nina zugefügt hast, nachdem sie dich naß und dreckig mitten in der Nacht von der Straße weg in ihr Haus aufgenommen, dir Licht und Wärme gespendet und dir ihren Körper angeboten hat. Und dein Haß auf den jungen Siedler, dem schließlich auch dann, wenn man die Dummheit der Regierung und die Blindheit der Massen in Rechnung stellt, eigentlich nichts anderes übrigbleibt, als eine Pistole zu tragen, weil sein Leben bei den nächtlichen Fahrten auf den Straßen zwischen Hebron und Bethlehem tatsächlich in Gefahr ist. Was wolltest du denn von ihm? Daß er den Nacken hinhält und sich abschlachten läßt? Und Annette, mein werter Schützer der Moral? Was hast du Annette heute angetan? Die auf den ersten Blick an dich glaubte. Die harmlos naiv auf eine Rettung durch dich gehofft hat wie eine gepeinigte Bäuerin, die sich einem Gottesmann in irgendeinem russischen Kloster zu Füßen wirft und ihm ihr ganzes Herz ausschüttet. Die einzige Frau in deinem gesamten Leben, die dich mein Bruder genannt hat. Du wirst doch niemals wieder diese Gunst erfahren, von einer wildfremden Frau mein Bruder genannt zu werden. Die dir vertraut hat, ohne dich zu kennen, so sehr vertraut, daß sie sich von dir hat ausziehen und ins Bett bringen lassen, Engel hat sie dich tituliert, und du bist vor ihr hinterlistig in das Gewand eines Heiligen geschlüpft, um dein Begehren zu tarnen. Und dann noch diese Katze, die du hier vor einer Minute aufgescheucht hast. Das wäre so mehr oder weniger die Summe deiner letzten Heldentaten, du Revolutionsratsvorsitzender, landesweiter Friedensstifter und Tröster verlassener Frauen. Es ließen sich zusätzlich das Fernbleiben von der Arbeit unter vorgeschobenen Behauptungen und eine unvollendete Selbstbefriedigung anführen. Abgesehen von dem Urin, der noch im Klosett schwimmt, und der Beerdigung des ersten Ungeziefers der Geschichte, das vor lauter Dreck gestorben ist.

Damit war Fima an der letzten Laterne und am Ende der Straße angelangt, die auch das Ende des Wohnviertels und den Rand Jerusalems bildete. Danach schloß sich ein schlammiges Geröllfeld an. In Fima keimte das Verlangen, nicht anzuhalten, sondern geradeaus in die Dunkelheit hineinzulaufen, das Wadi zu durchqueren, den Berg hinaufzuklettern und immer weiterzugehen, solange es seine Kräfte erlaubten, um seine Pflicht als Nachtwächter Jerusalems zu erfüllen. Aber aus dem Finstern klangen fernes Hundebellen und zwei einzelne Schüsse, durch Stille unterbrochen. Nach dem zweiten Schuß kam Westwind auf, der ein seltsames Wispern und den Geruch feuchter Erde mitbrachte. Hinter seinem Rücken, auf der Straße, ertönte ein unklares Pochen, als gehe dort ein Blinder und taste vor sich mit dem Stock. Feiner Regen begann die Luft zu erfüllen.

Fima erschauerte und machte kehrt nach Hause. Als wolle er sich selbst kasteien, beendete er trotz allem das Geschirrspülen einschließlich der klebrigen Pfanne, wischte die Küchentheke ab und betätigte die Klosettspülung. Nur den Mülleimer brachte er nicht mehr in den Hof hinunter, weil es schon Viertel vor zwei war, weil ihn die Angst vor dem im Dunkeln mit dem Stock tastenden Blinden befallen hatte, und außerdem – warum nicht eine Aufgabe für morgen übriglassen?

12. Der feste Abstand zwischen ihm und ihr

Im Traum sah er seine Mutter. Der Ort war ein grauer, verlassener Garten, der sich über mehrere flache Hügel erstreckte. Es gab dort verdurstete Rasenflächen, die zu Dornenfeldern geworden waren, ein paar dürre Bäume und Reste von Beeten. Am Fuß des Abhangs stand eine kaputte Bank. Neben dieser Bank sah er seine Mutter. Der Tod hatte sie in eine religiöse Internatsschülerin verwandelt. Von hinten erschien sie ihm sehr jung, ein frommes Mädchen im züchtigen Kleid, das ihre Arme bedeckte und bis zu den Knöcheln hinab reichte. Sie schritt ein rostiges Rohr ab. In festen Intervallen hockte sie sich nieder und drehte Bewässerungshähne auf. Die Sprinkler drehten sich nicht, sondern gaben nur einen dünnen Strahl braunen Wassers ab. Fimas Aufgabe bestand darin, hinter ihr hinunterzugehen und jeden von ihr geöffneten Hahn zuzudrehen. So sah er nur ihren Rücken. Der Tod hatte sie leicht und hübsch gemacht. Hatte ihren Bewegungen Anmut, aber auch ein gewisses Maß kindlicher Unbeholfenheit verliehen. Diese Kombination von Elastizität und Tolpatschigkeit sieht man bei Katzenjungen kurz nach der Geburt. Er rief sie mit ihrem russischen Namen Lisaweta, ihrem Kosenamen Lisa und ihrem hebräischen Namen Elischewa. Vergebens. Seine Mutter wandte sich nicht um und reagierte nicht. Deshalb begann er zu rennen. Alle sieben, acht Schritte mußte er stoppen, auf alle viere niedergehen und die Hähne zudrehen, die sie geöffnet hatte. Diese Hähne waren aus weichem, feucht-schleimigem Material, als fasse man eine Qualle an. Und was aus ihnen troff, war nicht Wasser, sondern eine sämige Flüssigkeit, die ihm wie gelierter Fischsud an den Fingern klebte. Trotz seines Rennens, dem Lauf eines dicken, kurzatmigen Jungen, und trotz seiner Rufe, die in der grauen Weite ein trauriges Echo, zuweilen vermischt mit einem scharfen, hohen, an das Reißen einer gespannten Saite erinnernden Laut, weckten, ließ sich der Abstand zwischen ihm und ihr partout nicht verringern. Verzweifelte Angst, das Rohr könne niemals enden, erfüllte ihn. Aber an der Waldgrenze blieb sie stehen. Wandte sich ihm zu. Und da war ihr schönes Antlitz das eines getöteten Engels: Die Stirn glänzte im weißen Mondschein. Auf ihren eingefallenen Wangen lag Knochenblässe. Die Zähne blitzten ohne Lippen. Der blonde Zopf war aus trockenem Stroh geflochten. Die Augen verdeckte eine schwarze Sonnenbrille, wie die eines Blinden. Auf ihrem ultraorthodoxen Schulkleid sah er getrocknete Blutflecke überall dort, wo man sie mit Draht durchbohrt hatte: an Oberschenkeln. Hüften. An der Kehle. Als hätten sie eine Igelmumie aus ihr gemacht. Sie antwortete Fima mit traurigem Kopfschütteln. Sagte: Schau, was sie dir angetan haben, du Golem. Und nahm mit dürren Fingern die Sonnenbrille ab. Vor lauter Grauen wandte Fima den Kopf. Und erwachte.

13. Die Wurzel allen Übels

Nach der Aufzeichnung im Traumbuch stand er auf, trat ans Fenster und sah in einen glasklaren Morgen. Auf einem kahlen Ast duckte sich ein Kater, der hinaufgeklettert war, um aus der Nähe zu hören, was die Vögel erzählten. »Daß du mir nicht runterfällst, mein Lieber«, sagte Fima liebevoll. Sogar die Berge von Bethlehem schienen ihm zum Greifen nahe. Die Gebäude und Höfe ringsum waren von kaltem, transparentem Licht überflutet. Balkons, Zäune, Autos – alles blinkte von der nächtlichen Regenwäsche. Obwohl er keine fünf Stunden geschlafen hatte, fühlte er sich wach und energiegeladen. Bei der Gymnastik vor dem Spiegel diskutierte er im stillen mit der arroganten Sprecherin der Siebenuhrnachrichten, die bedenkenlos zu erzählen wußte, was Syrien im Schild führte, und angeblich sogar einen einfachen Weg gefunden hatte, den bösen Plan zu hintertreiben. Nicht verärgert, sondern leicht abschätzig entgegnete ihr Fima: Sie sind einigermaßen dusselig, gute Frau. Worauf er es für richtig hielt hinzuzufügen: Aber sehen Sie nur, wie schön es draußen ist. Als singe der Himmel. Möchten Sie ein bißchen mit mir spazierengehen? Wir schlendern durch die Straßen, durchstreifen Wäldchen und Wadi, und unterwegs erkläre ich Ihnen, welche Politik gegenüber Syrien tatsächlich angebracht ist, wo die Schwachstelle der Syrer und unsere eigene Blindheit liegen.

Das führte ihn dazu, über das Leben der Rundfunksprecherin nachzugrübeln, die an diesen gräulichen Wintertagen um halb sechs aus dem warmen Bett springen mußte, um pünktlich zu den Siebenuhrnachrichten im Studio zu sein. Und wenn nun einmal ihr Wecker kaputtging? Oder der Wecker sie zwar genau um halb sechs weckte, sie sich aber verleiten ließ, nur noch zwei süße Minuten liegenzubleiben, wieder einschlief und nicht mehr rechtzeitig zur Stelle war? Und was, wenn wegen der Kälte ihr Auto einfach nicht anspringen wollte, wie es hier fast jeden Morgen dem Nachbarn mit dem bellenden Vehikel passierte? Möglich wäre auch, daß diese junge Frau – Fima malte sich ihre Gestalt aus: mäßig groß, sommersprossig, helle, lachende Augen und blondgelocktes Haar – auf einem Klappbett im Radiosprecherraum des Studios übernachtete. Wie in dem besonderen Zimmer, in dem die Nachtdienstärzte im Krankenhaus ruhten. Und wie fand sich ihr Mann, der Versicherungsagent, damit ab? Stellte er sich in seinen einsamen Nächten nicht alle möglichen wilden Affären mit den Technikern vor, die die Nachtschicht im Sender versahen? Nicht zu beneiden, entschied Fima, keiner von uns ist zu beneiden. Vielleicht nur Joeser.

Durch Joesers Schuld schnitt Fima sich beim Rasieren. Vergeblich bemühte er sich, den Blutstrom mit Toilettenpapier, Watte und schließlich einem feuchten Taschentuch zu stoppen. Deshalb vergaß er das faltige Hautstück unter dem Kinn zu rasieren. Das er sowieso nicht gern abschabte, weil es ihn an den Kropf eines fetten Hahns erinnerte. Er preßte das Taschentuch an die Wange, als habe er Zahnschmerzen, und ging sich anziehen. Wobei er zu dem Schluß gelangte, das Positive an seiner Blamage von gestern abend sei immerhin, daß er Annette keinesfalls geschwängert haben konnte.

Als er den von Jael geerbten Zottelbärpullover suchte, erspähten seine Augen plötzlich ein winziges glitzerndes oder blinkendes Insekt auf dem Stuhlpolster. War es möglich, daß ein verwirrtes Glühwürmchen sich auszuschalten vergessen hatte, obwohl die Nacht vorüber war? Schließlich hatte er seit drei Jahren kein Glühwürmchen zu Gesicht bekommen und wußte eigentlich gar nicht, wie so ein Geschöpf aussah. Von freudiger Jagdlist erfüllt, beugte Fima sich vor, ließ seine rechte Hand in einer blitzartigen Bewegung vorschnellen, die wie eine Ohrfeige begann und mit geballter Faust endete, und hatte das Insekt unversehrt eingefangen. All das spielte sich mit einer Schnelligkeit und Genauigkeit ab, die in völligem Widerspruch zu seinem Ruf eines ungeschickten Burschen mit zwei linken

Händen standen. Als er die Finger aufklappte, um zu prüfen, was er gefaßt hatte, überlegte er ein Weilchen, ob es ein Ohrring von Annette, eine Schnalle von Nina, ein Spielzeugteil von Dimmi oder vielleicht ein silberner Manschettenknopf seines Vaters war. Nach vorsichtiger Begutachtung entschied er sich für die letzte Möglichkeit. Obwohl Zweifel blieben. Dann ging er in die Küche, machte den Kühlschrank auf, aber nicht wieder zu, verharrte sinnierend, die offene Tür in der Hand, fasziniert von dem geheimnisvollen Licht, das hinter der Milch und dem Käse angegangen war, prüfte erneut in Gedanken den Ausdruck »Preis der Moral« im Titel des Artikels, den er heute nacht verfaßt hatte. Und fand keinen Grund, etwas zu korrigieren oder abzuändern. Die Moral hat ihren Preis – ebenso wie die Unmoral, und die eigentliche Frage ist doch, was der Preis des Preises ist, das heißt, worin der Sinn und Zweck des Lebens besteht. Von dieser Frage leitet sich alles andere ab. Oder sollte es jedenfalls. Einschließlich unseres Verhaltens in den Gebieten.

Fima machte den Kühlschrank zu und beschloß, heute morgen außer Haus, in Frau Scheinboims kleinem Lokal gegenüber, zu frühstücken, weil er die gründliche Ordnung, die er heute nacht in der Küche geschaffen hatte, nicht wieder zerstören wollte und das Brot trocken geworden war und die Margarine ihn plötzlich an die grauenhaft glibberigen Hähne im Traum erinnerten und vor allem, weil schon gestern der elektrische Wasserkessel ausgebrannt war und es ohne ihn keinen Kaffee gab.

Um Viertel nach acht verließ er das Haus, ohne das blutgetränkte Stückchen Watte zu spüren, das ihm auf der Schramme an der Wange klebte. Aber er dachte daran, den Müllbeutel mitzunehmen und den Umschlag mit dem nachts verfaßten Artikel in die Tasche zu stecken, und vergaß auch nicht den Briefkastenschlüssel. Im Geschäftszentrum drei Straßen weiter kaufte er frisches Brot, Käse, Tomaten, Marmelade, Eier, Joghurt, Pulverkaffee, drei Glühbirnen zur Reserve und auch einen neuen Wasserkessel. Worauf er sofort bedauerte, nicht geprüft zu haben, ob er ein deutsches Fabrikat war, von dessen Anschaffung Fima soweit irgend möglich absah. Zu seiner Freude stellte er fest, daß dieser Kessel direkt aus Südkorea ins Land gekommen war. Deshalb änderte er seinen Plan und beschloß beim Auspacken, auf das Lokal zu verzichten und lieber daheim zu frühstücken. Obwohl auch Südkorea hinlänglich für seine gewaltsamen Unterdrückungsmaßnahmen und sein brutales Vorgehen gegen demonstrierende Studenten berüchtigt war. Bis das Wasser kochte, rief er sich den Koreakrieg ins Gedächtnis, die Zeiten Trumans, MacArthurs und McCarthys, und gelangte bis zur Zerstörung von Hiroshima und Nagasaki. Die nächste Atomkatastrophe wird nicht von den Großmächten, sondern von uns hier ausgehen. Von unserem Regionalkonflikt. Die Syrer stürmen mit tausend Panzern die Golanhöhen, wir bombardieren Damaskus, sie reagieren mit einem Raketenhagel auf die Küstenstädte, und wir zünden den Pilz des Endzeitgerichts. Kein lebendes Wesen wird hier in hundert Jahren mehr sein. Nix Joeser, nix Schleuderschwanz, nix Kakerlak.

Bei weiterem Nachdenken verwarf Fima das Wort »Katastrophe«, weil es schreckliche Naturereignisse – Überschwemmungen, Seuchen, Erdbeben – bezeichnet, während etwa die Taten der Nazis keine Katastrophe, sondern ein geplantes, organisiertes Verbrechen waren, das man bei seinem richtigen Namen – Mord – nennen muß. Auch der Atomkrieg wird ein Verbrechen sein. Weder Katastrophe noch Endzeitgericht. Ebenso verwarf Fima im Geist das Wort »Konflikt«, das vielleicht für die Affäre zwischen Annette und ihrem Ehemann oder zwischen Zwi Kropotkin und seinem Assistenten passen mochte, nicht aber für die blutigen Kriege zwischen uns und den Arabern. Eigentlich ließ sich auch Annettes und Jerrys Unglück nicht unter den sterilen Begriff »Konflikt« einordnen. Und die Wendung »blutiger Krieg« war auch schon ein abgegriffenes Klischee. Ja sogar der Ausdruck »abgegriffenes Klischee« selber war eine verbrauchte Phrase. Du hast dich verheddert, mein Lieber.

Plötzlich widerten ihn seine sämtlichen Sprachkorrekturen an. Während er noch dicke Marmeladebrotscheiben vertilgte und seine zweite Tasse Kaffee schlürfte, sagte er sich, wenn der ganze Planet erst mal von Atom- und Wasserstoffbomben zerstört ist – was macht es dann schon aus, ob wir das mit den Worten Katastrophe, Konflikt, Endzeitgericht, blutiges Verbrechen bezeichnen? Und wer genau soll dann noch übrigbleiben, um die treffendste Definition zu wählen? Baruch hat also recht gehabt mit seinen Ausdrücken: eine Handvoll Staub. Stinkender Tropfen. Vergehender Schatten. Und recht hatte auch der Knessetabgeordnete von der Likud-Partei, der empfahl, Zeit zu gewinnen. Sogar die sittenlose Radiosprecherin mit den nächtlichen Orgien im Studio hatte recht, als sie sagte, daß man Konsequenzen ziehen müsse.

Aber welche Konsequenzen, Mensch? Was hast du denn für Goldlicht im Kopf?

Grippe vom letzten Jahr. Gerippe vom letzten Jahr.

Ich hätte sie alle beide aufgehängt.

Schau, was sie dir angetan haben, du Golem.

Dein Problem, mein Lieber.

»Aber das ist doch die Wurzel allen Übels«, schrie Fima plötzlich in seiner leeren Küche, als sei in diesem Augenblick eine Eingebung über ihn gekommen, als sei in seinem Kopf eine einfache und endgültige Lösung für den Düsenantrieb zu Lande aufgeblitzt, das ist doch der grundlegende Fehler. Das ist ja die Widerseite – der Teufel in Person –, und hier liegt die Quelle all unseren Unheils: Es gibt nicht dein Problem. Es gibt nicht mein Problem. Weder ihrs, noch seins, noch euers. Alles ist unser Problem. Da kocht der neue koreanische Kessel schon wieder – wenn du ihn nicht abstellst und einschenkst, wird er genau dasselbe Schicksal wie sein Vorgänger erleiden. Aber wer hat denn hier überhaupt Kaffee bestellt? Ich hab' doch schon zwei getrunken. Statt zu trinken, mußt du noch mal ins Geschäftszentrum gehen, weil du zwar daran gedacht hast, den Umschlag mit dem Artikel zu frankieren und in die Tasche zu stecken, aber dann vergessen hast, ihn wieder aus der Tasche rauszuziehen und in den Kasten zu werfen, als du diesen Kessel gekauft hast. Was soll aus Ihnen werden, mein Herr? Wann wird endlich ein vernünftiger Mensch aus dir?

14. Die Identifizierung eines berühmten finnischen Feldmarschalls

Eines Freitag abends amüsierte Fima, gut gelaunt, die ganze Clique mit seinem Bericht, wie man ihn im Sechstagekrieg zum Reservedienst eingezogen, ihn gemeinam mit einem Maler und zwei Professoren auf einen leeren Hügel beim Stadtteil Arnona verlegt und ihnen einen Feldstecher und ein Feldtelefon in die Hand gedrückt hatte mit dem Befehl, ja nicht einzuschlafen. Auf dem nächsten Hügel stellten jordanische Soldaten etliche Granatwerfer und ein Maschinengewehr auf, liefen dort in aller Ruhe herum wie Pfadfinder, die einen gemütlichen Lagerfeuertreff vorbereiten. Und als sie mit allem fertig waren, legten sie sich hin und eröffneten auf Fima und seine Kameraden das Feuer. Nun ratet mal, was mein erster Impuls gewesen ist, sagte Fima. Nein. Eben nicht abhauen. Auch nicht das Feuer erwidern. Einfach die Polizei anrufen und mich beschweren, daß es hier ein paar Irrsinnige gibt – sehen uns doch haargenau und schießen trotzdem rüber, als sei unser Hügel leer. Was, bin ich etwa ein Freund von denen? Ein Bekannter? Hab' ich deren Frau verführt? Was wissen die denn überhaupt über mich? Man muß die Polizei alarmieren, damit sie sich schnell um die da kümmert. So habe ich in diesem Augenblick empfunden.

Im *Ha'arez* stand eine Glosse, die Fima auf eine leichte Mäßigung in der Regierungshaltung schließen ließ. Eine Art Signal der Bereitschaft, wenigstens einen Punkt der offiziellen Linie zu überdenken. Damit fand Fima seine Theorie der kleinen Schritte bestätigt. Er berief daher den Revolutionsrat zu einer kurzen Morgenversammlung in Zwickas Seminarraum auf dem Skopusberg-Campus ein. Verkündete, daß er seine Auffassung geändert und den Flug nach Tunis aufgeschoben habe. Es komme diesmal darauf an, den Friedensprozeß nicht mit einem Trommelwirbel im Stil Sadats und Begins zu eröffnen, sondern mit kleinen Gesten, die vielleicht geeignet seien, die Mauern des Hasses und des Zorns nach und nach abzubauen. Man müsse erst mit emotionalen Vibrationen eine Entspannung herbeiführen. Joycesche Schwingungen, nicht Shakespeareschen Schwung. Tropismen, nicht Kataklysmen. Der Vorschlag auf der Tagesordnung laute folgendermaßen: Die PLO erklärt sich bereit, in aller Offenheit an Rettungsaktionen für die Überlebenden der äthiopischen – oder der jemenitischen – Judenheit mitzuwirken. Wir senden eine Dankesnote an ihr Hauptquartier in Tunis und brechen damit das Tabu. Zwi irrt, wenn er auf amerikanischen Druck setzt. Und sicher irrt Uri Gefen, der meint, die Lage müsse erst noch viel schlimmer werden, ehe eine Wendung zum Guten eintreten könne. Beide Auffassungen sind Ausdruck der insgeheimen Neigung linker Tauben, seufzend auf eine Änderung der realen Gegebenheiten zu warten, statt aktiv einzugreifen. Und sei es auch nur in begrenztem Umfang.

Und so erfüllte ihn plötzlich sehnsüchtiges Verlangen nach Uris Nähe. Nach seinen breiten Schultern, seinen Späßen, seinem warmen, tiefen Lachen, seinem Jugendleitergehabe, seiner bäuerlichen Angewohnheit, einen fest um die Schultern zu fassen, in den Bauch zu boxen und etwa zu sagen: »Komm her, du Salman Rushdie, wo versteckst du dich denn?« Und nach flüchtigem Schnuppern und demonstrativem Naserümpfen: »Wie lange hast du das Hemd nicht mehr gewechselt? Seit Ben Gurions Beerdigung?« Oder auch: »Na gut. Also los. Wenn es keine andere Wahl gibt, dann halt uns eben einen kleinen Vortrag über asketische Sekten im Christentum, aber nimm dir vorher wenigstens ein bißchen von diesem Räucherschinken. Oder bist du vielleicht inzwischen schon Moslem geworden?«

Vor Sehnsucht nach Uris warmer Stimme und seiner Körperwärme bekam er auch Lust, jetzt sofort seine eigenen blassen Finger auf die Riesenhand des Freundes – knorrig und sommersprossig wie die eines Steinbrucharbeiters – zu legen und scharfe Funken zu versprühen, die dem ganzen Diskussionsverlauf augenblicklich eine verblüffende Wendung geben würden. Wie vor drei Wochen bei den Kropotkins, als Schula Angst vor der Welle islamischen Fanatismus geäußert hatte, worauf Fima ihr ins Wort gefallen war und alle mit seiner detailliert vorgetragenen Auffassung in Staunen versetzt hatte, der zufolge der Streit zwischen uns und den Arabern nur eine Episode von hundert Jahren, ein erbitterter Streit um Immobilien sei, die wahre Gefahr jedoch der dunkle Abgrund zwischen den Juden und dem Kreuz sei und bleibe. Trotz seiner Sehnsucht hoffte Fima, daß Uri noch in Rom sein möge. Er rief in Ninas Anwaltsbüro an, wartete geduldig am Apparat, bis ihre Sekretärin ihn mit der zigarettenversengten Stimme verband, die sagte, ja, Fima, aber faß dich kurz, wir sitzen hier in Verhandlungen. Und beschwatzte sie, mit ihm in die zweite Abendvorstellung ins Orion zu gehen, um sich die französische Komödie mit Jean Gabin anzugucken: Vorgestern nacht war ich wirklich ein Esel, sagte er, aber du wirst sehen, daß ich mich heute nacht gut benehme. Das versprech' ich.

»Heute habe ich zufällig gerade einen langen Tag«, sagte Nina. »Aber ruf zwischen sieben und acht noch mal hier im Büro an, dann sehen wir, wie's steht. Und zähl bei Gelegenheit mal, wie viele Socken du momentan an den Füßen hast, Fima.«

Fima war nicht etwa gekränkt, sondern begann Nina die Hauptpunkte seines neuen Artikels über den Preis der Moral und den Preis des Verzichts auf Moral sowie die verschiedenen Bedeutungen des Begriffs »Preis« für Menschen unterschiedlicher Weltanschauungen darzulegen. Nina schnitt ihm das Wort ab: Im Augenblick findet bei mir zufällig eine Verhandlung statt, das Zimmer ist voll mit Menschen, wir unterhalten uns bei anderer Gelegenheit. Er hätte sie gern gefragt, ob es bei der Verhandlung um ihren ultraorthodoxen Sexshop ging, verzichtete aber rücksichtsvoll, verabschiedete sich und hielt fast eine Viertelstunde durch, ehe er Zwi Kropotkin anläutete und auch ihm von der nachts verfaßten Replik erzählte. Inständig hoffte er, eine angenehme Telefondebatte auszulösen. Zwi in vier, fünf Zügen Matt zu setzen. Aber Zwi war auf dem Weg zu einer Vorlesung, wirklich schon spät dran, laß uns darüber reden, Fima, sobald wir deine neue Epistel in der Zeitung gelesen haben.

Einen Augenblick erwog er, seinen Vater anzurufen, ihm die Fakten über Indien vorzulesen, ihn zu zwingen, seinen Fehler einzugestehen, und ihm auch zu sagen, daß er hier einen Manschettenknopf verloren habe. Es sei denn, das Glühwürmchen war doch ein Ohrring von Annette. Aber am Ende hielt er es für besser, auf das Telefonat mit Baruch zu verzichten, um nicht in Schwierigkeiten zu geraten.

Da es niemanden mehr anzurufen gab, stand Fima ein paar Minuten in der Küche, sammelte einzeln die Frühstückskrümel zusammen, um die Sauberkeit zu wahren, die er heute nacht so tatkräftig geschaffen hatte, und freute sich an dem Metallglanz des neuen Wasserkessels. Ein wenig Willenskraft, dachte er, ein wenig Begeisterung, ein wenig Ausdauer – es ist für den Menschen gar nicht so schwer, ein neues Kapitel anzufangen. Als er zu diesem Schluß gelangt war, rief er Jael an. Hoffte inständig, es möge nicht Ted antworten. Und vertraute auf eine spontane Eingebung, die ihm die Worte in den Mund legen werde.

»Guck mal, Telepathie«, rief Jael, »gerade eben hab' ich zu Teddy gesagt, er soll dich anrufen. Du bist uns vielleicht um eine halbe Minute zuvorgekommen. Die Sache ist die: Teddy und ich fahren gleich zu einer Unterredung in die Luftfahrtindustrie und kommen erst abends zurück. Ich weiß nicht, um welche Uhrzeit. Die Nachbarin holt Dimmi von der Schule ab und versorgt ihn den ganzen Tag. Bist du so nett und nimmst ihn ihr ab, sobald du von der Arbeit kommst? Legst ihn schlafen und paßt auf ihn auf, bis wir zurück sind? Die Nachbarin gibt ihm schon zu essen. Und den Schlüssel hat er in der Tasche. Was sollten wir ohne dich wohl anfangen? Und entschuldige, daß ich auflege, weil Teddy schon von unten her raufschreit, daß sie da sind, uns abzuholen. Du bist großartig. Ich eile. Tausend Dank und auf Wiedersehen heute abend spät. Vor dem Schlafen kannst du ihm ein halbes Valium geben, falls er nicht einschläft. Und nimm dir aus dem Kühlschrank, was du möchtest.«

Die Worte »auf Wiedersehen heute abend spät« schloß Fima ins Herz, als bärgen sie eine geheime Verheißung. Einen Augenblick später verspottete er sich selber wegen dieses freudigen Gefühls und ging daran, den verstaubten Zeitungs- und Zeitschriftenhaufen am Bettende ein wenig zu ordnen. Sein Blick blieb jedoch an einem nicht gerade neuen Artikel von Jehoschafat Harkabi hängen, worauf er sich nachdenklich in die Lektüre über die Lehren aus dem Fehlschlag des Aufstands gegen die Römer vertiefte. Er hielt die Analogie mit unserer Zeit für präzise und eindringlich, obwohl sie ihm in einigen Aspekten zu einfach erschien. Später, im Bus auf dem Weg zur Arbeit, sah er auf der letzten Sitzreihe eine Orientalin schluchzen, während ihre Tochter, ein kleines Mädchen von vielleicht sieben oder acht Jahren, sie immer wieder mit den Worten tröstete: »Er hat's nicht mit Absicht getan.« In diesem Moment kam es Fima vor, als bärgen die Worte »Absicht«, »böse Absicht«, »gute Absicht«, »unabsichtlich« eines der Geheimnisse des Daseins: Liebe und Tod, Einsamkeit und Begierde und Neid, die Wunder des Lichts und der Wälder, Gebirge, Steppe und Wasser – ist deren Vorhandensein nun absichtlich oder nicht? Steckt Absicht hinter der grundlegenden Ähnlichkeit zwischen dir und dem Schleuderschwanz, zwischen dem Weinblatt und der Form deiner Hand? Liegt Absicht darin, daß dein Leben von Tag zu Tag zwischen ausgebrannten Kesseln, toten Kakerlaken und den Lehren des großen Aufstands verrinnt? Das Wort »Verrinnen«, auf das er vor Jahren einmal in Pascals *Pensées* gestoßen war, erschien ihm grausam und treffend, als habe Pascal es gewählt, nachdem er sein, Fimas, Leben gründlich studiert hatte, so wie er selbst Joesers Leben verfolgte, obwohl noch nicht einmal dessen Eltern geboren waren. Und was meint der verrunzelte sephardische Senior, der auf dem Korbschemel an der Tür seines Kurzwarengeschäfts döst, über die Wette, die Pascal uns vorschlägt? Es ist doch eine

Wette, bei der der Wettende, laut Veranstalter, auf keinen Fall einen Verlust riskiert. Aber läßt sich eine Wette, bei der man nur gewinnen kann, noch als Wette bezeichnen? Ja übrigens, wie geruht der Herr Hiroshima zu rechtfertigen? Auschwitz? Den Tod des arabischen Jungen? Die Opferung Ismaels und Isaaks? Das Sterben Trotzkis? Ich werde sein, der ich sein werde? Wo warst du, als ich die Erde gegründet? Der Herr schweigt. Der Herr schlummert. Der Herr schmunzelt. Der Herr amüsiert sich. Amen. Inzwischen hatte Fima seine Haltestelle verpaßt und stieg an der falschen aus dem Bus. Trotzdem vergaß er nicht, sich wie gewohnt von dem Fahrer zu verabschieden mit den Worten: Danke und Schalom.

In der Praxis fand er Tamar Greenwich allein vor. Die beiden Ärzte waren zu irgendeiner Auskunft ins Einkommenssteueramt bestellt und würden vielleicht gegen vier zurück sein. »Gestern, als du nicht zur Arbeit gekommen bist, war hier ein völlig verrückter Tag«, sagte Tamar. »Und heute nun, sieh bloß diese Ruhe. Außer Telefon beantworten, haben wir nichts zu tun. Die Orgie kann beginnen. Nur ist dein Hemd nicht richtig zugeknöpft. Du hast einen Knopf übersprungen. Sag mal, Fima, was ist das deiner Ansicht nach: ein Fluß in Osteuropa mit drei Buchstaben, der mit ›B‹ anfängt?«

Sie saß auf seinem Stuhl vor dem Aufnahmeschalter, über ein Rätselheft gebeugt, die Schultern kantig und hart wie die eines alten Oberfeldwebels, der Körper zu stabil, das Gesicht offen und gut und das herrliche Haar seidigweich und frisch gewaschen. Jedes sichtbare Stück Haut war mit Sommersprossen übersät. Gewiß kletterten sie auch an den verborgenen Stellen übereinander. Die seltene Pigmenteskapade, bei der ein Auge grüne und das andere braune Farbe abgekriegt hatte, erregte bei ihm jetzt nicht Spott, sondern Staunen und sogar eine gewisse Ehrfurcht: Er selber hätte mit einem Ohr seiner Mutter und einem seines Vaters geboren werden können. Hätte aus den Tiefen der Evolution beispielsweise den Schwanz des Schleuderschwanzes erben können. Oder die Fühler des Ungeziefers.

Kafkas Geschichte über Gregor Samsa, der eines Morgens erwachte und sich zu einem ungeheuren Ungeziefer verwandelt fand, erschien Fima in diesem Augenblick weder als Fabel noch als Sinnbild, sondern als greifbare Möglichkeit. Tamar kannte diese Geschichte nicht, erinnerte sich aber verschwommen, Kafka sei ein armer Jugoslawe gewesen, der gegen die Bürokratie zu Felde gezogen und dabei umgekommen sei. Fima zögerte nicht, ihr Kafkas Leben und Liebesaffären zu schildern. Als er merkte, daß es ihm gelungen war, ihre Neugier zu fesseln, erzählte er ihr auch noch kurz den Inhalt der *Verwandlung*. Und erklärte ihr, der hebräische Titel *Hagilgul* sei keine richtige Übersetzung des Begriffs Verwandlung oder Metamorphose. Scheiterte jedoch bei dem Versuch, zu erläutern, worin der Unterschied lag und wie man eigentlich übersetzen solle.

Ohne den Kopf vom Kreuzworträtsel zu heben, sagte Tamar: »Aber was wollte er damit sagen? Daß der Vater ein kleiner Mörder war? Vielleicht hat er einen lustigen Einakter schreiben wollen, obwohl ich das überhaupt nicht lustig finde. Ich stecke selber genau in der gleichen Lage. Kein Tag, an dem er nicht über mich spottet. Keine Gelegenheit bleibt ungenutzt, mich zu demütigen. Gestern jedoch, als du nicht hier warst, ist er kaum beleidigend geworden. Hat mich beinah wie ein menschliches Wesen behandelt. Mir sogar ein Bonbon gegen Halsschmerzen angeboten. Vielleicht kennst du einen Vogel mit vier Buchstaben und ›e‹ am Ende?«

Fima schälte mit dem Messer eine alte Orange, die er unter der Theke gefunden hatte, wobei er sich in keinen einzigen Finger, sondern nur der Orange ein wenig ins Fruchtfleisch schnitt, bot Tamar ein paar Schnitze an und erwiderte: »Vielleicht war er gestern ein bißchen krank oder so.«

»Jetzt mach dich nicht auch noch darüber lustig. Siehst du nicht, daß das weh tut? Warum redst du nicht mal mit ihm über mich? Fragst ihn, warum er mir dauernd zusetzt?«

»Es muß die Möwe sein«, sagte Fima, »der Vogel mit vier

Buchstaben und ›e‹ am Ende. Aber warum hängst du ausgerechnet an diesem Scheusal, das die gesamte Menschheit haßt und Frauen ganz besonders?«

»Du mußt verstehen, Fima«, sagte Tamar. »Ich kann es nicht ändern.«

»Befrei dich«, sagte Fima, »was gibt's an dem schon zu lieben? Oder bist du womöglich gar nicht in ihn, sondern in deine enttäuschte Liebe verknallt?«

»Philosophenquatsch«, sagte Tamar, »sobald du anfängst klugzuscheißen, wirst du zum echten Dummkopf, Fima.«

»Dummkopf«, wiederholte Fima, wobei ihm sein typisches scheues Lächeln auf die Lippen trat, »ich weiß. Aber trotzdem meine ich, ich hab' eine Lösung für dich gefunden: Bug.«

»Hab' ich nicht verstanden«, sagte Tamar, »vielleicht schweigst du einfach ein bißchen. Laß mich dies Kreuzworträtsel lösen.«

»Bug, meine Hübsche, Bug. Das ist der Fluß in Osteuropa, den du gesucht hast. Historisch betrachtet ist der Bug übrigens –«

»Hör auf«, rief Tamar. »Ich rede vielleicht einmal im Jahr zwei Sätze über mich selber – warum mußt du dann sofort das Thema wechseln und mit historischen Betrachtungen anfangen. Warum kannst du nicht einen Moment zuhören. Nie kann man reden. Mit keinem.«

Fima bat um Verzeihung. Hatte nicht verletzen wollen. Er werde ihr ein Glas Tee machen, sich selber einen Kaffee einschenken und danach schweigen wie eine Wand. Werde ihr beim Rätsellösen helfen und kein Wort philosophieren.

Aber als sie dann beide in der Warteecke saßen und tranken, vermochte Fima nicht an sich zu halten. Begann vielmehr, Tamar seinen Friedensplan aufzurollen: Schon heute nacht werde er eine Regierungssitzung einberufen und den Ministern erbarmungslos die Operation ausmalen, die unverzüglich durchgeführt werden müsse, um den Staat zu retten. Als er Operation sagte, sah er plötzlich fast greifbar die preußische

Hohnesmiene auf Gad Etans Physiognomie. Vielleicht weil Dr. Etan nicht nur ein ausgezeichneter Gynäkologe war, sondern hier auch als Narkosearzt fungierte. Je nach Umständen und Bedarf narkotisierte er sowohl seine als auch Wahrhaftigs Patientinnen.

Tamar sagte: »Mein Unglück ist, Fima, daß ich nicht aufhören kann, ihn zu lieben. Obwohl meine Chancen bei ihm kaum eins zu einer Million stehen und obwohl ich schon lange weiß, er ist ein grausamer Mensch und haßt mich. Was kann ich dagegen machen, wenn ich die ganze Zeit, bereits einige Jahre, spüre, daß sich unter seiner Grausamkeit so ein verletztes Kind verbirgt, ein einsamer Junge, der Frauen nicht haßt, sondern sich vor ihnen fürchtet, offenbar Angst hat, einem weiteren Schlag einfach nicht mehr gewachsen zu sein? Vielleicht ist auch das nur Feld-Wald-und-Wiesen-Psychologie. Oder ist er immer noch in seine durchgebrannte Frau verliebt? Wartet, daß sie zurückkommt? Ein Mensch, der Gift sprüht, weil er voller Tränen ist? Oder meinst du, ich hätte einfach zu viele Rührfilme im Kino gesehen? Wenn er mich wieder mal quält, habe ich oft irgendwie das Gefühl, als riefe er innerlich nach mir wie ein Kind, das sich an einen öden Ort verlaufen hat. Nun debattier mal mit Gefühlen. Was ist das deines Erachtens: ein Staat in Afrika, neun Buchstaben, fängt mit ›o‹ an, und der sechste Buchstabe ist auch ein ›o‹?«

Fima musterte den Aufwachraum durch die Tür, die Empfangsecke und den Aufnahmeschalter. Als suche er eine Antwort auf ihre Frage. Klimaanlage. Reproduktionen von Degas und Modigliani. Zwei ruhige Pflanzen in hydroponem Kies. Weißes Neonlicht. Grünlicher Teppichboden. Wanduhr mit lateinischen Buchstaben als Zahlen. Telefon. Garderobe mit Schirmständer. Zeitungskorb. Ein paar Zeitschriften auf dem Tisch. Eine blaue Werbebroschüre: »Osteoporose – beschleunigter Knochenschwund. Ratgeber für die Frau: Welche Frauen sind besonders gefährdet? Gruppen mit erhöhtem Risiko: Magere Frauen. Frauen mit leichtem Knochenbau.

Frauen, denen die Eierstöcke entfernt worden sind. Frauen, die Bestrahlungen erhalten haben und kein Östrogen mehr produzieren. Frauen, die niemals schwanger waren. Frauen, in deren Familie die Krankheit aufgetreten ist. Frauen, die eine kalziumarme Ernährung zu sich nehmen. Raucherinnen. Frauen, die sich nicht körperlich betätigen. Oder viel Alkohol trinken. Oder eine erhöhte Schilddrüsenproduktion aufweisen.«

Er las ein wenig in einem anderen, lila Informationsblatt, das er vor sich auf dem Tisch fand: »Mein kleines Geheimnis ... Wechseljahre. Ausgleichende Hormonbehandlung. Was sind die Wechseljahre? Was sind die weiblichen Geschlechtshormone, und wo werden sie produziert? Was sind die typischen Begleiterscheinungen der Wechseljahre? Welche Veränderungen sind aufgrund der nachlassenden Produktion von Geschlechtshormonen zu erwarten? Östrogenkurve gegenüber Progesteronkurve. Was sind Hitzewallungen, und wann ist mit ihrem Auftreten zu rechnen? Welche Verbindung besteht zwischen Östrogenen, Blutfettgehalt und Herzkrankheiten? Läßt sich die emotionale Einstellung zu den in dieser Lebensphase auftretenden Körpervorgängen verbessern?« Fima begnügte sich mit der Lektüre der Kapitelüberschriften. Tränen des Mitleids überschwemmten plötzlich seine Augen, nicht Mitleid mit dieser oder jener Frau – Nina, Jael, Annette, Tamar –, sondern mit der Weiblichkeit an sich. Die Trennung der Menschen in zwei verschiedene Geschlechter erschien ihm in diesem Augenblick als eine grausame Tat und ein nicht wiedergutzumachendes Unrecht. Dabei fühlte er sich irgendwie an diesem Unrecht beteiligt und daher auch ein bißchen mitschuldig, weil er zuweilen unwillkürlich von dessen Folgen profitierte. Dann grübelte er ein wenig über die Formulierung nach: Nach seiner Ansicht hätte man besser durchgehend »welches« – nicht »was« – geschrieben. Obwohl er sich dessen nicht völlig sicher war. Wer diese Broschüren hier ausgelegt hatte, mußte dummerweise nicht berücksichtigt haben, daß zuweilen auch Männer, sogar fromme, in die Praxis kamen – bei Fruchtbarkeitsproblemen und so weiter. Und solche Hefte konnten sie doch in Verlegenheit bringen. Ja sogar die wartenden Frauen, die vielleicht den Mann beobachteten, der da saß und dieses Material studierte. Tatsächlich hatte er, fiel ihm ein, diese Broschüren hier selber ausgelegt, aber noch nie einen Blick hineingeworfen. Und trotzdem, trotz der Peinlichkeit, trotz der Taktlosigkeit, prangten an den Wänden und auf den Regalen Bilder, Ziergegenstände, Dekorationen mit den Widmungen dankbarer Patientinnen. Die das Kärtchen nur mit ihren Initialen oder mit dem Vornamen nebst Anfangsbuchstaben des Nachnamens signiert hatten, wie etwa der Kupferteller von Carmela L. »In ewiger Dankbarkeit dem ausgezeichneten, hingebungsvollen Team«. Fima hatte diese Carmela nicht vergessen, weil ihm eines Tages zu Ohren gekommen war, daß sie Selbstmord begangen hatte. Obwohl sie ihm damals vergnügt und tapfer im Stil der Palmach gewirkt hatte. Der Bürgermeister von Jerusalem müßte die Verwendung des Begriffs »ewig« für gesetzwidrig erklären. Jedenfalls für den Jerusalemer Bereich.

Er begann in Gedanken die Landkarte Afrikas von Nord nach Süd, von Ägypten bis Namibia durchzukämmen, versuchte es dann von Madagaskar im Osten bis Mauretanien im Westen, auf der Fahndung nach dem Staat, der die Lösung von Tamars Kreuzworträtsel aufhielt. Dabei malte er sich Dr. Gad Etan, diesen katzenhaften, hochmütigen Wikinger in der Gestalt eines armen, ungeliebten Jungen aus, der mutterseelenallein durch die afrikanischen Dschungel und Wüsten streift. Und fand keine Antwort. Fragte sich aber: Werden die nach uns, Joeser und seine Generation, die, die in hundert Jahren in Jerusalem leben, sich ebenfalls mit der Lösung von Kreuzworträtseln beschäftigen? Unter den Nöten enttäuschter Liebe leiden? Sich in den Hemdknöpfen irren? Zum Östrogenabbau verurteilt sein? Werden auch in hundert Jahren noch verlassene Kinder mutterseelenallein am Äquator herumwandern? Fima spürte, wie sich ihm vor Kummer das Herz verkrampfte. Ja vor lauter Wehmut war er drauf und dran, Tamar in die Arme zu schließen. Ihr breites Gesicht an seine Brust zu drücken. Ihr schönes Haar zu streicheln, das zu einem züchtigen kleinen Knoten im Nacken zusammengefaßt war, wie bei einer Pionierin der vergangenen Generation. Wenn er sie bitten würde, hier und jetzt, auf der Couch im Aufwachraum, mit ihm zu schlafen, würde sie sicher vor Schreck erröten und erblassen, ihn aber letzten Endes nicht abweisen. Schließlich waren sie doch mindestens bis vier Uhr allein hier. Er könnte sie mit Genüssen überhäufen, die sie, so vermutete er, noch nie im Leben erfahren hatte. Könnte sie zum Lachen, Flehen, Schluchzen, amourösen Tuscheln, sanften Aufstöhnen bringen, könnte ihr Töne entlocken, die auch ihm sein süßestes Vergnügen – die Freude am Freudeschenken – bereiten würden. Und wenn sie nicht schön war – was machte das schon aus? Bildhübsche Frauen erregten bei ihm nichts als Niedergeschlagenheit im Verbund mit Unterwürfigkeit und Selbstverleugnung. Nur die Verletzten und die Zurückgewiesenen entzündeten den Funken der Gutmütigkeit, aus dem stets seine Leidenschaft entbrannte. Aber wenn sie nun nicht geschützt war? Wenn sie ausgerechnet hier in dieser Ausschabungshölle schwanger wurde?

Anstatt Liebe bot Fima ihr eine weitere Orange an, ohne erst nachzuprüfen, ob überhaupt noch eine in der Thekenschublade vorhanden war. Und verblüffte sie mit der Aussage, daß ihr Rock ihm gefiele, Hellblau belebe sie sehr, sie müsse diese Farbe öfter tragen. Und auch ihr Haar finde er wunderbar.

»Hör auf, Fima«, sagte Tamar. »Das ist nicht zum Lachen.«

»Schau«, sagte Fima, »vielleicht ist das wie bei einem Fisch beispielsweise: erst wenn man ihn zum ersten Mal aus dem Wasser zieht, hat er überhaupt eine Chance zu begreifen, daß sich sein ganzes Leben im Wasser abspielt. Egal. Du sollst bloß wissen, daß ich nicht gescherzt habe. Ich meine genau, was ich gesagt habe, bezüglich Hellblau und deinem Haar.

»Du bist eigentlich recht lieb«, erwiderte Tamar zögernd,

»sehr gebildet, Dichter und alles. Ein guter Mensch. Bloß eben – kindlich. Kaum zu glauben, was für ein kleiner Junge du bist. Manchmal hab' ich morgens Lust, einfach zu kommen und dich selber zu rasieren, damit du dir nicht so in die Wangen schneidest und ins Kinn. Schau, wie du dich wieder verletzt hast. Wie ein Baby.«

Dann saßen sie sich gegenüber und redeten fast nichts. Sie konzentrierte sich auf die Lösung ihres Kreuzworträtsels und er – auf ein altes Heft der Zeitschrift *Für die Frau,* das er aus dem Zeitungsständer gezogen hatte, oder genauer auf die Beichte eines ehemaligen Callgirls, die einen gutaussehenden Millionär aus Kanada geheiratet, sich aber wieder von ihm hatte scheiden lassen, um sich einer Gruppe Brazlawer Chassidim in Safed anzuschließen.

Am Ende des Schweigens sagte Tamar: »Eben fällt mir ein: Gad hat gebeten, wir sollten in seinem Zimmer Staub wischen. Und Wahrhaftig hat gesagt, er möchte Zangen und Spekula desinfiziert und Handtücher und Kittel ausgekocht haben. Aber ich habe keine Lust aufzustehen. Erst löse ich dieses Kreuzworträtsel zu Ende.«

»Laß«, sagte Fima enthusiastisch, »bleib hier sitzen wie eine Königin. Ich mach' alles. Du wirst sehen, daß es was wird.«

Damit stand er auf und wandte sich, ein Staubtuch in der Hand, Dr. Etans Zimmer zu. Zuerst wechselte er eine Rolle Papierlaken aus, die ihm angenehm rauh an den Fingerspitzen kribbelten. Räumte ein wenig den Arzneischrank auf und dachte über die Anekdote seines Vaters bezüglich der Länge und Breite von Eisenbahngleisen nach. Wobei er nun gewisse Sympathie für den israelischen Bahndirektor empfand, der vor seinem amerikanischen Kollegen nicht zurückgesteckt, sondern ihm eine schlagfertige Antwort verpaßt hatte, die nur bei oberflächlicher Betrachtung ulkig erscheinen konnte: Gerade die Haltung des Amerikaners war wirklich lachhaft, denn es steckte ja kein logischer Sinn hinter der angedeuteten These, die Länge der Rede eines jeden Vertreters bei der Bahndirektorenkonferenz müsse in direktem Verhältnis zur Schienenlänge seines Landes stehen. Das war doch brutale Kraftmeierei – ebenso unmoralisch wie unlogisch. Während Fima in Gedanken noch diese Schlußfolgerung überprüfte und bestätigte, versuchte er unwillkürlich, sich mit dem Blutdruckmesser, der auf dem Arzttisch stand, selbst den Blutdruck zu messen. Vielleicht weil er vorher scherzhaft gesagt hatte, Gad Etan sei gestern wohl ein wenig krank gewesen und habe Tamar deswegen nicht zugesetzt. Aber es gelang ihm nicht, mit der einen Hand die Luftmanschette um den anderen Arm zu schnallen, und so verzichtete er auf dieses Tefillinlegen. Dann hielt er inne, um das farbige Plakat an der Wand zu studieren – das Ulkfoto eines hübschen jungen Mannes mit schwanger wirkendem Bauch und einem drallen Baby im Arm, das ebenso selig lächelte wie er selber. Der Text lautete: *Materna 160 – Ihre Vitaminzugabe. Leicht zu schlucken. Geruchsfrei. Geschmacksfrei. Das führende Präparat unter schwangeren Frauen in den USA. Verkauf allein nur auf ärztliche Verordnung.* Eines der beiden Worte, »nur« oder »allein«, erschien Fima überflüssig. Aber er konnte irgendwie nicht recht entscheiden, auf welches man besser verzichtet hätte. Der Ausdruck »führendes Präparat« klang ihm vulgär, und »unter schwangeren Frauen« fand er beleidigend.

Er riß sich also los und wischte mit dem Tuch imaginären Staub vom Untersuchungsstuhl. Dabei kämpfte er gegen die jähe Versuchung an, sich mit gespreizten Beinen draufzusetzen, um das Gefühl nachvollziehen zu können. Er war sicher, daß sich ein Fehler in Tamars Kreuzworträtsel eingeschlichen hatte, denn es wollte ihm partout kein afrikanischer Staat mit neun Buchstaben einfallen – außer Südafrika, das wiederum nicht paßte, weil es keine zwei »o« enthielt. Und sagte sich wütend, man könnte meinen, wenn sich nur die beiden »o« einfänden, wär' dort alles in bester Ordnung.

Fima musterte die Spekula aus rostfreiem Edelstahl, die zur Untersuchung des Gebärmutterhalses dienten. Als er sich diesen geheimnisvollen Hals und dessen Freilegung mittels ausgebreiteter Metallarme vorstellte, zwickte es ihm vor Schreck matt im Bauch. Und es entrang sich ihm ein gepreßter Zischlaut, als habe er sich verbrannt und unterdrücke einen Schmerzensschrei. Neben den Spiegelungsgeräten lagen, sorgfältig ausgerichtet, lange Scheren, Zangen, Intrauterinpessare in sterilen, hermetisch verschlossenen Nylonpackungen. Links hinter dem Arzttisch, auf einem kleinen Räderwagen, stand die Saugglocke, die, wie Fima wußte, dazu benutzt wurde, eine Schwangerschaft durch Schaffung eines Vakuums abzubrechen. Wieder zogen sich ihm die Gedärme zusammen bei dem häßlichen Gedanken, daß dies eigentlich eine Art umgekehrter Einlauf und die Weiblichkeit eine nicht wiedergutzumachende Ungerechtigkeit war.

Und was machten sie mit den Embryos? Kamen die in einem Plastikbeutel in den Mülleimer, den Tamar oder er jeden Tag vor Praxisschluß leerten? Fraß für die Straßenkatzen? Oder warfen sie sie in die Klosettschüssel, spülten nach und desinfizierten mit Lysol? Grippe vom letzten Jahr. Wenn das Licht in deinem Innern verlöscht, wie groß ist dann das Dunkel, heißt es doch.

Auf einem kleinen Ständer ruhte das Wiederbelebungsgerät – Sauerstoffflasche und Sauerstoffmaske. Daneben die Narkoseutensilien. Fima schaltete den elektrischen Heizofen ein und wartete einen Augenblick, bis die Spiralen glühten. Zählte die Infusionsbeutel durch und versuchte die aufgedruckte Zusammensetzung zu begreifen: Glukose und Natriumchlorid. Einen Moment verharrte er staunend, den Staublappen unbeweglich in der Hand, angesichts der Nachbarschaft von Narkose, Wiederbelebung, Fruchtbarkeit und Tod in diesem kleinen Raum. Irgend etwas erschien ihm widersprüchlich, unerträglich, aber was genau, wußte er nicht.

Eine Minute später hatte er sich wieder gefangen und strich mit dem Lappen über den Bildschirm des Ultraschallgeräts, der ihm nicht viel anders als der auf Teds Schreibtisch vorkam. Als

Ted ihn gefragt hatte, wie *deadline* auf hebräisch hieß, hatte er das gewitzt mit »tote Leitung« übersetzt. Was war der richtige Ausdruck? Vielleicht Zieldatum. Nur hörte sich Zieldatum im Vergleich zu *deadline* künstlich, ja beinah anämisch an. Geschmacks- und geruchsfrei wie das führende Präparat unter schwangeren Frauen in den USA. Inzwischen hatte er einen quadratischen Stapel durchsichtiger Plastikhandschuhe der Firma *Polak* in ebenfalls durchsichtiger steriler Verpackung umgestoßen. Während er den Stapel wieder aufschichtete, fragte er sich nach der tieferen Bedeutung dieser Transparenz, die hier allenthalben herrschte, als sei man im Aquarium.

Schließlich ging er von dort weiter in die Putzecke, eine kleine Nische, die einmal als Hinterbalkon gedient hatte und nun mit Milchglas geschlossen worden war. Er stopfte einen Stapel Handtücher in die Waschmaschine, warf auch den Lappen, den er in der Hand hielt, hinterher, las zweimal die Betriebsanleitung und bekam zu seiner Verblüffung die Maschine tatsächlich in Gang. Links daneben stand der Sterilisator mit Anweisungstafeln in Englisch: 200 Grad Celsius, 110 Minuten. Fima beschloß, dieses Gerät noch nicht einzuschalten, obwohl schon zwei, drei Scheren, etliche Zangen und mehrere Edelstahlschalen darin lagen. Vielleicht weil die angegebenen Temperaturen ihm geradezu mörderisch hoch erschienen. Als er die Toilette betrat, sog er mit sonderbarem Genuß das penetrante Geruchsgemisch diverser Desinfektionsmittel ein. Versuchte zu pinkeln, was ihm jedoch nicht gelang, vielleicht wegen dem Gedanken an die Seelen der ertränkten Kinder. Bis er es wütend aufgab, seinem Glied ›geh zum Teufel‹ sagte, den Reißverschluß hochzog und zu Tamar zurückkehrte, die er wie in Fortsetzung des vorherigen Gesprächs fragte, warum versuchst du nicht einfach den Kontakt abzubrechen? Seine Grobheiten völlig zu ignorieren? Ihm von heute an nur absolute Gleichgültigkeit zu signalisieren? Ich habe alles saubergemacht und aufgeräumt und die Waschmaschine angeschaltet. Als ob er Luft wäre, so mußt du ihn behandeln.

»Wie soll das gehen, Fima. Ich liebe ihn doch. Wieso verstehst du das nicht. Aber einmal sollte ich wirklich, statt eine armselige Miene zu ziehen, ihm eine runterhauen. Das ja. Manchmal hat es direkt den Anschein, als warte er darauf. Als würde es ihm guttun.«

»Ehrlich«, grinste Fima, »eine Ohrfeige hat er sich von dir redlich verdient. Was sagt Wahrhaftig? Wie in einem geordneten Staat. Ich würde das mit dem größten Vergnügen sehen. Obwohl ich grundsätzlich nicht für Gewalt bin. Da, ich hab's für dich.«

»Was denn bloß?«

»Deinen Staat da in Afrika. Versuch mal Obervolta. In einem Wort. Den Sterilisator hab' ich nicht angeschaltet, weil er fast leer ist. Schade um den Strom.«

»Aufhören ihn zu lieben«, sagte Tamar. »Das wär' meine Rettung. Einfach aufhören und fertig. Aber wie hört man auf zu lieben? Du weißt doch alles, Fima. Womöglich auch das?«

Er zuckte grinsend die Schultern, murmelte was, schreckte zurück, überwand sich schließlich und sagte: »Was versteh' ich schon von Liebe. Mal habe ich gedacht, sie sei der Schmelzpunkt zwischen Grausamkeit und Barmherzigkeit. Jetzt halte ich das für Quatsch. Jetzt scheint mir, ich hab' noch nie was verstanden. Aber ich tröste mich ein bißchen damit, daß andere offenbar noch weniger verstehen. Ist schon recht, Tamar, heul nur, du brauchst dich nicht zu beherrschen, schäm dich nicht, die Tränen werden dir helfen. Und ich mach' dir ein Glas Tee. Egal. In hundert Jahren werden Liebe und Leid schon was Prähistorisches sein. Wie Blutrache. Wie Krinolinen und Korsetts aus Walknochen. Männer und Frauen finden sich dann aufgrund winziger elektrochemischer Impulse. Dadurch gibt's keinerlei Irrtümer mehr. Möchtest du auch einen Keks?«

Nachdem er Tee gemacht und kurz gezögert hatte, erzählte er ihr von der Eisenbahndirektorenkonferenz und erklärte, warum nach seiner Auffassung Herr Cohen und nicht Herr Smith im Recht gewesen sei, bis sie matt unter Tränen lächelte.

In der Thekenschublade fand er einen Bleistiftspitzer, einen Bleistift, Büroklammern, ein Lineal und einen Brieföffner, aber weder eine weitere Orange noch Kekse. Tamar sagte ihm, das sei nicht wichtig. Vielen Dank, mir ist schon besser, du bist immer so gut. Der schwellende Kropf an ihrem Hals weckte in diesem Augenblick nicht Belustigung, sondern ein tragisches Empfinden bei ihm. Ihretwegen bezweifelte er nun doch, ob es den Menschen, die nach uns kommen werden, Joeser und seinen Zeitgenossen, wirklich gelingen wird, ein vernünftigeres Leben als wir zu führen. Höchstens würden Grausamkeit und Dummheit feinere, ausgefeiltere Formen annehmen. Was sollte der Düsenantrieb zu Lande jemandem nutzen, der erkennt, daß der Ort, wo er stand, von ihm nichts mehr weiß?

Die Worte »Der Ort, wo er stand, weiß von ihm nichts mehr« versetzten Fima in derart gebannte Erregung, daß er sie sich mit lautlosen Lippenbewegungen zuwispern mußte. Plötzlich, wie in jäher Erleuchtung, sah er eine komplette, wunderbare, anrührende Utopie in diesem etwas abgedroschenen Psalmwort verborgen. Beschloß aber, Tamar nichts davon zu sagen, um nicht noch Schmerz auf Schmerz zu häufen.

Tamar sagte: »Guck. Der Petroleumofen ist fast leergebrannt. Was redest du da mit dir selbst?«

»Ich hab' den elektrischen Ofen bei Gad angestellt«, entgegnete Fima. »In Alfreds Zimmer war ich noch gar nicht. Gleich bring' ich das auch in Ordnung.«

Als er begriff, was man von ihm wollte, ging er hinaus, um den Behälter aufzufüllen. Bei seiner Rückkehr rollten dumpfe, rasch aufeinanderfolgende Donner los, als sei hinter den Wolken ein verzweifelter Panzerkrieg ausgebrochen. Fima erinnerte sich plötzlich an das Psalmwort »Rühre die Berge an, so daß sie rauschen« und stellte es sich greifbar vor. Und erschauerte. Aus dem zweiten Stock drangen Celloklänge. Getragen, ernst, niedrig, dieselben beiden schweren Sätze immer wieder. Obwohl es erst halb vier war, wurde es im Zimmer so trübe, daß Tamar das Licht anschalten mußte, um ihr Kreuzworträtsel weiter lösen zu können. Als sie mit dem Rücken zu ihm stand, wollte Fima sie von hinten umarmen. Ihren müden Kopf in seine Halsbeuge ziehen und ihre Gedanken löschen. Ihren Nacken mit Küssen bedecken, den Ansatz ihres schönen, zu einem kleinen Knoten gebundenen Haars. Das man auch einmal lösen und freilassen konnte. Aber er beherrschte sich. Und die beiden verwandten ein paar Minuten auf die Identifizierung eines berühmten finnischen Feldmarschalls, zehn Buchstaben, am Anfang und Ende »m«. Ab diesem Moment fand Fima sich damit ab, daß er trotz allem nicht aus dem Holz echter Führer geschnitzt war, in deren Macht es stand, die Geschichte zu verändern, Kriege zu beenden, von Mißtrauen und Verzweiflung zerfressene Herzen massenweise zum Guten zu bekehren. Tröstete sich aber ein wenig damit, daß auch die gegenwärtigen Staatsoberhäupter nicht aus diesem Holz waren. Vielleicht noch weniger als er selbst.

15. Gutenachtgeschichten

Dimmi Tobias, ein junger Albino, hinter dessen dicken Brillengläsern kleine gerötete Augen lagen, war zehn Jahre alt, wirkte jedoch jünger. Er redete wenig, aber höflich in wohlüberlegten Sätzen, überraschte allerdings die Erwachsenen gelegentlich mit einer scharfsinnigen Wortkombination oder gekonntem Naivstellen, denen Fima einen Anflug von Ironie entnahm oder zu entnehmen meinte. Manchmal betitelte sein Vater ihn als einen levantinischen Albert Einstein, während Jael klagte, sie ziehe daheim einen verschlagenen, manipulierenden Jungen groß.

Er saß im Wohnzimmer auf dem breiten Sessel seines Vaters, stumm in die eine Ecke gekauert – wie ein nachts auf einer Alleebank liegengebliebenes längliches Bündel. Vergeblich versuchte Fima ihm zu entlocken, was ihm fehlte. Seit Beginn des Abends hatte er so dagehockt, reglos bis auf seine Kaninchenaugen, die unablässig hinter den doppelten Linsen zwinkerten. Ob er Durst habe? Ein Glas Milch wolle? Oder Saft? Aus irgendeinem Grund glaubte Fima, das Kind sei vor Flüssigkeitsmangel am Austrocknen. Vielleicht kaltes Wasser? Womöglich Whisky?

»Hör doch endlich auf«, quittierte Dimmi.

Fima, der überzeugt war, nicht das Richtige zu tun, aber absolut nicht darauf kam, was er eigentlich machen oder sagen müßte, öffnete das Fenster, um frische Luft hereinzulassen. Einen Moment später erschauerte er bei dem Gedanken, das Kind habe womöglich eine Grippe im Leib, so daß die Kälte ihm schaden könnte, und sprang deshalb in jähem Sinneswandel auf, um das Fenster zu schließen. Dann ging er in die Küche, holte sich ein Glas Sprudel und zog damit ins Wohnzimmer. Als hoffe er, Dimmi werde sich dadurch beeinflussen lassen, ebenfalls was zu trinken.

»Hast du ganz bestimmt keinen Durst?«

Dimmi hob ein wenig das bleiche Gesicht und betrachtete Fima traurig besorgt, so wie man einen alternden Menschen anblickt, der sich immer mehr in Kummer verstrickt, ohne daß man ihm helfen könnte.

Fima versuchte es mit einer anderen Möglichkeit: »Dann laß uns doch Karten spielen. Oder sollen wir *Monopoly* anfangen? Oder möchtest du lieber die Fernsehnachrichten mit mir gukken? Zeig mir, wie man euren Fernseher anstellt.«

»Drücken. Oben«, sagte Dimmi und fügte hinzu: »Einem Kind bietet man keinen Alkohol an.«

»Natürlich nicht«, sagte Fima. »Ich wollte dich bloß ein bißchen zum Lachen bringen. Sag mir, worauf du Lust hast. Soll ich Schamir und Peres nachmachen?«

»Gar nix. Hab' ich dir doch schon dreimal gesagt.«

Erfolglos schlug Fima eine spannende Geschichte, Computerspiele, Witze, eine Kissenschlacht oder Domino vor. Irgend etwas bedrückte den Jungen, aber so eindringlich Fima ihn auch über die Schule, den Nachmittag bei der Nachbarin, Müdigkeit, Bauchweh oder das amerikanische Raumfahrtprogramm befragte – er holte nicht mehr aus ihm heraus als die Worte: »Genug. Hör doch auf.« Konnte so etwa eine beginnende Angina aussehen? Lungenentzündung? Gehirnhautentzündung? Fima zwängte sich auch in den Sessel, wodurch er den mageren Challenger veranlaßte, sich noch tiefer in seine Ecke zu drücken, legte ihm den Arm um die schlaffen Schultern und sagte bittend: »Verrat mir, was passiert ist.«

»Nix«, erwiderte Dimmi.

»Was tut dir weh?«

»Nix.«

»Möchtest du ein bißchen mit mir rumtoben? Möchtest du schlafen gehen? Deine Mutter hat gesagt, ich soll dir eine halbe Valium geben. Willst du was vorgelesen bekommen? Eine Geschichte?«

»Haste schon mal gefragt.«

Fima war tief betroffen: etwas Schlimmes, Ernstes, womöglich gar Gefährliches spielte sich vor seinen Augen ab, und er fand keinen Rat. Was würde Teddy an seiner Stelle unternehmen? Er fuhr mit den Fingern durch das weißblonde Kinderhaar und murmelte: »Aber man sieht doch, daß dir nicht gut ist. Wo liegt bei euch dieses Valium? Sag mal?«

Dimmi, von dem Streicheln sichtlich abgestoßen, entzog sich wie eine im Räkeln gestörte Katze, tappte weichen Schritts zum gegenüberstehenden Sessel und vergrub sich dort unter drei oder vier Kissen, bis nur noch Kopf und Schuhe zu sehen waren. Seine Augen blinzelten weiter unaufhörlich hinter der dicken Brille.

Fima, dessen Sorge sich schon in tiefen Kummer, gemischt mit aufkeimendem Ärger, verwandelt hatte, sagte: »Ich ruf' einen Arzt. Aber vorher messen wir mal Fieber. Wo liegt euer Thermometer?«

»Laß«, sagte Dimmi. »mach dich doch nicht zum Clown. Stell lieber die Nachrichten an.«

Wie geohrfeigt schoß Fima verwirrt und wütend hoch, stürzte sich auf den Fernseher und versuchte ihn mit dem falschen Knopf einzuschalten. Doch auf einmal – in jäher Erkenntnis, daß man ihn zum Narren hielt – brüllte er, seine Unterwürfigkeit bereuend, den Jungen an: »Entweder sagst du mir innerhalb von sechzig Sekunden, was los ist, oder ich geh' und laß dich hier allein!«

»Geh«, willigte Dimmi ein.

»Also gut«, quetschte Fima hervor, bemüht, Teds kühle Bestimmtheit und beinah auch seinen Akzent zu imitieren, »ich gehe. Gut. Aber vorher hast du auf die Uhr genau vier Minuten, fertig zu sein. Im Bett. Und ohne irgendwelche Mätzchen. Zähneputzen, Milchtrinken, Pyjama, Valium und alles. Genug mit diesem Theater.«

»Das Theater machst doch du hier«, sagte Dimmi.

Fima verließ den Raum. Fand den Weg zu Teds Arbeitszimmer. Dabei dachte er keinen Augenblick ernstlich daran, wegzugehen und ein krankes Kind allein zu Hause zu lassen.

Andererseits hatte er keine Ahnung, wie er von seinem Ultimatum wieder loskam. Also setzte er sich, ohne Licht anzuschalten, auf Teddys Polsterstuhl vor den Computerbildschirm und verlangte von sich selber, vernünftig nachzudenken. Es gab nur zwei Möglichkeiten: Entweder das Kind war auf dem besten Wege, krank zu werden, und man mußte sofort handeln, oder der Bengel ärgerte ihn absichtlich, und er selber ging törichterweise darauf ein und machte sich tatsächlich zum Clown. Plötzlich überkam ihn Mitleid mit dem blassen, gepeinigten Challenger. Auch sich selber bemitleidete er ein wenig: Nicht einmal eine Telefonnummer hatten sie ihm hinterlassen. Sicher amüsieren sie sich in Tel Aviv, machen sich ein feines Leben in irgendeinem exotischen Restaurant oder in einem Nachtklub und haben uns schlichtweg vergessen. Und wenn nun ein Unglück passiert? Wie soll ich sie dann finden? Wenn er was verschluckt hat? Sich einen gefährlichen Virus zugezogen hat? Blinddarmentzündung? Den Bazillus der Kinderlähmung? Und womöglich ist das Unglück gerade den Eltern zugestoßen? Ein Verkehrsunfall auf dem Weg nach Jerusalem? Oder ein Terroranschlag?

Fima beschloß, die Nachbarin von unten zu alarmieren.

Beim näheren Nachdenken wußte er jedoch nicht recht, was er ihr sagen sollte, und fürchtete sich lächerlich zu machen.

Niedergeschlagen kehrte er daher ins Wohnzimmer zurück und sagte flehentlich: »Bist du böse auf mich, Dimmi? Warum tust du mir das an?«

Ein trauriges Lächeln, irgendwie alt und müde, huschte dem Jungen über die Lippen, ehe er sachlich feststellte: »Du nervst mich.«

»Ja dann«, sagte Fima, der nur mühsam eine neue Zorneswelle und die unbändige Lust, diesem verschlagenen, frechen Bengel eine kleine Ohrfeige zu versetzen, unterdrückte, »wenn das so ist, langweil dich hier eben bis morgen alleine. Schalom. Ich hab' genug von dir.«

Statt sich jedoch davonzumachen, riß er wütend das erstbeste Buch aus dem Regal. Es war ein orangefarbener englischer Band über die Geschichte Alaskas im 18. oder 19. Jahrhundert. Er sank auf die Couch und begann darin zu blättern, bemüht, wenigstens die Bilder in sich aufzunehmen, und fest entschlossen, den kleinen Feind völlig zu ignorieren. Aber er konnte sich nicht recht konzentrieren. Schaute alle Augenblicke auf die Uhr. Die zeigte jedesmal wieder einundzwanzig Uhr fünfundzwanzig, und er ärgerte sich sowohl über die stillstehende Zeit als auch darüber, daß er die Fernsehnachrichten verpaßt hatte. Lähmende Unheilsahnung lag ihm wie ein Stein auf der Brust: Da geschieht etwas Ungutes. Etwas, das du einmal bitter bereuen wirst. Etwas, das noch Jahr und Tag in deinem Innern nagen wird, so daß du wünschtest, du könntest das Rad der Zeit genau bis zu diesem Moment zurückdrehen und den schrecklichen Fehler korrigieren. Könntest das Klare, Einfache, Selbstverständliche tun, das nur ein Blinder oder ein ganz Dummer jetzt nicht tun würde. Aber was? Wieder und wieder blickte er verstohlen zu Dimmi hinüber, der sich in seiner Kissenhöhle auf dem fernen Sessel verschanzt hatte und blinzelte. Schließlich versenkte er sich aber doch in das Schicksal der ersten Walfänger, die aus Neuengland nach Alaska gelangt waren, wo sie Küstenstationen errichteten und häufig von wilden Nomaden, die über die Beringstraße aus Sibirien heranstürmten, überfallen wurden.

Und dann platzte Dimmi auf einmal heraus: »Sag mal, was ist Gasbrand?«

»Ich weiß nicht genau«, erwiderte Fima, »das ist der Name einer Krankheit. Warum?«

»Was für eine Krankheit?«

»Zeig mir, wo's dir weh tut. Hol das Fieberthermometer. Ich laß einen Arzt kommen.«

»Nicht ich«, sagte Dimmi, »Winston.«

»Wer ist Winston?« Fima begriff, daß das Kind fieberte und daher phantasierte. Zu seiner Überraschung erleichterte ihn diese Entdeckung ein wenig. Wie findet man jetzt einen Arzt?

Man könnte Tamar anrufen und sich mit ihr beraten. Gewiß nicht unsere Ärzte. Und auch nicht Annettes Mann. Und was ist Gasbrand nun wirklich?

»Winston ist ein Hund. Der Hund von Zelil Weintraub.«

»Der Hund ist krank?«

»War.«

»Und du meinst, du hättst dich bei ihm angesteckt?«

»Nein. Wir haben ihn umgebracht.«

»Umgebracht? Warum das denn?«

»Es hieß, er hat Gasbrand.«

»Wer hat ihn umgebracht?«

»Bloß ist er nicht tot.«

»Weder lebendig noch tot?«

»Lebendig und tot gleichzeitig.«

»Erklärst du mal?«

»Kann man nicht erklären.«

Fima stand auf, legte die eine Hand an Dimmis, die andere an seine eigene Stirn, vermochte aber keinen Unterschied zu fühlen. Vielleicht sind wir beide krank?

»Es war Mord«, sagte Dimmi. Und plötzlich, als sei er über seine eigenen Worte erschrocken, griff er sich noch ein Kissen, verbarg das Gesicht darin und begann zu schluchzen. In abrupten, erstickten Stößen, die wie Schluckauf wirkten. Fima versuchte, ihm das Kissen wegzuziehen, aber Dimmi umklammerte es fest und ließ nicht locker, bis Fima aufgab. Und begriff, daß es sich nicht um Krankheit oder Fieber handelte, sondern um Leiden, die geduldiges Schweigen verlangten. Er setzte sich vor den Sessel auf den Teppich, ergriff Dimmis Hand und spürte, daß er selbst den Tränen nahe war und dieses eigenartige Kind mit der dicken Brille und dem papierweißen Haar wie sich selber liebte – seinen Eigensinn, seine Vernunft, die einsame Altklugheit, die ihn stets umgab. Fimas Körper schmerzte förmlich vor lauter unterdrücktem Drang, dieses schluchzende Geschöpf da aus dem Sessel zu schnappen und es fest an die Brust zu drücken. Nie im Leben war seine Sehnsucht, sich an eine Frau anzuschmiegen, so stark gewesen wie jetzt der Wunsch, Dimmi an sich zu pressen. Aber er beherrschte sich und machte keinen Mucks, solange das Glucksen anhielt. Bis Dimmi aufhörte. Und gerade nun, als er verstummt war, sagte Fima zärtlich: »Genug, Dimmi, genug.«

Das Kind glitt plötzlich vom Sessel in seinen Schoß. Rollte sich hinein, als wolle es sich in Fima vergraben. Und sagte: »Ich werd's doch sagen.«

Und begann nun klar mit leiser, gleichmäßiger Stimme, ohne aufzuschluchzen oder auch nur ein einziges Mal nach Worten zu suchen – sogar das Augenblinzeln hatte sich ein wenig beruhigt –, zu erzählen, wie sie den Hund zwischen den Mülltonnen im Dreck liegend gefunden hatten. So ein ekliger Hund mit kahlem Rücken, mit Wunden und Fliegen am Hinterbein. Er hatte einmal Zelil Weintraub, einem Freund von ihnen, gehört, aber seit Zelils Familie außer Landes gegangen war, gehörte er niemandem. Lebte so vom Müll. Der Hund hatte hinter den Mülltonnen auf der Seite gelegen und die ganze Zeit gehustet wie ein alter Mann, der zu viel raucht. Sie hatten ihn ärztlich untersucht, und Janiv hatte gesagt, der geht bald ein, er hat Gasbrand. Dann hatten sie ihm gewaltsam das Maul aufgesperrt und ihm mit einem Löffel eine von Ninja Marmelstein erfundene Arznei eingeflößt: braunes Wasser aus der Pfütze, vermengt mit ein bißchen Sand, ein paar Blättern, etwas Gipsstaub und einem Aspirin von Janivs Mutter. Danach beschlossen sie, ihn in einer Decke ins Wadi hinunterzutragen und Isaaks Opferung mit ihm zu veranstalten, wie sie es im Bibelunterricht gelernt hatten. Das war Ronens Idee gewesen, der auch losgelaufen war und ein großes Brotmesser von zu Hause geholt hatte. Den ganzen Weg bis zum Wadi hatte dieser Winston ruhig in der Decke gelegen, sogar höchst zufrieden gewirkt und mit dem Schwanz gewedelt, als sei er äußerst dankbar. Vielleicht dachte er, sie brächten ihn zum Arzt. Wer sich ein bißchen über ihn beugte, bekam Gesicht oder Hände geleckt. Im Wadi sammelten sie Steine, errichteten einen Altar und legten den Hund darauf, der sich überhaupt nicht wehrte, die ganze Zeit alle so neugierig anguckte wie ein Baby, so vertrauensvoll, als fühle er sich wohlaufgehoben unter liebevollen Freunden oder als verstehe er das Spiel und mache gern mit. Seine Wunden waren eklig, aber die Gesichtszüge richtig lieb, mit braunen Augen, die Verstand und Gemüt ausdrückten. Das gibt's doch, Fima, daß man ein Tier anguckt und meint, es würde sich an was erinnern, das die Menschen schon vergessen haben. Oder es scheint einem nur so. Allerdings geht einem ein dreckiger Köter wirklich auf die Nerven, strotzt vor Flöhen und Zecken, umschwänzelt jeden, bettelt, legt dir gern andauernd das Gesicht auf die Knie und begeifert dich.

Seine, Dimmis, Idee war es gewesen, grüne Zweige und Blumen zu pflücken und den Altar damit zu schmücken. Winston selber hatte er auch ein Kränzchen auf den Kopf gesetzt wie bei Geburtstag im Kindergarten. Dann fesselten sie ihn eng an Vorder- und Hinterbeinen, aber er hörte immer noch nicht auf, rumzuschmeicheln und sich zu freuen und ständig mit dem Schwanz zu wedeln, als sei er überglücklich, daß alle sich nur mit ihm beschäftigten. Wer sich nicht in acht nahm, wurde abgeschleckt. Danach losten sie. Ninja Marmelstein zog die Aufgabe, Gebete zu singen, Ronen mußte ein Grab schaufeln, und er, Dimmi, sollte das Schlachten übernehmen. Zuerst hatte er versucht, sich davor zu drücken, mit der Ausrede, er sehe nicht gut genug, aber sie hatten ihn verspottet, hatten ärgerlich gesagt, Los ist Los, sei doch kein so 'n Schöngeist. Und da blieb ihm keine Wahl. Aber es klappte nicht. Das Messer zitterte ihm in der Hand, und der Hund bewegte sich die ganze Zeit. An Stelle der Kehle schnitt er ihm ein halbes Ohr ab. Der Hund fing an herumzutoben und loszuheulen mit so einer Stimme wie ein Baby und nach Luft zu schnappen. Also mußte er schnell noch mal zustoßen, damit das Gejammer aufhörte. Aber das Messer ging wieder daneben, statt in die Kehle in eine weiche Stelle am Bauch, weil Winston sich kreischend hin und her warf, und nun blutete er wie wild. Janiv sagte, was ist denn, nicht weiter schlimm, ist ja schließlich bloß ein stinkender Araberköter. Und Ninja meinte, der hat doch sowieso Gasbrand und ist bald tot. Beim dritten Mal stieß er mit aller Macht zu, traf aber auf einen Stein, so daß das Messer abbrach. Nur den Griff hatte er noch in der Hand. Ninja und Janiv packten Winston am Kopf und schrien, nun mach schon, schnell, du Blödian, nimm die Messerklinge und schneid mal zu. Aber von der Klinge war nicht genug übriggeblieben, man konnte ihm partout nicht die Gurgel durchsägen, alles ringsum glitschte vor Blut, und dauernd, dauernd hieb er daneben. Zum Schluß waren sie alle blutverschmiert, wie konnte ein Hund bloß soviel Blut haben, vielleicht war das wegen dem Gasbrand. Janiv, Ninja und Ronen ergriffen die Flucht, und der Hund biß das Tau durch und kam frei, aber nur an den Vorderläufen, die hinteren blieben zusammengebunden, und mit solchem Gekreische, nicht mit Hundeschreien, sondern mit dem Kreischen einer Frau, schleppte er sich auf dem Bauch davon und verschwand zwischen den Büschen, und er, Dimmi, sah, daß die anderen Jungen weg waren, und lief ihnen nach. Zum Schluß fand er sie auf dem Parkplatz unterm Haus versteckt, wo ein Wasserhahn war, an dem sie sich schon das Blut abgespült hatten, aber ihn nicht zum Waschen ranließen, sondern ihn beschuldigten, seinetwegen sei Winston nun weder lebendig noch tot, reinste Tierquälerei, und seinetwegen sei Ronens Messer von Zuhause abgebrochen und sicher werde er auch noch petzen, man kenne ihn ja, und damit begannen sie ihn zu treten und brachten ein neues Tau bei, und Ninja sagte, jetzt gibt's hier 'ne Intifada, jetzt wird Dimmi aufgehängt. Nur Ronen war relativ in Ordnung, als er sagte, erst sollten sie ihn seine Brille beiseite legen lassen, damit sie nicht kaputtginge. Deshalb konnte er nicht sehen, wer ihn gefesselt und wer sich nach den Prügeln hingestellt und auf ihn gepinkelt hatte. Danach hatten sie ihn gebunden dort unten auf dem Parkplatz gelassen, waren weggerannt und hatten gerufen, es geschähe ihm ganz recht, warum habe er Winston umgebracht? Der

Nachbarin, bei der er war, hatte er nichts erzählt. Hatte erklärt, er hätte sich in einer Pfütze schmutzig gemacht. Wenn er's den Eltern gestehen würde, wär' das sein Ende.

»Wirst du's ihnen verraten, Fima?«

Fima sann darüber nach. Während der ganzen Beichte hatte er unablässig das weißblonde Haar gestreichelt. Wie in einem bösen Traum hatte er das Gefühl, der Hund, Dimmi und er selber würden in seinem Herzen eins. In demselben Psalm, in dem es hieß, abgestumpft und satt ist ihr Herz, stand ja auch: Meine Seele zerfließt vor Kummer. Dann sagte er mit ernstem Nachdruck: »Nein, Dimmi, ich werde nichts verraten.«

Der Junge blickte ihn schräg von unten an, wobei seine Kaninchenaugen hinter den dicken Gläsern Fima warm und vertrauensvoll erschienen, als wolle er damit illustrieren, was er vorher von dem Blick des Hundes erzählt hatte. Und so sah Liebe aus.

Fima erschauerte, als hätte er aus den Tiefen des Dunkels, des Windes und des Regens draußen das irrende Echo eines schwachen, erstickten Jaulens herausgehört.

Plötzlich streichelte er den Kopf des kleinen Challengers und schob ihn fest unter seinen Zottelbärpullover. Als sei er hochschwanger mit ihm. Einen Moment später machte Dimmi sich frei und fragte: »Aber warum?«

»Warum was?«

»Warum bist du bereit, es ihnen nicht zu verraten?«

»Weil Winston damit nicht mehr geholfen ist und du schon genug leidest.«

»Du bist einigermaßen in Ordnung, Fima.« Und dann: »Obwohl du ein ziemlich komischer Mensch bist. Hinter deinem Rücken nennen sie dich manchmal einen Clown. Und du bist wirklich ein bißchen wie ein Clown.«

»Jetzt trinkst du ein Glas Milch, Dimmi. Und wo finde ich dieses Valium? Deine Mutter hat gesagt, ich soll dir eine halbe Tablette geben.«

»Ich bin auch ein Clownkind. Aber ich bin nicht in Ordnung. Ich hätte dagegen angehen müssen. Hätt' nicht mitmachen dürfen.«

»Sie haben dich doch gezwungen.«

»Aber es war Mord.«

»Das kann man nicht wissen«, meinte Fima behutsam, »vielleicht ist er nur verwundet.«

»Er hat einen Haufen Blut verloren. Ein Meer von Blut.«

»Manchmal kann sogar eine Schramme stark bluten. Als Junge bin ich einmal einen Zaun entlang balanciert, aber abgerutscht, und aus so einer kleinen Wunde am Kopf ist das Blut nur so in Strömen gelaufen. Großvater Baruch wär' beinah in Ohnmacht gefallen.«

»Ich hasse sie.«

»Es sind Kinder, Dimmi. Kinder handeln manchmal sehr grausam, nur weil sie nicht genug Phantasie haben zu begreifen, was Schmerz ist.«

»Nicht die Kinder, sie«, sagte Dimmi. »Wenn sie die Wahl gehabt hätten, hätten sie mich nicht zu ihrem Kind erkoren und ich sie auch nicht zu meinen Eltern. Das ist ungerecht, daß man bei der Ehe wählen kann, aber bei der Elternschaft nicht, und Scheidung gibt's auch keine. Fima?«

»Ja.«

»Du, nehmen wir uns jetzt eine Taschenlampe? Stecken Verbandszeug ein und gehen runter? Im Wadi suchen?«

»In dieser Dunkelheit und noch dazu bei Regen haben wir keine Aussicht, ihn zu finden.«

»Eigentlich hast du recht«, meinte Dimmi. »Wir haben keine Chance. Aber laß uns trotzdem suchen gehen. Damit wir wenigstens wissen, daß wir's versucht haben, wenn auch ohne Erfolg.« Dabei kam er Fima plötzlich wie eine verkleinerte Kopie seines gemäßigten, logisch denkenden Vaters vor. Sogar im Tonfall glich er Ted – mit der ruhigen Stimme eines ausgewogenen, einsamen Mannes. Dimmi putzte seine Brille und sagte weiter: »Zelils Familie ist auch mit schuld. Warum haben sie ihren Hund krank zurückgelassen und sind weggefahren?

Sie hätten ihn mitnehmen müssen. Oder wenigstens irgendwo unterbringen können. Warum ihn einfach so in den Müll werfen? Bei den Cherokees gibt es ein Gesetz, daß man nichts wegwerfen darf. Sogar eine zerbrochene Schüssel bewahren sie weiter im Wigwam auf. Alles, was du einmal gebraucht hast – nicht wegschmeißen, vielleicht braucht es dich? Sie haben auch so was wie die Zehn Gebote, vielleicht weniger als zehn, und das erste lautet, du sollst nichts wegwerfen. Im Keller hab' ich eine Kiste mit Spielzeug, seitdem ich ganz klein war. Dauernd schreien sie mich an, wirf das doch endlich weg, wer braucht das denn noch, nimmt nur Platz weg, verstaubt doch bloß, aber ich laß es nicht zu. Wegwerfen ist dasselbe wie Töten, sagte Schneetochter zu Wisperwindsee und schlang ihre schönen Finger um den Wolfsstein.«

»Was ist das?«

»Eine Geschichte von einem Indianermädchen aus dem Stamm der Cherokees. Wisperwindsee war der vertriebene Stammeshäuptling.«

»Erzähl mal.«

»Geht nicht. Ich kann an nichts anderes denken. Immer, immerzu guckt dieser Hund mich an, diese braunen Augen, so brav, gehorsam, glücklich, daß alle sich mit ihm abgeben, wedelt mit dem Schwanz, leckt jeden, der sich über ihn beugt, warm ab. Sogar als Ronen ihm die Beine gefesselt hat, hat er ihn geleckt. Und das Ohr ist ihm abgerissen und zu Boden gefallen wie ein Stück Brot. Die ganze Zeit geht mir sein Heulen nicht aus dem Kopf, und vielleicht lebt er wirklich noch so halb in einer Pfütze zwischen den Felsen im Wadi und wartet winselnd auf einen Arzt. Heute nacht wird Gott kommen und mich deswegen töten. Am besten geh' ich überhaupt nicht schlafen. Oder er tötet mich dafür, daß ich sie hasse, wo es doch verboten ist, seine Eltern zu hassen. Wer hat ihnen denn gesagt, daß sie mich zeugen sollen? Ich hab' sie nicht drum gebeten. Man kann überhaupt nichts anfangen. Was man auch tut, es geht schlimm aus. Nichts als Probleme und Ärger. Ich kann machen, was ich will – nur Probleme und Ärger. Du bist mal mit meiner Mutter verheiratet gewesen und hast sie dann nicht mehr gewollt. Oder sie dich nicht. Ging auch mit Problemen und Ärger los. Vater sagt, das sei passiert, weil du ein bißchen ein Clown bist. Auf englisch hat er mir das gesagt. Auch ich bin für sie nicht besonders wichtig. Für sie ist es am wichtigsten, daß die ganze Zeit völlige Stille im Haus herrscht und alles ordentlich an seinem Platz liegt und daß niemals eine Tür laut zufällt. Jedesmal, wenn eine Tür knallt, schreit sie mich und Vater an. Jedesmal, wenn ein Kugelschreiber nicht da liegt, wo er hingehört, schreit er mich und Mutter an. Jedesmal, wenn die Zahnpastatube nicht ganz zugeschraubt ist, schreien sie beide mich an. Schreien ist nicht richtig – sie weisen darauf hin. Das Motto bei uns lautet: Künftig wäre es sehr angebracht. Oder er sagt ihr auf englisch, sorg dafür, daß das Kind mir nicht zwischen den Beinen herumläuft. Und sie sagt, es ist dein Kind, mein Herr. Als du klein warst, Fima, hast du dir da nicht manchmal insgeheim gewünscht, deine Eltern möchten endlich sterben? Um verwaist und frei zu sein wie Huckleberry Finn? Warst du kein Clownkind?«

»Solche Gedanken gehen wohl jedem Kind mal durch den Kopf«, sagte Fima. »Jedem von uns. Das ist was ganz Natürliches. Aber man meint es nicht wirklich so.«

Dimmi schwieg. Wieder fingen seine Albinoaugen rasch zu blinzeln an, als störe ihn das Licht. Dann fragte er: »Sag mal, Fima, du brauchst ein Kind, stimmt's? Willst du, daß wir zwei auf die Galapagosinseln fahren und uns eine Blockhütte zum Wohnen bauen? Fische und Muscheln fangen? Gemüse ziehen? Die Schildkröten beobachten, die schon tausend Jahre dort leben? Wie du mir mal erzählt hast?«

Fima dachte: Das sind wieder mal die Sehnsüchte nach der arischen Seite. Nach Karla. Er hob Dimmi auf und trug ihn auf den Armen in sein Zimmer. Zog ihn aus und streifte ihm seinen Pyjama über. Auf den Galapagosinseln gibt es keinen Winter. Immer nur Frühling. Und tausendjährige Schildkröten, die fast die Größe dieses Tischs erreichen, weil sie nicht rauben, nicht träumen und keinen Laut von sich geben. Als sei alles klar und schön und gut. Wieder hob er den Jungen hoch und trug ihn zum Zähneputzen, und dann stellten sie sich beide an die Klosettschüssel, und Fima sagte, Achtung, fertig, los, und nun ging's um die Wette, wer zuerst fertig war. Unaufhörlich murmelte Fima wirre Tröstungen, ohne darauf zu achten – macht nix, Kind, der Winter geht vorüber, der Frühling geht vorbei, wir schlafen wie die Schildkröten, und dann stehen wir auf und pflanzen Gemüse an, und danach sind wir nur gut, und du wirst schon sehen, daß es uns gutgeht.

Trotz dieser tröstenden Worte waren sie beide den Tränen nahe. Ließen einander nicht aus den Armen, als habe die Kälte zugenommen. Statt ihn in sein Bett zu bringen, trug Fima den Jungen im grünen Flanellpyjama huckepack ins Elternschlafzimmer, legte sich zu ihm ins Doppelbett, nahm ihm behutsam die doppeldicke Brille ab, und dann kuschelten sie sich beide unter eine Decke, und Fima erzählte ihm eine Geschichte nach der anderen: über Schleuderschwänze, über die Tiefen der Evolution, über den Fehlschlag des unnützen Aufstands gegen die Römer, über Bahndirektoren und Schienenspurweiten, über die Urwälder Obervoltas in Afrika, über den Walfang in Alaska, über verlassene Tempel in den Bergen Nordgriechenlands, über die Vermehrung von Zierfischen in beheizten Bekken in der maltesischen Hauptstadt Valetta, über den heiligen Augustinus und über den bedauernswerten Kantor, der die Hohen Feiertage allein auf einer einsamen Insel verbrachte. Als Ted und Jael um Viertel vor eins aus Tel Aviv zurückkamen, fanden sie Fima in voller Kleidung wie ein Embryo zusammengerollt, in Jaels Decke gewickelt und den Kopf auf ihrem Nachthemd ruhend, im Ehebett vor, während Dimmi im grünen Pyjama, die Brille auf der Nase, im Arbeitszimmer seines Vaters vor dem Bildschirm hockte und konzentriert und tiefernst in einem komplizierten taktischen Spiel ganz allein eine Seeräuberbande überwältigte.

16. Fima gelangt zu dem Schluß, daß noch Aussicht besteht

Nach ein Uhr nachts, auf der Heimfahrt in einem Taxi, das Teddy ihm bestellt hatte, fiel Fima der letzte Besuch seines Vaters ein. Vorgestern? Oder gestern morgen? Wie der Alte bei Nietzsche angefangen und mit den russischen Eisenbahnen, die so konstruiert sind, daß die Eroberer sie nicht benutzen können, aufgehört hatte. Was hat er mir zu sagen versucht? Jetzt schien es Fima, als habe sich das Gespräch seines Vaters unaufhörlich um einen Punkt gedreht, den er nicht recht auszudrücken vermochte oder wagte. Vor lauter Geschichten und Pointen, vor lauter Kosaken und Indern hatte er nicht darauf geachtet, daß der alte Mann über Mangel an frischer Luft klagte. Dabei hatte der Vater doch noch nie über Krankheiten geredet, es sei denn, er räsonierte über Rückenschmerzen. Jetzt erinnerte sich Fima an sein Schnaufen und Husten, an das Pfeifen, das ihm wohl aus der Kehle oder aus tiefster Brust kam. Offenbar hat der Alte beim Abschied etwas zu erklären versucht, das du nicht hören wolltest. Du hast dich mit ihm lieber über Herzl und über Indien gestritten. Was hat er dir zwischen seinen Kalauern signalisieren wollen? Andererseits nimmt er aber doch schon seit eh und je mindestens wie Odysseus Abschied. Geht für ein halbes Stündchen ins Café runter und wünscht dir ein sinnvolles Leben. Geht eine Zeitung kaufen und gebietet dir, den Schatz des Lebens nicht zu vergeuden. Was hat er diesmal zu sagen versucht? Hast du verpaßt. Du warst gänzlich in die Genüsse des Wortgefechts über die Zukunft der Gebiete vertieft. Wie immer. Als gelte es nur, ihn in der Diskussion zu bezwingen, und schon sei das Hindernis auf dem Weg zum Frieden weggeräumt, und eine neue Wirklichkeit beginne. Wie als kleiner Junge: ein ungenießbarer, scharfsinniger Junge, der kein tieferes Verlangen kannte, als die Erwachsenen bei einem Fehler zu ertappen. Bei einem Sprachirrtum. Sie in der Diskussion zu besiegen. Die Erwachsenen zu zwingen, die weiße Fahne zu hissen. Ein Gast verwendete beispielsweise den gängigen Ausdruck »die überwiegende Mehrheit des Volkes«, worauf du genüßlich anmerktest, das seien dann wohl die Übergewichtigen des Volkes? Denn zum Überwiegen an sich genüge ja nur einer mehr als 50 Prozent. Dein Vater sagte zum Beispiel, Ben Gurion sei ein ausgesprochener Polemiker, und du meintest berichtigend, sich aussprechen sei was Positives. Und gestern, als er bei dir war, ist ihm doch vor Kurzatmigkeit ein- oder zweimal fast seine klangvolle Tenorstimme weggeblieben. Er ist tatsächlich ein geschwätziger Alter, ein Geck, Störenfried und Schürzenjäger und noch dazu mit politischer Blindheit der selbstgerechtesten und ärgerlichsten Sorte geschlagen. Aber trotzdem auf seine laute Weise ein großzügiger, wohlwollender Mensch. Stopft dir Geldscheine in die Tasche, während er die Nase in dein Liebesleben steckt und dein Leben zu regeln versucht. Und wo wärst du wohl ohne ihn?

Das Taxi hielt an der Ampel der Herzlberg-Kreuzung. »Eine Hundekälte«, sagte der Fahrer. »Bei mir ist die Heizung kaputt. Die Scheißampel tut's auch nicht mehr. Der ganze Staat ist beschissen.«

»Warum übertreiben?« entgegnete Fima. »Es gibt auf der Welt vielleicht fünfundzwanzig Staaten, die vernünftiger sind als wir, aber dafür auch über hundert korrupte Regime, in denen man uns wegen solcher Reden mit Leichtigkeit erschießen würde.«

»Sollen die Gojim allesamt verbrennen«, schimpfte der Fahrer. »Alle schlecht. Alle hassen uns.«

Seltsame Lichter brachen sich auf der feuchten Straße. Zwischen den dunklen Gebäuden schwebten Nebelfetzen. Sobald die dichten Nebelschwaden vom Glanz der Kreuzungslaternen gesprenkelt wurden, gab es ein bleiches, gespenstisches Flakkern. Das ist der *noga sche-lo me-alma ha-din*, der Glanz nicht von dieser Welt, dachte Fima. Der alte aramäische Ausdruck verursachte ihm plötzlich Gänsehaut. Als kämen die Worte von dort, aus anderen Welten, zu uns. Kein Auto fuhr vorbei. Kein Licht brannte in den Fenstern. Der öde Asphaltstreifen, die flackernden Laternenstrahlen, die schemenhaften schwarzen Pinien, die in Regen gehüllt dastanden wie nach dem allerletzten Schlußgebet, weckten ein dumpfes Schaudern in ihm. Als glimme sein Leben dort gegenüber in Nebel und Kälte. Als liege irgendwo in der Nähe, hinter einer der nassen Steinumfriedungen, jemand in den letzten Zügen.

»Was für eine beschissene Nacht«, sagte der Fahrer. »Und die Ampel will nicht umspringen.«

»Wo brennt's denn?« beschwichtigte Fima. »Warten wir halt noch einen Moment. Nur keine Sorge. Ich bezahl's ja.«

Als er zehn Jahre alt war, war seine Mutter an einer Gehirnembolie gestorben. Baruch Numberg hatte, rasend vor Wut, nicht einmal eine Woche verstreichen lassen: Am Samstag nach der Beerdigung verstaute er in Windeseile ihre sämtlichen Kleider, Schuhe und Bücher, ihren Schminktisch mit dem runden russischen Spiegel und das mit ihrem Monogramm bestickte Bettzeug in große Kisten, die er umgehend dem Leprakrankenhaus in Talbiye spendete. Löschte jede Erinnerung an ihre Existenz, als sei ihr Tod ein Akt der Untreue gewesen. Als sei sie mit einem Liebhaber durchgebrannt. Nur ihr Abiturbild ließ er fünffach vergrößern und hängte es über die Kommode. Von dort blickte sie die ganzen Jahre mit skeptisch-traurigem Lächeln und schüchtern gesenkten Augen auf die beiden herab. Wie eine reuige Sünderin. Gleich nach der Beisetzung begann Baruch seinen Sohn mit zerstreuter Strenge, unerwarteten Gefühlsausbrüchen und despotischen Launen zu erziehen. Morgen für Morgen prüfte er jedes einzelne Heft in Fimas Ranzen. Jeden Abend stand er mit verschränkten Armen im Badezimmer, um das Zähneputzen zu überwachen. Er zwang dem Jungen Nachhilfelehrer in Rechnen, Englisch und sogar Talmud auf. Brachte manchmal auf schlau eingefädelte Weise zwei oder drei seiner Klassenkameraden dazu, zum Spielen herüberzukommen, um seine Isolation zu durchbrechen. Nur beteiligte er sich dann an jedem Spiel und ließ sich auch dort, wo er sich aus pädagogischen Gründen vorgenommen hatte zu verlieren, soweit mitreißen, daß er seine Vorsätze vergaß und in Jubel ausbrach, wenn es ihm gelang, sie alle zu besiegen. Er kaufte den großen Schreibtisch, den Fima immer noch benutzte. Sommer wie Winter steckte er den Jungen in zu warme Kleidung. All diese Jahre über dampfte der elektrische Samowar bis ein oder zwei Uhr früh. Gepflegte Geschiedene und gebildete Witwen in fortgeschrittenem Alter kamen zu Besuch und blieben fünf Stunden lang. Noch im Schlaf hörte Fima aus dem Salon breite slawische Laute, vermengt mit zuweilen aufflackerndem Gelächter. Oder Schluchzen. Und zweistimmigem Gesang. Mit Gewalt, gewissermaßen an den Haaren, schleifte der Vater den trägen Fima von einer Klasse zur nächsten. Beschlagnahmte die Literatur, die der Junge verschlang, und erlaubte nur Schulbücher. Nötigte ihn zu vorgezogenen und erweiterten Reifeprüfungen. Zögerte nicht, seine verzweigten Beziehungen spielen zu lassen, um seinen Sohn vor dem aktiven Dienst im Feld zu bewahren und ihm einen Posten als Unterrichtsfeldwebel im Jerusalemer Schneller-Lager zu sichern. Nach dem Wehrdienst dachte Fima daran, bei der Handelsflotte anzuheuern, wenigstens für ein, zwei Jahre. Das Meer faszinierte ihn. Aber der Vater legte sein Veto ein und ordnete ein Betriebswirtschaftsstudium an, weil er ihn an der Leitung seiner Kosmetikfirma beteiligen wollte. Erst nach verbitterten Abnützungsgefechten einigten sie sich auf Geschichtswissenschaft. Als Fima den Bachelor mit Auszeichnung machte, beschloß der begeisterte Vater, ihn sofort auf eine berühmte britische Universität zu schicken. Fima rebellierte jedoch, verliebte sich einmal und noch einmal, das Geißbockjahr brach an, und das Weiterstudium wurde aufgeschoben. Baruch rettete ihn aus seinen immer neuen Verstrickungen, aus Gibraltar, Malta und sogar dem Militärgefängnis. Sein Wahlspruch lautete: Frauen, ja, gewiß, aber zum Vergnügen, nicht zum Ruin. In manchen Dingen sind die Frauen genau wie wir,

Efraim, und in manchen anderen unterscheiden sie sich völlig, aber worin sie nun wie wir und worin anders sind – da bin nicht einmal ich bisher ganz dahintergekommen.

Er war es, der die Wohnung in Kiriat Jovel erwarb und ihn mit Jael verheiratete, nachdem er die beiden anderen Mädchen geprüft und verworfen hatte – Ilia Abarbanel aus Haifa, die der Maria Magdalena auf irgendeinem vergessenen Bild ähnelte, und die hübsche Liat Sirkin, die Fima in den nordgriechischen Bergen in ihrem Schlafsack das Nachtlager versüßt hatte. Und er hatte letzten Endes auch die Scheidung geregelt. Sogar die Jacke mit der Ärmelfalle stammte aus seinem Kleiderschrank.

Fima erinnerte sich verschwommen an eine Lieblingsgeschichte des Alten, in der ein berühmter Zaddik und ein Pferdedieb die Kleider tauschen, wodurch sich gewissermaßen auch die Identitäten verkehren und ein tragikomischer Schicksalswechsel seinen Ausgang nimmt. Aber worin hatte der Vater hier die wahre – im Gegensatz zur vermeintlichen – Pointe gesehen? Sosehr er auch sein Gedächtnis anstrengte, er konnte nicht mehr sehen als das flüchtige, aber konkrete Bild eines aus rohen Balken gezimmerten ukrainischen Wirtshauses an einer Landstraße inmitten dunkler, sturmgepeitschter, verschneiter Tundra. Und Wölfe heulten in der Nähe.

Der Taxifahrer sagte: »Wir sollen wohl die ganze Nacht hier stehenbleiben.« Damit trat er aufs Gaspedal, überquerte die Kreuzung bei Rot und raste nun, als wolle er für sich und Fima die verlorene Zeit wieder aufholen, wie wild los, brauste nur so durch die leeren Straßen und schnitt mit quietschenden Bremsen Kurven und Ecken.

»Was ist das denn?« fragte Fima. »Der Sechsminutenkrieg?«

Und der Fahrer darauf: »Wollte Gott, Amen.«

Morgen, gleich morgen früh als erstes werde ich ihn zur Untersuchung ins Krankenhaus bringen, nahm Fima sich vor. Und wenn's mit Gewalt ist. Dieses Pfeifen ist neu. Es sei denn, er variiert wieder mal leicht sein Repertoire und illustriert auf närrische Weise seine Geschichten über Eisenbahnen und

Loks. Oder es handelt sich nur um eine leichte Erkältung, und ich verliere auch diesmal den rechten Maßstab. Aber wie kann ich ihn verlieren, wenn ich ihn nie besessen habe. Baruch allerdings auch nicht.

Vorher ruf' ich lieber Zwi an, dessen Bruder Stationsarzt im Hadassa-Skopusberg ist. Um ihm möglichst ein Privatzimmer mit allen nötigen Annehmlichkeiten zu verschaffen. Dieser sture Jabotinsky-Anhänger wird noch nicht mal das Wort »Einlieferung« hören wollen. Sondern sofort wie ein Vulkan explodieren. Warum eigentlich nicht Jael bitten, ihn ein wenig weichzukriegen? Für sie hat er eine alte Schwäche. Was er ein warmes Eckchen nennt. Vielleicht weil er sich in den Kopf gesetzt hat, Dimmi sei sein Enkel. Genauso wie er überzeugt ist, Indien sei ein arabischer Staat und Rabbi Nachman Krochmal habe Nietzsche gekannt und ich selber sei eine Art vergeudeter Dubnow oder ein entgleister Puschkin. Lächerlich, armselig, strohdumm sind die Irrtümer, die von allen Seiten jemanden bestürmen, der sich weigert, der Wirklichkeit ins Auge zu sehen.

Als Fima die Worte »ins Auge sehen« durch den Kopf schossen, mußte er plötzlich an den Hund denken, der in der dunklen Tiefe des Wadis langsam an Blutverlust einging. Fast greifbar sah er das letzte Blut aus den klaffenden Wunden rinnen, begleitet von Todeskrämpfen. Mit einemmal, wie in jäher Erleuchtung, begriff er, daß auch dieses Grauen nur eine indirekte Folge des Geschehens in den Gebieten war.

»Man muß Frieden schließen«, sagte Fima zu dem Fahrer, »so kann's nicht weitergehen. Meinen Sie nicht, wir sollten uns zusammennehmen und endlich mit ihnen sprechen? Wozu diese Angst vorm Reden? An Worten stirbt man nicht. Und außerdem sind wir im Reden tausendmal besser als sie.«

»Umbringen, solange sie noch klein sind«, meinte der Fahrer. »Sie gar nicht erst die Köpfe heben lassen. Sollen sie den Tag verfluchen, an dem sie so verrückt waren, sich mit uns einzulassen. Ist das Ihr Haus hier?«

Fima bekam es mit der Angst zu tun, weil er nicht sicher war, ob er genug Geld für die Fahrt in der Tasche hatte. Er war ja bereit, dem Fahrer seinen Personalausweis zum Pfand zu geben und am nächsten Morgen an den Taxistand zu gehen, um seine Schuld zu begleichen. Wenn er den Ausweis nur hätte finden können. Einen Moment später stellte sich jedoch heraus, daß Ted Tobias die Sache vorausgesehen und den Mann schon vorher entlohnt hatte. Fima dankte dem Fahrer, wünschte ihm gute Fahrt und fragte beim Aussteigen: »Also was? Bis wann sollen wir Ihrer Ansicht nach uns denn noch gegenseitig umbringen?«

»Meinetwegen noch hundert Jahre. So war das auch zur Zeit der Bibel. Das gibt's einfach nicht, Frieden zwischen Jude und Goj. Entweder sitzen sie oben, und wir liegen unten, oder sie liegen unten, und wir hocken oben. Wenn der Messias kommt, verweist der sie vielleicht auf ihren Platz. Gute Nacht, mein Herr. Sie brauchen kein Mitleid mit denen zu haben. Lieber sollten hierzulande mal Juden mit Juden Mitleid haben. Da liegt unser Problem.«

Im Treppenhauseingang sah er einen dicken, plumpen Menschen reglos unter den Briefkästen sitzen, ganz zusammengefallen und in einen schweren Mantel gehüllt. Vor Schreck hätte er beinah kehrtgemacht und wäre dem Taxi nachgelaufen, das weiter unten in der Straße gerade beim Wenden war. Einen Augenblick erwog er die Möglichkeit, dieser Elende da sei er selber, der bis zum Tagesanbruch dort ausharren mußte, weil er den Wohnungsschlüssel verloren hatte. Gleich darauf schrieb er diesen Gedanken jedoch seiner Müdigkeit zu: Es war kein Mensch, sondern eine aufgerollte, zerrissene Matratze, die ein Nachbar hier abgesetzt hatte. Trotzdem knipste er das Treppenhauslicht an und kramte fieberhaft in seinen Taschen, bis er den Schlüssel gefunden hatte. In seinem Briefkasten schimmerte irgendein weißes Papier oder ein Brief, aber Fima beschloß, vorläufig darauf zu verzichten und die Sache bis morgen aufzuschieben. Wenn die Müdigkeit, die Verwirrung und die späte Stunde nicht gewesen wären, hätte er das nicht so einfach hingenommen. Er hätte es nicht mit Schweigen übergehen dürfen. Hätte unbedingt versuchen müssen, den Fahrer mit ruhigen, treffenden Argumenten umzustimmen, ohne in Wut zu geraten. Tief unter zahlreichen, mit Grausamkeit und Angst infizierten Schichten flackert sicherlich noch ein Fünkchen Vernunft. Man muß eben daran glauben, daß man das Gute, das beim Erdrutsch verschüttet worden ist, wieder ausgraben kann. Noch besteht Aussicht, ein paar Herzen umzustimmen und hier ein neues Kapitel anzufangen. Jedenfalls haben wir die Pflicht, uns weiterhin darum zu bemühen. Man darf sich nicht geschlagen geben.

17. Nachtleben

Weil der Taxifahrer den Ausdruck »sie umbringen, solange sie noch klein sind« benutzt hatte, mußte Fima an Trotzkis rätselhaften Tod denken. Betrat die Küche, um vor dem Schlafengehen ein Glas Wasser zu trinken, und lugte in den Müllschrank unter der Spüle, um nachzusehen, ob dort nicht noch mehr Leichen lagen. Als ihm jedoch der Aluminiumglanz des neuen koreanischen Kessels in die Augen fiel, änderte er sein Vorhaben und beschloß, Tee zu machen. Bis das Wasser kochte, verschlang er drei oder vier dicke Scheiben Schwarzbrot mit Marmelade. Und mußte sofort eine Tablette gegen Sodbrennen kauen. Vor dem offenen Kühlschrank stehend, sann er ein wenig über Annettes Unglück nach. Fima empfand es als wohltuend, daß er imstande war, sich in das krasse Unrecht, das man ihr angetan hatte, hineinzuversetzen, an ihrer Kränkung und Verzweiflung Anteil zu nehmen, andererseits aber auch ohne jeden Widerspruch dazu den Ehemann zu verstehen, diesen zuverlässigen, fleißigen Arzt, der sich zig Jahre beherrscht, zuweilen zwischen den Vorderzähnen hindurchgepfiffen und äußerst sanft auf leblose Gegenstände gepocht hatte, bis ihn Angst vor dem nahenden Alter befiel und er begriff, daß dies der allerletzte Moment war, mit dem Tanzen nach der ermüdenden Flöte seiner Frau aufzuhören und anzufangen, sein eigenes Leben zu leben. Jetzt schlief er in den Armen seiner Mätresse in irgendeinem italienischen Hotel, das Knie vielleicht zwischen ihren, wie ein Mensch, dem es wohlgeht. Aber bald schon würde er sicher entdecken, daß auch seine junge Geliebte eine Slipeinlage zwischen Scham und Höschen verbarg. Auch sie süßliche Deodorantdüfte versprühte, um den Geruch ihres Schweißes und Schleims zu ersticken. Und sich vor dem Spiegel mit allen möglichen klebrigen Cremes einrieb. Ja womöglich sogar nachts mit dem Kopf voller Lockenwickler an seiner Seite einschlief – haargenau wie seine

Frau. Und ihre Büstenhalter zum Trocknen über den Duschvorhang hängte, von wo sie ihm auf den Kopf tropften. Und natürlich ausgerechnet dann ihre Migränen und Manieren bekam, wenn seine Leidenschaft zu erwachen begann.

»Mannerheim!« rief Fima plötzlich in höchster Freude mit lauter Stimme, weil er in diesem Augenblick, dank der Manieren jener Mätresse, auf den berühmten finnischen Feldmarschall gekommen war, der mit »M« begann und endete und Tamar den Weg zur Lösung ihres Kreuzworträtsels verbaute. Obwohl es fast zwei Uhr nachts war, beschloß er Tamar anzurufen. Oder vielleicht Annette? Nach einigem Überlegen entschied er sich dafür, den inzwischen abgekühten Tee aus der Küche an den Schreibtisch zu tragen, und in knapp einer halben Stunde verfaßte er nun einen kurzen Artikel für die Freitagszeitung über die enge Beziehung zwischen der immer unhaltbarer werdenden Lage in den Gebieten und der allgemeinen Gefühllosigkeit, die sich bei uns in allen Lebensbereichen ausbreitet und beispielsweise in unserem Verhalten gegenüber den Herzkranken zum Ausdruck kommt, die oft buchstäblich zum Tode verurteilt sind wegen der überflüssigen Wartezeiten auf die Operationssäle, über deren Ausnutzung in drei Schichten sich die beteiligten Seiten partout nicht einigen können. Oder etwa in unserer Gleichgültigkeit gegenüber der Not von Arbeitslosen, Neueinwanderern, mißhandelten Frauen. Und in der Demütigung, die wir obdachlosen alten Menschen, geistig Behinderten, notleidenden Alleinstehenden zufügen. Vor allem zeigt sich die Verrohung in der aggressiven Grobheit, der man bei uns in Ämtern, auf der Straße, in der Busschlange und vermutlich auch im Dunkel unserer Schlafzimmer begegnet. In Beer Ja'akov hat ein krebskranker Mann seine Frau und seine beiden Kinder ermordet, weil er nicht damit einverstanden war, daß seine Frau streng religiös wurde. Vier junge Burschen aus gutem Hause in Hod Hascharon haben ein geistig behindertes Mädchen vergewaltigt, sie im Keller eingesperrt und drei Tage und Nächte hindurch ununterbrochen mißhandelt. Ein aufgebrachter Vater hat in einer Schule in Afula gewütet, sechs Lehrerinnen verletzt, dem Direktor den Schädel eingeschlagen – nur weil man seine Tochter in Englisch nicht in den Förderkurs aufnehmen wollte. In Cholon wurde eine Schlägerbande festgenommen, die zig Pensionäre über längere Zeit in Angst und Schrecken versetzt und ihnen ihre Geldbörsen geraubt hatte. All das in der Zeitung von gestern. Fima beendete seinen Artikel mit einer düsteren Perspektive: »Gefühllosigkeit, Gewalt und Bosheit schwappen zwischen Staat und Gebieten hin und her, sammeln Zerstörungskraft, verdoppeln sich in geometrischer Folge, richten zu beiden Seiten der grünen Linie Verwüstung an und so weiter. Es gibt keinen Ausweg aus diesem Teufelskreis, es sei denn, wir gehen ohne Aufschub mutig an eine Gesamtlösung des Konflikts – nach dem treffenden Grundsatz, den Micha Josef Berdyczewski vor hundertundeinem Jahr in die einfachen Worte gefaßt hat: ›Die Juden haben das Erstgeburtsrecht auf das Judentum – der lebende Mensch geht dem väterlichen Erbe vor.‹ Dem ist nichts hinzuzufügen.« Das Zitat hatte er vor einigen Jahren in einem Essay mit dem Titel *Widerspruch und Aufbau* in einem alten Band des *Hazwi* bei Jaels greisem Vater entdeckt, es abgeschrieben und außen ans Radio geklebt, und nun freute er sich, es endlich zu verwenden. Bei genauerem Überlegen strich er die Worte »Konflikt« und »Teufelskreis«. Strich dann auch wütend »geometrische Folge« nebst »Zerstörungskraft«, konnte sich aber nicht entscheiden, was er statt dessen einsetzen solle. Und verschob es auf morgen. Trotz Tee und Sodbrennentablette ließ die Übelkeit nicht nach. Er hätte doch Dimmis Bitte folgen, eine starke Taschenlampe nehmen und in das tiefe Dunkel hinuntersteigen sollen, um den verwundeten Hund zu suchen, etwas zu retten. Wenn möglich.

Um halb drei ging er ins Bad, zog sich aus und duschte mit lauwarmem Wasser, weil er sich schmutzig fühlte. Der Schauer belebte ihn jedoch nicht. Die Seife, ja sogar das Wasser erschienen ihm klebrig. Nackt, griesgrämig und vor Kälte zitternd, trat er vor den Spiegel und betrachtete verächtlich die kränklich blasse Haut, auf der schüttere schwarze Härchen sprossen, und den Fettgürtel um die Taille. Unwillkürlich begann er rötliche Pickel auf der Brust auszudrücken, bis es ihm gelang, seinen schlaffen Männerbrüsten ein paar weiße Tröpfchen abzuquetschen. Als er noch ein pubertierender Jüngling war, hatten solche Pickel ihm Wangen und Stirn bedeckt. Baruch hatte ihm verboten, sie auszudrücken. Einmal sagte er zu Fima: Das verschwindet über Nacht, sobald du eine Freundin hast. Wenn du bis zu deinem siebzehnten Geburtstag keine findest – und es besteht der Verdacht, daß du da erfolglos bleibst, mein Lieber –, dann mach dir keine Sorge, ich werd's für dich richten.

Ein jämmerliches, krankhaftes Grinsen machte sich auf Fimas Lippen breit, als er an die Nacht vor dem bewußten Geburtstag dachte: Da hatte er wach gelegen und gehofft, der Vater möge sein Versprechen vergessen, und gleichzeitig gebetet, er möge es nicht vergessen. Dabei hat der Alte doch wie gewöhnlich nur ein bißchen scherzen wollen. Und du hast wie üblich die wahre Pointe nicht mitgekriegt.

Ja und nun, Herr Premierminister? Bricht die zweite Pubertät an? Oder dauert die erste womöglich immer noch? Innerhalb eines Tages hast du zwei Frauen in den Armen gehabt, nicht zu ihnen gefunden und jeder auch noch Seelenqual, wenn nicht Kränkung zugefügt. Es folgt also, daß du weiter darauf warten mußt, daß dein Vater sich endlich an sein Versprechen erinnert. Schau, was sie dir angetan haben, du Golem, hatte seine Mutter ihm im Traum gesagt. Worauf er ihr mit einiger Verspätung, nackt und kältezitternd vor dem Badezimmerspiegel, mit mürrischer Stimme antwortete: »Genug. Laß mich in Ruhe.«

Dabei erinnerte er sich wieder an Jaels schreck- und abscheuverzerrtes Gesicht, als sie vor zwei Stunden das Licht im Schlafzimmer eingeschaltet hatte und ihn angezogen unter ihrer Decke schlafen und ihr Nachthemd liebkosen sah. Mit entsetzenslauter Stimme hatte sie gerufen, komm schnell, Teddy, guck dir das an. Als krümme sich da irgendein Ungeziefer, ein Gregor Samsa, in ihren Laken. Gewiß hatten sie ihn als ungeheuren Dummkopf, wenn nicht als Vollidioten betrachtet, als er aufwachte, sich reckte, ganz zerknittert vom Schlafen im Bett hochkam und ihnen vergeblich zu erklären versuchte, was geschehen war. Gewissermaßen in der Hoffnung, sie würden aufgrund seiner Erklärungen vielleicht Mitleid mit ihm haben und ihm erlauben, sich wieder hinzulegen, sich zuzudecken und von neuem einzuschlafen, hatte er sich mehr und mehr verhaspelt, erst behauptet, Dimmi habe sich ein wenig unwohl gefühlt, dann aber sofort erschrocken die Verteidigungstaktik gewechselt und die umgekehrte Version vorgebracht, Dimmi sei großartig gewesen, aber er selbst habe sich ein wenig schlecht gefühlt.

Wie immer hatte Tobias Selbstbeherrschung gewahrt. Und nur einen kühlen Satz geäußert: »Ich meine, Fima, diesmal hast du's ein wenig übertrieben.«

Und während Jael noch Dimmi ins Bett brachte, hatte Ted die Taxizentrale angerufen, Fima sogar unbeschadet der Ärmelfalle in die Jacke geholfen, ihm seine abgewetzte Schirmmütze geholt und ihn auf die Straße hinunterbegleitet, wo er ihn ins Taxi setzte und dem Fahrer selbst Fimas Anschrift sagte, als wolle er über jeden Zweifel hinaus sichergehen, daß Fima keinen Rückzieher machen und erneut an ihre Tür klopfen konnte.

Ja, warum eigentlich nicht?

Er war ihnen eine ausführliche Erklärung schuldig.

Stehenden Fußes, nackt und klebrig im Badezimmer, beschloß er, sich sofort anzuziehen. Ein Taxi kommen zu lassen. Unbarmherzig zu ihnen zurückzukehren. Sie alle beide aufzuwecken und eine eindringliche Aussprache, notfalls bis zum frühen Morgen, zu erzwingen. Er mußte die Leiden des Jungen vor ihnen ausbreiten. Ja, die Leiden überhaupt. Sie aufrühren und erschüttern. Ihnen das ganze Ausmaß der Gefahr schildern. Den Düsenantrieb für Kraftfahrzeuge in allen Ehren – unsere erste Pflicht besteht gegenüber dem Kind. Und diesmal würde er auch nicht klein beigeben, sondern dem Fahrer unterwegs zu ihnen mit aller Macht die Augen öffnen. Starrköpfigkeit und Herzensblindheit davonfegen. Die Gehirnwäsche stoppen. Allen endlich begreiflich machen, wie nah die Katastrophe schon war.

Da die Taxizentrale nicht antwortete, änderte er sein Vorhaben und rief Annette Tadmor an. Beim zweiten Klingeln legte er allerdings reumütig auf. Um drei ging er ins Bett, das englische Buch über die Geschichte Alaskas in der Hand, das er in seiner Zerstreutheit bei Ted und Jael hatte mitgehen lassen, ohne sie erst zu fragen. Er blätterte hier und da, bis sein Blick auf einen merkwürdigen Abschnitt über die Sexualgewohnheiten der Eskimos fiel: Jeden Frühling wurde eine reife Frau, die im selben Winter verwitwet war, den pubertierenden Jungen im Rahmen der Einführungsriten zur Benutzung freigegeben.

Zehn Minuten später knipste er das Licht aus, kuschelte sich unter die Decke, befahl seinem Glied, Ruhe zu geben, und sich selber – sofort einzuschlafen. Aber wieder schien es ihm, als laufe draußen auf der leeren Straße ein Blinder umher und poche mit seinem Stock auf Gehsteig und Steingatter. Fima kletterte mit dem festen Entschluß aus dem Bett, sich anzuziehen und hinunterzugehen, um festzustellen, was nun wirklich in Jerusalem sich ereignete, wenn keiner zuschaute. Mit nächtlicher Klarheit spürte er, daß er über alles, was hier in Jerusalem geschah, künftig würde Rechenschaft ablegen müssen. Der abgedroschene Begriff »Nachtleben« verlor plötzlich seinen einfachen Wortsinn. Löste sich in Fimas Gedanken von überfüllten Cafés, erleuchteten Straßen, Theatern, öffentlichen Plätzen, Kabaretts. Nahm dafür eine andere, scharfe, kalte Bedeutung an, die weder Lachen noch Leichtsinn zuließ. Der archaische aramäische Ausdruck *sitra de-itkassia,* die verborgene, verhüllte Seite, huschte wie ein einzelner Celloton mitten aus dem Dunkel hinter Fimas Rücken vorbei. Ehrfürchtiger Schauder überlief ihn.

Daher schaltete er Licht an, stand auf und setzte sich in seinen angegrauten langen Unterhosen vor den braunen Schrank auf den Boden. Er mußte Gewalt anwenden, um die verklemmte unterste Schublade aufzukriegen. An die zwanzig Minuten lang stöberte er in alten Notizbüchern, Heften, Textentwürfen, Fotos, Listen und Zeitungsausschnitten, bis er auf eine abgewetzte Kartonmappe stieß, die den Aufdruck *Innenministerium – Abteilung Gemeindeverwaltung* trug.

Dieser Mappe entnahm er ein Bündel alter Briefumschläge mit zusammengefalteten Schreiben. Begann nun systematisch der Reihe nach jeden Umschlag durchzuforsten, ohne Ausnahmen oder Abkürzungen, fest entschlossen, diesmal nicht lokkerzulassen und nicht länger zu verzichten. Und tatsächlich fand er schließlich Jaels Abschiedsbrief. Die Bögen waren mit den Ziffern 2, 3, 4 numeriert. Die erste Seite war also offenbar abhanden gekommen. Oder hatte sie sich vielleicht nur in einen anderen Umschlag verirrt? Dann stellte er fest, daß auch die letzte Seite oder sogar mehrere fehlten. In der Unterhose auf dem Boden lagernd, fing Fima an zu lesen, was Jael ihm damals geschrieben hatte, als sie 1965 ohne ihn nach Seattle aufgebrochen war. Ihre Handschrift war perlfein, weder feminin noch maskulin, sondern rund und fließend. Vielleicht hatte man in den vornehmen Pensionaten des vorigen Jahrhunderts so einmal Schönschreiben gelehrt. Fima verglich im Geist diese saubere Schrift mit seinen eigenen Entwürfen, deren Buchstaben wie ein Haufen in Panik geratener Soldaten wirkten, die einander nach verlorener Schlacht auf der Flucht anrempelten und umwarfen.

18. »Du hast Dich vergessen«

»... ist furchtbar bei Dir, und ich habe es einfach nicht begriffen. Begreife es heute noch nicht. Keinerlei Ähnlichkeit zwischen dem empfindsamen, versonnenen Burschen, der in den Bergen Nordgriechenlands drei junge Mädchen begeisterte und vergnügte, und dem geschwätzigen, trägen Büroangestellten, der den ganzen Morgen zu Hause ist, nörgelt, mit sich selber herumstreitet, alle Stunde Nachrichten hört, drei Zeitungen liest, die er dabei über die gesamte Wohnung verstreut, Schranktüren auf-, aber nicht wieder zumacht, im Kühlschrank stöbert und sich beschwert, daß dieses und jenes fehlt. Und jeden Abend zu seinen Freunden rennt, ungebeten bei ihnen hineinplatzt, mit unsauberem Hemdkragen und einer Schirmmütze aus der Palmachzeit, bis ein Uhr nachts mit jedem Streit über Politik sucht, so daß alle schon beten, er möge endlich gehen. Sogar Dein Äußeres wirkt irgendwie abgenutzt. Du bist ein bißchen dicker geworden, Effi. Vielleicht ist es nicht deine Schuld. Die Augen, die einst wach und träumerisch waren, sanken ein, und jetzt sind sie ausdruckslos. In Griechenland hast Du Liat und mich und Ilia ganze Nächte hindurch, von Mondaufgang bis Sonnenaufgang, wach gehalten mit Geschichten über die eleusinischen Mysterien, den Dionysoskult, die Göttinnen des Schicksals, die Moiren, und die Göttinnen der Rache, die Erinnyen, über Persephone in der Unterwelt und sagenhafte Flüsse, die Styx und Lethe hießen. Ich habe nichts vergessen, Effi. Ich bin eine gute Schülerin. Obwohl mir manchmal scheint, Du würdst Dich selbst an nichts mehr erinnern. Du hast Dich vergessen.

Wir lagerten an einer Quelle, und du hast Flöte gespielt. Hast uns in Staunen versetzt. Faszinierend und auch ein wenig beängstigend. Ich weiß noch, daß Ilia und Liat Dir eines Abends einen Eichenlaubkranz um die Stirn gewunden haben. In jenem Moment hätte es mir überhaupt nichts ausgemacht, wenn Du vor meinen Augen mit einer von ihnen geschlafen hättest. Oder mit beiden. In jenem griechischen Frühling vor vier Jahren warst Du Dichter, obwohl Du kein Wort geschrieben hast. Jetzt bist Du jede Nacht auf und füllst Bögen, aber der Dichter ist weg.

Was uns drei faszinierte, war Deine Hilflosigkeit. Einerseits ein geheimnisvoller Mensch, andererseits ein kleiner Kasper. So ein Junge, bei dem man hundertprozentig sicher sein kann, daß er, falls im gesamten Tal auch nur eine Glasscherbe liegt, barfuß hineintritt. Wenn in ganz Griechenland ein einziger Stein locker ist, er genau auf ihn stürzen wird. So es auf dem ganzen Balkan nur eine Hornisse gibt, sie gewiß ihn sticht. Wenn du vor einer Bauernhütte oder an einem Höhleneingang Flöte spieltest, entstand manchmal das Gefühl, Dein Leib sei nicht Leib, sondern Gedanke. Und umgekehrt – jedesmal, wenn Du nachts mit uns über Ideen sprachst, meinten wir, Deine Gedanken gewissermaßen mit dem Finger berühren zu können. Wir liebten Dich alle drei, und statt eifersüchtig zu sein, gewannen wir uns auch gegenseitig von Tag zu Tag mehr lieb. Es war ein Wunder. Liat schlief nachts gewissermaßen in unser dreier Namen mit Dir. Durch Liat schliefst Du auch mit mir und mit Ilia. Ich habe keine Erklärung dafür und brauche keine. Du hättest jede von uns dreien nehmen oder uns alle drei behalten können. Aber sobald Du gewählt hattest – und obwohl ich die Gewinnerin war –, erlosch der Zauber. Als Du uns nach Jerusalem einludst, um uns Deinem Vater vorzustellen, war der Zauber schon verflogen. Dann, als die Heiratsvorbereitungen begannen, wurdest Du müde. Zerstreut. Einmal hast Du mich in der Bank vergessen. Einmal hast du mich mit Ilia angesprochen. Als Du den verrückten Vertrag mit Deinem Vater unterzeichnetest, in Anwesenheit seines Notars, hast Du auf einmal gesagt: Goethe müßte jetzt hier sein und sehen, wie der Teufel seine Seele für ein Linsengericht verkauft. Dein Vater lachte, und ich nahm mich zusammen, um nicht loszuheulen. Dein Vater und ich haben alles geregelt, und Du hast gemurrt, das Leben versänke in Lampen und Bratpfannen. Einmal hast Du Dich aufgeregt und mich angeschrien, Du ertrügest kein Schlafzimmer ohne Vorhänge, sogar ein Bordell habe welche. Hast mit dem Fuß aufgestampft wie ein verzogenes Kind. Nicht, daß es mir was ausgemacht hätte – was sollte ich gegen Vorhänge haben? Aber jener Augenblick war das Ende von Griechenland. Nun fing Deine Kleinlichkeit an. Einmal hast Du mir eine Szene gemacht, von wegen ich würde Deines Vaters Geld vergeuden, und einmal von wegen das Geld Deines Vaters käme nicht rechtzeitig, und mehrmals von wegen ich müßte aufhören ›von wegen‹ zu sagen und anfangen ›weil‹ zu benutzen. Bei jedem dritten Satz hast du mein Hebräisch korrigiert.

Es ist nicht leicht, an Deiner Seite zu leben. Wenn ich mir die Augenbrauen zupfe oder die Beine enthaare, guckst Du mich an, als hättst Du eine Spinnne in deinem Salat gefunden. Aber wenn ich anmerke, daß Deine Strümpfe riechen, fängst du an zu jammern, ich würde Dich nicht mehr lieben. Jeden Abend muffelst Du rum, wer mit dem Müllruntertragen dran sei und wer gestern gespült habe und bei welchem Abwasch es mehr Geschirr gewesen sei. Und hinterher schimpfst Du, warum in diesem Haus tagein, tagaus nur über Geschirr und Müll geredet wird. Ich weiß, daß das Kleinigkeiten sind, Effi. Man kann daran arbeiten. Kann zurückstecken. Oder sich dran gewöhnen. Wegen riechender Strümpfe zerstört man keine Familie. Ich ereifere mich nicht einmal mehr wegen Deiner Standardfrotzeleien über Luftfahrttechnik und Düsenmotoren, die in Deinen Augen anscheinend nur mit Krieg und Töten zu tun haben. Als stehe Deine Frau im Dienst eines Mördersyndikats. Ich habe mich an diese platten Witze schon gewöhnt. An Dein Genörgel von morgens an. An das dreckige Taschentuch auf dem Eßtisch. Daran, daß Du mal wieder den Kühlschrank offengelassen hast. An die endlosen Theorien darüber, wer wirklich Präsident Kennedy umgebracht hat und warum. Du bist ein Schwätzer geworden, Effi. Sogar mit dem Radio debattierst Du. Verbesserst das Hebräisch der Rundfunksprecher.

Wenn Du mich fragst, wann genau die Trennung von Dir

begonnen hat, zu welchem Zeitpunkt, oder was Du mir denn angetan hättest, habe ich keine Antwort. Die Antwort lautet: weiß nicht. Ich weiß bloß, daß Du in Griechenland gelebt hast und hier in Jerusalem irgendwie nicht lebst. Nur existierst, und auch dieses Dasein irgendwie zur Plage wird. Eine Art kindischer Alter von dreißig Jahren. Beinah eine Kopie Deines Vaters, aber ohne den altmodischen Charme, ohne die Großzügigkeit, ohne seine Ritterlichkeit und vorerst auch ohne Bärtchen. Sogar im Bett hast Du angefangen, Liebe durch Unterwürfigkeit zu ersetzen. Bist ein wenig zum Schmeichler geworden. Aber nur gegenüber Frauen. Mit Uri, Micha, Zwicka und all Deinen Freunden befindest Du Dich bei Euren Diskussionen bis zwei Uhr nachts in ständigem Gerangel. Manchmal fällt Dir mittendrin ein, Nina, mir oder Schula Kropotkin irgendein abgedroschenes Kompliment zuzuwerfen, dieselbe Formel, ohne zwischen uns zu unterscheiden, eine Art kleine schmeichelnde Belohnung: der Kuchen ist wirklich großartig, die neue Frisur bezaubernd, die Topfpflanze so grün. Obwohl der Kuchen gekauft, die Frisur nicht neu und der Blumentopf eine Vase mit Schnittblumen ist. Nur damit wir den Mund halten und Euch nicht weiter dabei stören, Euch über die Lavon-Affäre zu kloppen. Über den Fall Karthagos. Über die Raketenkrise in Kuba. Oder den Eichmann-Prozeß. Oder darüber, welches die dialektische Seite in Sartres Einstellung zum Marxismus ist. Oder über den Antisemitismus von Pound und Eliot. Oder darüber, wer bei Eurer Debatte Anfang des Winters was prophezeit hatte.

Als wir Chanukka zu Uri und Nina auf die Überraschungsparty gegangen sind, die Schula für Zwi zum Abschluß seiner Doktorarbeit organisiert hatte, hast Du den ganzen Abend dominiert. Hattest einen Anfall von Bösartigkeit. Jedesmal, wenn ich etwas sagen wollte, hast Du mich angeguckt, wie eine Katze ein Ungeziefer fixiert. Hast richtig auf den Augenblick gelauert, in dem ich mal zwei Sekunden absetzte, um Luft zu holen, ein Wort zu suchen, und bist sofort eingefallen, um mir meinen Satz zu rauben und ihn selbst zu beenden. Damit, Gott behüte, nicht irgendeine Dummheit herauskäme. Damit ich nicht Deinen Gegnern beipflichtete. Nicht die Zeit stahl. Dir auch nicht die kleinste Replik klaute. Denn es war Deine Vorstellung. Den ganzen Abend. Ja eigentlich immer. Was Dich wiederum nicht abhielt, mir von Zeit zu Zeit in Deinen schwungvollen Reden ein wenig zu schmeicheln, zuweilen übrigens auch Nina und Schula, etwa zu witzeln, ich sei zwar diejenige, die die Luftwaffe in der Luft halte, aber in dieser Diskussion kämst Du bestens ohne Luftunterstützung aus. Und das stimmte auch. Bis ein Uhr nachts hast du an Zwickas These keinen Stein auf dem andern gelassen, obwohl er Dir im Vorwort gedankt und Dich in den Anmerkungen zitiert hatte. Und um ein Uhr hast Du dann alle verblüfft, als es Dir gelang, wie ein Kartentrickkünstler aus den Trümmern eine neue – entgegengesetzte – These aufzubauen. Je mehr Zwicka sich zu verteidigen suchte, desto spitzer und mitleidsloser wurdest Du. Ließest ihn keinen Satz zu Ende führen. Bis Uri aufstand, den Ton einer Trillerpfeife nachahmte und verkündete, Du hättst einen K.-o.-Sieg davongetragen und Zwi könne sich bei Egged Arbeit suchen. Worauf Du sagtest: Warum Egged? Vielleicht schießt Jael ihn mit einer Rakete direkt in den königlichen Hof von Ferdinand und Isabella, damit er rausfindet, wie es wirklich dort gewesen ist, und eine neue Dissertation verfaßt. Als Nina endlich das Thema wechseln konnte und wir uns ein bißchen über einen komischen Film von Fernandel unterhielten, bist Du einfach dort im Sessel eingepennt. Hast sogar ein bißchen geschnarcht. Ich habe Dich nur mit Mühe nach Hause geschleppt. Aber als wir um drei Uhr morgens daheim ankamen, wurdest Du plötzlich wach und boshaft, zerstörerisch, hast alle verhöhnt, hast angefangen, mir im Maßstab eins zu eins zu rekonstruieren, wie Du gekämpft und gesiegt hast. Hast verkündet, heute nacht gebühre Dir ein königlicher Fick, den hättest Du Dir im Schweiße Deines Angesichts verdient, so wie ihn einst in Japan ein Samurai nach gewonnenem Turnier bekommen habe. Und ich habe Dich angeguckt und auf einmal keinen Samurai vor mir gesehen, sondern so was wie einen weltlichen Jeschiwastudenten, von Spitzfindigkeiten und Haarspalterei zerfressen, frohlockend und ziemlich blöd. Du hast Dich völlig vergessen.

Versteh, Effi. Ich erwähne Deinen großen Abend bei den Gefens nicht, um mich zu erklären. Ich habe es mir bisher noch nicht einmal selber erklären können. Wenigstens nicht in Worten. Du bist ja nicht schuld daran, daß Du einen kleinen Bauch angesetzt hast. Man löst doch keine Ehe auf, bloß weil der Partner sich die Haare im einen Nasenloch schneidet und das zweite vergißt. Und vergißt, auf der Toilette die Spülung zu drücken. Zumal ich weiß, daß Du trotz aller Kleinlichkeit und Stichelwut auf Deine Weise noch immer irgendwie in mich verliebt bist. Womöglich jetzt sogar mehr als damals nach unserer Rückkehr aus Griechenland, als die Wahl aus irgendeinem Grund gerade auf mich fiel, obwohl Du damals kaum zwischen uns unterscheiden konntest. Vielleicht ist das so: Du bist verliebt, liebst aber nicht. Jetzt sagst Du sicher, das sei nur ein Wortspiel. Kalauer nennst Du das in Deinen militanten Debatten mit Deinem Vater. Und ich sage, verliebt sein heißt bei Dir – wieder zum Baby werden wollen. Gestillt und gewikkelt zu werden. Und vor allem, daß man keinen Moment aufhört, Dich zu vergöttern. Tag und Nacht. Dich rund um die Uhr umschwärmt.

Dabei weiß ich, daß ich mir hier selbst widerspreche: Schließlich habe ich Dich ja geheiratet, weil mich Deine griechische Kindlichkeit faszinierte, und nun trenne ich mich mit der Behauptung, Du seist kindlich. Schön. Du hast mich bei einem Widerspruch ertappt. Genieß es. Manchmal scheint mir, wenn du zwischen dem Genuß im Bett und dem Genuß, mich bei einem Widerspruch zu erwischen, zu wählen hättest, fändest du den zweiten aufreizender und befriedigender. Besonders da bei diesem Vergnügen keine Gefahr der Schwangerschaft besteht. Jeden Monat hast du eine Heidenangst, ich könnte Dich reingelegt haben, Dir hinterlistig ein Baby aufhalsen. Was Dich allerdings nicht daran hindert, gelegentlich unter Freunden anzudeuten, der wahre Grund liege darin, daß eben Düsenmotoren Jaels Babys seien.

Vor etwa zwei Monaten, sicher hast Du es schon vergessen, habe ich Dich frühmorgens geweckt und gesagt, Effi, genug. Ich fahre weg. Du hast nicht gefragt, warum und wohin. Du hast gefragt, wie? Auf einem düsengetriebenen Besen? Und das führt mich zu Deiner primitiven Eifersucht auf meine Arbeit. Eine Eifersucht, die sich als Heiterkeit verkleidet. Natürlich darf ich bezüglich des Projekts nicht ins einzelne gehen, und diese Geheimhaltung faßt Du offenbar als Untreue auf. Als hätte ich einen Liebhaber gefunden. Und dazu noch einen zweitklassigen. Verächtlichen. Wie kann eine Frau, der die seltene Ehre zuteil geworden ist, Deine Gattin zu werden, überhaupt fähig sein, sich nicht damit zu begnügen? Sich mit etwas außer Dir zu beschäftigen? Und noch dazu mit dunklen Dingen? Nicht daß Du, falls ich Dir über das Projekt erzählen dürfte, etwas begreifen oder Interesse zeigen würdest. Im Gegenteil. Nach zwei Minuten würdst Du nicht mehr zuhören. Oder einpennen. Oder das Thema wechseln. Du begreifst ja nicht einmal, wie ein Ventilator funktioniert. Und damit wären wir bei der Gegenwart angelangt.

Vor sechs Wochen, als die Einladung aus Seattle da war und Samstagabend zwei Oberste von der Luftwaffe zu uns kamen, um mit Dir zu sprechen, Dir zu erklären, daß das in Wirklichkeit auf ihre Initiative zurückgehe, daß meiner Zusammenarbeit mit den Amerikanern für zwei, drei Jahre nationale Bedeutung zukomme, hast Du sie und mich einfach lächerlich gemacht. Hast angefangen, uns einen ganzen Vortrag zu halten über den historischen Wahnsinn, der dem Ausdruck ›nationale Bedeutung‹ innewohne. Hast Dich wie ein saudischer Scheich aufgeführt. Und zum Schluß hast Du sie mehr oder weniger aufgefordert, die Finger von Deinem Eigentum zu lassen, und hast sie aus dem Haus gejagt. Bis zu jenem Abend hat wenigstens ein Teil von mir Dich überreden wollen mitzukommen: Es heißt, die Landschaft um Seattle sei geradezu phantastisch. Fjorde. Schneeberge. Du hättest dort ein paar Vorlesungen an der Universität belegen können. Vielleicht hätten die Atmosphäre, die Landschaft, das Abgeschnittensein von Zeitungen und Nachrichten den verstopften Born geöffnet. Vielleicht hättest Du fern von Deinem Vater, von den Freunden und von Jerusalem endlich wieder angefangen, wirklich zu schreiben. Keine kleinlich polemischen Artikel voller Stiche und Bisse.

Versuch zu verstehen, Effi. Ich weiß, daß ich in Deinen Augen immer so und so gewesen bin: Jael Levin, ein kleines Mädchen aus Javne'el. Etwas dumm, aber doch recht sympathisch. Eine nette beschränkte Frau. Aber unsere Ingenieure und auch die Amerikaner glauben, mein Projekt sei vielleicht entwicklungsfähig. Ich bin ihnen wichtig. Deshalb habe ich mich entschlossen zu fahren. Dir bin ich nicht wichtig, obwohl Du in mich verliebt bist. Oder in Deine Verliebtheit. Oder so in Deine Angelegenheiten versunken, daß Du weder Zeit noch Muße hast, mit der Liebe zu mir aufzuhören.

Wenn du willst, dann komm. Ich schicke Dir ein Flugticket. Oder Dein Vater soll Dir eines kaufen. Und wenn Du nicht willst, werden wir sehen, was die Zeit ausrichten wird. Absichtlich habe ich hier den tiefsten Schmerz nicht erwähnt. Das, was sich nach Deiner Ansicht augenblicklich reparieren läßt. Das, worüber ich schweige und Du sogar auch. Vielleicht ist es gut, daß wir fern voneinander sind. Manchmal meine ich, nur ein schwerer Schlag, ein Unheil, könnte Dich noch aus dem Nebel herausholen. Von den ewigen Zeitungen, Debatten und Nachrichten weg. Früher bist Du tief gewesen, und jetzt lebst Du die meiste Zeit gewissermaßen flach und niedrig. Sei nicht gekränkt, Effi. Und fang auch nicht an zu suchen, wie Du alles, was hier steht, widerlegen könntest, welche Gegenargumente Du hast, wie man keinen Stein auf dem andern lassen und mich besiegen könnte. Nicht ich bin Deine Feindin. Ein Sieg würde

Dir nichts nützen. Vielleicht versetzt Dir meine Amerikafahrt den Schlag, der Dich wieder zu Dir selbst zurückbringt. Okay. Das ist ein Klischee. Ich wußte, daß Du das sagen würdest. Sobald ich weg bin, steht es Dir frei, Dich zu verlieben. Oder Du kannst in mich verliebt bleiben, ohne im Winter meine vor dem Ofen trocknende Wäsche im Schlafzimmer dulden zu müssen. Und noch etwas: Versuch Dich zu konzentrieren. Nicht den ganzen Tag lang zu schwatzen und zu lärmen und alles und jeden zu korrigieren. Sei nicht ganz und gar nur eine heisere Kehle. Die Welt hört sowieso nicht zu. Vielleicht suchst Du Liat? Oder Ilia? Fährst nach Griechenland? Gelegentlich bleibe ich zwei Tage durchgehend am Arbeitsplatz, arbeite allein auch bei Nacht, esse im Stehen, um Zeit zu sparen, und dann habe ich plötzlich ...«

Fima faltete den Brief ohne Anfang und Ende zusammen und steckte ihn in den Umschlag zurück. Den Umschlag schob er in die Mappe des Innenministeriums, Abteilung Gemeindeverwaltung. Die Mappe selber stopfte er wieder in die unterste Schublade. Es war schon nach halb vier. Ein Hahn krähte in der Ferne, ein hartnäckiger Hund bellte unablässig in der Dunkelheit, und der Blinde auf der leeren Straße pochte noch immer mit seinem Stock. Einen Augenblick meinte Fima den Muezzin aus der Richtung des Dorfes Bet-Zafafa rufen zu hören. Dann legte er sich wieder ins Bett, knipste das Licht aus, begann in Gedanken den fehlenden Schluß zu verfassen. Einen Moment später schlief er ein. Er hatte einen langen Tag hinter sich.

19. Im Kloster

Im Traum kam Uri ihn mitten in einem Schneesturm abholen, um von Annette Abschied zu nehmen, die wegen einer Komplikation bei der Niederkunft im englischen Marinehospital im Sterben lag. Sie fuhren mit dem Schlitten durch einen weißen Wald, bis sie das Gebäude erreichten, das einige Ähnlichkeit mit dem Kreuzkloster in Jerusalem hatte. Verwundete und Sterbende mit zerquetschten Gliedern versperrten den Durchgang, wanden sich stöhnend und blutend auf dem Boden in den Korridoren. Uri sagte: Das sind Kosaken, auf die darf man treten. Schließlich fanden sie hinter dem Kloster einen hübschen kleinen Garten und darin eine griechische Taverne mit gedeckten Tischen unter dem Weinlaubdach. Zwischen den Tischen stand eine Art Himmelbett. Als Fima die Samtvorhänge beiseite schob, sah er seine Frau beim tränenreichen, aber leidenschaftlichen Verkehr mit einem mageren, dunklen Mann, der schwach jammernd unter ihr lag. Plötzlich ging ihm mit grauenhafter Helligkeit auf, daß sie mit einem Toten schlief. Und dieser Tote war der arabische Jüngling aus den Nachrichten, der, den wir in Gaza durch Kopfschuß ermordet hatten.

20. Fima verirrt sich im Wald

Nach der Eintragung ins Traumbuch kuschelte er sich unter die Decke und döste bis sieben. Zerknittert, zerzaust und vom Nachtgeruch seines Körpers angewidert, zwang er sich aufzustehen. Verzichtete auf die Morgengymnastik vorm Spiegel. Rasierte sich schrammenfrei. Trank zwei Tassen Kaffee. Schon der Gedanke an Marmeladebrot oder Joghurt verursachte ihm Sodbrennen. Er erinnerte sich verschwommen, daß er irgendeine dringende Angelegenheit erledigen mußte. Bloß wollte ihm partout nicht einfallen, was und warum es keinen Aufschub duldete. Deshalb beschloß er, zum Briefkasten hinunterzugehen, das Papier herauszuziehen, das er nachts darin erspäht hatte, und auch die Zeitung mit heraufzuholen, ihr aber nicht mehr als eine Viertelstunde zu widmen. Gleich danach würde er sich kompromißlos den Artikel vornehmen, den er in der Nacht nicht fertig bekommen hatte.

Als er das Radio anstellte, begriff er, daß er die meisten Nachrichten schon hinter sich hatte. Im Tagesverlauf sei teilweise Aufklarung zu erwarten. Am Küstenstreifen seien vereinzelt Schauer möglich. Und in den nördlichen Talbereichen herrsche weiterhin starke Frostgefahr. Die Kraftfahrer würden vor Rutschgefahr auf nasser Fahrbahn gewarnt und gebeten, die Fahrgeschwindigkeit zu verringern und abruptes Bremsen sowie scharfe Kehrtwendungen so weit wie möglich zu vermeiden.

Was haben die denn, schimpfte Fima. Was fallen die über mich her. Wer bin ich denn in ihren Augen? Ein Kraftfahrer? Ein Landwirt aus den nördlichen Talbereichen? Ein Schwimmer am Küstenstreifen? Was bitten und warnen die da, anstatt daß jemand Verantwortung übernimmt und einfach sagt: Ich bitte. Ich warne. Übrigens völliger Wahnsinn. Hier fällt alles auseinander, und die warnen vor Frost. Gerade abruptes Bremsen plus schärfster Kehrtwendung könnten uns vielleicht noch vor dem Unheil bewahren. Und selbst das ist höchst zweifelhaft.

Fima stellte das Radio ab und rief Annette Tadmor an: Er schuldete ihr Abbitte für sein Verhalten. Zumindest mußte er Interesse für ihr Wohlergehen zeigen. Wer weiß, womöglich war ihr Mann seine italienische Operette schon leid und war nach Mitternacht plötzlich mit zwei Koffern beschämt und schuldbewußt wieder angekommen und vor ihr niedergefallen, um ihr die Füße zu küssen? Konnte sie ihm gebeichtet haben, was zwischen ihnen gewesen war? Würde er womöglich mit gezogener Pistole hier auftauchen?

Durch die Macht der Gewohnheit und morgendlicher Benommenheit irrte Fima sich in der Nummer und erreichte dadurch nicht Annette, sondern Zwi Kropotkin. Der verlegen lachend sagte, er sei zwar momentan mitten beim Rasieren, habe sich aber bereits gefragt, was ist denn heute mit Fima? Ob er uns vergessen hat?

Fima hatte die Ironie nicht herausgehört: »Wieso das denn, Zwicka. Ich hab' euch nicht vergessen und werd's auch nicht. Ich hab' nur gedacht, ich ruf' dich zur Abwechslung vielleicht mal nicht zu früh an. Siehst du, nach und nach bessere ich mich. Womöglich bin ich kein hoffnungsloser Fall.«

Kropotkin versprach daraufhin, er werde sich nur fertig rasieren und Fima in fünf Minuten zurückrufen.

Eine halbe Stunde später ließ Fima Ehre Ehre sein und wählte erneut Zwis Nummer: »Nun? Wer hat hier wen vergessen? Hast du zwei Minuten für mich übrig?« Worauf er, ohne die Antwort abzuwarten, sagte, er brauche einen kleinen Rat hinsichtlich des Artikels, den er in der Nacht zu schreiben begonnen habe und bei dem er nun heute morgen nicht mehr sicher sei, ob er ihm noch zustimmen könne. »Die Sache ist folgendermaßen: Vorgestern haben sie im *Ha'arez* die Grundthesen eines Vortrags von Günter Grass vor Studenten in Berlin wiedergegeben. Eine mutige, aufrechte Ansprache. Er verurteilte die Nazizeit und im weiteren auch sämtliche jetzt in

Mode befindlichen Gleichsetzungsversuche zwischen den Greueltaten von heute und Hitlers Verbrechen. Einschließlich dem populären Vergleich zwischen Israel und Südafrika. Bis hierhin ist alles schön und gut.«

»Fima«, warf Zwi ein, »ich hab' das gelesen. Wir haben doch vorgestern darüber gesprochen. Komm zur Sache. Erklär mir, wo dein Problem steckt.«

»Sofort«, sagte Fima, »gleich komm' ich auf den Hauptpunkt. Erklär mir bitte nur eins, Zwicka: Warum achtet dieser Grass, wenn er von den Nazis spricht, so peinlich darauf, das Wort ›sie‹ zu verwenden, während du und ich all die Jahre über, wann immer wir über die Besatzung, das moralische Abgleiten, die Unterdrückung in den Gebieten, ja sogar über den Libanonkrieg, ja selbst über die Ausschreitungen der Siedler schreiben, ausnahmslos das Wort ›wir‹ benutzen? Dabei hat dieser Grass doch selber Wehrmachtsuniform getragen! Sowohl er als auch der zweite da, Heinrich Böll. Hat das Hakenkreuz am Rock getragen und sicher auch den ganzen Tag den Arm hochgerissen und wie alle Heil Hitler gebrüllt. Und der nennt sie ›sie‹! Während ich, der ich keinen Fuß in den Libanon gesetzt und nie in den Gebieten gedient habe, so daß meine Hände gewiß weniger dreckig als die von Günter Grass sind, grundsätzlich ›wir‹ schreibe und sage. ›Wir haben uns vergangen.‹ Oder sogar, ›das unschuldige Blut, das wir vergossen haben‹. Was ist dieses ›wir‹? So ein Überbleibsel aus dem Unabhängigkeitskrieg? Stets zu Befehl sind wir? Wir, wir, die Palmach? Wieso denn ›wir‹? Wer sind hier ›wir‹? Ich und der Raw Levinger? Du und Kahane? Was soll das eigentlich? Hast du mal darüber nachgedacht, Professor? Vielleicht wird's Zeit, daß du und ich und wir alle es wie Grass und Böll handhaben. Damit anfangen, stets willentlich, wissentlich und betont das Wort ›sie‹ zu verwenden? Was meinst du?«

»Schau«, sagte Zwi Kropotkin müde, »trotzdem ist es bei denen schon vorüber, während es bei uns weiter und weiter geht, und deshalb –«

»Bist du verrückt geworden?!« fiel ihm Fima wutschnaubend ins Wort. »Weißt du überhaupt, was du da sagst? Was heißt, bei denen ist es vorüber, und bei uns geht es weiter? Was zum Teufel umfaßt denn bei dir dieses ›es‹? Was genau ist nach deiner Ansicht in Berlin vorüber und geht in Jerusalem angeblich weiter? Bist du noch normal, Professor? Auf diese Weise stellst du uns ja auf eine Ebene mit ihnen! Ja schlimmer noch: aus deinen Worten geht sogar hervor, daß die Deutschen uns derzeit moralisch überlegen sind, weil sie schon aufgehört haben, während wir Schurken weitermachen. Wer bist du denn, George Steiner? Radio Damaskus? Das ist doch genau der dreckige Vergleich, den sogar dieser Grass, Veteran der Wehrmacht, zurückweist und als Demagogie bezeichnet!«

Fimas Wut war verpufft. An ihre Stelle trat Kummer. Und er sagte in einem Ton, in dem man zu einem Kind spricht, das sich mit einem Schraubenzieher verletzt hat, weil es sämtliche Warnungen der Erwachsenen stur in den Wind geschlagen hat: »Da siehst du's selber, Zwicka, wie leicht man in die Grube fallen kann. Schau bloß, auf welch dünnem Seil wir balancieren müssen.«

»Beruhig' dich, Fima«, bat Zwi Kropotkin, obwohl Fima sich bereits abgeregt hatte, »es ist noch keine acht Uhr. Was fällst du denn über mich her. Schau einen Abend bei uns rein, dann setzen wir uns zusammen und klären das Thema in Ruhe. Ich hab' französischen Cognac, Napoleon; Schulas Schwester ist zurückgekommen und hat ihn mitgebracht. Aber nicht diese Woche. Diese Woche ist Semesterschluß, und ich bin mit Arbeit eingedeckt. Sie machen mich zum Dekan. Vielleicht kommst du nächste Woche? Du scheinst mir nicht gut drauf zu sein, Fima, und auch Nina hat zu Schula gesagt, du wärst womöglich wieder ein bißchen deprimiert?«

»Na was machts, wenn's, verdammt noch mal, vor acht Uhr morgens ist? Gilt unsere Verantwortung für die Sprache etwa bloß während der Bürostunden? Nur von acht bis vier, abzüglich der Mittagspause? Allein werktags? Hier geht's um bitteren Ernst. Laß mal einen Moment Schula und Nina nebst eurem Cognac. Ihr habt euch eine schöne Zeit für Cognac ausgesucht. Ich bin bloß darüber deprimiert, daß ihr mir nicht deprimiert genug ausseht angesichts dessen, was da vorgeht. Hast du heute morgen Zeitung gelesen? Ich möchte, daß du das, was ich gesagt habe, als Antrag zur Tagesordnung wertest. Im Rahmen des Schutzes der Sprache vor der Verunreinigung, die man ihr bei uns zumutet. Ich schlage vor, wir gehen von heute an, zumindest für alles, was die Greueltaten in den Gebieten betrifft, einfach völlig davon ab, das Wort ›wir‹ zu verwenden.«

»Fima«, sagte Zwi, »gib mal einen Moment Ruhe. Schaff ein bißchen Ordnung bei dir: Was heißt das erste und was das zweite Wir? Du verwickelst dich in Widersprüche, mein Freund. Aber lassen wir das jetzt. Wir sprechen nächste Woche darüber. Persönlich. Wir werden sowieso nicht zwischen Tür und Angel, am Telefon, damit fertig. Und ich muß mich auch beeilen.«

Fima ließ nicht locker: »Erinnerst du dich an die berühmte Zeile aus dem Lied von Amir Gilboa? ›Plötzlich steht ein Mensch morgens auf, fühlt, daß er Volk ist, und beginnt zu gehen‹? Das ist genau das Absurdum, von dem ich rede. Erstens, Professor, die Wahrheit, Hand aufs Herz: Ist es dir jemals passiert, daß du morgens aufgestanden bist und plötzlich gefühlt hast, daß du Volk bist? Höchstens doch nachmittags. Wer ist überhaupt fähig, morgens aufzustehen und zu fühlen, daß er Volk ist? Und dann auch noch loszulaufen? Vielleicht Ge'ula Cohen. Wer steht denn morgens auf und fühlt sich nicht beschissen?«

Kropotkin prustete los. Was Fima zu neuem Ansturm ermunterte: »Aber hör mal zu. Im Ernst. Es wird Zeit, daß wir aufhören, uns als Volk zu fühlen. Daß wir aufhören loszugehen. Wir sind fertig mit diesem Scheiß: ›Eine Stimme rief mich, und ich ging‹, ›wohin man uns schickt – dorthin steht unser Sinn‹ – das sind doch echt faschistoide Motive. Du bist nicht Volk, und ich bin nicht Volk und sonst auch keiner. Weder morgens noch abends. Übrigens sind wir wirklich kein Volk. Höchstens eine Art Stamm –«

»Schon wieder ›wir‹«, spöttelte Zwi, »du bist ein bißchen ins Schleudern geraten, Fima. Entscheid dich endlich: Sind wir nun wir, oder sind wir nicht wir? Im Hause des Gehenkten faßt man das Tau nicht an beiden Enden. Egal. Entschuldige bitte, aber ich muß jetzt wirklich auflegen und losgehen. Übrigens hab' ich gehört, daß Uri am Wochenende zurückkommt. Vielleicht planen wir was für Samstagabend. Auf Wiederhören.«

»Gewiß sind wir kein Volk«, beharrte Fima, taub und glühend vor Rechthaberei, »wir sind ein primitiver Stamm. Dreck, das sind wir. Aber diese Deutschen – und die Franzosen und Briten desgleichen – sollen uns mal keine Moral predigen. Im Vergleich zu denen sind wir Heilige. Hast du heute morgen schon die Zeitung gesehen? Was Schamir gestern in Natania gefaselt hat? Und was sie dem arabischen Alten am Strand von Aschdod angetan haben?«

Als Zwi sich entschuldigte und einhängte, posaunte Fima weiter in das apathische, satte Summen, das aus dem Hörer drang: »Und außerdem sind wir erledigt.«

Damit meinte er in diesem Moment sowohl den Staat Israel als auch die Linke nebst sich und seinem Freund. Nachdem er den Hörer aufgelegt hatte, sann er jedoch ein wenig darüber nach und nahm es zurück: Wir dürfen nicht in Hysterie verfallen. Beinah hätte er erneut Zwi angerufen, um ihn vor der Verzweiflung und Hysterie zu warnen, die jetzt auf uns alle lauern, tief beschämt über die grobe Art, in der er seinen Jugendfreund beleidigt hatte, diesen anständigen, klugen Gelehrten, eine der letzten Stimmen, die sich noch ihre Normalität bewahrt hatten. Allerdings verspürte er auch leise Trauer bei dem Gedanken, daß dieser mittelmäßige Wissenschaftler nun als Dekan den Platz seiner großen Vorgänger einnehmen würde, denen er doch nicht das Wasser reichen konnte. Trotzdem fiel ihm plötzlich ein, wie vor eineinhalb Jahren, als man ihm im Hadassa-Krankenhaus den Blinddarm herausgenommen hatte, Zwicka seinen Bruder, den Arzt, mobilisiert hatte, dazu sich selbst nebst Schula, und daß die beiden fast nicht von seinem Bett gewichen waren. Dann, als er aus dem Krankenhaus entlassen war, hatte Zwi gemeinsam mit den Gefens und mit Teddy Tag und Nacht einen Schichtdienst eingerichtet, um ihn, der hohes Fieber bekam, sich wie ein verwöhntes Kleinkind aufführte und allen unaufhörlich zusetzte, daheim zu pflegen. Und jetzt hast du ihn nicht nur verletzt, sondern auch noch mitten beim Rasieren gestört und womöglich dafür gesorgt, daß er zu spät zu seiner Vorlesung kommt, und das ausgerechnet am Vorabend seiner Ernennung zum Dekan. Noch heute abend würde er ihn wieder anrufen, nahm er sich vor. Würde ihn um Verzeihung bitten und seine Haltung doch noch einmal zu erklären versuchen. Nur würde er es diesmal unaufdringlich, mit kühler, geschliffener Logik tun. Und dabei auch nicht vergessen, Schula einen Kuß zu schicken.

Fima eilte in die Küche, weil er meinte, er habe vor dem Gespräch mit Zwicka den neuen elektrischen Wasserkessel eingeschaltet, der nun gewiß schon ausgebrannt wie sein Vorgänger sein mußte. Auf halbem Weg hielt er inne, weil das Telefon klingelte und er plötzlich zögerte, was er zuerst machen sollte. Einen Moment später hob er ab und sagte zu seinem Vater: »Eine halbe Minute, Baruch. Mir brennt was in der Küche an.«

Damit stürzte er los, fand aber den Kessel wohlbehalten und stillvergnügt auf der Marmorplatte glänzen. Es war also wieder mal Fehlalarm. Dafür hatte er beim Rennen das schwarze Transistorradio vom Regal gestoßen, das prompt in die Brüche gegangen war. Schnaufend zum Telefon zurückgekehrt, sagte er: »Alles in Ordnung. Ich höre.«

Der Alte hatte ihm nur mitteilen wollen, daß er für Fima Handwerker gefunden hatte, die nächste Woche kommen würden, um seine Wohnung neu zu streichen. Araber aus dem Dorf Abu Dis, Efraim, so daß es in deiner Sicht hundertprozentig koscher ist. Was den Alten an eine nette chassidische Anekdote erinnerte: Warum erhalten nach unserer Überlieferung die Gerechten im Paradies freie Menüwahl zwischen Leviatan und Wildstierbraten? Die Antwort lautet, daß sich immer ein pingeliger Zaddik finden wird, der im Garten Eden kein Wildstierfleisch anrühren würde, weil er nicht einmal auf die Koscherschlachtung des Ewigen höchstpersönlich vertrauen mag.

Im folgenden erläuterte er Fima, wo hier die vermeintliche und wo die wahre Pointe lag, bis Fima plötzlich meinte, durch die Telefonleitung dringe der typische Geruch seines Vaters zu ihm, ein aschkenasischer Duft, in dem sich leichter Parfümhauch mit der Ausdünstung ungelüfteter Federbetten, dem Geruch süßlich gekochten Fischs mit Karotten und dem Aroma zähflüssigen Likörs mischte. Abscheu überkam ihn, derer er sich schämte, aber auch der uralte Trieb, seinen Vater zu ärgern, alles, was ihm heilig war, anzugreifen und ihn aus dem Häuschen zu bringen.

»Hör mal, Vater«, sagte er. »Paß gut auf. Erstens, was die Araber anbetrifft. Tausendmal habe ich dir schon erklärt, daß ich sie überhaupt nicht für so große Heilige halte. Begreif endlich, daß sich die Debatte zwischen uns weder um koscher und unrein noch um Hölle und Paradies dreht. Es geht einfach um die Gottesebenbildlichkeit des Menschen, Vater. Ihre und unsere.«

Baruch stimmte sofort zu: »*Adraba*«, sagte er gedehnt in einer Art synagogalem Singsang, »aber selbstverständlich ist auch der Araber als Ebenbild Gottes erschaffen. Das wird keiner bestreiten. Außer den Arabern selber, Fimotschka, die sich leider nicht dementsprechend wie menschliche Wesen verhalten.«

Im selben Moment vergaß Fima seinen Vorsatz, politische Debatten mit seinem Vater um jeden Preis zu vermeiden. Und begann ein für allemal stürmisch klarzustellen, daß wir uns auf keinen Fall in einen strohdummen, besoffenen ukrainischen Kutscher verwandeln dürfen, der wütend sein Pferd umbringt, weil dieses Viech nicht mehr ergeben den Wagen ziehen will. Sind die Araber in den Gebieten etwa unsere Arbeitstiere? Was habt ihr euch eigentlich gedacht? Daß sie bis in alle Ewigkeit bereit sein würden, unsere Holzfäller und Wasserträger zu sein? Den Posten von Sklaven mit durchbohrtem Ohr zu bekleiden? Sind sie denn keine Menschen? Jedes Sambia und jedes Gambia ist heutzutage ein unabhängiger Staat, und nur die Araber in den Gebieten würden bis ans Ende aller Zeiten bei uns still Latrinen säubern, Straßen kehren, Kneipengeschirr spülen und unseren pflegebedürftigen Greisen die Kacke abwischen und auch noch danke dafür sagen? Wärst du einverstanden, wenn der allerletzte ukrainische Antisemit eine solche Zukunft über die Juden verhängen würde?

Die Wendung »Sklaven mit durchbohrtem Ohr« – oder vielleicht gerade »der allerletzte ukrainische Antisemit« – erinnerte den Alten an eine Begebenheit in einem kleinen ukrainischen Schtetl. Wie üblich zog die Geschichte eine ganze Wagenkette voller Erklärungen und Morallehren nach sich. Bis Fima vor lauter Verzweiflung brüllte, er brauche überhaupt keine Anstreicher und Baruch möge verdammt noch mal aufhören, sich dauernd in sein Leben reinzudrängen mit Subventionen, Tünche, Heiratsvermittlung, vielleicht hast du's vergessen, Vater, ich bin zufällig schon ein Mann von vierundfünfzig Jahren.

Als er fertig war, erwiderte der Vater gemächlich: »Schön, mein Bester. Schön. Offenbar habe ich geirrt. Habe gesündigt, gefehlt und so weiter. Dann werde ich eben trotzdem versuchen, einen koscheren jüdischen Anstreicher für dich zu finden. Ohne jeden Verdacht kolonialistischer Ausbeutung. Wenn denn ein solcher Zaddik in unserem Staat übriggeblieben ist.«

»Haargenau!« jubelte Fima in stürmischer Siegesfreude. »In diesem ganzen armseligen Staat ist schon kein einziger jüdischer Maurer mehr aufzutreiben. Kein einziger Krankenpfleger. Kein Gärtner. Genau das haben eure Gebiete aus dem zionistischen Traum gemacht! Die Araber bauen für uns das Land auf, und wir sitzen da und delektieren uns an Leviatan und Wildstier. Und bringen sie dazu noch tagtäglich um, sie und ihre Kinder, bloß weil sie es wagen, nicht glücklich und dankbar für das große Gnadengeschenk zu sein, die Kanalisation des auserwählten Volkes reinigen zu dürfen, bis der Messias da ist!«

»Der Messias«, sinnierte Baruch traurig, »vielleicht weilt er schon unter uns. Manche sagen so. Und nur wegen prächtiger Burschen wie dir hält er sich noch verborgen. Man erzählt von Rabbi Uri von Strelisk, dem heiligen Seraph, dem Großvater von Uri Zwi Greenberg, er habe sich einmal im Wald verirrt –«

»Soll er doch!« fuhr Fima dazwischen. »Soll er sich so verlaufen, daß man ihn nicht wiederfindet! Weder ihn noch seinen Enkel! Und den Messias nebst seinem Esel desgleichen!«

Der alte Mann hustete, räusperte sich lange wie ein greiser Schulmeister, der eine Rede halten will, aber an Stelle einer Ansprache fragte er Fima betrübt: »Spricht so der Humanismus? Ist das die Stimme der Friedensuchenden? Der Freund aller Menschheit hofft, sein Nächster möge im Wald verlorengehen? Der Beschützer des Islam wünscht sich, daß heilige Juden sterben?«

Fima wurde einen Moment verlegen. Bereute von Herzen, den im Walde Irrenden Unheil gewünscht zu haben. Aber gleich hatte er sich wieder gefangen und holte zu einem überraschenden Flankenangriff aus: »Hör mal, Baruch. Paß gut auf. Apropos Beschützer des Islam. Ich möchte dir Wort für Wort vorlesen, was hier im Lexikon über Indien steht.«

»Ahasver, der von Indien bis Kusch über hundertsiebenundzwanzig Provinzen herrschte«, kicherte der Alte, »aber was hat das Schabbatjahr mit dem Berg Sinai zu tun? Und was das hier mit Indien? Der Dybbuk, der in euch gefahren ist, Fimotschka, ist keineswegs ein indischer, sondern vielmehr ein rein europäischer Dämon. Ein großes Unheil ist uns geschehen, daß wertvolle junge Menschen wie du auf einmal beschlossen haben, die gesamte jüdische Überlieferung für das Linsengericht eines falschen europäischen Pazifismus zu verscherbeln. Sie wollen Jesus sein. Wollen den Christen höchstpersönlich eine Lektion im Hinhalten der anderen Wange erteilen. Lieben unsere Hasser und hassen Uri Zwi, ja sogar den heiligen Seraph. Dabei haben wir die berühmte europäische Menschlichkeit doch schon aus nächster Nähe kennengelernt. Haben deine westliche Kultur ergiebig auf dem eigenen Buckel zu spüren bekommen. Sehr gut haben wir sie aufgesogen, von Kischinew bis Oświęcim. Ich erzähl' dir eine eindringliche Geschichte von einem Kantor, der einmal, Gott behüte, allein auf einer einsamen Insel gelandet war, und das ausgerechnet zu den Hohen Feiertagen: Da steht nun ein einzelner Jude mitten auf der Welt, inmitten der Zeiten und grübelt –«

»Moment mal«, brauste Fima auf, »du mit deinen grübelnden Kantoren. Indien hat mit einem arabischen Staat etwa genausoviel zu tun wie die westliche Kultur mit Chmelnizki und Hitler. Was für ein unsinniges Geschwätz! Ohne die westliche Kultur, zu Ihrer Information, gnädiger Herr, wäre nicht mal ein Wandpisser von uns übriggeblieben. Wer hat denn deines Erachtens Abermillionen Menschen geopfert, um Hitler zu besiegen? Nicht die westliche Kultur? Einschließlich Rußland? Einschließlich Amerika? Hat etwa dein Heiliger von Strelisk uns gerettet? Hat der Messias uns einen Staat gegeben? Teilt Uri Zwi geschenkweise Panzer und Düsenjäger an uns aus und überschüttet uns dazu noch jährlich mit drei Milliarden Dollar, einfach so, als Taschengeld, damit wir hier weiter rumtollen können? Merk dir eins, Vater: Jedesmal in der Geschichte, wenn die Juden den Verstand verloren und anfingen, nach messianischen Landkarten in der Welt herumzukutschieren, statt eine reale, universale Karte zu benutzen, haben Millionen von ihnen das mit dem Leben bezahlt. Und es ist uns anscheinend immer noch nicht gelungen, dem berühmten jüdischen Verstand einzutrichtern, daß der Messias unser Todesengel ist. Das ist die ganze Lehre in einem Wort: Der Messias ist der Todesengel. Dann dürfen wir durchaus darüber diskutieren, wohin wir gehen wollen. Das ist eine legitime Streitfrage. Aber unter einer eisernen Bedingung: daß wir – wohin wir uns auch wenden mögen – immer ausschließlich reale, universale Landkarten verwenden. Keine messianische.«

Plötzlich stieß der Alte einen kurzen Pfiff aus, als staune er über Fimas Weisheit oder Dummheit. Dann hustete und ächzte er, wollte vielleicht auch ein paar Worte aneinanderreihen, aber Fima galoppierte schon weiter, glühend vor Feuereifer: »Warum zum Teufel will man uns hier einreden, die Gleichwertigkeit der Menschen sei eine dem Judentum fremde Vorstellung, fehlerhafte gojische Ware, falscher christlicher Pazifismus, aber die wirre Mixtur, die irgendein messianischer Rabbi, der Großvater von Gusch Emunim, angerührt hat, unter Hinzuziehung einiger Lumpen von Hegel, denen er nur ein paar verschlissene Flicken vom *Kusrari* aufgenäht und noch ein paar alte Sachen des Rabbi Löw von Prag angefügt hat – wie konnte es bloß passieren, daß dieses miese Flickwerk plötzlich als lauterstes Judentum, geradewegs vom Berg Sinai, gilt? Was ist das denn? Heller Wahnsinn! ›Du sollst nicht morden‹ ist bei euch eine fremde Vorstellung, verpönter christlicher Pazifismus, und der Rabbiner Georg Wilhelm Friedrich Hegel, dieser Proto-Nazi, der ist plötzlich jüdische Überlieferung! Ich sag' dir, Vater, in Brenners kleinem Fingernagel steckt mehr wahres Judentum als bei den Mumien in Kaftanen und den Psychopathen mit den Häkelkäppis. Die einen pissen auf den Staat, weil der Messias noch nicht da ist, und die anderen, weil der Messias schon vor der Tür steht und man die Gerüste abbauen kann. Und alle beide pissen sie auf ›du sollst nicht morden‹, weil es wichtigere Dinge gibt, das Verbot der Leichenöffnung zum Beispiel oder das Grab unserer Stammutter Isebel.«

»Fimotschka«, stöhnte der Vater, »sei mild und barmherzig. Ich bin ein alter Jude. Habe mit diesen verborgenen Dingen nichts zu tun. Und wer weiß, mein Lieber, vielleicht bin ich auch ein Nichtstuer. Ich habe Söhne großgezogen und emporgebracht, und der Golem hat sich gegen seinen Schöpfer erhoben. Nicht auf dich gemünzt, mein Guter, ich habe den Golem nur erwähnt, weil du mich freundlicherweise an den MaHaRal von Prag erinnert hast. Finde ich nun gerade sehr schön, was du da über die universale Landkarte gesagt hast. So geschehe es, Amen. Geistreich. Äußerst treffend. Aber was nun? Vielleicht möchte unser Rabbi uns lehren, in welchem Laden man solche Karten kauft? Offenbarst du's meinen Ohren? Erweist deinem Vater wahre Gunst, *chessed schel emet*? Nein? Na dann. Ich werde dir einen wunderbar tiefen Ausspruch vom MaHaRaL wiedergeben, als er an einer Kathedrale vorüberging. Übrigens, weißt du, was *chessed schel emet* wörtlich bedeutet?«

»Gut, in Ordnung«, lenkte Fima ein, »schon gut. Soll's eben sein. Du erläßt mir diesmal den MaHaRaL, und ich gebe dir dafür bezüglich deiner Anstreicher nach. Schick sie am Sonntag und fertig.« Und damit sein Vater ihm nicht erst antworten konnte, benutzte er schnell die Worte, die er vorher von seinem Freund gehört hatte: »Über den Rest unterhalten wir uns persönlich. Ich muß mich beeilen.«

Tatsächlich beabsichtigte er, eine Tablette gegen Sodbrennen zu kauen und zum Einkaufszentrum hinunterzugehen, um den Transistor, den er in seiner Hast hinuntergeworfen und zerbrochen hatte, in Reparatur zu geben. Oder womöglich würde er einen neuen anschaffen müssen. Doch plötzlich tauchte fast greifbar das Bild eines alten, schwachen, abgerissenen, kurzsichtigen aschkenasischen Juden vor seinen Augen auf, der, in einen Gebetsschal gehüllt, heilige Texte vor sich hinmurmelnd und die Füße durch scharfe Steine gepeinigt, durch den finsteren Wald irrt, während weicher Schnee lautlos und beharrlich auf ihn herabrieselt, ein Nachtvogel übel schreit und Wölfe im Dunkeln heulen.

Fima bekam es mit der Angst zu tun.

In dem Augenblick, in dem er den Hörer auflegte, fiel ihm ein, daß er vergessen hatte, seinen Vater zu fragen, wie es ihm ginge. Und daß er ihn eigentlich zur Untersuchung ins Krankenhaus hatte bringen wollen. Ja, er hatte nicht einmal darauf geachtet, ob der Alte noch dieses Pfeifen in der Brust hatte. Er meinte, ein feines Zischeln gehört zu haben, aber beim weiteren Nachdenken war er sich dessen nicht mehr sicher: Es mochte sich auch nur um eine leichte Erkältung handeln. Oder der Vater hatte vielleicht bloß eine chassidische Weise vor sich hingesummt. Womöglich war das Pfeifen auf eine Störung in der Telefonleitung zurückzuführen? Sämtliche Einrichtungen dieses Staates brechen zusammen, und keinen kümmert es. Auch das ist eine mittelbare Folge unserer Manie mit den Gebieten. Die Ironie dabei ist, daß der künftige Historiker einmal feststellen wird, daß Abd el-Nasser uns im Sechstagekrieg doch besiegt hat. Unser Sieg wird uns zum Verhängnis. Der messianische Geist, den der Zionismus in die Flasche gebannt hat, ist mit dem Schofarblasen an der Westmauer wieder ausgebrochen. Wer zuletzt lacht, lacht am besten. Ja wenn man diesen Gedanken erbarmungslos zu Ende denkt, ohne selbst vor der monströsesten Wahrheit zurückzuschrekken, gelangt man vielleicht zu dem Schluß, daß nicht Abd el-Nasser, sondern Hitler das letzte Lachen hat. Schließlich vernichtet er weiter das jüdische Volk und läßt nicht von uns ab. Alles, was uns jetzt zustößt, geht auf die eine oder andere Weise auf Hitler zurück. Was wollte ich jetzt machen? Telefonieren. Es war was Dringendes. Aber mit wem? Wozu? Was kann man denn noch sagen? Auch ich habe mich im Wald verirrt. Wie jener Heilige.

21. Aber das Glühwürmchen war verschwunden

Und weil er frühmorgens beim Zeitungraufholen vergessen hatte, die Tür abzuschließen und nun in den vergeblichen Versuch vertieft war, den auseinandergefallenen Transistor wieder zusammenzusetzen, kam es soweit, daß er, als er den Kopf hob, plötzlich Annette Tadmor vor sich stehen sah, mit roter Jacke und einer schrägen blauen Wollbaskenmütze, die ihr das Aussehen eines französischen Dorfmädchens verlieh. Ihre Augen blitzten, und die Wangen glühten von der Kälte draußen. Sie erschien ihm kindlich, liebreizend, geradezu schmerzlich rein und schön. Dabei erinnerte er sich daran, was er ihr vorgestern angetan hatte, und fühlte sich verkommen.

Ein feiner Parfümduft, vielleicht von ganz leichtem Alkoholdunst durchsetzt, strömte von ihr aus und erregte bei Fima wechselweise Reue und Begehren.

»Von früh an versuche ich dich anzurufen«, sagte sie. »Den ganzen Morgen über ist pausenlos besetzt bei dir. Man könnte meinen, du leitest die Friedenskonferenz von zu Hause aus. Verzeihung, daß ich bei dir reingeplatzt bin. Wirklich nur für zwei Minuten. Du hast nicht zufällig einen Tropfen Wodka im Haus? Egal. Hör mal: Ich meine, ich hätte bei dir einen Ohrring verloren. Ich war ja so durcheinander. Sicher bist du der Überzeugung, ich sei eine gestörte Frau. Aber das Nette an dir ist, Fima, daß es mir völlig gleich ist, wie ich in deinen Augen bin. Als seien wir Bruder und Schwester. Ich kann mich kaum noch erinnern, was ich dir hier vorgequatscht habe. Und du hast mich nicht verspottet, weil du gut bist. Hast du hier keinen Ohrring gefunden? Aus Silber? So länglich, mit einem kleinen glitzernden Stein?«

Fima zögerte, entschied sich, fegte die Zeitung vom Sessel und setzte statt dessen Annette hinein. Ließ sie aber gleich wieder aufstehen und mühte sich, sie aus den Ärmeln der roten Jacke zu befreien. Bildhübsch, klug, taktvoll und höchst anziehend sah sie an diesem Morgen aus. Er lief in die Küche, um Wasser heißzumachen und nachzuschauen, ob noch Likör in der Flasche war, die er von seinem Vater bekommen hatte.

Als er wiederkam, sagte er: »Ich habe heute nacht von dir geträumt. Du warst bezaubernd und überglücklich, weil dein Mann wieder zu dir zurückgekehrt war, und hast ihm alles verziehen. Jetzt bist du noch schöner als im Traum. Blau steht dir hervorragend. Du solltest es öfter tragen. Können wir nicht einen Schlußstrich ziehen unter das, was vorgestern passiert ist? Ich schäme mich über mich selbst. Ich war durch deine Nähe völlig verwirrt und hab' mich offenbar ungefähr so wie der berüchtigte weinende Vergewaltiger verhalten. Über zwei Monate hatte ich keine Frau mehr gehabt. Nicht daß das eine Entschuldigung für Schweinerei wäre. Bringst du mir bei, wie man dich versöhnen kann?«

Annette sagte: »Genug. Hör auf damit. Sonst muß ich wieder weinen. Du hast mir mit deinem verständnisvollen, aufmerksamen Zuhören so geholfen, Fima. Ich glaube, so hat mir im Leben noch kein Mensch zugehört. Und ich war so sonderbar, egoistisch, ganz in meine Probleme versunken. Tut mir leid, daß ich dich gekränkt habe.«

Darauf fügte sie hinzu, sie halte seit jeher sehr viel von Träumen. Da habe doch tatsächlich heute nacht, als Fima von ihr träumte, Jerry plötzlich aus Mailand angerufen. Klang ein bißchen elend. Sagte, er habe keine Ahnung, was weiter sein werde. Die Zeit werde das ihre tun. Sie solle versuchen, ihn nicht zu hassen.

»Die Zeit«, begann Fima, aber Annette legte ihm die Hand auf den Mund: »Laß uns nicht sprechen. Vorgestern haben wir genug geredet. Laß uns mal zwei Minuten still dasitzen, dann geh' ich wieder. Ich hab' zig Sachen in der Stadt zu erledigen. Aber es tut mir gut, bei dir zu sein.«

Danach schwiegen sie. Fima setzte sich zu ihr auf die Sessellehne, den Arm ganz leicht um ihre Schulter gelegt, tief beschämt über die Unordnung ringsum – das langärmlige Unterhemd auf dem Sofa, die unterste Schrankschublade, die er nachts nicht zugekriegt hatte, die leeren Kaffeetassen auf dem Tisch, die überall herumflatternden Zeitungen. Und er verfluchte insgeheim sein Begehren und schwor sich, sich diesmal makellos zu benehmen.

Annette sagte versonnen, mehr zu sich selber als zu ihm: »Ich hab' dir Unrecht getan.«

Und diese Worte trieben ihm beinahe Tränen in die Augen. Seit seiner Kinderzeit hatte er jedesmal Freude empfunden, wenn ein Erwachsener ihm diese oder ähnliche Worte sagte. Mühsam unterdrückte er den Drang, vor ihr auf die Knie zu fallen, wie es ihr Mann im Traum getan hatte. Wobei Fima allerdings nicht ganz die Wahrheit gesagt hatte: In Wirklichkeit war das nicht im Traum geschehen, sondern in seinen morgendlichen Grübeleien. Aber er sah darin keinen Unterschied.

»Ich habe eine gute Nachricht«, sagte er, »dein Ohrring ist hier. Ich habe ihn genau in dem Sessel gefunden, auf dem du jetzt sitzt. Schau bloß, was ich für ein Golem bin: Als ich heute morgen die Augen aufgemacht hatte, beim allerersten Tageslicht, dachte ich, es wäre ein Glühwürmchen, das vergessen hat, sich abzuschalten.« Und nachdem er einigen Mut gesammelt hatte, fügte er hinzu: »Du mußt wissen, daß ich ein Erpresser bin. Umsonst gebe ich ihn dir nicht zurück.«

Annette prustete los. Hörte auch nicht auf zu lachen, als er sich zu ihr hinabbeugte, zog ihn an den Haaren und küßte ihn wie ein Baby auf die Nasenspitze: »Genügt das? Gibst du mir jetzt meinen Ohrring wieder?«

»Das ist mehr, als ich verdient habe«, sagte Fima. »Du kriegst noch was raus.«

Damit griff er zu seiner eigenen Verblüffung plötzlich ihre Knie, zerrte ihren Körper gewaltsam vom Sessel zu Boden und verfiel in einen Rausch von Wonne und Verzweiflung, hielt sich nicht erst mit ihrer Kleidung auf, bahnte sich vielmehr blind, aber doch mit traumwandlerischer Sicherheit seinen Weg und drang fast augenblicklich in sie ein, wobei er meinte, nicht nur sein Glied, sondern sein ganzes Wesen sei in ihrem Schoß eingehüllt und geborgen. Keine Sekunde später brüllte er los und ergoß sich. Als er wieder zu sich kam, leer und leicht an der Wasseroberfläche schwimmend, als habe er sein ganzes Körpergewicht in ihrem Innern gelassen, befiel ihn Grauen, da er begriff, wie sehr er sich und sie von neuem gedemütigt hatte. Diesmal hatte er alles für immer zerstört, das wußte er. Doch da begann Annette ihn ganz langsam mit zarten Fingern zu streicheln, über Kopf und Nacken, bis ihn Schauer überliefen, daß sich ihm die Härchen sträubten.

»Der weinende Vergewaltiger«, sagte sie. Und wisperte: »Ruhig, Kind.« Und fragte erneut, vielleicht gibt's hier zufällig einen Tropfen Wodka. Aus irgendeinem Grund fürchtete Fima, es könnte ihr kalt sein. Mit ungelenken Bewegungen mühte er sich ab, ihre Kleidung wieder in Ordnung zu bringen. Und wollte sprechen. Aber sie verschloß ihm auch diesmal hastig mit der Hand die Lippen und sagte: »Sei endlich still, kleines Schwatzmaul.«

Als sie dastand und sich vor dem Spiegel die hübschen Haare kämmte, sagte sie noch: »Ich muß mich sputen. Hab' tausend Dinge in der Stadt zu erledigen. Nur gib mir schnell den Ohrring zurück, den ich mir bei dir redlich verdient habe. Heute abend rufe ich dich an. Wir gehen ins Kino. Im Orion läuft eine köstliche französische Komödie mit Jean Gabin.«

Fima ging in die Küche und schenkte ihr den Rest des Likörs ein. Im buchstäblich allerletzten Moment konnte er den siedenden Kessel retten, dessen Wasser fast vollständig verdunstet war. Aber trotz aller Anstrengungen vermochte er sich nicht zu erinnern, wo er den Ohrring gelassen hatte. Deshalb versprach er ihr hoch und heilig, das ganze Haus auf den Kopf zu stellen und ihr das Wunderglühwürmchen noch heute abend gesund und wohlbehalten zurückzugeben. Während er sie zur Tür begleitete, murmelte er niedergeschlagen, er werde sich niemals verzeihen.

Annette lachte.

22. »Mir ist auch so in deiner Nähe wohl«

Die beiden Frauen gingen im Treppenhaus aneinander vorbei. Kaum war Annette weg, erschien Nina Gefen, das graue Haar erbarmungslos gestutzt, in der Hand eine schwere Einkaufstasche, die sie energisch zwischen die Zeitungen, Marmeladengläser und schmutzigen Kaffeetassen auf den Tisch knallte. Dann zündete sie sich mit harter Geste eine Nelson-Zigarette an. Das Streichholz löschte sie nicht durch Ausblasen, sondern durch heftiges Wedeln. Und sofort stieß sie zwei Rauchlanzen durch die Nasenlöcher aus.

Fima mußte unwillkürlich grinsen. Der Damenwechsel erinnerte ihn plötzlich an die Heerscharen weiblicher Gäste, die bei seinem Vater aus und ein gingen. Vielleicht wurde es langsam Zeit, daß er sich ebenfalls einen Stock mit Silberknauf anschaffte?

»Warum lachst du?« fragte Nina.

Durch den Zigarettenqualm hatte ihre Nase womöglich einen Rest weiblichen Parfüms gewittert. Ohne seine Antwort abzuwarten, fügte sie hinzu: »Auch die Dame in Rot, der ich im Hausgang begegnet bin, hat wie eine satte Katze vor sich hingelächelt. Hast du vielleicht Besuch gehabt?«

Fima wollte leugnen. Also er und Damenbesuch. Es gebe schließlich acht Wohnungen in diesem Aufgang. Aber irgend etwas hielt ihn davon ab, diese magere, bittere Frau anzulügen, die wie ein von den Häschern eingekreister Fuchs wirkte, die er in Gedanken manchmal ›meine Geliebte‹ nannte und deren Mann ihm ebenfalls lieb und teuer war. Er senkte den Blick und sagte entschuldigend: »Eine Patientin. Ist bei uns da in der Praxis in Behandlung. Irgendwie haben wir uns ein bißchen angefreundet.«

»Wird bei dir eine Zweigpraxis eröffnet?«

»Das ist so«, sagte Fima, während sich seine Hände vergeblich abmühten, die beiden Teile des heruntergefallenen Transistors zusammenzusetzen, »ihr Mann hat sie ein bißchen verlassen. Da hat sie sich mit mir beraten wollen.«

»Pfleger für gebrochene Herzen«, sagte Nina, und was sich stichelnd anhören sollte, klang eher den Tränen nahe, »wirklich ein Schutzpatron der Strohwitwen. Demnächst wirst du hier noch Sprechstundenzeiten anschlagen müssen. Termin nur nach vorheriger Vereinbarung.«

Sie ging in die Küche und zog aus der Einkaufstasche einen Beutel voller Sprays und Reinigungsmittel hervor, die sie vorerst auf der Thekenecke abstellte. Fima meinte, ihre um den Zigarettenstummel geschlossenen Lippen beben zu sehen. Dann entnahm sie der Tasche Lebensmittel, die sie für ihn eingekauft hatte, machte den Kühlschrank auf und rief, erschrocken über den Anblick: »Ist ja grauenhaft!«

Fima brachte eine schwache Entschuldigung hervor: Vorgestern nacht habe er gründlich aufgeräumt, nur den Kühlschrank habe er nicht mehr geschafft. Und wann kommt Uri zurück?

Nina zog als letztes ein kleines, in Plastikfolie eingewickeltes Päckchen aus der Tasche hervor: »In der Nacht. Von Freitag auf Samstag. Das heißt morgen. Sicher brennt's euch beiden schon. Da könnt ihr Samstagabend Flitterwochen halten. Hier, nimm, ich hab' dir das Buch über Leibowitz mitgebracht. Bei der Flucht hast du's auf dem Teppich liegenlassen. Was soll aus dir werden, Fima. Wie du bloß ausschaust.«

Tatsächlich hatte er nach Annettes Weggang vergessen, den Hemdzipfel wieder in die Hose zu stopfen, und unter dem Zottelbärpullover lugte hinten der Saum seines vergrauten Flanellunterhemds hervor.

Nina räumte den Kühlschrank leer, warf erbarmungslos uraltes Gemüse, Thunfisch, steinharte, grünschimmlige Käsereste und eine offene Sardinenbüchse in den Mülleimer. Und stürzte sich mit einem in Reinigungsmittel getränkten Lappen auf Regale und Innenwände. Inzwischen schnitt Fima sich ein paar dicke Scheiben von dem duftenden georgischen Schwarzbrot ab, das sie mitgebracht hatte, strich großzügig Marmelade darauf und begann mit vollen Backen zu kauen. Und überschüttete Nina dabei mit einem kleinen Vortrag über die Lehren, die wir hier aus dem Niedergang der Linksparteien in England, in Skandinavien, ja eigentlich in ganz Nordeuropa ziehen müssen. Plötzlich, mitten im Satz, sagte er dann mit veränderter Stimme: »Schau, Nina. In bezug auf vorgestern abend. Nein, das war vorher. Ich bin wie ein nasser Köter bei dir reingeplatzt, hab' Unsinn dahergeredet, bin über dich hergefallen, hab' dich beleidigt und bin dann ohne Erklärung geflüchtet. Jetzt schäme ich mich. Ich hab' keine Ahnung, was du von mir denkst. Bloß daß du nicht meinst, ich ... fühlte mich nicht zu dir hingezogen oder so. Das ist es nicht, Nina. Im Gegenteil. Mehr denn je. Ich hab' einfach einen schlechten Tag gehabt. Diese ganze Woche war nicht besonders. So ein Gefühl, als lebte ich gar nicht. Existierte nur. Im ewigen Alltagstrott. Lustlos und ohne Verstand. Es gibt so einen Psalmvers: Meine Seele zerfließt vor Kummer. Und das stimmt genau – zerfließen. Manchmal hab' ich keine Ahnung, warum ich hier noch rumlaufe wie der Schnee von gestern. Gehe. Komme. Schreibe. Durchstreiche. Im Büro Formulare ausfülle. Mich an- und ausziehe. Telefoniere. Alle belästige und euch das Hirn weichrede. Absichtlich meinen Vater ärgere. Wie kann mich überhaupt noch jemand ausstehen? Wieso jagst du mich immer noch nicht zum Teufel? Bringst du mir bei, wie man dich versöhnen kann?«

»Still, Fima«, sagte Nina. »Hör auf zu reden.«

Unterdessen verteilte sie die Lebensmittel in die Fächer des jetzt blitzsauberen Kühlschranks. Ihre mageren Schultern bebten. Von hinten kam sie ihm wie ein kleines Tier vor, das sich im Gitter der Falle quält, und er empfand Mitleid mit ihr. Den Rücken ihm zugewandt, fuhr sie fort: »Ich versteh's auch nicht. Vor eineinhalb Stunden in der Praxis hat mich plötzlich das Gefühl befallen, du hättest irgendein Leiden. Dir sei was passiert. Vielleicht seist du erkrankt und lägst hier fiebernd allein. Ich habe versucht anzurufen, aber es war pausenlos besetzt. Ich dachte, du hättst wieder mal vergessen, den Hörer aufzulegen. Da bin ich mitten in einer ziemlich wichtigen Verhandlung über den Konkurs einer Versicherungsgesellschaft aufgesprungen und direkt zu dir gerannt. Nicht direkt zu dir: Unterwegs hab' ich angehalten, um etwas einzukaufen, damit du nicht verhungerst. Man könnte meinen, Uri und ich hätten dich an Sohnes Statt adoptiert. Nur bereitet dieses Spiel Uri offenbar Vergnügen und mir – Kummer. Die ganze Zeit. Jedesmal meine ich von neuem, dir geschähe ein Unheil, und dann laß ich alles stehen und stürme geradewegs zu dir. So ein beängstigendes, beklemmendes Gefühl, als riefst du mich aus der Ferne: Nina, komm. Es läßt sich nicht erklären. Sei so gut, Fima, und hör endlich auf, Brot zu fressen. Guck, wie du zugenommen hast. Und außerdem habe ich momentan weder Kraft noch Lust für deine revolutionäre Theorie über Mitterrand und die britische Labour. Heb das für Uri am Samstagabend auf. Sag mir statt dessen lieber, was los ist. Was mit dir vor sich geht. Irgendwas Sonderbares, das du mir nicht erzählst. Noch sonderbarer als sonst schon. Als hätte man dich leicht unter Drogen gesetzt.«

Fima gehorchte sofort, ließ mitten im Abbeißen von der Brotscheibe ab, legte sie geistesabwesend in den Ausguß, als sei es eine leere Tasse. Und stammelte, das Großartige sei, daß er sich vor ihr, vor Nina, fast nie schäme. Es mache ihm nichts aus, lächerlich zu wirken. Ja nicht einmal, in ihrer Gegenwart einen armseligen oder verächtlichen Eindruck zu machen wie vorgestern nacht. Als sei sie seine Schwester. Und jetzt werde er etwas Triviales sagen, aber was sei schon dabei? Nicht immer sei trivial das Gegenteil von echt. Was er sagen wolle: Sie sei in seinen Augen ... ein guter Mensch. Und ihre schlanken Finger seien die schönsten, die er je im Leben gesehen habe.

Immer noch mit dem Rücken zu ihm, über die Spüle gebeugt, entfernte sie das Brot, das er dort hingelegt hatte, polierte Kacheln und Hähne, wusch sich dann ausgiebig die Hände und sagte schließlich traurig: »Du hast einen Socken bei mir vergessen, Fima.« Und ein wenig später: »Wir haben schon endlos lange nicht mehr miteinander geschlafen.«

Sie drückte die Zigarette aus, faßte ihn mit ihrer herrlichen Hand, der eines kleinen Mädchens aus dem Fernen Osten, am Arm und hauchte: »Komm jetzt. In einer knappen Stunde muß ich wieder im Büro sein.«

Auf dem Weg zum Bett freute sich Fima, daß Nina kurzsichtig war, denn aus dem Aschenbecher, in dem sie ihre Zigarette ausgedrückt hatte, blitzte ganz kurz und flüchtig etwas auf, das Fima für Annettes abhanden gekommenen Ohrring hielt.

Nina zog den Vorhang zu, rollte die Tagesdecke zurück, rückte die Kissen zurecht und nahm die Brille ab. Ihre Bewegungen waren sachlich und knapp, als bereite sie sich darauf vor, von einer Ärztin untersucht zu werden. Als sie sich auszuziehen begann, wandte er ihr den Rücken zu und zögerte einen Augenblick, bis er begriff, daß ihm nichts anderes übrigblieb, als ebenfalls seine Kleidung abzulegen. Entweder Dürre – oder Überschwemmungen, sagte er sich mit einer Art Schadenfreude. Und beeilte sich, zwischen die Laken zu schlüpfen, ehe sie seine Fleischesschwäche bemerkte. Und da er sich erinnerte, wie er Nina schon beim vorigen Mal, bei ihr zu Hause auf dem Teppich, enttäuscht hatte, grenzte seine Erniedrigung und Scham ans Unerträgliche. Mit dem ganzen Körper preßte er sich an sie, aber sein Glied war leer und gefühllos wie ein zerknittertes Taschentuch. Er verbarg den Kopf zwischen ihren schweren, warmen Brüsten, als suche er dort Zuflucht vor ihr. Eng umschlungen und aneinandergeschmiegt, lagen sie reglos da wie zwei Körper an Körper zusammengedrängte Soldaten in einem Schützengraben unter Beschuß.

Und sie flehte ihn leise an: »Nur red nichts. Sag kein Wort. Mir ist auch so in deiner Nähe wohl.«

Fast greifbar tauchte vor seinen geschlossenen Augen das Bild des abgestochenen Hundes auf, der, sich windend und leise winselnd, sein letztes Blut zwischen nassen Büschen und Abfall an einer niedrigen Steinmauer verströmte. Und wie in tiefem

Schlaf murmelte er zwischen ihren Brüsten Worte, die sie nicht hörte: »Zurück nach Griechenland, Jael. Dort werden wir uns lieben. Dort finden wir Erbarmen.«

Als Nina auf die Uhr schaute und sah, daß es halb zwölf war, küßte sie ihn auf die Stirn, rüttelte ihn sanft an den Schultern und sagte liebevoll: »Steh auf, Kind. Wach auf. Du bist eingeschlafen.«

Dann zog sie sich mit eckigen Bewegungen an, setzte die dicke Brille auf und zündete eine neue Zigarette an, worauf sie das Streichholz nicht durch Blasen, sondern durch wütendes Schütteln löschte.

Bevor sie ging, fügte sie mit leisem Klick die beiden Teile des Transistors zusammen, den Fima morgens umgeworfen hatte. Und drehte den Knopf so lange hin und her, bis plötzlich Verteidigungsminister Rabins Stimme durchs Zimmer dröhnte, der sagte: »Es wird die Seite gewinnen, die den längeren Atem hat.«

»Der ist wieder heil«, sagte Nina, »und ich muß gehen.«

»Sei mir nicht böse«, bat Fima. »Diese ganzen Tage fühle ich mich beklommen. Wie vor einem Unheil. Nachts schlafe ich kaum. Bin auf und schreibe Artikel, als ob jemand darauf hören würde. Keiner will hören, es ist wohl alles verloren. Was soll mit uns allen werden, Nina. Vielleicht weißt du's? Nein?«

Nina, die schon an der Tür stand, wandte ihm ihr bebrilltes Fuchsgesicht zu und sagte: »Heute abend habe ich Aussicht, relativ früh fertig zu werden. Komm von der Praxis direkt zu mir ins Büro, dann besuchen wir das Konzert im YMCA. Oder wir sehen uns die Komödie mit Jean Gabin an. Danach gehen wir zu mir. Sei nicht traurig.«

23. Fima vergißt, was er vergessen hat

Fima ging wieder in die Küche. Verschlang nacheinander noch vier weitere dicke Scheiben von dem frischen georgischen Schwarzbrot mit Aprikosenmarmelade. Der Verteidigungsminister sagte: »Ich empfehle uns, nicht auf alle möglichen dubiosen Abkürzungen zu verfallen.« Das Adjektiv war ihm etwas schief herausgekommen, worauf Fima, den Mund voll Marmeladenbrot, erwiderte: »– und unsererseits empfehlen wir Ihnen, nicht alle möglichen famosen Uraltsprüche herzulallen.«

Sofort distanzierte er sich jedoch von diesem Wortspiel, das ihm kleinlich und banal erschien. Als er den Transistor ausschaltete, hielt er es für angebracht, sich bei Rabin zu entschuldigen: »Ich muß mich beeilen. Sonst komme ich zu spät zur Arbeit.« Dann kaute er eine Tablette gegen Sodbrennen und steckte, warum auch immer, Annettes Ohrring, den er zwischen Ninas Zigarettenstummeln im Aschenbecher gefunden hatte, in die Tasche. Die Jacke zog er sich besonders vorsichtig an, darauf bedacht, diesmal nicht im zerrissenen Ärmelfutter hängenzubleiben. Und da die Brotscheiben seinen Hunger nicht gestillt hatten und er sie sowieso dem Frühstück zurechnete, ging er in das kleine Lokal gegenüber zum Mittagessen. Nur wußte er nicht mehr, ob die Besitzerin Frau Schneidmann oder nur Frau Schneider hieß. Er beschloß, auf Schneidermann zu setzen. Sie war wie gewöhnlich keineswegs beleidigt, sondern lächelte ihn mit klaren, kindlich frohen Augen an. Mit diesem Lächeln glich sie fast der Ikone einer russisch-orthodoxen Dorfheiligen. Dann sagte sie: »Scheinmann, Doktor Nissan. Macht nichts. Das ist überhaupt nicht wichtig. Möge Gott nur dem ganzen Volk Israel Gesundheit und ein Auskommen schenken. Möge nur endlich Frieden für unseren teuren Staat kommen. Es ist schon nicht mehr zu ertragen, daß dauernd jemand stirbt. Heute Gulasch für Herrn Doktor? Oder heute Huhn?«

Fima überlegte kurz und bestellte dann Gulasch, Omelette, gemischten Salat und Kompott. An einem Tisch saß ein kleiner, runzliger Mann, der Fima deprimiert und ungesund vorkam. Der Betreffende las gemächlich die Mittagszeitung *Jediot Acharonot,* drehte die Blätter hin und her, starrte hinein, wobei er sich mit einem Zahnstocher in den Zähnen bohrte, und blätterte erneut um. Seine Haare schienen mit zähflüssigem Motoröl am Schädel festgeklebt zu sein. Einen Augenblick erwog Fima die Möglichkeit, er selber sitze da, sei gestern oder vorgestern an jenem Tisch hängengeblieben, und all die Ereignisse der Nacht und dieses Morgens seien nicht passiert. Oder jemand anderem widerfahren, der Fima in vieler Hinsicht ähnelte und nur in einigen nichtigen, unbedeutenden Details von ihm abwich. Doch die Unterscheidung zwischen offenen Möglichkeiten und abgeschlossenen Tatsachen erschien Fima zu vereinfachend. Womöglich hatte sein Vater doch recht: Es gibt keine universale Landkarte der Realität. Gibt's nicht und kann's nicht geben. Jeder Mensch findet sich so oder anders im Wald zurecht, nach dubiosen Kartenfetzen, mit denen er auf die Welt gekommen ist oder die er hier und da unterwegs aufgelesen hat. Deshalb irren wir alle. Bewegen uns im Kreis. Fangen mit dem Krug an und enden meistens mit der Tonne. Treffen ohne Verstand zusammen und verlieren einander wieder im Dunkel, ohne einen einzigen fernen Funken von *nehora me-alja,* dem himmlischen Licht.

Fima war fast verlockt, die Wirtin zu fragen, wer dieser andere Herr sei und seit wann er schon so dasitze und seine Zeit vertrödle, den Schatz des Lebens hier an dem Tisch mit der grün-weiß gewürfelten Wachstuchdecke vergeude. Schließlich begnügte er sich mit der Frage, was man nach ihrer Ansicht tun müsse, um dem Frieden näherzukommen.

Frau Scheinmann wurde argwöhnisch. Sie blickte sich um, als fürchte sie sich vor dem bösen Blick, und antwortete ängstlich: »Was verstehen wir davon? Sollen die Großen darüber entscheiden. Die Generäle von unserer Regierung.

Möge der Ewige ihnen nur Gesundheit schenken. Und viel Verstand.«

»Braucht's den Arabern gegenüber ein paar Verzichtsleistungen?«

Als habe sie Angst vor Spionen, vor Schwierigkeiten, vor den Worten selber, musterte sie mit den Augen die Tür und die Falten des Vorhangs, der die Gaststube von der Küche trennte. Dann senkte sie die Stimme zum Flüsterton: »Man braucht ein bißchen Erbarmen. Sonst nichts.«

Fima bohrte weiter: »Erbarmen mit den Arabern oder mit uns?«

Wieder lächelte sie ihn mit koketter Zaghaftigkeit an wie ein Dorfmädchen, das man unvermittelt mit einer Frage nach der Farbe ihrer Unterwäsche oder der Entfernung von hier zum Mond in Verlegenheit gebracht hat. Und antwortete mit verschmitztem Charme: »Erbarmen ist Erbarmen.«

Der Mann vom Nebentisch, ein verhutzelter Asketentyp mit fettigen Haarsträhnen – Fima hielt ihn für einen kleinen Beamten, der an Hämorrhoiden litt, oder vielleicht einen Rentner der Kanalisationsabteilung –, mischte sich in die Unterhaltung ein und äußerte mit rumänischem Akzent in gequetschtem Tonfall, ohne den Zahnstocher ruhen zu lassen: »Mein Herr. Verzeihung. Bitte schön. Was heißt Araber. Was heißt Frieden. Was heißt Staat. Wer braucht das? Solange man lebt, muß man es sich gutgehen lassen. Was soll man sich für die ganze Welt den Kopf zerbrechen? Zerbricht sich die ganze Welt den Kopf für Sie? Sich bloß gut amüsieren. Soviel reingeht. Bloß Spaß haben. Alles andere ist verlorene Zeit. Entschuldigen Sie die Einmischung.«

Nur sah der Sprecher Fima nicht wie jemand aus, der sich die ganze Zeit amüsiert, sondern vielleicht eher wie ein Typ, der sich ab und zu ein paar Schekel nebenbei als Spitzel für die Einkommenssteuer verdient. Offenbar litt er unter häufigem Tatterich.

Fima fragte ernst: »Würden Sie empfehlen, mein Herr, uns in

allem auf die Regierung zu verlassen? Daß jeder für sich selbst sorgt und sich in keiner öffentlichen Angelegenheit engagiert?«

Der deprimierte Denunziant sagte: »Am besten, die von der Regierung machen sich auch ein gutes Leben. Und die Regierung der Araber ebenfalls. Und desgleichen bei den Gojim. Alle amüsieren sich. Alle den ganzen Tag quietschfidel. Wir sterben ja doch alle.«

Frau Scheinmann kicherte, ja hätte Fima beinah zugezwinkert, während sie den entlassenen Beamten ignorierte, und sagte eilfertig, gewissermaßen bemüht, ein wenig von dem gutzumachen, was Fima sich hier anhören mußte: »Achten Sie nicht drauf, Doktor. Dem ist das Töchterchen gestorben, die Frau ist tot, die Geschwister ebenfalls. Und er hat auch keinen Groschen. Redet nicht mit Verstand. Das ist überhaupt ein Mensch, den Gott vergessen hat.«

Fima fingerte in seinen Taschen, fand aber nur Kleingeld. Deshalb bat er die Wirtin, anzuschreiben. Und nächste Woche, wenn er seinen Lohn bekommen würde – aber sie schnitt ihm mit sanfter Herzlichkeit das Wort ab: »Macht nichts. Nur keine Sorge. Schon gut.« Und unaufgefordert brachte sie ihm ein Glas süßen Tee mit Zitrone und fügte hinzu: »Es liegt sowieso alles beim Himmel.«

Darin stimmte er zwar nicht mit ihr überein, aber der Tonfall berührte ihn wie ein Streicheln, so daß er ihr plötzlich die Finger auf die geäderte Hand legte und ihr dankte und das Essen lobte und begeistert dem, was sie vorher gesagt hatte, beipflichtete – Erbarmen ist Erbarmen. Als Dimmi acht Jahre alt war, hatten Ted und Jael Fima einmal um zehn Uhr morgens alarmiert, um den Jungen suchen zu helfen, der offenbar aus der Schule ausgerissen war, weil die anderen Kinder ihm zugesetzt hatten. Ohne einen Moment zu zögern, hatte Fima ein Taxi bestellt und war nach Romema in die Kosmetikfabrik gefahren, wo er Baruch und Dimmi auch prompt in einem kleinen Labor verschanzt vorfand – über den Versuchstisch gebeugt, weiße Mähne neben weißlichem Blondschopf, damit beschäftigt, eine bläuliche Flüssigkeit im Reagenzglas über einem Bunsenbrenner zu destillieren. Als er eintrat, verstummten der Alte und das Kind wie auf frischer Tat ertappte Verschwörer. Dimmi hatte die Angewohnheit, sie beide – Baruch und Fima – Großvater zu nennen. Der Vater, den Trotzkibart wie einen moslemischen Krummdolch nach vorne gewölbt, wollte Fima nicht erklären, mit welcher Art von Versuch sie sich da beschäftigten: Man könne nicht wissen, ob er zu uns oder zu unseren Bedrängern zähle. Doch Dimmi drückte mit ernster Konzentration und geheimbündlerischer Miene sein Vertrauen aus, daß Fima nichts verraten werde. Großvater und ich arbeiten jetzt an der Entwicklung eines Sprays gegen Dummheit. Wo die Dummheit den Kopf erhebt, braucht man eines Tages bloß einen kleinen Behälter hervorzuziehen, ein bißchen zu spritzen, und schon ist die Dummheit verweht. Worauf Fima sagte: Gleich im Anfangsstadium werdet ihr mindestens hunderttausend Tonnen von eurem Mittel herstellen müssen. Und Baruch wiederum: Vielleicht ist es schade um all unsere Mühen, Diminka. Menschen, die das Herz auf dem rechten Fleck haben, brauchen diese Behandlung doch gar nicht, und was die Bösewichte anbetrifft – sagt mir, meine beiden Lieben: Warum sollten wir uns für die Bösen abrackern? Da vergnügen wir uns lieber ein bißchen. Und sogleich bestellte er telefonisch ein Tablett mit Süßigkeiten, Erdnüssen und Obst ins Labor, beugte sich seufzend nieder, kramte aus einer Schublade ein Päckchen hölzerne Zahnstocher hervor, bat den Jungen, die Labortür von innen abzuschließen – und bis zum Mittag vertieften sich die drei nun in eine Serie von Mikadospielen. Die Erinnerung an diesen geheimen Morgen glänzte in Fimas Gedächtnis wie ein Glückswunderland, desgleichen er nie, auch nicht in seiner eigenen Kindheit, gekannt hatte. Danach jedoch, am Mittag, mußte er sich aufraffen und Dimmi zu seinen Eltern zurückbringen. Ted brummte dem Jungen zwei Stunden Badezimmerhaft und noch zwei Tage Hausarrest auf. Auch Fima erhielt einen Anpfiff.

Fast reute es ihn, daß sie auf die Entwicklung des Sprays verzichtet hatten.

Im Bus auf dem Weg zur Arbeit überdachte er das, was Frau Schönberg über den trübsinnigen Spitzel geäußert hatte, und sagte sich: Wen Gott vergessen hat, der ist nicht unbedingt verloren. Im Gegenteil. Vielleicht gerade leichtfüßig und frei wie eine Eidechse in der Wüste. Das Hauptproblem liegt nicht im Vergessen, sondern im Verebben: Wille, Sehnsüchte, Erinnerungen, körperliche Leidenschaften, Wißbegier, Begeisterung, Freudengefühl, Großzügigkeit – alles verebbt. Wie der Wind auf den Hügeln verebbt, so verebbt die Seele. Allerdings verebbt auch der Schmerz ein wenig im Lauf der Jahre, aber gemeinsam mit dem Schmerz verebben die Lebenszeichen. Die primären, einfachen, stummen Dinge, vor deren Zauber jedes Kind atemlos staunend innehält – der Wechsel der Jahreszeiten, der Lauf der Katze im Hof, das Drehen der Tür in den Angeln, der Kreislauf von Wachsen und Verwelken, das Prallwerden der Früchte, das Wispern der Pinien, eine Ameisenkolonne auf dem Balkon, die Veränderung des Lichts in den Tälern und auf den Abhängen dieser Berge, die Blässe des Mondes und der ihn umgebende Hof, Spinnennetze, die gegen Morgen Tauperlen ansammeln, die Wunder des Atmens, des Sprechens, die Abenddämmerung, das Sieden und Gefrieren von Wasser, das Gleißen der Mittagsstrahlen in einer kleinen Glasscherbe – dies und anderes mehr sind die einfachen Dinge, die gewesen und uns verlorengegangen sind. Sie kehren nicht wieder. Oder schlimmer noch – sie kehren zurück und blinken uns zuweilen aus der Ferne, aber die erste Erregung ist verebbt und erloschen. Für immer. Und alles ist getrübt und verschüttet. Das Leben selbst setzt nach und nach eine Staub- und Rußschicht an: Wer siegt in Frankreich, wie lautet der Beschluß der Likud-Parteizentrale, warum hat man den Artikel abgelehnt, was verdient ein Generaldirektor, wie wird der Minister auf die gegen ihn erhobenen Vorwürfe reagieren. Wieder und wieder hat man mir heute morgen gesagt, wieder und wieder habe ich heute gesagt: »Ich komme zu spät. Ich muß mich schon sputen.« Aber warum? Wohin? Wozu? Jene elementaren Dinge haben doch gewiß irgendwann auch einmal Verteidigungsminister Rabins Herz höher schlagen lassen, als er vor tausend Jahren – ein in sich gekehrter rothaariger Junge, barfuß, sommersprossig und mager – an einem Herbsttag um sechs Uhr früh in einem Tel Aviver Hinterhof zwischen Wäscheleinen herumstand und plötzlich ein Schwarm weißer Kraniche in den rosa Morgenwolken über ihn hinwegzog. Und auch ihm, wie mir, eine reine himmelblaue Welt der Stille, fern aller Worte und Lügen, verhieß, wenn wir es nur wagen würden, alles hinter uns zu lassen und einfach aufzubrechen. Und nun sind dieser Verteidigungsminister und auch wir, die tagtäglich in der Zeitung über ihn herfallen, allesamt bereits beim Vergessen und Verebben. Wie tote Seelen. Wohin wir uns auch wenden, wir lassen einen Schwall von Wortkadavern zurück, von denen es nicht mehr weit ist bis zu den Leichen der tagein, tagaus in den Gebieten umgebrachter arabischer Kinder. Und es ist auch nicht mehr weit zu dem verabscheuenswürdigen Umstand, daß ein Mensch wie ich die Kinder der Siedlerfamilie, die vorgestern auf der Straße nach Alfe-Menasche durch einen Molotowcocktail bei lebendigem Leib verbrannt sind, mir nichts, dir nichts aus der Totenrolle streicht. Warum habe ich sie gestrichen? Ist ihr Tod nicht rein genug? Unwürdig, in den Leidenstempel einzutreten, der uns angeblich untersteht? Wirklich nur, weil die Siedler mir Angst und Ärger bereiten, während die arabischen Kinder mein Gewissen belasten? Ist ein nichtiger Mensch wie ich schon so verkommen, daß er selbst zwischen dem unerträglichen und dem nicht ganz so unerträglichen Tod von Kindern unterscheidet? Die Gerechtigkeit in Person hat aus Frau Schönbergs Mund gesprochen, als sie dir einfach sagte: Erbarmen ist Erbarmen. Verteidigungsminister Rabin ist den Grundwerten untreu geworden und so weiter. Und nach Rabins Auffassung sind ich und meinesgleichen wohl dem Hauptgrundsatz untreu geworden etcetera. Aber hinsichtlich des Rufs, den das erste Goldlicht eines fernen Herbstmorgens an uns gerichtet hat, hinsichtlich des Flugs jener Kraniche, sind wir doch alle Untreue. Keinerlei Unterschied zwischen dem Minister und mir. Und auch Dimmi und seine Freunde haben wir schon vergiftet. Ich bin daher verpflichtet, Rabin ein paar Zeilen zu schreiben. Mich zu entschuldigen. Ich muß zu erklären versuchen, daß wir beide trotz allem im selben Boot sitzen. Oder vielleicht um ein Zusammentreffen bitten?

»Genug damit«, grinste Fima säuerlich, »wir haben gefehlt, sind untreu gewesen. Genug.«

Beim Verlassen des Busses murmelte er wie ein nörgelnder Alter: »Ein Kalauer. Nichts als ein hohler Kalauer.« Denn plötzlich erschien ihm das Wortgeplänkel mit *schicheha* und *schichecha*, »Vergessen« und »Verebben«, so blödsinnig, daß er beim Passieren der Vordertür dem Fahrer weder danke noch Schalom sagte, obwohl er sonst doch sogar in Augenblicken völliger Zerstreutheit darauf achtete, auch gestern, als er aus Versehen an der falschen Haltestelle ausgestiegen war.

Zwei, drei Minuten blieb Fima auf der grauen Straße zwischen toten Blättern und wirbelnden Papierfetzen stehen, lauschte aufmerksam dem Wispern der feuchten Pinien hinter den Steinmäuerchen und blickte in Fahrtrichtung: Was hatte er eigentlich im Bus vergessen? Ein Buch? Den Schirm? Einen Umschlag? Vielleicht irgendein kleines Päckchen? Etwas, das Tamar gehörte? Oder Annette Tadmor? »Schwebt und kreist, ihr Kraniche«, fiel ihm plötzlich eine längst vergessene Zeile aus einem alten Kinderlied wieder ein. Und er tröstete sich mit der Hoffnung, das auf dem Sitz Zurückgelassene sei nichts weiter als der *Ma'ariv*, den er dort gefunden hatte. Der Minister und die Kraniche waren schuld daran, daß er sich nicht einmal mehr erinnerte, wie die Schlagzeile der Zeitung gelautet hatte.

24. Schmach und Schuld

Auf dem gepflasterten Pfad, der durch den Gartenstreifen um das Gebäude herum zum Praxiseingang führte, hielt er inne und blieb ein Weilchen stehen, weil ihn vom zweiten Stock, durch die geschlossenen Fenster, durch Wind und Pinienrauschen hindurch, die Celloklänge einer der ältlichen Musikerinnen erreichten. Oder vielleicht war es nur ein Schüler, der wieder und wieder dieselbe Tonleiter übte.

Vergeblich mühte Fima sich, die Melodie herauszuhören, obwohl er im Stehen mit ganzer Kraft lauschte, wie ein Mensch, der nicht weiß, woher und wohin. Könnte er nur in diesem Augenblick die Erscheinungsform wechseln: sich in Dunst verwandeln. Oder in einen Stein. Zum Kranich werden. Ein inneres Cello regte sich in ihm und begann dem Cello von droben in seiner Sprache zu antworten – ein Klang der Zauberei und der Schadenfreude über sich selbst.

Fast greifbar sah er das Leben der drei ältlichen Musikerinnen vor sich, die stundenlang in einem klapprigen Taxi über regennasse, winterliche Straßen holperten, um in einem entlegenen Kibbuz im hintersten Obergaliläa oder beim Eröffnungsakt eines Veteranentreffens der Jüdischen Brigade ein Rezital zu geben. Wie mochten sie einen freien Winterabend verbringen? Nachdem das Geschirr gespült und die Küche aufgeräumt war, trafen sie sich gewiß alle drei im Gemeinschaftsraum. Fima malte sich in der Phantasie ein calvinistisch strenges Wohnzimmer mit brauner Standuhr aus, auf der lateinische Buchstaben die Funktion von Zahlen erfüllen. Dazu eine Kommode, ein wuchtiger runder Tisch mit massiven Beinen und schwarze Stühle mit steilen Lehnen. Ein Stoffhund aus grauer Wolle sitzt auf dem Teppichrand. Auf dem geschlossenen Klavier, auf dem Tisch, auf der Truhe liegen Spitzendeckchen, wie sie auch im Haus seines Vaters in Rechavia jedes freie Fleckchen füllten. Ein großer alter Rundfunkapparat und künstliche blaue Blumen in einer hohen Vase vervollständigen das Bild. Alle Vorhänge sind zugezogen, alle Läden geschlossen, und ein blaues Feuer blüht im Ofen, der von Zeit zu Zeit leise aufblubbert, wenn das Petroleum vom Behälter zum Docht fließt. Eine der Frauen, vielleicht reihum, liest den anderen mit gedämpfter Stimme aus einem deutschen Roman vor. *Lotte in Weimar* zum Beispiel. Kein Laut außer ihrer Stimme, dem Ticken der Standuhr und dem Blubbern des Petroleums ertönt dort bis zum Ende des Abends. Um Punkt elf erheben sie sich und gehen auf ihre Zimmer. Die drei Türen schließen sich hinter ihnen bis zum Morgen. Und im Salon, im tiefen, schweigenden Dunkel, tickt die Pendeluhr unverwandt weiter. Und schlägt einmal in der Stunde dumpf.

Am Eingang zur Praxis betrachtete Fima das elegante Schild mit dem Aufdruck: *Dr. Wahrhaftig – Dr. Etan – Fachärzte für Frauenheilkunde.* Wie immer empfand er Unbehagen, weil die Sprache eine solche Häufung zusammengesetzter Wörter nicht duldet. Worauf er wütend murmelte: »Dann duldet sie's eben nicht. Na und.«

Nora, Wahrhaftigs einzige Tochter und Gad Etans frühere Frau, die vor zehn Jahren mit einem Gastdichter aus Lateinamerika durchgebrannt war – ob sie wohl manchmal unter Heimweh litt? Unter Gewissensbissen? Unter Anwandlungen von Schmach und Schuld? Niemals wurde hier von ihr gesprochen. Auch nicht indirekt. Nicht einmal andeutungsweise. Als sei sie nie gewesen. Nur Tamar erzählte ihm manchmal von einem an die Absenderin zurückgegangenen Brief oder einem mit Schweigen und Aufknallen beantworteten Anruf. Sie versuchte Fima auch hartnäckig davon zu überzeugen, daß Gad eigentlich nicht schlecht, nur eben schüchtern und verletzt sei. Obwohl sie gelegentlich das genaue Gegenteil behauptete: Jede Frau der Welt würde vor dieser Schlange schleunigst Reißaus nehmen.

Fima zog eine weiße Jacke über, setzte sich hinter seine Theke und begann seinen Terminkalender durchzusehen, den er bei sich *Schalschelet Hakabbala,* Empfangs- (oder Überlieferungs-)kette, nannte. Als versuche er unwissentlich zu raten, welche der eingetragenen Frauen als die nächste Annette Tadmor in sein Leben eintreten könnte.

Tamar sagte: »Es sind zwei Patientinnen drinnen. Die beim Kontrabaß hat ein bißchen Ähnlichkeit mit Margaret Thatcher, und die bei Gad sieht wie eine Oberschülerin aus. Recht hübsch.«

»Beinah hätte ich dich mitten in der Nacht angerufen«, sagte Fima. »Ich hab' deinen finnischen Feldmarschall, der mit ›M‹ anfängt und endet, rausgefunden: Mannerheim. Eigentlich hat er von Mannerheim geheißen. Ein deutscher Name. Der hat die ganze Welt in Staunen versetzt, da es ihm gelungen ist, an der Spitze der kleinen finnischen Armee den Angriff Stalins zu stoppen, der im Jahr neununddreißig in enormer Truppenstärke bei ihnen eingefallen ist.«

»Du weißt auch alles«, meinte Tamar. »Könntest leicht Professor sein. Oder Minister.«

Fima dachte ein wenig darüber nach, stimmte ihr insgeheim zu und sagte liebevoll: »Du bist die ideale Frau, Tamar. Es ist eine wahre Schande für das gesamte Männergeschlecht, daß man uns dich noch nicht weggeschnappt hat. Aber wenn man's näher bedenkt – es ist einfach noch nicht der Mann geboren worden, der deiner würdig wäre.«

Mit ihrem kräftigen, quadratischen Körper, dem weichen Blondhaar, das im Nacken zu einem kleinen Knoten zusammengefaßt war, ja sogar mit ihrem seltsamen Pigmentfehler, der ihr ein grünes und ein braunes Auge verliehen hatte, erschien sie ihm auf einmal rührend kindlich, so daß er sich fragte, warum er nicht einfach auf sie zuging, ihr die Arme um die Schultern legte und ihren Kopf an seine Brust drückte, als sei sie seine Tochter. Doch gleich darauf vermischte sich dieser Tröstungstrieb mit dem Drang, ihr gegenüber damit zu prahlen, daß heute morgen zwei Frauen zu ihm gepilgert seien und sich ihm eine nach der andern hingegeben hätten. Er zögerte, nahm sich zusammen und schwieg. Wann hatte zuletzt eine Männerhand diesen stämmigen Körper angefaßt? Wie würde sie reagieren, wenn er plötzlich die Arme ausstreckte und ihr die Hände auf die Brüste legte? Mit Entsetzen? Mit Schreien? Mit verschämtem Dahinschmelzen? Du Dussel, sagte er zu seinem Glied, jetzt fällt's dir wieder ein. Und als spüre er tatsächlich in der weichen Mitte beider Handflächen die Versteifung ihrer Nippel, krallte er die Finger. Und grinste.

»Kann man dich noch was fragen?« erkundigte sich Tamar.

Fima erinnerte sich nicht, wie ihre vorherige Frage gelautet hatte, erwiderte aber trotzdem mit heiterer Großzügigkeit, als wolle er die majestätischen Gesten seines Vaters nachahmen: »Bis zur Hälfte des Königreichs.«

»Eine Insel im Stillen Ozean und auch eine Badebekleidung.«

»Wie bitte?«

»So steht's hier. Vielleicht ist es ein Druckfehler. Insel im Stillen Ozean und auch Badebekleidung. Sechs Buchstaben. Das ist beinah das letzte, was mir noch fehlt.«

»Weiß ich nicht«, sagte Fima, »versuch mal Tahiti. Ich hab' ein Kind, das bittet mich, mit ihm in den Stillen Ozean zu ziehen. Dort gemeinsam in einer Reisighütte zu wohnen und uns von Fischen und Früchten zu ernähren. Das heißt, es ist nicht genau mein Kind. Meins und doch nicht meins. Egal. Versuch Hawaii. Würdest du mitkommen, Tamar? In einer Reisighütte wohnen und nur Fische und Früchte essen? Fern von Brutalität und Dummheit? Fern von diesem Regen?«

»Heißt es Tahiti oder Dahiti? Eigentlich hilft mir Tahiti so oder so nicht, denn der zweite Buchstabe ist ›i‹, und der dritte müßte ›k‹ sein. Redest du von Jaels Kind? Von Dimmi? Deinem Challenger? Vielleicht sollte ich mich nicht einmischen, Fima, aber denk gut nach, ob du diesem Kind nicht das Leben schwermachst mit deinem Versuch, ihm Reservevater zu sein. Manchmal meine ich –«

»Bikini«, sagte Fima, »den Badeanzug hat man nach dem

Ende der Welt benannt. Bikini ist ein winziges Inselchen, von dem man alle Eingeborenen evakuiert hat, um es dann mit Atombomben völlig zu zerstören. Das war die Versuchsstation des Weltendes. Im Süden des Stillen Ozeans. Wir werden uns eine andere Insel suchen müssen. Ja sogar einen anderen Ozean. Überhaupt – ich und Reisighütten. Nicht mal ein Bücherbord krieg' ich zusammengebaut. Uri Gefen bringt mir Regale an. Bitte, Tamar, steh nicht so am Fenster, mit dem Rücken zu mir und zum Zimmer. Tausendmal hab' ich dir schon gesagt, daß ich das nicht ertragen kann. Mein Problem. Ich weiß.«

»Was hast du denn, Fima? Manchmal bist du furchtbar komisch. Ich hab' nur die Gardine vorgezogen, weil ich keine Lust mehr habe, in diesen Regen zu starren. Und wir brauchen uns auch keine andere Insel zu suchen, Bikini paßt genau. Was ist das deiner Ansicht nach – Regierungspartei in Nicaragua?«

Fima hatte auch auf diese Frage bereits die Antwort auf der Zunge, aber im selben Moment gellte hinter Dr. Etans geschlossener Tür eine weibliche Stimme auf, ein kurzer, durchdringender Hilferuf, zutiefst überrascht und beleidigt, als entringe er sich der Kehle eines kleinen Mädchens, dem furchtbares Unrecht geschehen war. Wen ermordete man dort? Vielleicht den, der Joesers Vater oder Großvater hätte werden sollen? Fima schrak förmlich zusammen, mit aller Kraft bemüht, sich abzuriegeln, zu verschanzen, sich nicht auszumalen, was ihr die Hände in den durchsichtigen Plastikhandschuhen dort antaten auf dem gynäkologischen Stuhl, der mit weißem Wachstuch und einem ebenfalls weißen Einmallaken aus rauhem Papier abgedeckt war, daneben ein weißes Wägelchen mit einer Reihe steriler Skalpelle, Spekula, Scheren verschiedener Größen, Zangen, Spritzen, Rasiermesser, Nadel und Faden speziell zum Vernähen von menschlichem Fleisch, Pinzetten, Sauerstoffmasken und Infusionsbeutel voll Selain. Und die Weiblichkeit, die dort in ganzer Länge und Breite schutzlos ausgebreitet lag, vom Lichtstrahl der starken Lampe hinter dem

Kopf des Arztes überflutet, rosarot wie eine Wunde, ähnlich vielleicht dem aufgerissenen Mund eines zahnlosen Alten, vor dunklem Blut triefend.

Während er noch vergeblich danach rang, das Bild zu löschen, nichts zu hören, nichts zu sehen und nichts zu raten, sagte Tamar ruhig: »Genug. Beruhig dich. Das ist ausgestanden dort.«

Aber Fima begann sich zu schämen. Irgendwie, auf ihm selbst unklare Weise, fühlte er sich nicht rein von Schuld. Hielt sich für mitschuldig an dem Leiden hinter der geschlossenen Tür. Sah eine Verbindung zwischen der Demütigung, die er heute morgen erst Annette, dann Nina zugefügt hatte, und der Schmach auf dem reinweißen Behandlungsstuhl. Der gewiß schon nicht mehr rein weiß, sondern mit Blut und anderen Ausscheidungen besudelt war. Sein Glied krümmte sich wie ein Dieb und verschwand tief in seiner Höhle. Die Hoden durchzuckte ein dumpfer, widerlicher Schmerz. Wenn Tamar nicht da gewesen wäre, hätte er die Hand in die Hose gesteckt, um den Druck zu mildern. Obwohl es eigentlich so besser war. Er mußte den elenden Versuch aufgeben, Zwi davon zu überzeugen, daß wir uns angeblich von der Verantwortung für die Greuel, die in unserem Namen begangen werden, lossagen können. Man muß die Schuld anerkennen. Muß sich damit abfinden, daß unser aller Leiden auf unser aller Schultern lasten. Die Unterdrückung in den Gebieten, die Schmach der in Mülltonnen stöbernden alten Menschen, der Blinde, der nachts mit seinem Stock durch das Dunkel der verlassenen Straße tappt, die Leiden autistischer Kinder in verwahrlosten Anstalten, die Abschlachtung des an Gasbrand erkrankten Hundes, Dimmis Kummer, Annettes und Ninas Demütigung, Teddys Einsamkeit, Uris ständiges Herumreisen, der chirurgische Eingriff, der hier jenseits der Wand mit Edelstahlzangen tief in der verwundeten Scham vorgenommen wird – alles auf unser aller Schultern. Vergebens die Träume von der Flucht auf die Mururoa- oder Galapagosinseln. Auch das von einer radioaktiven

Wolke verseuchte Bikini lastet auf unser aller Schultern. Einen Moment verharrten seine Gedanken bei den zwei Bedeutungen von Scham und der Ähnlichkeit von Zange und Zwang, doch sofort tadelte er sich wegen dieser Wortspiele, seiner Sprachschnörkel, die kein weniger verächtliches Ausweichmanöver waren als das Wort »Preis«, das der Verteidigungsminister benutzt hatte, statt Tod zu sagen.

»Bei Alterman gibt es so einen Vers«, sagte er zu Tamar, »in den *Ägyptischen Plageliedern*: ›Da sammelte sich der Pöbel der Gegend, / den Schandkragen in der Hand, / ihn Ministern und König fein anzulegen / und loszureißen vom eigenen Hals.‹ Das ist meines Erachtens fast die Schlußzeile der ganzen Historie. Das ist unser aller Geschichte auf vier Zeilen reduziert. Komm, wir machen ihr Kaffee. Und für Gad und Alfred auch.«

»Geht in Ordnung«, sagte Tamar. »Du bist befreit. Ich habe den Kessel schon eingeschaltet. Sie braucht ja sowieso noch ein bißchen Zeit, bis sie aufwacht und auf die Beine kommt. Du bist heute auch davon dispensiert, hinterher reinzugehen und die Putzerei zu machen. Ich werde dort saubermachen, und du stellst nur den Sterilisator an und läßt eine Waschmaschine laufen. Wie behältst du bloß alles auswendig? Alterman und Bikini und alles? Einerseits ein zerstreuter Wirrkopf, der sich das Hemd nicht richtig zuknöpfen kann und morgens keine Rasur ohne Schramme übersteht, und andererseits jemand, der die Welt auf den Kopf stellt, um irgendein Wort für ein Kreuzworträtsel rauszukriegen. Und jedem das Leben organisiert. Guck dir doch deinen Pulli an: halb in der Hose und halb draußen. Und der Kragen ist auch halb zu sehen und halb begraben. Wie ein Baby.«

Damit verstummte sie, während ihr mitleidiges Lächeln wie vergessen auf dem offenen, breiten Gesicht stehenblieb, versank in Gedanken und fuhr schließlich traurig fort, ohne den Zusammenhang zu erklären: »Mein Vater hat sich im Hotel Metropol in Alexandria aufgehängt. Das war im Jahr sechsundvierzig. Man hat keinen Brief gefunden. Ich war damals fünfeinhalb und kann mich kaum an ihn erinnern. Ich weiß noch, daß er Zigaretten geraucht hat, die *Simon RZ* hießen. Und ich erinnere mich an seine Armbanduhr: gelb, vierkantig, mit Leuchtzifferblatt, auf dem die Zeiger im Dunkeln wie zwei Geisteraugen funkelten. Ich habe ein Bild, das ihn in englischer Militäruniform zeigt, aber er wirkt gar nicht wie ein Soldat. Eher schlampig. Und müde. Dabei sieht er auf diesem Bild blond aus, lächelt, mit hübschen weißen Zähnen und vielen lustigen Fältchen in den Augenwinkeln. Nicht traurig, nur müde. Mit einer Katze auf dem Arm. Vielleicht hat er auch eine unglückliche Liebe gehabt? Meine Mutter hat mit mir nie über ihn sprechen wollen. Hat immer nur gesagt: Er hat auch nicht an uns gedacht. Und dann das Thema gewechselt. Sie hatte einen Liebhaber, einen großen australischen Captain mit einem Holzarm und einem russischen Namen, Seraphim, von dem man mir mal erklärt hat, er käme von dem hebräischen Wort. Danach hatte sie einen weinerlichen Bankier, der sie nach Kanada mitgeschleppt und ihr dort den Laufpaß gegeben hat. Zum Schluß hat sie mir einen Brief aus Toronto geschrieben – auf polnisch, man hat ihn mir übersetzt, denn sie hat's nie fertiggebracht, hebräisch schreiben zu lernen –, sie wolle nach Nes Ziona zurückkehren und ein neues Leben beginnen. Aber sie hat's nicht mehr geschafft. Ist dort an Leberkrebs gestorben. Und mich haben sie im Internat des Arbeiterinnenrats aufgezogen. Alterman – sag mal, Fima, stimmt es, daß der zwei Frauen hat?«

»Er ist gestorben«, sagte Fima, »vor rund zwanzig Jahren.« Und wollte ihr schon ein Kurzseminar über Alterman halten, doch im selben Moment ging Dr. Etans Tür auf, ein Schwall säuerlich-bitteren Desinfektionsgeruchs quoll heraus, und dann steckte auch der Arzt seinen Kopf durch den Spalt und befahl Tamar: »Komm her, Brigitte Bardot. Komm im leichten Galopp und bring mir eine Ampulle Dolestin.«

Fima mußte also vorerst sein Referat vertagen. Er schaltete den siedenden Kessel ab und beschloß, den Ofen im Aufwachraum anzuzünden. Dann beantwortete er zwei Telefonate nacheinander – gab Frau Bergson einen Termin Ende des Monats und erklärte Gila Maimon, es sei bei ihnen nicht üblich, Untersuchungsergebnisse telefonisch durchzugeben; sie müsse also vorbeikommen und die Antwort von Dr. Wahrhaftig persönlich hören. Mit beiden sprach er irgendwie kleinlaut und unterwürfig, als habe er ihnen ein Unrecht angetan. Insgeheim stimmte er Annette Tadmor zu, die die Klischees mysteriöser Weiblichkeit – Greta Garbo, Beatrice, Marlene Dietrich, Dulcinea – verspottet hatte, aber doch im Unrecht war, als sie dann versuchte, den Mantel des Geheimnisvollen dem männlichen Geschlecht umzulegen: Wir sind allesamt an der Lüge beteiligt. Wir alle verstellen uns. Die simple Wahrheit ist doch, daß jeder von uns haargenau weiß, was Erbarmen ist und wann wir es schenken müssen, denn jeder von uns schreit schließlich nach ein wenig Erbarmen. Aber wenn der Augenblick kommt, in dem wir das Tor des Erbarmens öffnen müßten, tun wir so, als wüßten wir von nichts. Oder als seien Mitleid und Erbarmen nur eine Form der Demütigung des anderen, altmodische Gefühlsduselei. Oder denken, so ist das eben, was kann man schon machen, und wieso gerade ich. Das hat Pascal offenbar gemeint, als er vom Tod der Seele sprach und das Elend des Menschen dem eines entthronten Königs gleichsetzte. Feige, infam, häßlich erschienen Fima seine Anstrengungen, sich ja nicht vorzustellen, was jenseits der Wand vorging. Seine Gedanken gewissermaßen von Tamars Vaters Tod auf den Klatsch um Altermans Privatleben zu lenken. Jeder von uns hat doch die Pflicht, Leid wenigstens zur Kenntnis zu nehmen. Wenn er Regierungschef wäre, würde er jeden einzelnen Minister verpflichten, eine Woche mit einer Reserveeinheit in Gaza oder Hebron zu verbringen. Sich einige Zeit zwischen den Zäunen eines Internierungslagers im Negev aufzuhalten. Mindestens zwei Tage auf der psychogeriatrischen Station eines drittklassigen Krankenhauses zu sitzen. Eine Winternacht von Sonnenuntergang bis zur Morgendämmerung in Schlamm und Regen am Grenzzaun zum Libanon auf der Lauer zu liegen. Oder mit Etan und Wahrhaftig in dieser Ausschabungshölle zu stehen, in die von oben herab wieder die Klavier- und Celloklänge aus dem zweiten Stock herabrieselten.

Gleich darauf verursachten diese Gedanken ihm Brechreiz, weil sie ihm bei genauerem Nachdenken wie slawischer Kitsch aus dem vorigen Jahrhundert in Reinkultur vorkamen. Schon der Ausdruck »Ausschabungshölle« erschien ihm ungerecht – zuweilen wurde an diesem Ort doch fast Leben geschaffen. Fima erinnerte sich an eine nicht gerade junge Patientin, Sara Matalon, an der die größten Fachärzte verzweifelt waren, so daß sie ihr rieten, eben ein Kind anzunehmen, und nur Gad Etan hatte nicht aufgegeben, vier Jahre lang nicht von ihr abgelassen, bis er ihren Schoß geöffnet hatte. Die ganze Praxis war zur Beschneidungsfeier ihres Sohnes eingeladen worden. Als der Vater plötzlich verkündete, das Neugeborene solle Gad heißen, merkte Fima, daß Dr. Etan anfing, gewaltsam an seinem Uhrarmband zu zerren, worauf sich im selben Moment auch Fimas Augen mit Tränen füllten, so daß sie sich mit Wahrhaftig begnügen mußten, der sein Patenamt begeistert versah.

Fima schnellte hoch, um Tamar beizuspringen, die eine verstörte, kalkweiße, etwa siebzehnjährige Patientin führte, die so zerbrechlich wirkte, als bestehe sie aus Zündhölzern, und auf weichen Beinen zum Aufwachraum wankte. Als wolle er sämtliche Sünden des Männergeschlechts büßen, lief Fima hierhin und dorthin, um eilig eine Wolldecke, kalten Sprudel, einen Zitronenschnitz, Papiertaschentücher und Aspirin zu holen. Später bestellte er ihr ein Taxi.

Um halb fünf war Kaffeepause. Dr. Wahrhaftig kam, lehnte sich an die Theke und blies Fima Medikamenten- und Desinfektionsmittelgeruch ins Gesicht. Sein riesiger Brustkasten, aufgeblasen wie der eines russischen Generalgouverneurs aus der Zarenzeit, und seine breiten, runden Lenden verliehen seiner massigen Gestalt die Form eines Kontrabasses.

Auf leisen, elastischen Samtpfötchen, als liefe er über heißes Blech, kam Dr. Etan angeschossen, gleichgültig träge mit geschlossenem Mund ein Kaugummi kauend, die schmalen Lippen zusammengepreßt.

»Das war ein sehr merkwürdiger Schnitt. Gut, daß du ihn eng vernäht hast«, sagte Wahrhaftig.

»Wir haben sie da rausgerettet. War recht nett«, erwiderte Gad Etan.

»Mit der Transfusion hast du entschieden recht gehabt«, meinte Wahrhaftig.

»*Big deal*«, gab Etan zurück. »Das war von Anfang an sonnenklar.«

»Gott hat dir kluge Finger gegeben, Gad«, sagte Wahrhaftig.

Fima mischte sich schüchtern ein: »Trinkt. Der Kaffee wird kalt.

»Exzellenz von Nissan!« brüllte Wahrhaftig los. »Wohin waren Euer Hochwohlgeboren all diese Tage verschwunden? Sicher ist es Ihnen gelungen, einen neuen Faustus für uns zu verfassen! Oder einen Kohlhaas! Und wir haben schon fast vergessen, wie Euer strahlendes Antlitz aussieht!« Daran anknüpfend erzählte er einen »alten Witz« über drei Nichtstuer. Mußte aber, noch bevor er beim dritten angekommen war, in heiseres Gelächter ausbrechen.

Gad Etan, gedankenverloren, sagte plötzlich sanft: »Trotzdem hätten wir's nicht hier unter örtlicher Betäubung machen sollen. Das hätte stationär geschehen müssen. Und bei Vollnarkose. Beinah wär' uns das schiefgegangen. Man muß das bedenken, Alfred.«

Wahrhaftig erwiderte mit veränderter Stimme: »Was ist? Bist du beunruhigt?«

Darauf antwortete Gad nicht gleich. Erst nach einigem Schweigen sagte er: »Nein. Jetzt bin ich völlig ruhig.«

Tamar zögerte, klappte den Mund zweimal auf und wieder zu und sagte schließlich vorsichtig: »Steht dir großartig, Gad, dieser weiße Rolli. Möchtest du Tee mit Zitrone statt diesem Kaffee?«

»Ja«, sagte Gad Etan, »aber ohne Schwanzwedeln.«

Wahrhaftig beeilte sich in seiner plumpen, friedliebenden Art das Gespräch auf aktuelle Themen zu bringen: »Nun, was sagt ihr denn zu diesem polnischen Antisemiten? Die haben nichts gelernt und nichts vergessen. Habt ihr im Rundfunk gehört, was dieser Kardinal aus Warschau über das Kloster in Auschwitz gesagt hat? Haargenau wieder das alte Lied: Warum drängeln die Juden, warum lärmen die Juden, warum hetzen die Juden die ganze Welt gegen das arme Polen auf, warum versuchen die Juden wieder Kapital aus ihren Toten zu schlagen, es sind doch auch Millionen Polen umgekommen. Und unsere nette Regierung übergeht das mit ängstlichem Schweigen, als säßen wir noch in der Diaspora. In einem geordneten Staat hätte man deren Nuntius innerhalb einer Viertelstunde mit einem anständigen Tritt, ihr wißt schon in welchen Körperteil, in hohem Bogen heimwärts befördert.«

Gad Etan antwortete prophetisch: »Mach dir keine Sorgen, Alfred. Wir werden's nicht schweigend hinnehmen. Eines Nachts fliegen wir bei denen per Hubschrauber mit unserer Elitelandetruppe ein. Starten einen Blitzüberfall. Entebbe in Auschwitz. Sprengen mit Dynamit dieses Kloster in die Luft und bringen alle unsere Soldaten wieder heil und wohlbehalten an ihren Standort zurück. Das gibt eine perfekte Überraschung. Die Welt wird den Atem anhalten wie zu besseren Zeiten. Und hinterher brabbeln Mister Scharon und Mister Schamir über den langen Arm unserer Streitkräfte und die erneuerte israelische Abschreckungskraft. Das können sie dann ›Operation Frieden für die Krematorien‹ nennen.«

Fima fing sofort Feuer. Wenn ich Regierungschef wäre, dachte er, führte den Gedanken aber nicht zu Ende, sondern platzte zornig heraus: »Wer zum Teufel braucht das denn. Wir haben schlicht und einfach den Verstand verloren. Sind völlig aus den Gleisen gekippt. Was streiten wir uns mit den Polen herum, wem Auschwitz gehört? Das hört sich ja langsam an wie eine Fortsetzung der alten Leier von Verdienst der Vorväter und Erbteil der Vorväter und befreites-Gebiet-wird-nicht-zurückgegeben. Demnächst setzen die dort zwischen den Gaskammern noch eine neue Siedlung hin. Mauer und Turm. Ein Nachal-Wehrdorf namens Kavschanim – Schmelzöfen. Um Fakten zu schaffen. Ja, ist Auschwitz denn überhaupt eine jüdische Stätte? Eine Nazi-Stätte ist das. Eine deutsche Stätte. Eigentlich müßte das doch in eine Stätte des Christentums im allgemeinen und des polnischen Katholizismus im besonderen verwandelt werden. Eben – sollen sie ruhig dieses ganze Todeslager mit Klöstern, Kreuzen und Glocken pflastern. Von einem Ende zum andern. Mit Jesus an jedem Schornstein. Es gibt für das Christentum keinen passenderen Ort auf der Welt, mit sich selbst allein zu sein und in sich zu gehen. Für die Christen. Nicht für uns. Sollen sie dorthin wallfahrten, ihre Sünden bereuen oder – umgekehrt – den größten theologischen Sieg ihrer Geschichte feiern. Meinetwegen können sie ihr Kloster in Auschwitz ›Jesu süße Rache‹ nennen. Was rennen wir denn mit Demonstranten und Spruchbändern dorthin? Sind wir völlig verrückt geworden? Gerade sehr gut, daß ein Jude, der dorthin geht, um der Ermordeten zu gedenken, einen dichten Wald von Kreuzen um sich sieht. Daß er von allen Seiten nichts als Kirchenglocken läuten hört. Daß er begreift, daß er sich genau hier im Herzen Polens befindet. Im innersten Herzen des christlichen Europas. Meinetwegen bitte schön – es wäre durchaus wünschenswert, den Vatikan dorthin zu verlegen. Warum nicht. Soll der Papst doch von nun an bis zur Auferstehung der Toten auf einem goldenen Thron mittendrin zwischen den Schornsteinen sitzen. Und außerdem –«

»Und außerdem komm aus deiner Trance heraus«, zischte Gad Etan, während er seine schönen langen Finger sorgfältig gegen das Licht musterte, als fürchte er plötzlich, sie könnten eine Mutation durchgemacht haben. Unterzog sich aber nicht erst der Mühe zu erklären, ob er anderer Meinung sei.

»In einem geordneten Staat«, begann Wahrhaftig, bedacht, das Gespräch in höflich gemäßigte Bahnen zurückzulenken, »in einem geordneten Staat würde man euch nicht erlauben, über ein solch tragisches Thema makabre Reden zu halten. Es gibt Dinge, über die man nicht einmal in einer privaten Unterhaltung im geschlossenen Raum spaßen darf. Aber unser Fima ist paradoxiensüchtig, und du, Gad, freust dich bloß über jede Gelegenheit, die Regierung, Auschwitz, die Operation Entebbe, die sechs Millionen zu bespötteln – Hauptsache, es ärgert die anderen. Alles ist tot bei dir. Du würdest am liebsten alle aufhängen. Der Henker aus der Alfassi-Straße. Das kommt daher, daß ihr alle beide den Staat haßt, statt jeden Morgen Gott auf den Knien für all das zu danken, was wir hier haben – trotz Asiatentum und Bolschewismus. Ihr seht vor Löchern den Käse nicht.« Und urplötzlich mit gekünstelter Wut, ganz aufgeblasen, als sei er wild entschlossen, den furchtbaren Tyrannen zu spielen, lief der alte Arzt rot an, bis sein Säufergesicht bebte und die Adern darin zu platzen drohten, und brüllte höflich: »Genug! Schluß mit dem Schwatzen. Alles Marsch an die Arbeit! Bei mir hier ist nicht die Knesset!«

Fast ohne die Lippen zu öffnen, quetschte Gad Etan unter dem blonden Schnurrbart hervor: »Aber genau die Knesset. Voll mit Senilen. Alfred, komm zu mir rüber. Und ich brauche einen Moment auch die heiße Schönheitskönigin, mit Frau Bergmanns Kartei.«

»Was hab' ich dir denn getan«, flüsterte Tamar, deren Augen sich mit Tränen füllten, »warum quälst du einen?« Und in einem Aufflackern von wirrem Mut fügte sie hinzu: »Du kriegst von mir noch mal 'ne Ohrfeige.«

»Großartig«, grinste Etan, »ganz zu deinen Diensten. Ich halte dir sogar die andere Wange hin, falls dir das ein wenig hormonale Beruhigung verschaffen kann. Danach wird unser heiliger Augustinus dich und mich trösten – mit den übrigen Trauernden Zions und Jerusalems.« Damit vollführte er eine exakte Kreisbewegung, ging mit elastischen Schritten davon, wobei er seinen weißen Pullover glattzog, und hinterließ Schweigen.

Die beiden Ärzte verschwanden in Dr. Etans Zimer. Fima kramte in seinen Taschen und förderte ein zerknittertes, nicht besonders sauberes Taschentuch zu Tage, das er Tamar für ihre überquellenden Augen reichen wollte. Aus den Falten fiel jedoch ein winziger Gegenstand zu Boden, den Fima nicht bemerkte. Tamar bückte sich danach und gab Fima, unter Tränen lächelnd, Annettes Glühwürmchen zurück. Dann wischte sie sich sofort mit dem Ärmel die Augen, das grüne wie das braune, zog das gewünschte Blatt heraus und rannte den Ärzten nach. Schon an der Tür, wandte sie Fima ihr gequältes, liebes Gesicht zu und sagte in jäher Verzweiflung, als schwöre sie bei allem, was ihr heilig war: »Einmal werde ich blitzschnell eine Schere packen und ihn umbringen. Und dann mich.«

Fima glaubte ihr nicht, nahm aber doch lieber den Brieföffner vom Tisch und legte ihn in die Schublade. Das Taschentuch und den Ohrring schob er vorsichtig in die Tasche zurück. Danach riß er ein Stück Papier ab und legte es vor sich hin, da er auf den Gedanken gekommen war, seine Idee mit dem Herzen des Christentums niederzuschreiben – vielleicht würde ein Artikel für die Wochenendzeitung daraus werden.

Aber er war zerstreut. Kaum drei Stunden hatte er letzte Nacht geschlafen, und am Morgen hatten ihn seine unermüdlichen Liebhaberinnen erschöpft. Was fanden sie eigentlich an ihm? Ein hilfloses Kind, das bei ihnen mütterliche Triebe des Wickelns und an ihrem Schoße Säugens weckte? Einen Bruder, der ihnen die Tränen trocknete? Einen erloschenen Dichter, dem sie gern Muse sein wollten? Und was zog Frauen zu einem grausamen Haudegen wie Gad? Oder zu einem geschwätzigen Geck wie seinem Vater? Fima grinste verwundert. Womöglich irrte sich Annette doch, und es gab trotz allem eine mysteriöse Seite? Das Rätsel weiblicher Vorlieben? Oder sie irrte keineswegs, sondern hütete nur sorgfältig das Geheimnis vor dem Feind? Leugnete listig bereits seine bloße Existenz? Gewiß hat sie mich heute morgen nicht begehrt, sondern bloß bemitleidet; deshalb hat sie beschlossen, sich hinzugeben, und hat's getan. Und ich – eine halbe Stunde später habe ich Nina nicht begehrt, sondern bemitleidet, und da wollte ich mich hingeben, aber die Natur hat mir versagt, was sie den Frauen mühelos gestattet.

»Das ist doch ungerecht«, murmelte er. Und dann, in einer Art Schadenfreude über sich selbst: »Ungerecht? Dann unterschreib halt einen Aufruf.«

Mit müder Hand malte er Kringel und Dreiecke, Kreuze und Davidsterne, Raketen und schwere Brüste auf das Blatt vor sich. Zwischen die Bilder schrieb er unwillkürlich die Liedzeile, die ihm auf dem Herweg eingefallen war: Schwebt und kreist, ihr Kraniche. Und darunter die Worte: »Springt und kreißt, ihr Karnickel.« Und strich es wieder aus. Dann knüllte er den Bogen zusammen und warf ihn nach dem Papierkorb. Traf aber daneben.

Nun kam er auf die Idee, die freie Zeit für zwei Briefe zu nutzen, einen offenen als Antwort auf Günter Grass zur Frage von Schuld und Verantwortung und einen privaten als späte Erwiderung auf Jaels vierundzwanzig Jahre zurückliegenden Abschiedsbrief. Vor allem lag ihm daran, sich selber und Jael zu erklären, warum er zwei Oberste der Luftwaffe gröblich beleidigt hatte, die an jenem Samstagabend eigens ins Haus gekommen waren, um ihn zu überzeugen, daß Jaels ein- bis zweijähriger Arbeitsaufenthalt in Seattle oder Pasadena von nationaler Bedeutung sei. Auch jetzt noch blieb er bei seiner Meinung, daß die Worte »nationales Interesse« zumeist als Deckmantel für sieben Plagen dienten. Aber nun, in der Mitte seines Lebens, hielt er sich nicht mehr für würdig, Moral zu predigen.

Mit welchem Recht? Was hast du denn in deinem Leben getan? Erwächst etwa Joeser und seinen Freunden, die in hundert Jahren hier an unserer Stelle leben werden, irgendein Nutzen daraus, daß in Jerusalem einmal ein nervender, träger Bursche herumgelaufen ist, der nicht aufhören konnte, allen mit seinen kleinlichen Sprachkorrekturen zuzusetzen? Es mit verheirateten Frauen zu treiben? Auf den Ministern herumzuhakken? Sich mit Schleuderschwänzen und Kakerlaken zu streiten? Während sogar ein boshafter Mensch wie Gad Etan hier Patientinnen geheilt und unfruchtbaren Frauen den Schoß aufgetan hat?

Als das Telefon klingelte und Fima wie gewöhnlich, »Praxis, Schalom« antworten wollte, entfleuchten ihm die Worte »Praxis, *Chalom*«. Sofort kicherte er über die vermeintliche Traumpraxis, geriet ins Stottern, versuchte den Lapsus durch blinde Witzelei zu beseitigen, verhedderte sich dabei, korrigierte sich, erklärte umständlich die Korrektur und gab Rachel Pintu einen eiligen Termin für die nächste Woche, obwohl sie ihn gar nicht um einen dringenden Termin gebeten hatte, sondern sich nur zu einer Routineuntersuchung anmelden wollte.

Wer weiß? Vielleicht hat ihr Mann sie auch verlassen? Hat sich eine junge Freundin angelacht? Oder ist beim Reservedienst in den Gebieten umgekommen, und nun ist niemand da, der sie trösten könnte?

25. Finger, die keine sind

Um sieben ließen sie die Läden herunter und schlossen die Praxis ab. Regen und Wind hatten aufgehört. Kristallklare Kälte lag über Jerusalem. Sterne glühten in scharfem Winterglanz. Und aus dem Osten sandten christliche Glocken ein lautes, einsames Geläut, als finde die Kreuzigung auf Golgota eben jetzt statt.

Dr. Wahrhaftig fuhr mit dem Taxi nach Hause, in Gesellschaft von Tamar, die er wie gewöhnlich am Rechavia-Gymnasium abzusetzen versprach. Gad Etan verdrückte sich im Dunkeln in die Gasse, in der er seinen Sportwagen geparkt hatte. Während Fima – in seine Jacke gehüllt, den Kragen hochgestellt, auf dem Kopf die speckige, verblichene Schirmmütze – rund zehn Minuten an der öden Bushaltestelle stand und auf ein Wunder wartete. Er hatte die Absicht, Zwi und Schula Kropotkin in ihrem Haus am unteren Ende der Gaza-Straße aufzusuchen, sich an dem Napoleon zu laben, den Zwicka ihm versprochen hatte, die Beine vor dem Ofen auszustrecken und ihnen seine Gedanken über die Kluft zwischen Juden und Christen darzulegen, die gerade deshalb tief und dunkel klaffe, weil es sich gewissermaßen um eine Familienfehde handele, während unser Zwist mit dem Islam nichts als ein vorübergehender Streit um Grundstücke sei – in dreißig, vierzig Jahren wird sich kein Mensch mehr daran erinnern, während die Christen uns auch in tausend Jahren noch als Gottesmörder betrachten und als verfluchter Bruder behandeln werden. Die Worte »verfluchter Bruder« versetzten ihm einen jähen Stich ins Herz, weil sie ihn an das Baby erinnerten, das seine Mutter vor fünfzig Jahren zur Welt gebracht hatte, als er vier war. Dieses Baby mußte wohl im Alter von drei Wochen an einem Geburtsfehler gestorben sein, dessen Art Fima nicht kannte, da man in seiner Anwesenheit nie darüber gesprochen hatte. Er erinnerte sich weder an das Baby noch an die Trauer, sah aber fast greifbar ein winziges blauwollnes Strickmützchen vor sich, das auf dem Nachtschrank neben dem Bett der Mutter gelegen hatte. Bei ihrem Tod hatte der Vater all ihre Sachen aus dem Haus entfernt, und damit war auch die blaue Mütze verschwunden. Hatte Baruch sie ebenfalls, zusammen mit all ihren Kleidern, dem Lepra-Krankenhaus in Talbiye geschenkt? Fima gab auf, verzichtete auf den Bus und ging zu Fuß Richtung Rechavia. Vergeblich versuchte er sich ins Gedächtnis zu rufen, ob er Nina versprochen hatte, sie nach der Arbeit vom Büro abzuholen und mit ihr in die Komödie mit Jean Gabin zu gehen. Oder hatten sie sich vielleicht vorm Kino treffen wollen? Einen Augenblick später packten ihn Zweifel, ob er überhaupt mit Nina verabredet war oder nicht vielmehr mit Annette Tadmor. Hatte er in seiner Zerstreutheit etwa versehentlich beide eingeladen? In keiner Tasche wollte sich eine Telefonmünze finden lassen. Deshalb wanderte er weiter durch die leeren Straßen, die hier und da von einer gelben, in flirrenden Nebel gewindelten Laterne erleuchtet wurden, ignorierte die durchdringende Kälte und sann über seine Mutter nach, die ebenfalls die Kälte geliebt und den Sommer gehaßt hatte. Dann fragte er sich, was sein Freund Uri Gefen wohl in diesem Augenblick in Rom tun mochte. Sicher saß er in einem lauten Café an einem belebten Platz, inmitten scharfsinniger Männer und schöner, kühner Frauen, ließ seine Bauernstimme dröhnen und faszinierte seine Zuhörer mit Geschichten über die Luftkämpfe, an denen er teilgenommen hatte, oder über die Liebesaffäre, in die er im Fernen Osten getaumelt war, verstieg sich nach gewohnter Art in ironisch bittere Verallgemeinerungen über die Kapricen der Triebe, skizzierte mit feinen Worten den ständigen Schatten des Absurden, der alle Taten begleitet und stets die wahren Motive verdeckt, und schloß mit irgendeinem nachsichtigen Spruch, der endlich einen Schleier versöhnlichen Spotts über alles breitete – über seine Geschichte ebenso wie über die Liebeleien und Lügen als solche und auch über die Verallgemeinerungen, die er gerade eben erst selber benutzt hatte.

Fima wünschte, er könnte Uris breite, knorrige Hand im Nacken spüren. Sehnte sich nach seinen Späßen, seinem Geruch, seinem intensiven Atem und seinem warmen Lachen. Trotzdem und ohne jeden Widerspruch dazu bedauerte er ein wenig, daß sein Freund in ein, zwei Tagen schon zurückkam. Er schämte sich seiner Affäre mit Nina. Obwohl er überzeugt war, daß Uri längst von diesen Fürsorgeakten wußte, ja sie womöglich sogar selbst initiierte – aus Großzügigkeit und wegen der Zuneigung, die er für sie beide, Fima und Nina, empfand. Oder etwa aus kühlem Amüsement an einem königlichen Spielchen? Konnte es sein, daß er von Nina nach jedem Beischlaf ausführlichen Bericht verlangte und erhielt? Saßen sie da und ließen das Lustspiel in Zeitlupe vor sich ablaufen, um gemeinsam in liebevolles, mitleidiges Lachen auszubrechen? Vor zwei, drei Tagen hatte er Nina bei ihr zu Hause auf dem Teppich enttäuscht und heute morgen, durch Annettes Schuld, erneut in seinem Bett. Das Herz verkrampfte sich, als er daran dachte, wie sie ihm mit ihren herrlich geformten Fingern über die Stirn gestrichen und ihm dabei zugeflüstert hatte, gerade so, mit seinem schlaffen Glied, dringe er tiefer als beim Geschlechtsakt zu ihr durch. Selten, fast mystisch erschienen ihm diese Worte, die jetzt, da er sich ihrer erinnerte, in hellem Goldlicht erstrahlten, und er wünschte sich von ganzem Herzen, das Zerbrochene wieder zu heilen, ihr und Annette und auch Jael und Tamar, ja jeder Frau der Welt, einschließlich der häßlichen und ungeliebten, perfekte körperliche Liebe in Fülle zu schenken und Vater-, Bruder-, Sohnes- und Gnadenliebe obendrein.

In einem dunklen Hof fing ein unsichtbarer Hund heftig zu bellen an. »Was ist?« antwortete Fima verstört. »Was hab' ich dir denn getan?« Worauf er leicht verärgert hinzufügte: »Entschuldige mal. Wir kennen uns nicht.«

Er malte sich aus, wie sich jetzt hinter den Häuserfassaden, hinter Fensterläden, Scheiben und Vorhängen, winterliches Familienleben abspielte: Ein Mann sitzt auf seinem Sessel, in

Hausschuhen, und liest ein Buch über die Geschichte des Dammbaus. Auf der Armlehne steht ein Gläschen Brandy. Seine Frau kommt rosig duftend, das Haar frisch gewaschen, in einem blauen Flanellmorgenrock aus der Dusche. Auf dem Teppich spielt ein kleines Kind stillvergnügt Domino. Eine zarte Feuerblume blüht hinter dem Ofengitter. Bald werden sie das Abendessen vor dem Fernseher einnehmen, der eine Folge aus einer lustigen Familienserie ausstrahlt. Danach bringen sie das Kind ins Bett, erzählen ihm eine Geschichte zum Einschlafen, geben ihm einen Gutenachtkuß und setzen sich nebeneinander auf die Couch im Wohnzimmer, legen beide die strumpfsockigen Beine auf den Couchtisch, tuscheln ein wenig und schlingen vielleicht die Finger ineinander. Draußen erklingt eine Krankenwagensirene. Und danach nur Donner und Wind. Der Mann steht auf, um das Küchenfenster fester zu schließen. Auf dem Rückweg bringt er auf einem Tablett zwei Glas Tee mit Zitrone und einen Teller mit geschälten Orangen. Eine kleine Wandlampe ergießt über beide einen Kreis häuslichen Lichts von braun-rötlicher Färbung.

Fima zuckte im Dunkeln zusammen, weil diese Bilder ihm neben Schmerzen auch Sehnsucht nach Jael, ja sogar ein sonderbares Sehnen nach sich selbst verursachten: als verberge eines der erleuchteten Fenster unterwegs einen anderen, wahren Fima – nicht dick, nicht lästig, nicht glatzköpfig, nicht in angegrauter langer Unterwäsche, ein fleißiger, ehrlicher Fima, der sein Leben vernünftig ohne Schmach und Lügen lebte. Ein ruhiger, penibler Fima. Obwohl er längst begriffen hatte, daß die Wahrheit außer seiner Reichweite lag, sehnte er sich immer noch zutiefst danach, ein wenig von der Lüge abzurücken, die wie feiner Staub in jeden noch so verborgenen Winkel seines Lebens eindrang.

Der andere, wahre Fima sitzt jetzt in einem ansprechenden Arbeitszimmer, umgeben von Bücherregalen, zwischen denen Reproduktionen alter Stiche Jerusalems von Reisenden und Pilgern der vergangenen Jahrhunderte hängen. Sein Kopf schwimmt im Glanzkreis der Tischlampe. Die linke Hand ruht auf dem Schenkel seiner Frau, die mit baumelnden Beinen bei ihm auf der Schreibtischkante sitzt, und die beiden tauschen Gedanken über irgendeine neue Hypothese in der Frage des Immunsystems oder auf dem Gebiet der Quantenphysik aus. Nicht daß Fima die leiseste Ahnung gehabt hätte, wie das Immunsystem arbeitet oder was Quantenphysik ist, aber er malte sich aus, daß der wahre Fima und seine Frau, beide Fachleute in Immunologie oder Physik, dort im warmen, hübschen Studierzimmer gemeinsam über einer Entwicklung brüteten, die das allgemeine Leid ein wenig verringern würde. Hatte vielleicht Karla, oder seine Mutter, dieses Arbeitszimmer gemeint, als sie ihm im Traum zugerufen hatte, auf die arische Seite überzuwechseln?

Ecke Smolenskin-Straße, vor Premierminister Schamirs Amtswohnung, sah Fima ein kleines Mädchen auf einem Dekkenbündel neben den Mülltonnen liegen. Eine Hungerstreikende? Eine Ohnmächtige? Womöglich eine Getötete? Hat eine trauernde Mutter aus Bethlehem die Leiche ihrer von uns ermordeten Tochter hierher gelegt? Erschrocken beugte er sich zu der Kleinen nieder, doch da war es nur ein Haufen feuchter Gartenabfälle in Sacktuch gewickelt. Fima verharrte davor. Der Gedanke, sich hier auszustrecken und ebenfalls in Hungerstreik zu treten, faszinierte ihn, erschien ihm sowohl gut als passend. Er hob die Augen und entdeckte ein einzelnes gelbes Licht hinter dem geschlossenen Vorhang im letzten Zimmer des zweiten Stocks. Sah im Geist Jizchak Schamir, Hände im Rücken, zwischen Fenster und Tür auf und ab schreiten und über das Telegramm da vor sich auf der Fensterbank nachgrübeln, von dem er nicht wußte, wie er es beantworten sollte. Womöglich spürte er auch winterliche Altersschmerzen in Schultern und Rücken. Schließlich war er kein junger Mann mehr. Auch er hatte revolutionäre Jahre im Untergrund mitgemacht. Vielleicht wäre es schön, einen Moment die Gegnerschaft zu vergessen? Jetzt zu ihm hinaufzugehen, um ihn aufzumuntern und seine Einsamkeit ein wenig zu lindern? Die ganze Nacht von Mensch zu Mensch mit ihm zu reden? Nicht kleinlich rechthaberisch, nicht vorwurfsvoll, nicht beschuldigend, sondern wie jemand, der behutsam die Augen eines guten Freundes zu öffnen versucht, den schlechte Menschen in eine unangenehme Angelegenheit verwickelt haben, die auf den ersten Blick ausweglos erscheint, während sich in Wirklichkeit eine vernünftige, ja sogar einfache und allgemeinverständliche Lösung anbietet, die in einem entspannten, ruhigen Gespräch von ein paar Stunden selbst dem stur. sten Herzen mühelos nahegebracht werden kann. Vorausgesetzt, der in Schwierigkeiten geratene Freund verschließt sich nicht, verschanzt sich nicht hinter einer Barrikade von Lügen und Phrasen, öffnet sich so weit, dir bescheiden zuzuhören und ein Spektrum an Möglichkeiten zu durchdenken, die er vorher auf der Stelle zurückgewiesen hat – nicht aus Bosheit, sondern aufgrund von Vorurteilen, überholten Denkschemata, tief verwurzelten Ängsten. Was ist denn Schlechtes an einem Kompromiß, Herr Schamir? Jede Seite bekommt zwar nur einen Teil dessen, was ihr nach ihrer Meinung rechtmäßig zusteht, aber das Grauen würde doch enden? Die Wunden könnten langsam vernarben? Sie sind doch selbst als eine Art Kompromißkandidat zu Ihrem Amt gekommen? Gewiß haben auch Sie hier und da mit Ihren Freunden eine Übereinkunft getroffen? Mit Ihrer Frau? Nein?

Ja, warum sollte er eigentlich nicht an die Tür klopfen? Ein Glas heißen Tee genießen, die Jacke ablegen und ein für allemal erklären, was die Vernunft gebot und welche Richtung die historische Entwicklung nahm? Oder umgekehrt den Ministerpräsidenten überreden, ebenfalls einen Mantel überzuziehen und ihn zu einem nächtlichen Spaziergang mit langem Seelenaustausch durch die leeren, naßkalten Straßen zu begleiten – hier und da von einer triefenden, nebel- und schwermutumwobenen Laterne beleuchtet? Eine strenge, sich kasteiende Stadt ist Jerusalem in einer Winternacht. Aber es ist noch nichts verloren, mein Herr. Noch kann man ein neues Kapitel beginnen. Hundert Jahre hat das blutrünstige Vorwort hier gedauert, und jetzt schließen wir einen Kompromiß und machen uns an die Haupthandlung. Von nun an werden die Juden als ein Volk leben, das in seinem Land zur Ruhe gekommen ist und endlich die in ihm verborgenen schöpferischen Erneuerungskräfte entdeckt, die bisher unter dicken Schichten von Angst und Wut nach Pogromen, Verfolgungen und Vernichtung begraben lagen. Wollen wir es versuchen, mein Herr? Behutsam? Mit kleinen, wohlbedachten Schritten?

Der Polizist, der im Wachhäuschen vor der Amtswohnung saß, streckte den Kopf heraus und fragte: »Kommen Sie mal, suchen Sie hier was?«

»Ja«, erwiderte Fima, »ich suche das Morgen.«

»Dann suchen Sie lieber woanders, mein Herr«, riet ihm der Wachmann zuvorkommend. »Weitergehen. Nicht hier stehenbleiben.«

Diese Empfehlung beschloß Fima auf der Stelle wörtlich zu nehmen: Weitergehen. Fortschreiten. Nicht ablassen. Kämpfen, solange man noch fähig ist, Worte aneinanderzufügen und zwischen Ideen zu unterscheiden. Die Frage war nur, wohin konnte man fortschreiten? Womit sollte er weitermachen? Tatsächlich hatte er doch noch gar nicht angefangen. Aber womit anfangen? Wo? Und wie? Im selben Augenblick meinte er aus der Nähe eine ruhige, kluge Stimme zu hören, die ihn ganz prosaisch beim Namen rief: Fima. Wo bist du.

Er hielt inne und antwortete sofort inbrünstig: Ja. Hier. Ich höre.

Aber nur das Geschrei rolliger Katzen war zwischen den feuchten Steinmäuerchen zu hören. Und danach, wie ein alles aufsaugender Schwamm, das Rauschen des Windes in den Pinien im Dunkel der verlassenen Höfe.

Sitra de-itkassia. Die verborgene Seite.

Er schlenderte langsam weiter, am Terra-Santa-Gebäude vorbei, in dem kein einziges Licht brannte, wartete am Paris-Platz drei Minuten auf das Umspringen der Ampel und begann die King-George-Straße zum Stadtzentrum hinaufzutrotten. Er achtete weder auf die Kälte, die durch die Jacke bis zur Haut drang, noch auf die wenigen Passanten, die ihm – allesamt schnell ausschreitend – begegneten, wobei einige vielleicht auch einen Seitenblick auf diese sonderbare, in sich gekehrte Gestalt warfen, die müden Schritts dahinstapfte und gänzlich in eine scharfe Debatte mit sich selbst versunken zu sein schien, begleitet von Gesten und brummelnden Lippenbewegungen. Er hatte äußerst unüberlegt gehandelt, als er heute morgen auf jede Vorsichtsmaßnahme verzichtete. Wenn er Annette Tadmor nun etwa geschwängert hatte? Dann müßte er wieder einen Frachtdampfer besteigen und flüchten. Nach Griechenland. Nach Ninive. Nach Alaska. Oder auf die Galapagosinseln. In Annettes dämmrigem Schoß, im dunklen Labyrinth feuchter Kälte bahnte sich sein blinder Samen genau in diesem Moment mit lächerlichen Schwanzbewegungen seinen Weg, flutschte hierhin und dorthin im warmen Naß – eine Art runder, kahler Fima-Kopf, vielleicht ebenfalls mit einer mikroskopischen, feuchten Schirmmütze bekleidet, ohne Augen, ohne Verstand, einfach aus den Tiefen der geheimnisvollen Wärmequelle zustrebend, das ganze Wesen nur Schädel und Schwanz, Fortbewegungs- und Unterschlupftrieb –, durchstieß die Haut des Eis, in allem seinem Vater ähnlich, der sich nur danach sehnte, sich ein für allemal in der Tiefe weiblicher Schleimhäute einzukuscheln, es sich wohl sein zu lassen und wonnig zu schlafen. Fima war auf einmal von Grauen und brennender Eifersucht auf seinen Samen erfüllt. Und aus seiner Eifersucht heraus grinste er. An einer gelben Laterne vor der Front der Jeschurun-Synagoge hielt er inne und beugte sich über seine Uhr: Man konnte durchaus noch die zweite Abendvorstellung im Orion-Kino schaffen. Jean Gabin würde ihn sicher nicht enttäuschen. Aber wo genau wollte er Annette abholen? Oder Nina? Oder wo hätten sie ihn abholen wollen? Offenbar würde er seinerseits heute abend Jean Gabin enttäuschen müssen. Ein junges, lautes Pärchen überholte Fima, der langsam am Ma'alot-Gebäude nahe der früheren Knesset vorbeiwanderte.

Der junge Mann sagte: »Gut. Dann geben wir eben beide nach.«

Und die junge Frau: »Jetzt hilft das nichts mehr.«

Fima beschleunigte seine Schritte, um noch weitere Gesprächsfetzen aufzuschnappen. Irgendwie drängte es ihn zu erfahren, von welchen Verzichten die Rede war und was jetzt nichts mehr half: Hatten die beiden heute abend etwa ebenfalls vergessen, sich gegen die Gefahr der Schwangerschaft zu schützen? Doch da wirbelte der Jüngling wütend herum, sprang an die Bordsteinkante, hob den Arm, worauf in Sekundenschnelle ein Taxi neben ihm hielt, und beugte sich zum Einsteigen, ohne seine Partnerin auch nur noch eines Blickes zu würdigen. Fima begriff sofort, daß dieses junge Mädchen im nächsten Augenblick mitten auf der regennassen Straße allein zurückbleiben würde. Und schon lagen ihm einleitende Worte auf der Zunge, behutsam tröstende Wendungen, die sie nicht erschrecken würden, ein weiser, trauriger Satz, der sie gewiß unter Tränen lächeln ließ. Aber er kam nicht mehr dazu.

Das junge Mädchen rief: »Komm zurück, Joav. Ich geb' nach.«

Worauf der junge Bursche, ohne den Wagenschlag wieder zuzumachen, zu ihr sprang, ihr den Arm um die Hüften legte und ihr etwas zuflüsterte, das sie alle beide losprusten ließ. Der Taxifahrer fluchte hinter ihnen her, und Fima hielt es augenblicklich – ohne sich zu fragen, warum – für seine Pflicht, die Sache wieder geradezubiegen und den Fahrer zu entschädigen. Also stieg er in das Taxi, schloß die Tür und sagte: »Entschuldigen Sie das Durcheinander. Nach Kiriat Jovel bitte.«

Der Fahrer, ein dicker Mann mit dichtem, graumelierten Haar, kleinen Augen und gepflegtem levantinischen Schnurrbart, schimpfte wütend: »Was ist das denn hier? Erst ein Taxi stoppen und es sich dann anders überlegen? Ja, wißt ihr denn nicht, was ihr wollt?«

Fima begriff, daß der Fahrer ihn mit dem Pärchen in einen Topf warf, und stammelte entschuldigend: »Was ist denn, was ist schon passiert, hat ja keine halbe Minute gedauert, und schon hatten wir uns entschieden. War nur eine kleine Meinungsverschiedenheit. Sie brauchen sich nicht aufzuregen.«

Er war fest entschlossen, wieder ein politisches Gespräch anzufangen. Aber diesmal würde er wilde, blutdürstige Reden nicht mit Schweigen übergehen, sondern sich an einfachen, klaren Argumenten von wohlfundierter, einwandfreier Logik versuchen. Ja, er hätte liebend gern auf der Stelle die Ansprache fortgeführt, die er vorhin dem Ministerpräsidenten zu halten begonnen hatte. Ausgehend von dem Punkt, an dem er in Gedanken stehengeblieben war. Doch als er anfing behutsam herumzutasten – etwa wie ein Zahnarzt durch leichtes Antippen den Schmerzherd zu orten sucht –, um festzustellen, was der Fahrer über die Gebiete und den Frieden dachte, unterbrach der ihn gemächlich: »Damit lassen Sie mich man in Ruhe, mein Herr. Also meine Auffassungen, die fallen den Leuten bloß auf'n Wecker. Die hören mich – und kriegen gleich 'n Anfall. Deshalb hab' ich schon längst aufgehört zu diskutieren. Was soll man sich verrückt machen. Also wenn ich diesen Staat in die Hände bekäme, den würd' ich innerhalb von drei Monaten auf die Beine stellen. Aber die Menschen hierzulande denken schon lange nicht mehr mit'm Verstand. Mit'm Bauch denken se. Mit'n Eiern. Was soll man seine Gesundheit für nix ruinieren. Jedesmal, wenn das damit losgeht, dreh' ich schier durch. Kann man nix machen. Hier herrscht der Mob. Schlimmer als die Araber.«

»Und wenn ich Ihnen nun verspreche, nicht nervös zu werden und auch Sie nicht nervös zu machen?« meinte Fima. »Wir könnten uns doch wenigstens darauf einigen, daß jeder seinen Standpunkt hat?«

»Gut«, sagte der Fahrer, »Sie müssen bloß im Gedächtnis behalten, daß Sie's selber gewollt haben. Bei mir ist das folgendermaßen: Ich bin für echten Frieden, wie das heißt, mit Absicherungen und Garantien und sämtlichen Bürgschaften und Rundumversicherung – für so 'nen Frieden würd' ich persönlich denen die Gebiete außer der Westmauer geben und noch danke sagen, daß sie mir Ramallah und Gaza vom Hals geschafft haben. Seit uns dieser Mist siebenundsechzig zugefallen ist, geht uns der Staat flöten. Die haben uns völlig versaut. Geht's Ihnen an die Gesundheit, das zu hören? Kommen Sie mir gleich mit Bibelversen angelabert?«

Fima vermochte die Fülle seiner Gefühle nur mit Mühe zu beherrschen: »Und wie, wenn ich fragen darf, sind Sie zu diesem Schluß gekommen?«

»Am Ende«, sagte der Fahrer müde, »am Ende werden alle dahin kommen. Vielleicht erst, nachdem noch 'n paar Tausend draufgegangen sind. Es gibt keine Wahl, mein Herr. Die Araber werden nicht von hier verduften und wir auch nicht, und zum Zusammenleben passen wir ungefähr so wie Katz und Maus. Das sagt die Wirklichkeit, und das sagt die Gerechtigkeit. Steht doch in der Thora, wenn zwei Klienten ein und denselben Tallit halten und jeder schreit, das wär' sein Tallit von zu Hause, dann nimmt man eine Schere und schneidet ihn durch. So hat's schon Mose selber bestimmt, und glauben Sie mir, der war nicht auf'n Kopp gefallen. Besser 'nen Tallit durchschneiden als die ganze Zeit den Kindern den Hals. Welche Straße haben Sie gesagt, woll'nse?«

»Alle Achtung«, sagte Fima.

Und der Fahrer: »Was heißt alle Achtung. Wozu sagen Sie mir alle Achtung. Was bin ich denn, irgend 'ne Katze, die fliegen gelernt hat? Wenn Sie zufällig auch dieser Meinung sind, fang' ich nicht an, Ihnen deswegen alle Achtung zu sagen. Was ich Ihnen aber sehr wohl sage, und da hören Sie gut zu: Es gibt in diesem Staat nur einen einzigen Menschen, der genug Kraft hat, den Tallit durchzuschneiden, ohne daß man ihm den Hals durchschneidet und ohne daß hier ein interner Bruderkrieg losgeht – und das ist Arik Scharon. Kein anderer kann das machen. Von ihm werden sie's fressen.«

»Obwohl seine Hände mit Blut besudelt sind?«

»Gerade deswegen, mein Herr. Erstens sind nicht seine Hände blutbeschmiert, sondern die des Staats. Ihre und meine ebenfalls. Nicht alles auf ihn schieben. Außerdem, dieses Blut, was da geflossen ist – da verspür' ich keine Gewissensbisse auf der Leber. Trauer ja. Aber keine Scham. Sollen die Araber sich schämen, nicht wir. Haben wir etwa Blut vergießen wollen? Die Araber haben uns dazu gezwungen. Von Anfang an. Von uns aus hat man überhaupt nicht mit Gewalt anfangen wollen. Sogar Menachem Begin, ein stolzer Patriot – als Sadat zu ihm gekommen ist, um in der Knesset um Verzeihung zu bitten, hat er ihm gegeben, was er haben wollte, bloß daß das mit dem Blut aufhört. Wenn Arafat so kommen würde, um in der Knesset Verzeihung zu sagen – würd' er auch was kriegen. Bloß wie? Da soll der Arik die Sache mit Arafat perfekt machen, wie's unter Gangstern eben geht. Was haben Sie denn gedacht? Daß da so ein Jossi Sarid ankommt und mit diesem Dreckskerl einen Deal macht? Jossi Sarid – den fressen die Araber in einem Haps ohne Salz, und von den unsrigen kommt sicher auch gleich einer hergelaufen, knallt ihm 'ne Salve in'n Bauch und fertig. Am besten, Arik schneidet den Kram ab. Wenn Sie's mit 'nem Raubtier zu tun haben, werden Sie dafür wohl 'n Jäger engagieren. Keine Bauchtänzerin. Ist das hier Ihr Haus?«

Als Fima merkte, daß er nicht genug Geld bei sich hatte, um die Fahrt zu bezahlen, und er dem Fahrer daraufhin anbot, ihm seinen Personalausweis als Pfand auszuhändigen, oder ein paar Minuten zu warten, bis er sich von einem Nachbar ein paar Schekel ausgeliehen hatte, sagte der: »Lassen Sie man. Nicht weiter schlimm. Morgen oder übermorgen kommen Sie und bringen sieben Schekel zum Taxistand Elijahu. Sagen Sie, für Zion. Sie sind nicht zufällig vom Bibelverein? Oder so was in der Richtung?«

»Nein«, erwiderte Fima, »warum?«

»Mir schien, Sie wär'n im Fernsehen gewesen. Sicher einer, der Ihnen ähnlich sieht. Der hat auch schön gesprochen. Einen

Moment, mein Lieber, Sie haben Ihre Mütze vergessen. Wo haben Sie die denn aufgegabelt? Ist das noch eine aus'm Holocaust?«

Fima sah im Vorbeigehen, daß etwas in seinem Briefkasten steckte, umrundete die aufgerollte Matratze, doch als er das Treppenhauslicht erreicht hatte und den Wohnungsschlüssel hervorzog, fiel ein säuberlich zusammengefalteter Zehnschekelschein zu Boden, mit dem er gleich schwerfällig loslief, um vielleicht noch den Taxifahrer zu erwischen, der ja am Straßenrand wenden mußte. Der Fahrer grinste im Dunkeln: »Was ist? Wo brennt's? Haben Sie Angst, ich könnt' womöglich morgen früh auswandern? Sollen die Aasheinis auswandern. Ich bleib' bis zum Ende des Films, um zu sehen, wie's hier ausgeht. Gute Nacht, mein Herr. Bloß nicht zu Herzen nehmen.«

Fima beschloß daraufhin, ihn in seine Regierung aufzunehmen. Zwi vom Informationsportefeuille zu entbinden und den Fahrer damit zu betrauen. Und vielleicht, weil der Mann die Worte »Ende des Films« benutzt hatte, fiel ihm plötzlich ein, daß Annette sicher jetzt zu Hause auf einen Anruf von ihm wartete. Wenn sie bloß nicht vor dem Kino stand. Und es nicht Nina war. Hatte er versprochen gehabt, Nina vom Büro abzuholen? War er womöglich fähig gewesen, sich aus Versehen mit beiden zu verabreden? Oder hatte er etwa was mit Tamar ausgemacht? Fima grauste es bei dem Gedanken, sich wieder mal in Ausflüchte und Lügen verstricken zu müssen. Er mußte unbedingt anrufen. Erklären. Das Knäuel behutsam auflösen. Sich bei Nina entschuldigen und sofort zum Treffen mit Annette starten. Oder umgekehrt.

Wenn sich aber herausstellen sollte, daß er doch nur mit einer von ihnen verabredet gewesen war? Und er nun anfing, sich am Telefon in Lügen zu winden, auf diese Weise immer mehr in die Klemme geriet und nur Hohn und Spott erntete? Oder wenn sie jetzt in diesem Augenblick beide wartend vorm Kinoeingang standen, ohne einander zu kennen, ohne auch nur auf die Idee zu kommen, daß ein und derselbe Idiot sie beide enttäuscht hatte?

Also wirklich Schluß mit der Lügerei. Jetzt würde ein neues Kapitel beginnen. Von nun an würde er sein Leben offen und ehrlich mit Vernunft führen. Wie hatte der Fahrer gesagt? Ohne Gewissensbisse auf der Leber. Es gab keinen Grund auf der Welt, seine Geliebten voreinander zu verbergen. Wenn ich ihnen ein bißchen lieb bin – warum sollten sie dann einander nicht liebgewinnen? Gewiß werden sie sich sofort anfreunden und können sich gegenseitig aufmuntern. Sie haben eigentlich sehr viel gemeinsam: Beide sind mitfühlende Seelen mit einem guten, großzügigen Herzen. Beide haben Freude an meiner angeblichen Hilflosigkeit. Ein sonderbarer Zufall, wirklich eine Koinzidenz: Sowohl Annettes als auch Ninas Mann halten sich derzeit in Italien auf. Wer weiß, vielleicht sind sie sich dort begegnet? Womöglich sitzen sie jetzt beide, Jerry Tadmor und Uri Gefen, in einem lauten Trupp von Israelis und Fremden im selben Café in Rom und tauschen saftige Geschichten aus über Liebe und Verzweiflung. Oder sie diskutieren über die Zukunft des Nahen Osten, und Uri benutzt Argumente, die er von mir übernommen hat. Und mir hat die Ironie des Schicksals, die glattweg Stefan Zweig oder Somerset Maugham entstammen könnte, indessen aufgetragen, mich heute abend mit den beiden verlassenen Frauen zu treffen, zwischen denen sich Freundschaft und Seelenverwandtschaft zu entwickeln beginnen. Solidarität. Sogar ein gewisses Maß an Intimität. Denn beide sind auf mein Wohl bedacht.

Im Geist sah er sich im dunklen Kinosaal sitzen, Jean Gabins Auseinandersetzung mit einer brutalen Mörderbande wurde immer bedrohlicher, während er, Fima, mit der Linken Annette umarmte und die Finger der Rechten über Ninas schwellende Brust gleiten ließ. Als gebe er erfolgreich die Rolle Uri Gefens in einem Volksstück. Nach dem Film würde er sie beide in das kleine Restaurant hinterm Zionsplatz einladen. Würde sie leicht, brillant und gelassen mit niveauvollen erotischen

Geschichten, sprühenden Gedanken, zündenden Einfällen, die alte Fragen neu beleuchteten, unterhalten. Wenn er sich dann kurz entschuldigte, um zur Toilette hinunterzugehen, würde ein fieberhaftes Getuschel zwischen den beiden Frauen einsetzen: Sie berieten sich über seinen Zustand. Verteilten Aufgaben und Dienstzeiten untereinander, stellten gewissermaßen eine Art Arbeitsplan für die Fima-Betreuungsabteilung auf.

Diese Phantasien taten ihm wohl wie ein Streicheln: Schon immer, seit seiner Kindheit, genoß er das Gefühl, daß erwachsene, verantwortliche Menschen in seiner Abwesenheit dasaßen und überlegten, wie sie ihm Gutes tun konnten. Abwarteten, bis er eingeschlafen war, um seine Geburtstagsfeier zu planen. Zum Russischen übergingen, um zu beraten, mit welchem Geschenk man ihn überraschen sollte. Wenn er am Ende des Abends im Restaurant den Mut aufbrachte, Annette und Nina über Nacht zu sich nach Hause einzuladen, würde sich vielleicht momentane Betretenheit einstellen, aber letzten Endes würde man ihm den Antrag nicht abschlagen: Von Uri hatte er gelernt, daß derlei Kombinationen auch die weibliche Phantasie hypnotisierten. Und so erwartete ihn endlich eine stürmische griechische Nacht. Wieder würde er in Wonne schwelgen. Ein neues Geißbockjahr stand vor der Tür.

Einige Minuten ließ er sich die Einzelheiten durch den Kopf gehen, verteilte Rollen, gestaltete Szenen. Dann hob er mutig den Hörer ab und rief Ninas Büro an. Da das Telefon keinen Ton von sich gab, versuchte er es mit Annette. Auch diesmal reagierte der Apparat mit Mäuschenstille. Vergeblich wählte er noch fünf-, sechsmal abwechselnd die beiden Nummern: Sämtliche Einrichtungen dieses Staates sind am Abbröckeln. Die Verkehrsadern sind verstopft, die Krankenhäuser lahmgelegt, das Stromnetz bricht zusammen, die Universitäten gehen bankrott, die Fabriken machen nacheinander zu, Wissenschaft und Erziehung sacken auf indisches Niveau ab, die öffentlichen Dienste sind völlig überfordert – und alles wegen diesem Wahnsinn mit den Gebieten, der uns langsam zerstört. Wie hatte der Taxifahrer ihm doch gesagt? Seit uns dieser Mist siebenundsechzig zugefallen ist, geht uns der Staat flöten.

Fima riß den Apparat hoch, haute ihn auf den Tisch, rüttelte und schüttelte, redete ihm gut zu, flehte ihn an und beschwor ihn, hob ab und knallte wieder auf – nichts wollte helfen. Bis ihm einfiel, daß er eigentlich einzig und allein sich selber beschuldigen mußte: Mehrmals hatte er schriftliche Mahnungen bezüglich der unbezahlten Telefonrechnung im Briefkasten vorgefunden und sie schlichtweg ignoriert. Nun rächte man sich endlich an ihm. Schnitt ihn von der Welt ab. Wie den Kantor auf der einsamen Insel.

Noch einmal versuchte er listig, ganz langsam zu wählen, mit sanftem, zarten Finger wie ein Dieb, wie ein Liebhaber, konnte sich nicht erinnern, ob die Notrufnummer für solche Fälle vierzehn oder achtzehn oder vielleicht hundert war. Er war absolut bereit, seine Schulden jetzt in diesem Augenblick zu begleichen, sich mündlich oder schriftlich zu entschuldigen, den Mitarbeitern der Telefongesellschaft einen unentgeltlichen Vortrag über die Mystik der christlichen Kirche zu halten, Buße oder Bestechungsgeld zu zahlen – solange man nur sofort kam, um seinen Apparat wieder zum Leben zu erwecken. Morgen würde er früh aufstehen und gleich als erstes zur Bank gehen. Oder etwa auf die Post? Würde seine Schulden bezahlen und von der einsamen Insel wegkommen. Aber morgen war Freitag, fiel ihm ein. Da schlossen die Ämter früh oder machten gar nicht erst auf. Sollte er seinen Vater anrufen und ihn bitten, seine Beziehungen spielen zu lassen? Nächste Woche würden die Anstreicher über ihn herfallen, die sein Vater auf ihn losgehetzt hatte. Vielleicht sollte er sich morgen aufmachen und nach Zypern fahren? Auf die Galapagosinseln? Oder wenigstens in die kleine Pension in Magdiel?

Doch plötzlich änderte er seine Meinung. Sah die Lage in ganz neuem Licht. Im Handumdrehen atmete er auf: Das Schicksal selbst greift ein, um dich heute abend sowohl von Jean Gabin als auch von der nächtlichen Orgie zu befreien. Die

Worte »einsame Insel« erfüllten ihn mit Wonne. Es wird großartig sein, einen ruhigen Abend daheim zu verbringen. Der Sturm kann nach Herzenslust von draußen an den Scheiben rütteln, und du zündest den Petroleumofen an, setzt dich in den Sessel und versuchst ein bißchen dem anderen, richtigen Fima näherzukommen, statt ermüdende diplomatische Anstrengungen zur Versöhnung zweier gekränkter Frauen zu unternehmen und dich dann auch noch die ganze Nacht abzurackern, um ihren Hunger zu stillen. Vor allem freute er sich, daß er wie mit einem Zauberstab von der Pflicht dispensiert war, sich anzuziehen und jetzt wieder in diese leere, frostige, regengepeitschte Stadt hinauszugehen. War es ihm denn wirklich in den Sinn gekommen, auf einmal Uri Gefens Rolle zu spielen? In die Fußstapfen seines Vaters zu treten? Jetzt, als der abgewetzte, schlaffe Teddybär, der er war, plötzlich wieder wie ein Geißbock loszuspringen? Da wollen wir dich aber vorher erst mal stotterfrei pinkeln sehen.

Statt herumzualbern, setzt man sich jetzt besser an den Schreibtisch, knipst die Lampe an und verfaßt eine gepfefferte Antwort auf den Vortrag von Günter Grass. Oder einen Brief an Jizchak Rabin. Oder den Artikel über das Herz des Christentums. Und man könnte sich auch einmal ungestört die Fernsehnachrichten um neun angucken. Mitten in einem dummen Melodrama vorm Fernseher einpennen. Oder noch besser, sich ins Bett kuscheln und das bei Ted aus dem Regal geklaute Buch lesen – das Leben der Walfänger in Alaska entschlüsseln, sich den Überfall wilder Nomaden vorstellen, ein bißchen über die sonderbaren Sexualgewohnheiten der Eskimostämme schmunzeln. Der Brauch, im Rahmen von Einführungsriten den pubertären Jungen eine reife Witwe zur Verfügung zu stellen, veursachte ihm plötzlich süßes Prickeln in den Lenden. Und morgen vormittag würde er seinen Geliebten alles erzählen, die es ihm sicher gern verziehen: Schließlich war hier doch mehr oder weniger höhere Gewalt am Werk gewesen.

Neben dem Gefühl der Erleichterung und dem Signal in den

Lenden regte sich auch sein Appetit. Den ganzen Abend hatte er nichts zu sich genommen. Deshalb ging er in die Küche und verschlang im Stehen fünf dicke Scheiben Marmeladebrot, saugte zwei Tomaten an und aß sie dann auf, ohne sie erst groß in Scheiben zu schneiden, verschlang einen Becher Joghurt, schlürfte zwei Tassen Tee mit Honig und nahm zum Abschluß eine Tablette gegen Sodbrennen. Um seine zaudernde Blase anzutreiben, drückte er mitten im Pinkeln die Spülung. Und da er den Wettlauf mit dem gurgelnden Wasser verlor, mußte er warten, bis der Behälter sich gütigst wieder gefüllt hatte. Aber dazu hatte er keine Lust. Lieber ging er durch die Wohnung, löschte in allen Zimmern die Lampen, stellte sich ans Fenster, um zu prüfen, was es auf den freien Flächen, die sich von hier bis Bethlehem erstreckten, Neues gab – vielleicht sah man ja schon irgendein Zeichen von fernem Goldlicht –, und freute sich am Beben der Scheiben, gegen die ein scharfer, schwarzer Wind von außen schlug.

Hier und da auf den dunklen Hängen blinkte ein blasser Schein: verstreute arabische Steinhütten zwischen Obstbäumen und Felsland. Die Schemen der Berge trieben ihr Spiel mit ihm. Als tauschten sie doch wahrlich geheimnisvolle, überirdische Liebkosungen aus. Einst sind in Jerusalem Könige und Propheten, Heilande, Weltverbesserer, Stimmen hörende Mondwandler, Fanatiker, Asketen und Träumer umhergestreift. Und irgendwann in der Zukunft, in hundert oder mehr Jahren, werden hier an unserer Stelle neue, von uns völlig verschiedene Menschen leben. Kluge, zurückhaltende Leute. All unsere Leiden werden ihnen gewiß merkwürdig, zweifelhaft, ein wenig peinlich erscheinen. Vorerst, einstweilen zwischen diesen und jenen, hat man uns nach Jerusalem gesetzt. Die Stadt unserer Aufsicht übergeben. Und wir füllen sie mit Gewalt, Dummheit und Unrecht. Fügen einander Demütigungen, Kränkungen, Leiden zu – nicht aus Bosheit, sondern nur vor lauter Trägheit und Angst. Wollen das Gute und bewirken das Übel. Mehren das Wissen – mehren den Schmerz.

»Und du verurteil mich mal nicht«, wandte Fima sich laut murrend an Joeser, »sei bloß ruhig. Was weiß so ein Lackaffe wie du schon. Wer hat überhaupt mit dir geredet.«

Große, gestochen scharfe Sterne flimmerten vor den müden Augen. Fima kannte ihre Namen nicht, und es war ihm auch egal, welcher von ihnen Mars, Jupiter oder Saturn war. Aber er hätte zu gern enträtselt, woher dieses unbestimmte Gefühl stammte, daß es nicht das erste Mal war. Daß er schon einmal, in uralten Zeiten, dagewesen war. Daß er diesen Sternenflimmer schon einmal in einer einsamen, kalten Winternacht gesehen hatte. Nicht vom Fenster dieses Wohnblocks, sondern – vielleicht – durch den Türrahmen einer der niedrigen Steinhütten zwischen den dunklen Felsflächen dort drüben. Und schon damals hatte er sich gefragt, was möchten die Sterne am Himmel von dir, und was will der Schatten der Berge dir im Dunkeln sagen. Nur war die Antwort damals einfach gewesen. Aber vergessen. Ausgelöscht. Obwohl Fima einen Augenblick den Eindruck hatte, jene Antwort flattere an der Gedächtnisschwelle – streck die Finger aus und berühr sie. Er schlug die Stirn an die Scheibe und erschauerte von der Kälte. Bialik zum Beispiel behauptet, die Sterne hätten ihn betrogen. Hätten versprochen und nicht gehalten. Seien gewissermaßen eine Verabredung eingegangen und nicht erschienen. Dabei ist es in Wahrheit doch umgekehrt: Nicht die Sterne haben uns betrogen, sondern wir sie. Wir haben versprochen und nicht gehaltlen. Sie haben uns gerufen, und wir haben vergessen zu kommen. Sie haben gesprochen – und wir haben uns geweigert hinzuhören. Kraniche schwebten – und weg sind sie.

Sagt ein Wort. Gebt ein kleines Wegzeichen, einen Fingerzeig, ein Fadenende, ein Zwinkern, und auf der Stelle mache ich mich auf und gehe. Ohne auch nur vorher das Hemd zu wechseln. Steh' auf zieh' los. Jetzt. Oder ich werfe mich euch zu Füßen. Liege da mit entschleierten Augen.

Draußen legte der Wind zu. Heftige Wassergüsse klatschten vor seiner Stirn an die Scheibe. Das Wolkenloch über den

Bethlehemer Bergen, durch das vorher die Sterne geglitzert hatten, war jetzt ebenfalls zugezogen. Plötzlich meinte er von fern leises Weinen zu hören. Wie von einem verlassenen Baby in einer nassen Decke am Hang des Wadis. Als müsse er in diesem Augenblick losrennen und seiner Mutter helfen, den verlorenen Säugling wiederzufinden. Dabei sagte er sich, es sei gewiß nur das Quietschen eines Fensterladens. Oder ein Nachbarskind. Oder eine frierende Katze im Hof. Sosehr er seine Augen auch anstrengte, er sah nur Dunkelheit. Keinerlei Zeichen erschien, weder auf den Bergen noch im schwachen Lichterblinken der am Gegenhang verstreuten Hütten noch am schwarzen Himmel. Das ist doch unrecht, böse geradezu, mich zu rufen, ich solle kommen, ohne mir den kleinsten Hinweis zu geben, wohin. Wo das Treffen stattfinden soll. Ob es ein Treffen gibt oder nicht. Ob man mich ruft oder aber einen der Nachbarn. Ob nun etwas in dieser Dunkelheit ist oder nicht.

Und tatsächlich spürte Fima in diesem Augenblick in voller Schwere die über Jerusalem lagernde Dunkelheit. Dunkelheit über Minaretten und Kuppeln, Dunkelheit über Mauern und Türmen, Dunkelheit über den steinernen Höfen und den alten Pinienhainen, über Klöstern und Olivenbäumen, über Moscheen, Nischen und Höhlen, über den Gräbern der Könige wie der wahren und falschen Propheten, Dunkelheit in den gewundenen Gassen, Dunkelheit über den Regierungsgebäuden, über Ruinen und Toren, Geröllhalden und Dornenfeldern, Dunkelheit über Ränken, Begierden und Wahnbildern, Dunkelheit über Bergen und Wüste.

Im Südwesten, über den Bergspitzen rings um das Dorf En Karem, vollzog sich eine langsame Wolkenbewegung. Als ließe eine unsichtbare Hand einen Vorhang herab. So war die Mutter in seiner Kindheit an Winterabenden von Fenster zu Fenster gegangen und hatte alle Vorhänge zugezogen. Eines Nachts, er mußte drei oder vier Jahre alt gewesen sein, hatte sie vergessen, die Vorhänge in seinem Zimmer zu schließen. Er wachte auf und sah eine verschwommene Gestalt ihn reglos von draußen anblicken. Eine lange, schlanke Gestalt, von einem blassen Lichtkreis umgeben. Dann verlosch sie. Und tauchte erneut, wie in mondbefallenen Nebeln, vor dem zweiten Fenster auf. Und verlosch wieder. Er wußte noch, daß er entsetzt im Bett hochgefahren war und zu weinen begonnen hatte. Daß seine Mutter hereingekommen war, sich im Nachthemd, das einen feinen Parfümduft verströmte, über ihn gebeugt hatte und daß auch sie weiß und lang und wie mondbefallen wirkte. Sie hatte ihn in die Arme genommen und ihm versichert, daß draußen nichts war, daß die Gestalt nur ein Traumgebilde gewesen sei. Danach hatte sie die beiden Vorhänge fest zugezogen, ihn zugedeckt und auf die Stirn geküßt. Obwohl er zum Schluß zu weinen aufgehört und sich ganz unter die Decke vergraben hatte und obwohl sie an seinem Bett sitzengeblieben war, bis er wieder eingeschlafen war, wußte Fima auch heute noch mit letzter, absoluter Sicherheit, daß die Gestalt kein Traumgebilde gewesen war. Daß seine Mutter das gewußt und ihn belogen hatte. Selbst jetzt nach fünfzig Jahren war er weiterhin überzeugt, daß dort wirklich ein Fremder vorbeigekommen war. Nicht etwa im Traum, sondern draußen hinter der Scheibe. Und daß auch seine Mutter es gesehen hatte. Und er wußte, daß jene Lüge die schlimmste aller Lügen war, die man ihm im Lauf seines Lebens vorgesetzt hatte. Diese Lüge hatte seinen kleinen Bruder weggerafft und das Schicksal seiner Mutter besiegelt, in der Blüte ihrer Jahre dahinzugehen, und auch sein eigenes Los, die ganzen Jahre über hier und doch nicht hier zu sein. Vergeblich etwas Verlorenes zu suchen, das nicht ihm abhanden gekommen war und von dem er nicht die leiseste Ahnung hatte, worum es sich handelte, wie es aussah, wo er es suchen sollte und wie.

Doch auch wenn es sich eines Tages einfinden sollte – woran würde er erkennen, daß er es gefunden hatte?

Womöglich hatte er es schon gefunden, aber seinen Händen entgleiten lassen, war achtlos weitergegangen und suchte nun immer noch wie ein Blinder?

Es schwebten und kreisten Kraniche, und nun sind sie weg.

Der Wind ließ von den Scheiben ab. Eisige Stille breitete sich aus. Um Viertel vor elf änderte Fima seinen Plan, zog sich dick an, ging auf die leere Straße hinunter – die Kälte war stechend scharf – und steuerte auf den öffentlichen Fernsprecher im Ladenzentrum im oberen Teil des Viertels zu. Aber als er den Hörer abnahm, antwortete auch dieses Telefon nur mit Totenstille. Womöglich war in der ganzen Gegend eine Störung eingetreten? Hatten Rowdys den Apparat kaputtgemacht? Oder war ganz Jerusalem wieder einmal von sich selbst und der gesamten Welt abgeschnitten? Also verzichtete er, legte behutsam den Hörer wieder auf, zuckte die Achseln und sagte, alle Achtung, mein Lieber, weil ihm einfiel, daß er sowieso keine Telefonmünze in der Tasche hatte.

Morgen würde er früh aufstehen und seinen Geliebten alles erklären.

Oder er würde sich aufmachen und hier wegfahren.

Das Wispern der nassen Wipfel, die beißende Kälte, die Leere der Gassen – all das gefiel Fima. So schlenderte er weiter in Richtung Abhang und Felder. Seine Mutter hatte die eigenartige Angewohnheit gehabt, auf jede Speise zu pusten, auch wenn sie längst abgekühlt war, ja sogar wenn es sich um etwas Kaltes wie Salat oder Kompott handelte. Wenn sie pustete, rundeten sich ihre Lippen wie zum Kuß. Das Herz krampfte sich zusammen, weil er in diesem Augenblick, fünfundvierzig Jahre nach ihrem Tod, ihr einen Kuß erwidern wollte. Die Welt hätte er für sie umkrempeln mögen, um die blaue Babymütze mit dem Wollbommel zu finden und sie ihr wiederzugeben.

Als Fima am Ende der Straße, das gleichzeitig das Ende des Viertels und der Stadt bildete, angelangt war, bemerkte er ein durchsichtiges Wimmeln, das lautlos den ganzen Weltraum erfüllte. Als kämen von allen Seiten vieltausend seidig-sanfte Schritte angewuselt. Als berührten ihn Finger, die keine waren, im Gesicht. Als das Staunen abflaute, vermochte er feine Schneeflöckchen zu erkennen. Denn ganz leichter Schnee begann auf Jerusalem herabzurieseln. Allerdings schmolz er augenblicklich, sobald er etwas berührte. Es stand nicht in seiner Kraft, die graue Stadt weiß zu machen.

Fima kehrte heim und stöberte in dem Papierkorb unterm Schreibtisch nach der Telefonrechnung, die er gestern oder vorgestern zerknüllt und weggeworfen hatte. Die Rechnung fand er nicht, aber dafür zog er eine zerknitterte Seite des *Ha'arez* aus dem Korb, strich die Falten glatt und nahm sie mit ins Bett. Wo er nun über die neuen falschen Messiasse las, bis ihm die Augen zufielen und er mit der Zeitung über den Augen einschlief. Um zwei Uhr nachts hörte der leichte Schneefall auf. Jerusalem stand frostig und leer im Dunkeln, als sei das Unheil schon geschehen und alle seine Einwohner seien erneut in die Verbannung gezogen.

26. Karla

Im Traum kam Gad Etan in einem Militärjeep mit auf der Motorhaube montiertem Maschinengewehr, um ihn zu einem Treffen mit dem Staatspräsidenten abzuholen. Das Präsidialamt befand sich in einer kleinen Kellersynagoge an einer Ecke des Russischen Areals hinter dem Polizeigebäude. Am Schreibtisch saß ein arroganter britischer Offizier mit schrägem Ledergurt über der schwarzen Uniform. Er riet Fima, aus freien Stücken das Geständnis für den Mord an dem Hund zu unterschreiben, der sich im Traum in eine Frau verwandelt hatte, deren Leiche – in ein mit schwarzen Blutflecken besudeltes Laken gehüllt – zu Füßen des Thoraschreins lag. Fima bat, das Gesicht der Toten sehen zu dürfen. Der Ermittlungsbeamte erwiderte grinsend: Wozu, wär' doch schade, sie zu wecken, Karla eben wieder. Die ihr Leben für dich riskiert, dich auf die arische Seite rübergebracht, dich jedesmal gerettet hat – aber du hast sie ausgeliefert. Als Fima zu fragen wagte, welche Strafe ihn zur Sühne erwarte, sagte der Verteidigungsminister: Schau, was du für ein Golem bist. Die Schuld ist doch die Sühne.

27. Fima weigert sich nachzugeben

Um halb sieben Uhr morgens fuhr er erschrocken aus dem Schlaf hoch, weil in der Wohnung über ihm ein schwerer Gegenstand zu Boden gefallen war, gefolgt von einem gellenden Frauenschrei – nicht lang, auch nicht besonders laut, aber grauenhaft und verzweifelt, als habe die Betreffende dem Tod ins Auge gesehen. Fima sprang aus dem Bett, schlüpfte in die Hose und rannte auf den Küchenbalkon, um besser zu hören. Kein Laut drang aus der oberen Wohnung. Nur ein unsichtbarer Vogel tschilpte wieder und wieder drei sanfte Töne, als sei er zu dem Schluß gelangt, daß Fima schwer von Begriff war und gewiß weder verstanden hatte noch verstehen werde. Mußte er nicht hinaufeilen und feststellen, was da vor sich ging? Hilfe anbieten? Retten? Sofort die Polizei anrufen oder einen Krankenwagen bestellen? Da fiel ihm ein, daß man sein Telefon abgestellt und ihn damit von der Pflicht zum Eingreifen entbunden hatte. Außerdem konnte es ja sein, daß der Aufprall und der Schrei nicht im Wachen erfolgt waren, so daß er nur Verwirrung und Spott hervorrufen würde.

Statt ins Bett zurückzukehren, verharrte er im langärmligen Unterhemd auf dem Küchenbalkon zwischen den Resten der Käfige, Gläser und Kartons, in denen einst Dimmis und sein Sack voll Flausen gehaust hatte. Jetzt verströmten sie den säuerlichen Modergeruch feuchter Sägespäne mit dem Gestank schwarz gewordener Kotkügelchen und vergammelter Futterreste – Karotten und Gurkenschalen, Kohl- und Salatblätter. Zu Winteranfang hatte Dimmi beschlossen, die Schildkröten, Käfer und Schnecken, die sie zusammen im Wadi gesammelt hatten, wieder freizulassen.

Und wo war der Schnee der Nacht?

Als sei er nie gewesen.

Keine Spur existierte mehr davon.

Aber die kahlen Berge im Süden Jerusalems standen geläutert

da, von lichtem Azur überflutet, so daß man beinah die Unterseiten der fernen Olivenblätter auf dem Gebirgskamm von Bet-Jallah silbern schimmern sah. Es war ein kaltes, scharfes, kristallklares Licht, vielleicht als Vorschuß auf die fernen Tage übersandt, in denen das Leiden ein Ende haben, Jerusalem von seinen Qualen befreit sein wird und die Menschen, die an unsere Stelle treten, ihr Leben mit sanfter Klugheit und gegenseitiger Rücksichtnahme ruhig und sinnvoll leben – denn dann wird das Himmelslicht immer so sein.

Die Kälte war bitter, durchdringend, aber Fima in seinem vergrauten Winterunterhemd spürte sie gar nicht. Er lehnte an der Brüstung, füllte seine Lungen tief mit der rührseligen Luft und staunte, daß Leid inmitten dieser Schönheit überhaupt möglich war. Ein kleines Wunder hatte sich heute morgen unten im Hinterhof ereignet: Ein übermütiges, ungeduldiges Mandelbäumchen hatte plötzlich beschlossen auszuschlagen, als habe es sich im Kalender geirrt, und war nun über und über mit winzigen Nachtglühwürmchen bedeckt, die sich bei Tagesanbruch auszuschalten vergessen hatten. Auf den rosa Knospen tanzten Regentropfen in Fülle. Das glitzernde Blütenbäumchen ließ Fima an eine zarte, schöne Frau denken, die die ganze Nacht geweint hatte, ohne die Tränen abzuwischen. Diese Ähnlichkeit weckte in ihm kindliche Freude, Liebe, erstickte Sehnsucht nach Jael – ja unterschiedslos allen Frauen – und dabei auch den entschiedenen Willen, von heute morgen an ein neues Kapitel in seinem Leben anzufangen: ab sofort ein vernünftiger, ehrlicher, guter Mensch zu werden, frei von Lügen und jeglicher Verstellung. Also zog er ein sauberes Hemd an, schlüpfte in Jaels Pullover, stieg mit einem Mut, der ihn selber überraschte, die Treppe hinauf und klingelte energisch oben an der Nachbarwohnung. Einige Augenblicke später öffnete ihm Frau Pisanti im halb zugeknöpften Morgenrock über dem Nachthemd. Ihr breites, kindliches Gesicht schien Fima plattgedrückt und irgendwie ein wenig zerquetscht. Aber möglicherweise sah ja jeder, den man aus dem Schlaf gerissen hatte, mehr oder weniger so aus. In dem durch eine bleiche Neonröhre erleuchteten Flur funkelten hinter ihr die Augen ihres Mannes, eines behaarten, athletischen Typs, der weit größer als sie war. Die Nachbarin fragte besorgt, ob was passiert sei.

Fima geriet ins Stammeln: »Im Gegenteil... Verzeihung... gar nichts... Ich dachte, es sei was... vielleicht bei Ihnen runtergefallen? Oder zerbrochen? Es schien mir wohl bloß so, als hörte ich... so etwas? Tatsächlich habe ich mich wohl geirrt. Anscheinend war es nur eine ferne Explosion. Vielleicht haben die Messiastreuen mittels Dynamit den ganzen Tempelberg in die Luft gejagt. Und nun erstreckt sich an seiner Stelle nur noch das Jammertal.«

»Wie bitte?« fragte die Nachbarin, indem sie Fima verwundert oder leicht besorgt musterte.

Worauf Herr Pisanti, ein Röntgentechniker, hinter ihrem Rücken in einem Ton, in dem Fima einen Hauch von Lüge witterte, entgegnete: »Bei uns ist alles hundert Prozent in Ordnung, Herr Nissan. Wie Sie geklingelt haben, hab' ich mir gedacht, vielleicht ist bei Ihnen irgendwas schiefgelaufen? Nein? Brauchen Sie was? Ist der Kaffee wieder alle? Oder die Sicherung durchgebrannt? Soll ich kommen, sie wechseln?«

»Danke«, sagte Fima, »das ist nett von Ihnen. Danke. Ich habe genug Kaffee, und der Strom ist auch in Ordnung. Nur das Telefon ist kaputt, aber das ist ganz angenehm – endlich ein wenig Ruhe. Nochmals Verzeihung, daß ich Sie so früh morgens gestört habe. Ich hab' einfach gedacht, vielleicht... Egal. Danke und Entschuldigung.«

»Kein Problem«, sagte Herr Pisanti großzügig, »wir stehen sowieso immer um Viertel nach sechs auf. Wenn Sie zufällig mal schnell telefonieren wollen, bitte schön, können Sie bei uns. Kostenfrei. Oder soll ich mir bei Ihnen unten mal die Kontakte anschaun? Vielleicht hat sich was gelöst?«

»Ich dachte«, sagte Fima, wobei er sich über seine eigenen Worte wunderte, »ich hab' gedacht, ich rufe mal eine Freundin an, die vielleicht seit gestern abend auf mich wartet. Eigentlich zwei Freundinnen. Aber jetzt scheint's mir gar nicht mal schlecht, sie warten zu lassen. Sollen sie warten. Es brennt nicht. Tut mir leid, daß ich Sie gestört habe.«

Als er sich gerade davonmachen wollte, sagte Frau Pisanti zögernd: »Kann sein, daß da draußen was vom Wind runtergefallen ist. Eine Waschschüssel oder so was. Aber bei uns ist alles in Ordnung.«

Damit war Fima überzeugt, daß man ihn wieder einmal belog. Und verzieh die Lüge, weil er eigentlich kaum von den Nachbarn erwarten konnte, daß sie ihm von dem Streit berichteten, der sicher zwischen ihnen ausgebrochen war, und weil auch er bezüglich seiner Absicht, seine Freundinnen anzurufen, nicht die Wahrheit erzählt hatte.

Nach Hause zurückgekehrt, sagte er: »Was bist du doch für ein Idiot.«

Verzieh aber sofort auch sich selber, weil er es gut gemeint hatte.

Rund zehn Minuten turnte er vor dem Spiegel, ehe er sich rasierte, anzog, ein wenig kämmte, in dem neuen Kessel Wasser kochte, das Bett machte – was ihm diesmal alles reibungslos gelang. Er hat sie verprügelt, sinnierte er, womöglich sogar ihren Kopf gegen die Wand geschlagen, hätte sie glatt umbringen können, und wer weiß, ob er's nicht eines Tages tatsächlich tut, vielleicht noch heute morgen. Was uns Hitler angetan hat, war fünfundvierzig nicht zu Ende, sondern geht bis heute weiter und wird wohl ewig dauern. Hinter jeder Tür sind hier trübe Dinge in Gang, Gewalt- und Verzweiflungstaten. Unter diesem ganzen Staat brodelt versteckter Wahnsinn. Dreimal pro Woche kriegt unser langer Arm die Mörder in ihren Höhlen zu fassen. Wir können nicht einschlafen, ohne vorher ein kleines Pogrom unter den Kosaken zu veranstalten. Jeden Morgen wird Eichmann gefangen, und jeden Abend beseitigt man Hitler, solange er noch klein ist. Beim Basketball besiegen sie Chmelnizki, und bei der Eurovision rächen sie sich für Kischinew. Aber mit welchem Recht mische ich mich ein?

Liebend gern würde ich auf einem weißen Pferd erscheinen und diese Frau Pisanti retten. Oder sie alle beide. Oder den ganzen Staat. Wenn ich nur wüßte, wie. Wenn ich bloß eine Ahnung hätte, wo man anfangen könnte. Ja Baruch mit seinem Trotzkibärtchen und seinem Spazierstock verbessert die Welt ein wenig, indem er Spenden, Beihilfen und milde Gaben verteilt, aber ich unterschreibe bloß Petitionen. Vielleicht hätte ich gestern abend doch jenen Polizisten überreden sollen, mich zu Schamir hineinzulassen? Zu einem Gespräch von Herz zu Herz? Oder Schamir mit meinem Taxifahrer bekannt machen müssen?

Er kam auf die Idee, sich hinzusetzen und einen kurzen, aber von Herzen kommenden Aufruf an die Falken zu verfassen. Diesen Rechten im *Ha'arez* zwei, drei allgemeine Grundlinien für einen nationalen Teilkonsens vorzuschlagen. Eine Art neues Abkommen zwischen den Gemäßigten und dem nichtmessianischen rechtsgerichteten Element, das vielleicht trotz allem imstande wäre, eine Gebietsrückgabe zu verdauen, wenn nicht das im Wege stände, was dort als linke Neigung zu rückhaltloser Versöhnung gewertet wird. Der Taxifahrer hat recht gehabt: Unser größer Fehler der letzten zwanzig Jahre besteht darin, daß wir die Empfindungen von Herrn Pisanti nebst Frau und Hunderttausenden anderer Israelis ihres Schlages nicht ernst genommen haben, bei denen die Araber authentische Wut-, Angst- und Mißtrauensgefühle auslösen. Dabei haben diese Empfindungen doch keinen Hohn verdient, sondern vielmehr das schrittweise, logische Bemühen, sie mit Hilfe der Vernunft zu überwinden. Statt mit ihnen zu reden, haben wir sie kübelweise mit hochmütigem Spott überschüttet. Es hat also Sinn, ein Abkommen aufzusetzen, das genau festlegt, wo die Grenze unserer, der Gemäßigten, Verzichtsbereitschaft gegenüber den Arabern liegt. Damit sie nicht, wie Baruch, meinen, wir seien gewissermaßen für einen Totalausverkauf. Damit sie wissen, wofür auch wir Linken sogar in einen neuen Krieg ziehen würden, falls sich herausstellen sollte, daß die arabische Seite uns betrügt und an der Nase herumführt. Auf diese Weise können wir vielleicht einige der Falken beruhigen und so die eingefrorene Situation auftauen.

Als Fima die Wendung »eingefrorene Situation« benutzte, fiel ihm ein, daß er vergessen hatte, den Ofen anzuzünden. Er bückte sich und stellte erfreut fest, daß noch genug Petroleum drin war. Nachdem er ihn in Brand gesetzt hatte, empfand er das Bedürfnis, sich erst mit Zwi Kropotkin zu beraten, bevor er sich an die Abfassung des Aufrufs setzte. Vor lauter Enthusiasmus machte es ihm nichts aus, Zwi schon wieder mitten bei der Rasur zu stören, denn seine neue Idee erschien ihm fruchtbar, nützlich und daher auch äußerst dringend. Aber aus dem Hörer drang erneut nur Schweigen. Fima meinte, dieses Schweigen sei jetzt vielleicht weniger tief als am Vorabend: Ein leichtes, abgehacktes Surren, ein wenig wie Zähneknirschen, war mehr zu ahnen als zu hören. Wie ein Ächzen aus tiefsten Tiefen. Daraus entnahm Fima ein schwaches Lebenszeichen, ein allererstes Signal für die Erholung des Apparats. Er war überzeugt, das Telefon habe nicht etwa sein Leben ausgehaucht, sondern sei nur in tiefe Ohnmacht verfallen, und zeige nun, wenn es auch das Bewußtsein noch nicht wiedererlangt hatte, doch eine schlaffe Reaktion, ein leises Stöhnen unter Schmerzen, einen matten Pulsschlag, was Anlaß zu Hoffnung gab. Wobei er allerdings in Rechnung stellte, daß genau in diesem Augenblick der Kühlschrank in der Küche zu brummen begonnen hatte. So daß die Hoffnung womöglich verfrüht sein mochte.

Auch der Ausdruck »rechtsgerichtetes Element« erschien ihm plötzlich abstoßend: Es war nicht richtig, Menschen mit dem schalen Wort »Elemente« zu belegen. Außerdem erblickte er etwas Absurdes an dem Gedanken, die Vertreter der Gegenmeinung auf die Psychiatercouch zu legen: Man könnte meinen, unser Lager strotze vor blühender geistiger Gesundheit. Dabei nagen doch auch an uns Verzweiflung, Frustration und Wut. Auch wir sind im Wust der Empfindungen gefangen. Nicht weniger als unsere Gegner. Und darüber hinaus sind die Worte »unser Lager« absolut lächerlich: Was heißt hier »unser

Lager«? Das ganze Land ist Front. Das ganze Volk Militär. Alles teilt sich in Lager. Friedenstruppen. Gemäßigte Kräfte. Stoßtrupps der Koexistenz. Abrüstungswächter. Kommando Völkerfreundschaft. Speerspitze der Aussöhnung.

Statt einen Aufruf zu verfassen, trat Fima ans Fenster, um seine Gedanken zu ordnen. Und inzwischen betrachtete er das winterliche Licht, das sich wie Edelmetall über Gipfel und Hänge ergoß. Fima kannte und liebte den Ausdruck »Edelmetalle«, obwohl er keine Ahnung hatte, welche darunterfielen. In der väterlichen Wohnung in Rechavia hatten Baruch und Dimmi in Zangentaktik versucht, ihm eine erste Lektion in Chemie aufzunötigen. Fima hatte sich wie ein störrisches Kind mit allen möglichen Finten und Wortspielen dagegen gewehrt. Bis Dimmi sagte: Laß man, Großvater, das ist nichts für ihn. Worauf die beiden ohne ihn in die Bereiche von Säuren und Basen enteilten, die Fima wegen seines Sodbrennens haßte.

Das Licht küßte die Bergketten, wallte in die Schluchten hinab, weckte in jedem Baum und Stein sein schlafendes, strahlendes Wesen, das sonst alle Tage unter Schichten grauer, lebloser Routine vergraben lag. Als sei der Erde hier in Jerusalem schon vor Jahrtausenden die Kraft zur Erneuerung von innen her ausgegangen. Als sei nur die Berührung dieses Gnadenlichts geeignet, den Dingen – wenigstens für eine kurze Weile – ihre Ursprünglichkeit wiederzugeben, die bereits in uralten Zeiten, *be'edanim mikadmat dena,* erloschen war. Würde der Herr mir eine leichte Kinnbewegung schenken, wenn ich auf die Knie fiele und das Dankgebet am Morgen spräche? Gibt es irgend etwas Bestimmtes, Spezifisches, das der Herr mir zu tun aufgibt? Interessiert sich der Herr für uns? Wozu hat er uns hierhergesetzt? Warum hat er uns auserwählt? Warum Jerusalem erwählt? Hört der Herr noch? Geruht der Herr zu grinsen?

Der aramäische Ausdruck *mikadmat dena,* ebenso wie die Wendungen *schelo ma-alma hadin* und *sitra de-itkassia,* erregte bei Fima ehrfürchtiges Staunen. Einen Moment fragte er sich, ob es sein konnte, daß Licht und Morast, die Glühwürmchen des

Mandelbaums und das strahlende Firmament, die Wüsten, die sich gen Osten bis ins Zweistromland und gen Süden bis ans Tor der Tränen am fernen Ende der Arabischen Halbinsel ausdehnten, ja auch sein verwohntes Zimmer und sein alternder Körper, ja sogar das kaputte Telefon, allesamt nur verschiedene Ausdrucksformen einer und derselben Wesenheit waren. Der es beschieden war, sich in unzählige fehlerhafte, vergängliche Inkarnationen aufzuteilen, obwohl sie selbst vollkommen, ewig und eins war. Nur wenn ein Wintermorgen wie dieser in einem durchscheinenden Lichtschleier aufzieht, den vielleicht der archaische Ausdruck *nehora ma-alja,* Licht von droben, umschreibt, nur dann kehrt die Wonne der ersten Berührung auf die Erde und in deine sehenden Augen zurück. Und alles wird wieder jungfräulich. Alles wie am Schöpfungstag. Allem wird für einen kurzen Moment das ewige, trübe Tuch der Trostlosigkeit und der Lügen abgenommen. Damit gelangte Fima zu dem abgedroschenen Begriff »himmlisches Jerusalem«, dem er seine private, einzig und allein für seine eigenen Empfindungen und eben diesen Augenblick zutreffende Auslegung gab. Er grübelte darüber nach, daß ihm mal der Schlaf weniger lügenbehaftet als das Wachen erschien, während ein andermal umgekehrt gerade das extreme Wachsein ihm dringlichst ersehntes Herzensanliegen war. Und jetzt kam er auf die Idee, es handele sich vielleicht gar nicht um zwei, sondern um drei Zustände: Schlaf, Wachen und dieses Licht, das ihn seit Morgenanfang gänzlich über- und durchflutete. Mangels einer passenderen Bezeichnung definierte er für sich dieses Licht mit den Worten »der dritte Zustand«. Und hatte dabei das Empfinden, daß hierunter nicht das reine Gebirgslicht allein zu verstehen war, sondern ein Licht, das gleichermaßen von den Bergen und von ihm ausging, und daß die Paarung der Strahlen den dritten Zustand hervorbrachte, der von der absoluten Wachheit und dem tiefsten Schlaf gleich weit entfernt war. Und sich doch von beiden unterschied.

Es gibt auf der Welt nichts Tragischeres, als diesen dritten Zustand zu verpassen, dachte er. Schuld an diesem Versäumnis sind das Nachrichtenhören im Radio, die diversen Erledigungen, hohle Begierden und das Jagen nach Eitlem und Geringem. All die Leiden, sagte sich Fima, alle Schalheit und Absurdität erwachsen nur daraus, daß man den dritten Zustand verfehlt. Oder aus der vagen, nagenden Herzensahnung, die uns von Zeit zu Zeit von ferne daran erinnert, daß es dort – draußen und drinnen, fast in greifbarer Nähe – etwas Grundwichtiges gibt, zu dem du gewissermaßen dauernd unterwegs bist, nur daß du ebenso dauernd vom Weg abirrst: Man hat dich gerufen, und du hast vergessen zu kommen. Man hat gesprochen, und du hast nicht hingehört. Man hat dir geöffnet, und du hast gezaudert, bis das Tor wieder geschlossen war, weil du vorher lieber noch diesen oder jenen Wunsch befriedigen wolltest. Das Meer des Schweigens hat Geheimnisse von sich gegeben, und du warst mit der Erledigung unwichtiger Dinge beschäftigt. Bist lieber losgelaufen, um jemandem zu gefallen, der ebenfalls alles verpaßt vor lauter Begierde, bei jemand anderem Gefallen zu finden, der selbst wiederum – und so weiter und so fort. Bis zum Staube. Wieder und wieder hast du das Vorhandene zugunsten dessen, was es nie und nimmer gegeben hat, nicht geben wird und auch nicht geben kann, zurückgewiesen. Gad Etan hat recht gehabt, als er väterlich behauptete, hier herrsche die Verschwendung. Und seine Frau hat recht daran getan, zu fliehen, solange sie es noch konnte. Die Prioritäten, sagte Fima traurig und fast laut, die Prioritäten werden falsch gesetzt. Wie schade beispielsweise um den fleißigen Zwi Kropotkin, der jetzt schon drei Jahre Einzelheiten über die Einstellung der katholischen Kirche zu den Entdeckungsreisen Magellans und Kolumbus' zusammenträgt – wie jemand, der die Knöpfe eines längst zerschlissenen Kleidungsstücks nachnäht. Oder um Uri Gefen, der von einer Geliebten zur nächsten rennt, wach wie der Teufel, während sein Herz doch schläft.

Damit beschloß Fima sein tatenloses Rumstehen am Fenster aufzugeben. Lieber anzufangen, die Wohnung für das Eintreffen der Anstreicher nächste Woche vorzubereiten. Man mußte die Bilder von den Wänden nehmen. Auch die Landkarte, auf der er einmal mit dem Bleistift vernünftige Kompromißgrenzen eingezeichnet hatte. Mußte alle Möbel in der Zimmermitte zusammenrücken und sie mit Plastikplanen abdecken. Die Bücher im Bettkasten verstauen. Alle Küchenutensilien in die Schränke stellen. Warum bei dieser Gelegenheit nicht auch gleich Berge von alten Zeitungen, Zeitschriften, Heften und Flugblättern aus dem Haus schaffen? Die Regale mußten abgebaut werden, wobei man Uri zu Hilfe rufen sollte, der wohl heute abend zurückkam. Oder morgen? Übermogen? Wird Nina ihm detailliert berichten, wie sie wieder und wieder versucht hat, mir die regelmäßige Behandlung zukommen zu lassen, aber den Hahn verstopft fand? Zum Geschirreinordnen könnte man eventuell Schula Kropotkin mobilisieren. Vielleicht würden auch Annette und Tamar gern mithelfen. Und das Ehepaar Pisanti hat ja ebenfalls Hilfe angeboten, wenn sie sich vorher nicht gegenseitig umbringen. Auch Teddy kommt sicher gern, die Vorhänge und Wandlampen abnehmen. Vielleicht bringt er Dimmi mit. Der Alte hat doch recht gehabt: Über zwanzig Jahre ist dieses Loch nicht renoviert worden. Die Decke ist rußgeschwärzt vom Rauch des Petroleumofens. Spinnweben in allen Ecken und Winkeln. Im Badezimmer hat sich Feuchtigkeit ausgebreitet. Die Kacheln bröckeln. Der Kalk blättert ab. An manchen Wandstellen blüht der Schimmel. Sommer wie Winter weht hier der muffige Schweißgeruch eines ältlichen Junggesellen. Nicht nur der verlassene Flausensack auf dem Balkon stinkt übel. Und du hast dich so daran gewöhnt, daß es dir nichts mehr ausmacht. Eigentlich ist doch die Gewöhnung die Wurzel allen Übels. Genau diese Gewöhnung hat Pascal offenbar gemeint, als er vom Tod der Seele schrieb.

Auf dem Schreibtisch fand Fima ein grünes Reklameblatt, das eine Reihe Sonderangebote im Supermarkt des Viertels verhieß. Auf eine Ecke dieses Blattes kritzelte er die Worte:

Gewöhnung ist der Beginn des Todes. Die Gewohnheiten sind die fünfte Kolonne.

Und darunter:
Üblich – trüglich.
Schwindel – Schwund – auf dem Hund.

Damit wollte er sich selbst daran erinnern, diese Gedanken im Verlauf des Schabbat zu verarbeiten und fortzuentwickeln. Und weil er darauf kam, daß morgen Samstag sein würde, begriff er, daß heute Freitag war, woraus er wiederum schloß, daß er ein bißchen was einkaufen mußte. Aber Freitag hatte er ja arbeitsfrei, die Praxis war geschlossen – warum sollte er sich also beeilen? Warum schon morgens früh um sieben Möbel rücken? Damit wartete man besser, bis Verstärkung eintraf. Es brannte ja nichts an. Aber als er auf die Uhr schaute, sah er, daß es nicht sieben, sondern zwanzig nach acht war. Jetzt konnte man schon ein paar Worte mit Zwicka wechseln, der inzwischen sicher sein Rasierritual abgeschlossen hatte.

Ob sich der Zustand des Telefons unterdessen wohl weiter gebessert hatte? Fima versuchte es erneut, hörte auch beinah ein leichtes Knistern, aber dieser Laut erstarkte noch nicht zu einem Wählton. Trotzdem drehte er Jaels Nummer. Gelangte jedoch zu dem Schluß, daß er die vollständige Genesung des Apparats abwarten mußte und daß seine ungeduldigen Versuche diesen Prozeß womöglich behinderten. Oder lag etwa auch bei Jael eine Störung vor? In der ganzen Stadt? Streik? Sabotage? Sanktionen? Vielleicht war in der Nacht die Telefonzentrale gesprengt worden? Eine extreme Untergrundorganisation hatte in einer Blitzaktion sämtliche Kommunikationssysteme und die übrigen Schaltzentren der Macht unter ihre Kontrolle gebracht? Syrische Raketen waren niedergegangen? Es sei denn, Ted Tobias lehnte wieder mit vollem Gewicht über dem Apparat und ließ Jael nicht den Hörer abnehmen. Verachtung stieg in Fima auf – nicht auf Ted, sondern auf seine eigenen Wortspiele. Er knüllte die Supermarktreklame, an deren Rand er die dummen Kalauer geschrieben hatte, zusammen und warf sie weg. Verfehlte aber den Papierkorb und war zu faul, unter den Tisch zu kriechen, um danach zu suchen. Hatte keinen Sinn. Bald würde ja sowieso das Tohuwabohu der Renovierungsvorbereitungen beginnen.

Er ging weiteren Kaffee machen, aß ein paar Scheiben Schwarzbrot mit Marmelade, um den Hunger zu stillen, mußte dann wiederum das Sodbrennen mit zwei Tabletten stillen und ging pinkeln – fuchsteufelswild auf seinen Körper, der nicht aufhören wollte, einen mit seinen endlosen Bedürfnissen zu stören, so daß man keinen Gedanken oder Gesichtspunkt in Ruhe zu Ende führen konnte. Zwei, drei Minuten stand Fima mit schräg gestelltem Kopf und leicht geöffnetem Mund reglos wie in tiefes Sinnen versunken da und hielt sein Glied in den Fingern. Trotz des Drucks auf der Blase vermochte er keinen Tropfen auszuscheiden. Deswegen griff er zu seiner alten List – zog die Spülung in der Hoffnung, das Wasserrauschen werde den schlaffen Penis an seine Pflicht erinnern. Da es sich jedoch um einen alten, abgenützten Trick handelte, ließ sich der nicht beeindrucken. Als wollte er sagen: Es wird Zeit, daß du ein neues Spielchen erfindest. Ließ sich gerade eben herab, ein schwaches, abgehacktes Tröpfeln von sich zu geben, als wolle er diesmal gnädig mit Fima umgehen. Sobald die Spülung aufhörte, versiegte auch dieses Bißchen. Die Blase blieb voll und drückte. Fima wiegte das Glied erst sanft, schüttelte es dann wütend, aber alles vergebens. Zum Schluß zog er erneut die Spülung, doch der Behälter war noch nicht vollgelaufen und gab statt einem tosenden Wasserfall nur ein verächtlich dünnes Rinnsal ab, als sei er schadenfroh auf Fima. Als schließe auch er sich dem Aufstand an, den das Telefon angezettelt hatte.

Und trotzdem blieb er hartnäckig. Wich nicht von der Klosettschüssel. Als wolle er seinem aufsässigen Penis den unbegrenzten Abnützungskrieg erklären: Mal sehen, wer als erster aufgibt. Das schlaffe Weichteil zwischen seinen Fingern erinnerte ihn plötzlich an den Körper eines Schleuderschwanzes – so ein ekliges, rauhes Geschöpf, das aus den Tiefen der Evolution hervorgeschnellt war und sich zu allem Ärger ausgerechnet ihm an den Leib gehängt hatte. In hundert oder zweihundert Jahren konnte sicher jedermann nach Belieben dieses lästige Überbleibsel durch eine winzige mechanische Vorrichtung ersetzen, die auf leichten Fingerdruck im Handumdrehen die überschüssige Flüssigkeit aus dem Körper ablaufen ließ. Allein schon die absurde Zusammenlegung von Fortpflanzungs- und Harnausscheidungssystem erschien ihm auf einmal ordinär und abgeschmackt, Ausdruck eines vulgären, geschmacklosen Humors, wie er pubertären Witzen eignete: Da wäre es ja auch nicht häßlicher gewesen, wenn die menschliche Fortpflanzung darauf beruhte, daß man sich gegenseitig in den Mund spuckte. Oder vielleicht dem anderen ins Ohr nieste.

Inzwischen hatte sich der Behälter gefüllt. Fima zog erneut die Spülung und konnte damit noch einen Stotterstrahl loseisen, der in dem Moment aussetzte, in dem die Spülung zu Ende war. Er wurde zornig: Welch ungeheure Anstrengungen investierte er nun schon dreißig Jahre lang, um sämtliche Wünsche und Kapricen dieses verwöhnten, egoistischen, korrupten, unersättlichen Schleuderschwanzes zu befriedigen, der einen ganz und gar zu seinem Vehikel machte – als sei man einzig und allein dazu erschaffen, ihn bequem von einem weiblichen Wesen zum nächsten zu kutschieren – und es einem nach all dem noch mit grobem Undank vergalt.

Als schelte er ein eigensinniges Kind, sagte Fima zu seinem Penis: »Gut. Du hast genau eine Minute, dich zu entscheiden. In fünfundfünzig Sekunden nach der Uhr mach' ich zu und geh' hier weg, egal ob du nachher leidest, bis du platzt.«

Diese Drohungen verstärkten offenbar nur die Bosheit des Schleuderschwanzes, der ihm eher noch mehr zwischen den Fingern zusammenschrumpfte. Fima entschied daraufhin, daß man nicht weiter nachgeben durfte. Wütend zog er den Reißverschluß hoch und klappte den Klosettdeckel herunter. Beim Rausgehen knallte er die Badezimmertür zu. Fünf Minuten später warf er auch die Wohnungstür hinter sich ins Schloß, widerstand am Briefkasten erfolgreich der Versuchung, die Zeitung herauszuziehen, und marschierte energisch in Richtung Ladenzentrum. Er hatte fest vor, auf die Bank zu gehen und vier Dinge zu erledigen, die er sich den ganzen Weg über hersagte, damit er sie nicht vergaß: Erstens Bargeld abheben. Genug damit, dauernd ohne einen Groschen herumzulaufen. Zweitens all seine Schulden für Telefon, Wasser, Petroleum, Kanalisation, Gas und Strom bezahlen. Drittens endlich seinen Kontostand feststellen. Doch als er beim Zeitungs- und Schreibwarenladen an der Ecke angekommen war, hatte er den vierten Punkt bereits vergessen. Sosehr er sein Hirn auch quälte, er kam nicht darauf. Indes sah er eine neue Ausgabe der Monatsschrift *Politika* innen an die Scheibe der geschlossenen Tür geheftet. Er trat ein, las rund eine Viertelstunde im Stehen darin herum und geriet in helles Entsetzen bei der Lektüre von Zwi Kropotkins Aufsatz, der behauptete, die Friedensaussichten seien, zumindest in der näheren Zukunft, gleich Null. Noch heute morgen, beschloß Fima, mußte er bei Zwicka vorbeischauen und ihm ein paar harte Worte über den Defätismus der Intelligenzija sagen: Defätismus nicht in dem Sinn, in dem die militante Rechte ihn uns dummdreist zuschreibt, sondern in einem anderen, tieferen, ungleich ernsteren Sinn.

Der erwachte Zorn brachte einen gewissen Nutzen: Sofort nach Verlassen des Zeitungsladens bog Fima vom Weg ab, überquerte ein Leergrundstück, betrat einen unfertigen Rohbau, und kaum hatte er den Reißverschluß herunter, entleerte sich seine Blase auch schon in starkem, stabilen Strahl. Es scherte ihn überhaupt nicht, daß Schuhe und Hosenränder schlammverschmiert wurden, denn er fühlte sich als Sieger. Schlenderte weiter nach Norden, passierte die Bank, ohne es zu merken, wurde aber, je weiter er ging, immer begeisterter, weil er sah, daß das Mandelbäumchen in seinem Hinterhof keineswegs als einziges Knospen angesetzt hatte, ohne erst das Neujahrsfest der Bäume abzuwarten. Wobei er sich dessen bei näherem Nachdenken allerdings nicht mehr ganz sicher war, da er nicht wußte, welches Datum man heute nach dem jüdischen Kalender schrieb. Ja auch an das bürgerliche Datum konnte er sich nicht erinnern. Jedenfalls besteht kein Zweifel, daß wir heute noch Februar haben, und schon hebt der Frühling den Kopf. Darin erblickte Fima eine einfache Symbolik, ohne sich zu fragen, was sie nun symbolisieren wollte, spürte aber, daß Grund zur Freude bestand: Als sei durch ein ungewolltes Erbe die Verantwortung für die Stadt mit allem drum und dran auf ihn gekommen, und nun stelle sich heraus, daß er nicht ganz seine Pflicht vernachlässigt hatte. Das transparente Hellblau des Morgens war inzwischen in ein tiefes Blau übergegangen, als habe sich das Meer mit dem Obersten nach unten über Jerusalem gewölbt, um die Stadt mit Kindergartenwonne zu erfüllen. Geranien und Bougainvilleen in den Höfen schienen in Flammen aufzugehen. Die Steinmäuerchen glänzten wie poliert. »Nicht übel, was?« sagte Fima in Gedanken zu irgendeinem unsichtbaren Gast oder Touristen.

An der Biegung zum Viertel Beit Vagan stand ein junger Mann im Militäranorak, die Maschinenpistole über die Schulter gehängt, umringt von Blumeneimern, und bot Fima einen Chrysanthemenstrauß für den Schabbat an. Fima fragte sich, ob das nicht ein Siedler aus den Gebieten war, der seine Blumen auf uns nicht gehörenden Böden zog. Und entschied sofort, wer bereit ist, Kompromisse und Frieden mit Arafat zu schließen, darf die Gegner aus den eigenen Reihen nicht boykottieren. Obwohl er immer noch Argumente für die eine wie die andere Auffassung sah, fand er weder Haß noch Wut in sich, vielleicht, weil ihm Jerusalem heute morgen wegen des tiefblau schimmernden Lichts als ein Ort erschien, an dem wir alle die Gegensätze zwischen uns respektieren müssen. Deshalb steckte er die Hand in die Tasche, wo er mühelos drei Schekelmünzen fand, gewiß das Wechselgeld, das er die Nacht zuvor von seinem neuen Informationsminister herausbekommen hatte. Und drückte die Blumen an die Brust, als wolle er sie vor dem Biß der Kälte schützen.

»Verzeihung, hatten Sie etwas zu mir gesagt?« fragte Fima. »Tut mir leid. Ich hab's nicht recht gehört.«

Der jugendliche Blumenverkäufer antwortete mit breitem Lächeln: »Ich hab' nur Schabbat Schalom gewünscht.«

»Ja gewiß«, pflichtete Fima bei, als lege er den Grundstein für einen neuen nationalen Konsens, »danke. Auch Ihnen Schabbat Schalom.«

Die Luft war kalt, gläsern, obwohl kein Wind wehte. Als habe das Licht selber einen klaren nördlichen Einschlag. Das Wort »klar« erfüllte Fima insgeheim mit sonderbarer Freude. Man muß das Böse meiden, auch wenn es unter dem Deckmantel aller möglichen Grundsätze auftaucht, dachte er. Man muß sich immer wieder vor Augen halten, daß die Verzweiflung der wahre Feind ist. Ein Feind, dem man nichts nachgeben, geschweige denn, sich ihm unterwerfen darf. Der junge Joeser und seine Zeitgenossen, die nach uns in Jerusalem leben werden – gemäßigte, vernünftige Menschen, die ein verständig ausgewogenes Leben führen –, müssen sich doch eines Tages über die Leiden wundern, die wir uns hier selber aufgeladen haben. Aber sie können unserer wenigstens nicht verächtlich gedenken: Wir haben nicht kampflos aufgegeben. Haben so gut wir konnten in Jerusalem standgehalten, und das gegen zahlenmäßig weit überlegene und unendlich stärkere Kräfte. Man hat uns nicht mit Leichtigkeit besiegt. Und wenn wir zum Schluß auch unterlegen sind, bleibt uns doch noch der Vorzug des »denkenden Schilfrohrs«, von dem Blaise Pascal spricht.

Und so – begeistert und durchgeweht, die Schuhe schlammverschmiert, einen Chrysanthemenstrauß an die Brust gedrückt und vor Kälte am ganzen Leib zitternd – klingelte er morgens um Viertel nach zehn an Teds und Jaels Wohnungstür. Als Jael ihm in grauen Kordhosen und einem weinroten Pullover öffnete, sagte er ohne Hemmungen: »Ich bin zufällig hier vorbeigekommen und wollte nur für einen Moment reinschauen, Schabbat Schalom sagen. Ich hoffe, ich störe nicht? Soll ich statt dessen lieber morgen kommen? Nächste Woche wird bei mir gestrichen. Egal. Ich hab' dir Blumen zum Schabbat gebracht. Darf ich auf ein, zwei Minuten reinkommen?«

28. In Ithaka, am Meeresstrand

»Gut«, sagte Jael, »komm rein. Nur denk dran, daß ich bald gehen muß. Wart einen Moment. Laß dir das Hemd zuknöpfen. Sag mal, wann hast du das zum letztenmal gewechselt?«

»Wir beide müssen ein bißchen miteinander reden«, sagte Fima.

»Schon wieder reden«, meinte Jael.

Er folgte ihr in die Küche. Unterwegs hielt er kurz inne und lugte ins Schlafzimmer: Unwillkürlich hoffte er, sich dort seit vorgestern nacht noch immer in den Laken schlafen zu sehen. Aber das Bett war gemacht und mit einer wolligen, dunkelblauen Tagesdecke abgedeckt, zu beiden Seiten einheitliche Leselampen und Nachtschränke, auf denen je ein einzelnes Buch ruhte, und daneben, wie im Hotel, jeweils ein Glas Wasser nebst Schreibblock und Kugelschreiber. Sogar zwei gleiche Wecker standen auf den Schränkchen.

»Dimmi ist in keinem guten Zustand«, sagte Fima. »Wir dürfen nicht weiter so tun, als leide er überhaupt nicht. Diese Blumen stellst du wohl lieber bald ins Wasser, die sind für dich, zum Schabbat. Hab' ich so einem Siedler abgekauft. Außerdem hast du doch Ende Februar irgendwann Geburtstag oder schon gehabt. Machst du mir einen Kaffee? Ich bin eben von Kiriat Jovel bis hierher zu Fuß gelaufen und halb erfroren. Um fünf Uhr morgens hat der Nachbar versucht, seine Frau zu ermorden, und ich bin raufgerannt, um eventuell zu helfen, und hab' dann ziemlich idiotisch dagestanden. Egal. Ich bin gekommen, um mit dir über Dimmi zu reden. Vorgestern, als ihr weggefahren seid und ich auf ihn aufgepaßt habe –«

»Schau, Efraim«, unterbrach ihn Jael, »warum mußt du jedem das Leben schwermachen. Ich weiß, daß es Dimmi nicht gutgeht. Oder daß wir nicht gut zu ihm sind. Da erzählst du mir nichts Neues. Auch du machst nicht alles gut und richtig.«

Fima begriff also, daß er sich verabschieden und davonmachen mußte. Trotzdem setzte er sich auf den niedrigen Küchenschemel, blickte Jael mit treuherzigem Hundeblick von unten herauf an, blinzelte mit den braunen Augen und begann ihr zu erklären, es gehe um ein unglückliches, geradezu gefährlich einsames Kind. Als er vorgestern abend auf den Jungen aufgepaßt habe, sei etwas herausgekommen – Einzelheiten täten hier nichts zur Sache –, aber er habe den Eindruck gewonnen, das Kind, wie solle er sagen, brauche womöglich Hilfe?

Jael setzte den Kessel auf. Rührte Pulverkaffee in zwei Gläsern an. Fima meinte, sie reiße dabei zu viele Schranktüren und Schubladen auf, die sie dann wieder heftig zuknallte.

»Gut«, sagte sie. »Großartig. Du bist also gekommen, um mir einen Vortrag über Erziehungsprobleme zu halten. Teddy hat einen Freund, Kinderpsychologe aus Südafrika, mit dem wir uns ein wenig beraten. Und du hör mal endlich auf, dauernd Sorgen und Nöte zu suchen. Hör auf, allen zuzusetzen.«

Da Jael Südafrika erwähnt hatte, konnte Fima nur mit Mühe den jähen Drang ersticken, ihr sein Szenario für die dort in naher Zukunft, nach dem Zusammenbruch des Apartheid-Regimes, zu erwartende Entwicklung auszubreiten. Er war überzeugt, daß es ein Blutbad nicht nur zwischen Weißen und Schwarzen, sondern auch – und gerade – innerhalb der beiden Gruppen geben werde. Und wer weiß, ob uns nicht eine ähnliche Gefahr droht. Aber der Ausdruck »Blutbad« erschien ihm als abgewetztes Klischee. Ja sogar die Wendung »abgewetztes Klischee« hinterließ in diesem Moment einen faden Geschmack.

Neben ihm auf dem Küchentisch stand eine offene Packung gekaufter Butterkekse. Unwillkürlich wanderten seine Finger dort hinein, und er mampfte ein Plätzchen nach dem anderen. Während Jael ihm Kaffee mit Milch vorsetzte, schilderte er ihr verschwommen, was sich vorgestern abend hier zugetragen hatte und wie es dazu kam, daß er in ihrem Bett eingeschlafen, Dimmi aber bis ein Uhr nachts wach geblieben war. Ihr beiden seid auch nicht besonders: fahrt einfach los, euch in Tel Aviv ein feines Leben zu machen, und laßt nicht mal eine Telefonnummer für Notfälle da. Wenn das Kind nun eine Gallenkolik bekommen hätte? Oder einen Stromschlag? Oder Gift geschluckt hätte? Fima verhaspelte sich, weil er auch nicht andeutungsweise die Sache mit der Opferung preisgeben wollte. Stammelte aber trotzdem etwas bezüglich des Leids, das die Nachbarskinder Dimmi offenbar zufügten: Du weißt doch, Jael, daß er nicht wie alle anderen ist – mit Brille, überernst, Albino und kurzsichtig – fast könnte man sagen: halb blind –, viel kleiner als seine Altersgenossen, vielleicht wegen einer Hormonstörung, die ihr vernachlässigt, ein sensibles, innerliches Kind, nicht innerlich – in sich gekehrt, in sich gekehrt ist auch nicht genau das richtige Wort, vielleicht geistig veranlagt, oder seelisch betont, er läßt sich nicht leicht definieren. Schöpferisch. Oder richtiger, ein origineller, interessanter Junge, den man sogar als tief bezeichnen könnte.

An diesem Punkt kam Fima auf die Nöte des Heranwachsenden in einer von Grausamkeit und Gewalt geprägten Zeit: Abend für Abend schaut Dimmi mit uns die Fernsehnachrichten, Abend für Abend wird der Mord auf dem Bildschirm trivialer. Redete dann von sich in Dimmis Alter, ebenfalls ein introvertierter Junge, ebenso ohne Mutter, während sein Vater ihn systematisch verrückt zu machen suchte. Sprach davon, daß die einzige emotionale Bindung dieses Kindes offenbar gerade zu ihm, Fima, bestehe, obwohl Jael sehr wohl wisse, daß er sich niemals als geeignete Vaterfigur betrachtet, ja daß das Vateramt ihm stets eine Mordsangst eingejagt habe, und trotzdem scheine ihm zuweilen, daß es ein tragischer Fehler gewesen sei und alles ganz anders – reiner – hätte sein können, wenn nur –

Jael schnitt ihm das Wort ab und sagte kühl: »Trink endlich deinen Kaffee aus, Efraim. Ich muß gehen.«

Fima fragte, wohin sie gehen müsse. Er werde sie mit Freuden begleiten. Egal, wohin. Er habe heute morgen nichts vor. Sie könnten sich unterwegs weiter unterhalten. Dieses Gespräch erscheine ihm zwingend notwendig und auch ziemlich dringend. Oder vielleicht solle er lieber hier warten, bis sie zurück sei? Damit sie dann weiterreden könnten? Es mache ihm nichts aus zu warten: Es sei ja heute Freitag, sein freier Tag, die Praxis sei geschlossen, und am Sonntag würden ihn die Maler überfallen, so daß ihn zu Hause nur deprimierende Abbau- und Packarbeit erwarte. Und was meinst du? Würdest du Teddy vielleicht Samstag morgen für ein bis zwei Stunden rüberschicken, um mir die Regale ... egal. Er wisse, daß das alles lächerlich sei und nicht zur Sache gehöre. Könne er ihr hier bis zu ihrer Rückkehr vielleicht was bügeln? Oder Wäsche zusammenlegen? Bei anderer Gelegenheit werde er mal versuchen, ihr einen Gedanken auseinanderzusetzen, der ihn in letzter Zeit viel beschäftige: eine Vorstellung, die er als »der dritte Zustand« bezeichne. Nein, es sei keine politische Idee. Eher eine existentielle Frage, wenn man sich noch so ausdrükken könne, ohne abgedroschen zu klingen. Erinner mich bei Gelegenheit daran. Du brauchst bloß »der dritte Zustand« zu sagen, und schon weiß ich, was gemeint ist, und erklär's dir. Obwohl es vielleicht einfach Quatsch ist. Egal im Moment. Hier in Jerusalem ist doch so ungefähr jeder zweite Typ ein halber Prophet und ein halber Ministerpräsident. Einschließlich Zwicka Kropotkin. Einschließlich Schamir selber, unserem hauseigenen Breschnew. Ein Irrenhaus und keine Stadt. Aber ich bin ja hier, um mit dir über Dimmi zu sprechen, nicht über Schamir und Breschnew. Dimmi sagt, Teddy und du würdet mich hinter meinem Rücken einen Clown nennen. Dann weißt du vielleicht zufällig, daß dein Sohn sich selber inzwischen auch schon als Clownskind bezeichnet? Erschreckt dich das nicht ein bißchen? Mir macht dieser Titel nichts aus. Paßt ganz gut für jemanden, in dem sogar sein eigener Erzeuger einen Schlemihl und Schlimasel erblickt. Obwohl er auch lächerlich ist. Das heißt, der Alte. Baruch. In mancherlei Hinsicht sogar lächerlicher als ich oder Dimmi. Auch so ein Jerusalemer Prophet mit seiner Privatformel für die Erlösung in drei

Zügen. Er hat da eine Geschichte von irgendeinem Kantor, der über die Hohen Feiertage allein auf einer einsamen Insel festsitzt. Egal. Übrigens hat er in den letzten Tagen angefangen, leicht zu pfeifen. Ich meine, sein Atem. Und ich bin ziemlich besorgt. Oder womöglich scheint's mir nur so. Was meinst du, Jael? Vielleicht versuchst du mal bei Gelegenheit, ihm gut zuzureden, damit er sich stationär untersuchen läßt? Er hat immer eine besondere Schwäche für dich gehabt. Vielleicht bist nur du imstande, seinen revisionistischen Starrsinn zu beugen. Der nebenbei bestens illustrieren kann, was ich gemeint hab', als ich dir sagte, jeder zweite Jerusalemer wolle der Messias sein. Was ist schon dabei? Jeder von uns ist ein bißchen lächerlich für den, der uns mit bedächtigen, vernünftigen Augen von der Seite betrachtet. Sogar du mit deinen Düsentriebwerken, Jael. Wer braucht hier Düsenantriebe, wenn uns nichts weiter fehlt als ein bißchen Erbarmen und ein klein wenig Verstand? Und wir allesamt, der vernünftige Betrachter von der Seite eingeschlossen, sind hochgradig lächerlich in den Augen der Berge. Oder der Wüste. Ist Teddy etwa nicht lächerlich? Dieser wandelnde Schrank? Oder Zwicka, von dem ich heute morgen zufällig einen neuen Aufsatz gelesen habe, vollkommen hysterisch, in dem er wissenschaftlich beweisen will, daß die Regierung die Wirklichkeit aus den Augen verloren hat? Man könnte meinen, die Wirklichkeit stecke in Zwickas Westentasche. Obwohl sich nicht leugnen läßt, daß diese Regierung vor verbohrten und vielleicht auch ziemlich gestörten Typen wimmelt. Aber wie sind wir denn auf die Regierung gekommen? Das passiert uns dauernd: Da wollen wir einmal ernsthaft über uns, über das Kind, über die Hauptsache sprechen, und irgendwie drängt sich die Regierung rein. Wohin mußt du? Du mußt gar nicht. Das ist gelogen. Freitag ist auch dein freier Tag. Du lügst, um mich loszuwerden. Damit ich endlich gehe. Du hast Angst, Jael. Aber wovor eigentlich? Davor, endlich mal darüber nachzudenken, warum der Junge sich als Clownskind bezeichnet?

Jael, die, den Rücken ihm zugewandt, Küchenhandtücher

faltete und sie einzeln in die Schublade legte, erwiderte ruhig: »Effi. Ein für allemal. Du bist nicht Dimmis Vater. Trink schon aus und geh. Ich bin beim Friseur angemeldet. Das Kind, das du hättest haben können, habe ich vor fünfundzwanzig Jahren wegmachen lassen, weil du es nicht haben wolltest. Was kommst du also jetzt damit. Manchmal habe ich das Gefühl, ich sei bis heute noch nicht ganz aus der Narkose aufgewacht, die man mir damals gegeben hat. Und nun quälst du mich. Damit du's weißt: Wenn Teddy nicht so ein nachsichtiger Mensch wäre, ein wandelnder Schrank, wie du sagst, wärst du schon längst aus diesem Haus rausgeflogen. Du hast hier nichts zu suchen. Besonders nach dem, was du vorgestern nacht angestellt hast. Es ist nicht leicht hier, schon ohne dich. Du bist ein schwieriger Mensch, Efraim. Schwierig und auch nervend. Und mir ist noch nicht völlig klar, ob du nicht selber einer der Hauptursachen für Dimmis Verwirrung bist: Langsam, aber gründlich machst du das Kind auch noch verrückt.«

Einen Moment später fuhr sie fort: »Und man weiß nicht recht, ob das Tücke bei dir ist oder ob es dir bloß vor lauter Gequatsche so rauskommt. Du redest und redest die ganze Zeit, und bei all dem Geschwätz hast du dir vielleicht selbst eingeredet, daß du Gefühle besitzt. Daß du verliebt bist. Daß du ein halber Vater von Dimmi bist. All solchen Irrsinn. Aber wozu rede ich mit dir über Gefühle. Über Liebe. Selbst die Bedeutung dieser Worte hast du niemals begriffen. Früher einmal, als du noch Bücher gelesen hast, nicht nur Zeitungen, ist dir anscheinend mal was über Liebe und Leid untergekommen, und seitdem läufst du in ganz Jerusalem rum und referierst über Liebe und Leid. Eben hätte ich beinah gesagt, du würdest nur dich selber lieben. Aber das stimmt auch nicht. Du liebst nicht mal dich selber. Gar nichts liebst du. Höchstens vielleicht den Sieg bei Diskussionen. Egal. Zieh dir endlich die Jacke an. Deinetwegen komme ich zu spät.«

»Darf ich hier auf dich warten? Ich warte geduldig. Sogar bis zum Abend.«

»In der Hoffnung, daß Teddy vorher nach Hause kommt? Und dich noch mal in unserem Bett unter meiner Decke findet?«

»Ich verspreche, mich heute gut zu benehmen«, flüsterte Fima.

Und wie in der festen Absicht, das sofort durch Taten zu beweisen, sprang er zur Spüle und goß den Kaffee weg, den er gar nicht angerührt hatte, obwohl er inzwischen geistesabwesend sämtliche Butterkekse aus der Packung auf dem Tisch vertilgt hatte. Und da er sah, daß der Spülstein voll schmutzigem Geschirr stand, krempelte er den einen Ärmel hoch, drehte den Hahn auf und wartete energisch, bis warmes Wasser kam. Auch als Jael sagte, bist du übergeschnappt, Efraim, laß das, nach dem Mittagessen tun wir sowieso alles in die Maschine, hörte er nicht auf sie, sondern begann enthusiastisch die Teile einzuseifen und sie so auf die Marmorplatte abzustellen. Das beruhige ihn, sagte er, in fünf Minuten sei er damit fertig, vorausgesetzt, es käme endlich ein bißchen warmes Wasser. Mit Freuden werde er ihnen ersparen, die Spülmaschine in Gang zu setzen, und das Geschirr würde auch viel sauberer, und inzwischen unterhalten wir uns noch etwas. Was ist denn bei euch der kalte und was der warme Hahn? Was ist das denn? Amerika? Alles verkehrt rum bei euch? Aber wenn du schon weg mußt – meinetwegen gern. Geh und komm wieder, Jael. Ich verpflichte mich, die ganze Zeit nur im Bereich der Küche zu bleiben. Nicht in der Wohnung herumzulaufen. Nicht mal auf die Toilette werd' ich gehen. Soll ich inzwischen vielleicht das Besteck putzen? Oder den Kühlschrank saubermachen? Hier bleib' ich und warte. Egal wie lange. Wie eine Solveig männlichen Geschlechts. Ich hab' ein Buch über Walfänger in Alaska, da steht was über einen Eskimobrauch ... egal. Mach dir keine Sorgen um mich, Jael, es macht mir nichts aus, den ganzen Tag zu warten. Sorg dich dafür lieber ein bißchen um Dimmi. Um Teds lustigen Ausdruck zu verwenden, könnte man sagen, Dimmis Zustand ist ein bißchen unten. Meines

Erachtens müssen wir zuallererst einen ganz anderen sozialen Rahmen für ihn finden. Vielleicht ein Internat für Hochbegabte? Oder gerade umgekehrt hier bei uns zwei oder drei Nachbarskinder zähmen –

Urplötzlich, als habe sie ihren Widerwillen in ätzenden Zorn übersetzt, riß sie ihm den seifentriefenden Schwamm und die Bratpfanne aus der Hand: »Fertig. Aus. Genug mit dieser Komödie. Warum spült ihr Geschirr. Warum versucht ihr dauernd Mitleid zu erregen. Ich hab' kein Mitleid für euch. Ich will nicht euer aller Mama sein. Dieser Junge brütet dauernd über bösen Plänen, obwohl ich nicht kapiere, was ihm noch fehlt, was haben wir ihm nicht alles gekauft, Video, Atari, Compact Disc, jedes Jahr eine Amerikareise, nächste Woche kriegt er sogar seinen eigenen Fernseher ins Zimmer, als zögen wir hier einen Prinzen groß. Und du kommst jedesmal her, um ihn verrückt zu machen und mir Schuldgefühle einzuimpfen – was für Eltern wir eigentlich sind – und Dimmi die kranken Vögel in den Kopf zu setzen, die dir im Hirn rumschwirren. Fertig. Aus. Ich hab' genug davon. Komm nicht mehr, Fima. Du lebst im Prinzip allein, hängst dich aber immerzu an alle dran. Und bei mir ist es genau umgekehrt, alle hängen sich an mich, obwohl ich mir wirklich nichts weiter wünsche, als endlich allein zu sein. Geh jetzt, Efraim. Ich kann dir nichts geben und auch sonst niemandem. Und selbst wenn ich's könnte, würde ich's nicht tun. Warum sollte ich? Ich bin keinem, glaub ich, etwas schuldig. Und ich beschwere mich auch über niemanden. Teddy ist immer hundertprozentig in Ordnung, niemals neunundneunzig Prozent. Wie ein Kalender, auf dem steht, was erledigt werden muß, und dann tut man's, streicht's durch und notiert neue Besorgungen. Heute morgen hat er vorgeschlagen, mir als Geburtstagsgeschenk das Stromnetz in der Wohnung auf drei Phasen umzustellen. Hast du schon mal von einem Ehemann gehört, der seiner Frau drei Phasen zum Geburtstag schenkt? Und Dimmi gießt die Topfpflanzen Morgen für Morgen und Abend für Abend, bis sie absterben und Teddy neue kauft, die ebenfalls ertrinken. Und hilft sogar beim Staubsaugen, wie Teddy es ihm beigebracht hat. Saugt und saugt, selbst die Bilder und Spiegel an den Wänden und unsere Füße. Man kann ihn gar nicht stoppen. Erinnerst du dich an meinen Vater? Den liebenswerten, pflichtgetreuen Genossen Naftali Zwi Levin, Mitbegründer des historischen Javne'el? Jetzt ist er ein greiser Pionier, dreiundachtzig Jahre alt, senil wie ein Stein, sitzt da in Afula im Heim, guckt den ganzen Tag gegen die Wand, und was man ihn auch fragt – wie geht's dir, was gibt's Neues, was brauchst du, wer bist du, wer bin ich, wo tut's dir weh – auf alles antwortet er immer und ausnahmslos mit der dreiwörtigen Gegenfrage: ›In welcher Hinsicht?‹ Natürlich in aschkenasischem Tonfall. Nur diese drei Worte sind ihm geblieben von Thora und Talmud und Midrasch und chassidischen Legenden und Aufklärung und Bialik und Buber und all dem jüdischen Wissen, das er mal auswendig gekonnt hat. Ich sage dir, Efraim, bald bleiben auch mir nur noch drei Worte: nicht ›in welcher Hinsicht‹, sondern ›laßt mich allein‹. Laßt mich in Ruhe, Efraim. Ich bin nicht eure Mutter. Ich habe ein Projekt, das sich schon jahrelang hinschleppt, weil sich mir ein ganzer Haufen Babys an den Ärmel hängt, damit ich ihnen die Nase putze. Als ich noch klein war, hat mein Pioniervater mir immer wieder eingeschärft, ich solle mir merken, daß in Wirklichkeit die Männer das schwache Geschlecht sind. Das war so eine Weisheit von ihm. Und soll ich dir was sagen? Wenn ich deinetwegen nun schon den Friseur verpaßt hab'? Wenn ich damals begriffen hätte, was ich heute weiß, wäre ich Nonne geworden. Hätte mich mit Düsentriebwerken verheiratet. Hätte mit Vergnügen auf das gesamte schwache Geschlecht verzichtet. Gibst du ihnen den kleinen Finger – wollen sie die ganze Hand. Gibst du ihnen die ganze Hand – wollen sie nicht mal mehr den kleinen Finger von dir haben. Nur daß du still an der Seite hockst, Kaffee machst und nicht störst. Daß man dich gar nicht bemerkt. Koche, bügle, bumse und schweige. Gibst du ihnen Urlaub von dir – kommen sie innerhalb von zwei Wochen auf allen vieren wieder reuig bei dir angekrochen. Was wolltest du denn heute von mir genau, Efraim? Einen kleinen Fick am Morgen in Erinnerung an bessere Zeiten? In Wirklichkeit wollt ihr ja nicht einmal das so richtig. Zehn Prozent Lust und neunzig Prozent Lustspiel. Jetzt kommst du hier angelaufen, wenn du meinst, daß Teddy nicht zu Hause ist – den Arm voll Blumen und den Mund voll Reden, ein alter Experte im Trösten von Witwen und Waisen –, in der Hoffnung, daß ich heute endlich vor lauter Mitleid schwach werde und dich eine Viertelstunde mit ins Bett nehme. Als Schweigegeld. Fünf Jahre habe ich mit dir in einem Bett geschlafen, und du wolltest in neunzig Prozent der Nächte nichts anderes als endlich fertig werden, auslaufen, abtrocknen, das Licht wieder anknipsen und die Zeitung weiterlesen. Geh jetzt, Efraim. Ich bin eine Frau von neunundvierzig Jahren, und du bist auch ein etwas älterer Knabe. Diese Geschichte ist aus. Es gibt keinen zweiten Durchlauf. Ich hatte ein Kind von dir, und du wolltest es nicht haben. Da bin ich als braves Mädchen hingegangen und habe es umgebracht, um deine Berufung zum Dichter nicht zu erschweren. Warum mußt du's mir und uns allen immer wieder schwermachen? Was willst du denn noch von mir? Bin ich etwa schuld, daß du alles vergeudet hast, was war und was hätte sein können und was du in Griechenland gefunden hattest? Bin ich schuld, daß das Leben vergeht und die Zeit alles aufzehrt? Bin ich schuld, daß wir alle jeden Tag ein bißchen weiter sterben? Was willst du noch von mir?«

Fima erhob sich also schuldbewußt, elend, geringer als ein Grashalm, stammelte eine blasse Entschuldigung, begann seine Jacke zu suchen und stieß plötzlich niedergeschlagen hervor: »Jetzt ist Februar, Jael. Bald hast du Geburtstag. Hab' ich vergessen gehabt. Oder vielleicht war er schon? Ich weiß nicht, welches Datum wir heute haben. Nicht einmal drei Phasen kann ich dir schenken.«

»Heute ist Freitag, 17. Februar 1989. Elf Uhr zehn. Na und?«

»Du sagst, wir wollten alle was von dir und du hättst nichts mehr zu geben.«

»Welch ein Wunder: Anscheinend hast du doch einen halben Satz mitgekriegt.«

»Aber in Wirklichkeit will ich gar nichts von dir, Jael. Im Gegenteil. Ich möchte etwas finden, das dir ein wenig Freude macht.«

»Du kannst nichts geben. Deine Hände sind leer. Und überhaupt, mach dir mal keine Sorgen um meine Freuden. Bei mir ist zufällig jeden Tag Feiertag. Oder fast jeden Tag. Bei der Arbeit. Am Reißbrett. Oder im Windkanal. Das ist mein Leben. Nur dort bin ich ein wenig ich selbst. Vielleicht tust du auch mal was, Efraim. Das ganze Problem mit dir ist, daß du nichts tust. Liest Zeitungen und ärgerst dich. Gib ein paar Privatstunden. Melde dich freiwillig zur Bürgerwehr. Übersetz irgendeinen Text ins Hebräische. Halte Soldaten Vorträge über die Bedeutung der jüdischen Ethik.«

»Es steht irgendwo – ich glaube, bei Schopenhauer –, daß der Verstand alles in Teile zerlegt, während die Intuition vereinigt und die verlorene Vollkommenheit wiederherstellt. Und ich sage dir, Jael, daß sich unsere Komödie nicht in zwei teilt, sondern, wie Rabin immer sagt, gerade in drei. Dieser Schopenhauer und all die anderen übersehen einfach völlig den dritten Zustand. Warte. Unterbrich mich nicht. Laß mich's nur zwei Minuten erklären.«

Doch mit diesem Satz verstummte er, obwohl Jael ihm diesmal nicht ins Wort gefallen war. Dann sagte er: »Ich werd' dir alles geben, was ich habe. Ich weiß, daß es wenig ist.«

»Du hast gar nichts, Effi. Nur die Almosen, die du von uns allen schnorrst.«

»Übersiedelt ihr zu mir? Du und Dimmi? Wollen wir zu dritt nach Griechenland fahren?«

»Und dort von Nektar und Ambrosia leben?«

»Ich werde Arbeit finden. Werde Verkaufsagent der Firma meines Vaters. Nachtwächter. Sogar Kellner.«

»Sicher. Kellner. Und alles fällt dir aus den Händen.«

»Oder wir ziehen alle drei nach Javne'el! Auf den Hof, der deinen Eltern gehört hat? Wir züchten Blumen in Gewächshäusern wie deine Schwester und der Schwager. Kultivieren wieder die Obstbäume. Baruch gibt uns Geld, und wir sanieren die Trümmer so nach und nach. Bauen einen Musterbetrieb auf. Dimmi und ich versorgen jeden Tag die Tiere. Und dir errichten wir dort ein Studio mit Computern, Reißbrett. Und auch einen Windkanal, wenn du mir nur erklärst, was das ist. Abends vor Sonnenuntergang kümmern wir uns alle drei um den Obsthain. Und im letzten Tageslicht schleudern wir den Honig. Wenn es dir wichtig ist, auch Teddy mitzunehmen, hab' ich nichts dagegen. Wir gründen dort eine kleine Kommune. Leben ohne Lügen und ohne jeden Schatten von Häßlichkeit. Du wirst sehen, wie Dimmi aufblühen und sich entwickeln wird. Und du und ich –«

»Ja. Und du stehst natürlich jeden Morgen um halb fünf auf – Stiefel, Hacke und Spaten, Wonne im Herzen und Schößling in der Hand –, legst die Sümpfe trocken und eroberst mit leeren Händen das Ödland.«

»Verspotte mich nicht, Jael. Ich gebe zu, daß ich noch von der Pike auf lernen muß, dich richtig zu lieben. Na gut. Langsam werde ich lernen. Du wirst sehen, daß ich lerne.«

»Natürlich wirst du lernen. Im Fernunterricht. Oder in der Teleuniversität.«

»Du wirst mich lehren.«

Und plötzlich, in einem zaghaften Mutanfall, fügte er hinzu: »Du weißt sehr wohl, daß das, was du mir vorhin gesagt hast, nicht die ganze Wahrheit gewesen ist. Auch du hast das Baby nicht gewollt. Auch Dimmi hast du nicht haben wollen. Entschuldige, daß ich das gesagt habe. Hatte ich nicht beabsichtigt. Ist mir so rausgerutscht. Und den Dimmi möchte ich mehr lieben als mein eigenes Leben.«

Sie beugte sich über Fima, der auf seinem Schemel kauerte, in ausgeblichenen Kordhosen und einem etwas abgewetzten roten Pullover, als halte sie mit aller Kraft an sich, um ihm keine Ohrfeige in die feiste Visage zu verpassen. Ihre Augen funkelten trocken, und ihr Gesicht wirkte alt und runzlig, als lehne da nicht Jael, sondern deren alte Mutter über ihm, umweht von einem Duft nach Schwarzbrot, Oliven und einfacher Handseife. Und sie sagte verwundert mit einem leichten, sonderbaren Lächeln weder zu ihm noch zu sich selbst, sondern in die Luft hinein: »Das ist auch im Winter passiert. Auch damals war Februar. Zwei Tage nach meinem Geburtstag. 1963. Als du und Uri bis oben hin in der Lavon-Affäre stecktet. Der Mandelbaum bei uns hinter der Küche in Kiriat Jovel begann zu knospen. Und der Himmel war genau wie heute blitzsauber und blau. Morgens wurde im Radio ein Potpourri von Schoschana Damari gesendet. Und ich bin in einem lauten Taxi zu diesem russischen Gynäkologen in der Hanevi'im-Straße gefahren, der sagte, ich würde ihn an Guilietta Masina erinnern. Nach zweieinhalb Stunden bin ich wieder heimgefahren – zufällig war es sogar das gleiche Taxi, mit einem Bildchen von Grace, der Fürstin von Monaco, über dem Kopf des Fahrers –, und es war schon alles vorbei. Ich weiß noch, daß ich Läden und Vorhänge zugezogen, mich hingelegt und im Radio erst Schuberts Impromptu und dann einen Vortrag über Tibet und den Dalai Lama gehört habe und bis zum Abend nicht aufgestanden bin, und abends hat es wieder angefangen zu regnen. Du bist mit Zwi früh morgens zu einem Tagesseminar über Geschichte in die Tel Aviver Universität gefahren. Stimmt, du hast angeboten, darauf zu verzichten und mit mir zu kommen. Und es stimmt auch, daß ich gesagt habe, wieso denn, lohnt nicht, das ist doch kaum anders, als wenn man einen Weisheitszahn gezogen bekommt. Und am Abend bist du strahlend vor Begeisterung wiedergekommen, weil es dir gelungen war, Professor Talmon bei einem kleinen Widerspruch zu ertappen. Wir haben es umgebracht und geschwiegen. Bis heute möchte ich nicht wissen, was sie damit machen. Kleiner als ein Küken. Werfen sie's in die Toilette und spülen nach? Wir beide haben es ermordet. Nur daß du nicht hören wolltest, wann, wo und wie. Du wolltest von mir nur hören, daß alles schon fertig und vorbei ist. Und vor allem wolltest du mir erzählen, wie du den großen Talmon dazu gebracht hast, verwirrt auf dem Podium zu stehen wie ein Student im ersten Semester, der einen Fehler bei der mündlichen Prüfung gemacht hat. Und abends bist du dann wieder zu Zwicka gelaufen, weil ihr im Bus auf der Rückfahrt nach Jerusalem eure Debatte über die Folgen der Lavon-Affäre noch nicht beendet hattet. Jetzt hätte er ein Mann von sechsundzwanzig Jahren sein können. Vielleicht selber schon Vater von ein, zwei Kindern, das erste womöglich fast in Dimmis Alter. Und wir beide könnten in die Stadt gehen, um ein Aquarium mit Zierfischen für die Enkel zu kaufen. Wohin, meinst du, fließen Jerusalems Abwässer letzten Endes? Wohl durch den Sorek ins Mittelmeer? Das Meer reicht bis Griechenland, und dort könnte ihn beispielsweise die Tochter des Königs von Ithaka aus den Wellen gehoben haben. Nun sitzt der gelockte Jüngling in Mondnächten am Strand von Ithaka und schlägt die Harfe. Mir scheint, Talmon ist schon vor einigen Jahren gestorben? Oder war es Prawer? Und Guilietta Masina ist wohl auch schon seit einiger Zeit tot? Ich mach' noch Kaffee. Den Friseur habe ich sowieso verpaßt. Dir würde es auch nicht schaden, dir mal die Haare schneiden zu lassen. Aber eigentlich auch nichts nützen. Kannst du dich wenigstens noch an Schoschana Damari erinnern? ›Ein Stern glüht in der Nacht, und der Schakal hält heulend Wacht?‹ Die ist auch schon ziemlich in Vergessenheit geraten.«

Fima schloß die Augen. Duckte sich, nicht wie jemand, der sich vor einer Ohrfeige fürchtet, sondern wie einer, der sie bis in die Nervenspitzen herbeisehnt. Als bücke sich da weder Jael noch Jaels Mutter, sondern seine eigene Mutter über ihn und fordere ihn auf, ihr augenblicklich die blaue Mütze wiederzugeben, die er versteckt halte. Aber woher wußte sie, daß er sie versteckt hatte? Oder daß da ein Sohn gewesen war? Es hätte doch auch eine Tochter sein können? Eine kleine Jael mit langem weichen Haar und dem Gesicht von Guilietta Masina? Er legte die Arme auf den Tisch und barg, ohne die Augen zu öffnen, den Kopf in beiden Händen. Fast greifbar klang ihm Professor Talmons näselnde Schulmeisterstimme in den Ohren, die da feststellte, Karl Marx' Auffassung der menschlichen Natur sei dogmatisch naiv, um nicht zu sagen primitiv, und jedenfalls eindimensional gewesen. Insgeheim erwiderte Fima auf diese Behauptung mit der Frage von Jaels altem Vater: »In welcher Hinsicht?«

Sosehr er auch darüber nachgrübelte, er fand keine Antwort. Und jenseits der Wand, in der Nachbarwohnung, stimmte eine junge Frau ein vergessenes Lied an, das vor vielen Jahren in aller Munde gewesen war, das Lied von einem Mann namens Johnny, wie es nie einen zweiten gab, und sie nannten ihn Johnny Guitar. Dünn, kindlich, fast lächerlich erschien ihm die Melodie aus dem Mund der Frau jenseits der Küchenwand. Sie sang nicht gut. Fima fiel plötzlich ein Beischlaf mit Jael vor fast einem halben Leben ein, ein nachmittägliches Schäferstündchen in einer kleinen Pension auf dem Karmel, wohin er sie auf Fahrten zu Seminaren im Haifaer Technikum begleitete. Er schlug ihr vor, einen Fremden zu spielen, während sie noch ein unberührtes, naives, schüchtern ängstliches junges Mädchen sein sollte. Seine Rolle bestand darin, sie geduldig zu verführen. Und es gelang ihm, ihr an Schmerz grenzende Lust zu bereiten. Er entlockte ihr Rufen und Flehen und sanfte Überraschungsschreie. Je länger sie ihn abwies, desto stärker und tiefer wurde der Genuß – in seinen Fingerspitzen, ja in jeder Zelle seines Körpers entfaltete sich ein geheimnisvoller Gehörsinn, kraft dessen er genau erkannte, was ihr wohltat: als sei es ihm gelungen, einen Kundschafter in den dunklen Nervenknoten am Ende ihrer Wirbelsäule einzuschleusen. Oder als sei er Fleisch von ihrem Fleische geworden. Bis Berühren und Berührtwerden nicht mehr Handlungen zwischen Mann und Frau waren und sie beide wie einer wurden, der seine eigenen Dürste stillt. Und er fühlte sich an jenem Tag nicht wie ein

Mann, der zur Jungfrau kommt, sondern so, als lebe er seit eh und je in ihrem Schoß, der nicht mehr ihrer, sondern ihrer beider war, und sein Glied nicht mehr seines, sondern ihrer beider Glied, und als umhülle seine Haut nicht mehr seinen, sondern ihrer beider Körper.

Gegen Abend hatten sie sich angezogen und waren in eines der dichtbewachsenen Wadis am Hang des Karmelmassivs hinabgewandert. Waren bis zum Einbruch der Dunkelheit durch das grüne Dickicht gestreift, ohne zu sprechen oder einander zu berühren, und nur ein Nachtvogel hatte ihnen mehrmals einen kurzen, geschliffenen Satz gesagt, den Fima wunderbar nachahmen konnte, worauf Jael leise und herzhaft auflachte und fragte, vielleicht haben Sie irgendeine einleuchtende Erklärung, guter Herr, wie es sein kann, daß ich Sie auf einmal ziemlich liebe, obwohl wir in Wirklichkeit weder verwandt noch sonstwas sind?

Er schlug die Augen auf und sah seine geschiedene Frau – schlank, fast eingeschrumpft, eine alternde Guilietta Masina in grauen Kordhosen und dunkelrotem Pulli – mit dem Rücken zu ihm dastehen und stur weiter Küchenhandtücher falten. Es kann doch nicht sein, daß sie solche Mengen an Küchentüchern besitzt, die sie faltet und faltet, ohne je fertig zu werden, dachte er. Oder nimmt sie wieder auseinander, was sie schon gefaltet hat, weil der Falz nicht exakt nach ihrem Willen ausgefallen ist? Er erhob sich also wie ein Mann, der genau weiß, wie man's macht, umarmte sie von hinten, legte ihr die eine Hand auf den Mund, die andere über die Augen und küßte ihr den Nacken, die Haarwurzeln, den Rücken. Der Duft einfacher Handseife, vermischt mit einem Anflug von Tabaksgeruch aus Teddys Pfeife stieg ihm in die Nase und entfachte in ihm einen leichten Wirbel der Lust, begleitet von Wehmut, die er unterdrückte. Er hob ihren schmalen, kindlichen Körper hoch, und wie er zwei Nächte zuvor ihren Sohn auf den Armen getragen hatte, trug er jetzt Jael und legte sie im Schlafzimmer aufs selbe Bett, und wie er Dimmi gestreichelt hatte, strich er auch ihr über die Wange.

Aber er versuchte weder die Tagesdecke wegzurollen noch seine und ihre Kleidung abzustreifen, sondern schmiegte sich in ganzer Körperlänge an sie und barg ihren Kopf in seiner Achselhöhle. Statt »ich sehne mich nach dir«, brachte er wegen der Müdigkeit wispernd die Worte »ich stammle nach dir« heraus. Sie lagen eng, aber nicht umschlungen, Seite an Seite beieinander, ohne sich zu regen, ohne zu sprechen, seine Körperwärme auf ihren Körper und ihre auf seinen ausstrahlend. Bis sie ihm zuflüsterte: Genug. Jetzt sei lieb und geh.

Fima gehorchte schweigend, stand auf, fand seine Jacke und trank den Rest des zweiten Kaffees, den sie ihm eingeschenkt hatte und der ebenfalls schon abgekühlt war wie sein Vorgänger. Sie hat mir gesagt, ich soll in die Stadt gehen, um Dimmi ein Aquarium mit Zierfischen zu kaufen, dachte er, und ich werd's besorgen. Beim Weggehen gelang es ihm, die Tür so sanft und präzise hinter sich zuzuziehen, daß kein Laut zu hören war. Nicht mal ein Klicken. Kein einziger Ton. Als er dann Richtung Norden ging, hielt diese Stille sowohl auf der Straße als auch in seinen Gedanken an. Langsamen Schrittes schlenderte er die ganze Hechaluz-Straße entlang und versuchte zu seiner Verblüffung, die Melodie des alten Liedes von dem Mann namens Johnny, den sie Johnny Guitar nannten, zu pfeifen. Schau her, sagte er sich, jetzt könnte man behaupten, daß alles verloren oder gar nichts verloren ist, und die beiden Aussagen heben einander keineswegs auf. Eigentümlich, ja sogar wunderbar erschien ihm dieser Zustand: Obwohl er nicht mit seiner Frau geschlafen hatte, verspürte er in seinem Körper keinerlei Mangel, sondern im Gegenteil Fröhlichkeit, Hochstimmung, Befriedigung, als habe auf mystische Weise doch eine tiefe, präzise Verschmelzung zwischen ihnen stattgefunden. Und als habe er bei dieser Verschmelzung endlich seinen einzigen Sohn mit ihr gezeugt.

Aber in welcher Hinsicht?

Die Frage erschien ihm überflüssig. In uneinsichtiger Hinsicht. Und wenn schon.

Als er die Herzl-Straße erreichte, erinnerte ihn der feine Regen daran, daß er seine Schirmmütze bei Jael auf der Küchentischecke vergessen hatte. Was er nicht bedauerte, da er wußte, daß er zurückkehren würde. Er mußte noch ihr und Dimmi – und warum nicht auch Ted – das Geheimnis des dritten Zustands erklären. Allerdings nicht jetzt. Nicht heute. Es brannte ja nicht. Selbst als ihm Joeser und die übrigen vernünftigen, besonnenen Menschen, die in hundert Jahren an unserer Stelle in Jerusalem leben werden, in den Sinn kamen, regte sich diesmal keine Trauer bei ihm. Im Gegenteil: eher ein verschmitztes inneres Grinsen. Was ist denn. Was brennt. Sollen sie warten. Sollen sie geduldig abwarten, bis sie an der Reihe sind. Wir sind hier entschieden noch nicht mit unserer Sache fertig. Eine ermüdende, miese Angelegenheit, das läßt sich nicht leugnen, aber so oder anders haben wir hier noch nicht unser letztes Wort gesprochen.

Einige Minuten später kletterte er in den ersten Bus, der vor ihm an der Haltestelle hielt, ohne auf Linie und Fahrtrichtung zu achten. Setzte sich hinter den Fahrer, summte weiter unbekümmert falsch das Lied von Johnny Guitar vor sich hin. Und sah keinen Grund, den Autobus vor der Endstation zu verlassen, die zufällig in der Schmuel-Hanavi-Straße lag. Trotz Kälte und Wind fühlte Fima sich bestens.

29. Vor Schabbatbeginn

Vor lauter Freude verspürte er keinen Hunger, obwohl er außer den in Jaels Küche gestibitzten Keksen seit morgens nicht gegessen hatte. Als er aus dem Bus stieg, merkte er, daß es nicht mehr regnete. Zwischen schmuddeligen Wolkenfetzen schimmerten blaue Inseln. Irgendwie schien es, als verharrten die Wolken auf der Stelle, während die himmelblauen Inseln nach Westen segelten. Und er hatte das Gefühl, dieses Azur meine ihn und rufe ihn mitzukommen.

Fima begann die Jecheskel-Straße hinaufzugehen. Die beiden ersten Zeilen des Liedes von Johnny Guitar schwangen weiter in der Brust. Aber wie lautete die Fortsetzung? Wohin auf der Welt hatte es jenen Johnny am Ende verschlagen? Wo spielte er heute?

Schabbatabendduft durchdrang die Luft des Bucharenviertels, obwohl es noch früh war, halb eins ungefähr. Vergebens bemühte sich Fima, die Zusammensetzung dieses intensiven Geruchs zu analysieren, der ihn an seine Kindheit erinnerte, an die leichte Erregung, die ihn und Jerusalem mit dem Nahen des Schabbat erfaßte, ja die Welt bei all dem Waschen, Putzen und Kochen gelegentlich schon von Donnerstag abend an zu erfüllen begann. Die Hausgehilfin kochte gefüllte Hühnerhälse, mit Nadel und Faden vernäht. Seine Mutter bereitete klebrig süßes Pflaumenkompott. Und *Zimmes* – süß gekochte Karotten. Und *gefillte Fisch* und *Kreplach* oder Strudel. Oder Rosinenkugel. Dazu alle möglichen Marmeladen und Konfitüren, die auf russisch *Warenje* hießen. Ganz konkret kehrten Fima auch Geruch und Aussehen des weinroten Borschtsch ins Gedächtnis zurück, jener sämigen Rote-Bete-Suppe, auf der Fettaugen wie Goldstücke schwammen. Als Kind hatte er diese Goldmünzen mit dem Löffel herausgefischt.

Und jeden Freitag holte seine Mutter ihn Punkt Mittag am Schultor ab – den blonden Zopf zum Kranz um den Kopf gewunden und das Gold im Nacken durch einen braunen Schildpattkamm gehalten. Dann gingen sie zu zweit die letzten Einkäufe auf dem Machane-Jehuda-Markt tätigen, er den Ranzen auf dem Rücken, sie den Flechtkorb in der Hand, an deren einem Finger ein Saphirring funkelte. Die Düfte des Markts, salzige, bittere, saure sephardische Wohlgerüche, versetzten sie beide in kindlichen Frohsinn. Als hätten sie sich insgeheim gegen die zähe aschkenasische Süße der hausgemachten Nudelaufläufe und Karottengerichte, der gefüllten Fische, des Kompotts und der diversen klebrigen Konfitüren verschworen.

Und tatsächlich behagten seinem Vater ihre Freitag mittäglichen Marktausflüge nicht: Er nörgelte verächtlich, das Kind solle lieber Hausaufgaben machen oder seinen Körper durch sportliche Übungen stählen, man gebe ja sowieso ein Vermögen für die Hausgehilfin aus, zu deren Aufgaben das Einkaufen gehöre, und hier in Rechavia sei schließlich alles zu bekommen, so daß nicht einzusehen sei, warum man sich abschleppen und den Jungen zwischen den dreckigen Ständen und offenen Gossen herumzerren müsse. Die Levante strotze vor Mikroben, und all der scharfe Gewürzkram mit dem aufdringlichen Geruch sei nur eine Tarnung der Verunreinigung. Er witzelte über die Schwäche meiner Mutter für den Zauber von Tausendundeiner Nacht und über »die allwöchentliche Expedition auf den Spuren des Diebes von Bagdad«, wie er es nannte. Fima erschauerte beim Gedanken an die geheimbündlerische Freude, die er als Kind empfunden hatte, wenn er seiner Mutter helfen sollte, zwischen verschiedenen Sorten schwarzer Oliven zu wählen, deren Geruch fast frivol und deren Geschmack eindringlich und berauschend war. Gelegentlich fing er verschwommen die glühenden Blicke auf, mit denen einer der Händler seine Mutter fixierte, und obwohl er zu klein war, um die Bedeutung dieser Blicke zu begreifen, schnappte er doch schemenhaft, wie im Traum, das leichte innere Kribbeln auf, das seine Mutter überlief, dann gewissermaßen überquoll und sich auch auf seinen Rücken verzweigte. Aus weiter Ferne hörte er jetzt ihre Stimme – schau, was sie dir angetan haben, du Golem –, aber diesmal antwortete er ihr fröhlich: Macht nichts, du wirst sehen, daß ich hier noch nicht das letzte Wort gesprochen habe.

Auf dem Heimweg von den Einkäufen auf dem Markt hatte er immer darauf bestanden, selber den Korb zu tragen. Und mit dem anderen Arm hängte er sich bei ihr ein. Freitag mittags aßen sie stets in einem kleinen vegetarischen Restaurant in der King-George-Straße, das ihm mit seinen roten Vorhängen so ausländisch wie im Kino vorkam. Dieses Lokal gehörte einem Flüchtlingspaar, Herrn und Frau Danzig, taktvollen, sympathischen Menschen, die einander so ähnlich sahen, als seien sie Bruder und Schwester. Eigentlich konnte man es ja auch nicht wissen, grübelte Fima, vielleicht waren sie wirklich Geschwister.

Ihre feinen Manieren ließen jedesmal ein leuchtendes Lächeln über das Gesicht der Mutter gleiten, wie ein Lichtstrahl, der Fima noch jetzt mit Sehnsucht erfüllte, wenn er daran dachte. Am Ende der Mahlzeit legte Frau Danzig stets zwei exakte Riegel Nußschokolade vor Fima hin und sagte lachend mit ihrem jeckischen Akzent: »Das ist für das brave Kind, das nichts auf dem Teller gelassen hat.«

Herr Danzig wiederum, ein rundlicher Mann mit einer wie rohes Fleisch im Metzgerladen glühenden Wange, bei der Fima nicht wußte, ob sie von einer chronischen Hautkrankheit, einem eigenartigen Geburtsfehler oder einem geheimnisvollen, flächigen Brandmal so gezeichnet war, ließ nach dem Freitagmittagessen unweigerlich, wie ein Ritual, seinen Standardvers auf Fima los:

> Mein lieber Sohn Efraim
> Hat aufgegessen bei uns daha-im
> Und ist nun ein Held in jedem Ra-im
> Wo, in welcher Stadt?

Worauf Fima, gewissermaßen als sein Part in einem streng festgelegten Ritus, zu ergänzen hatte: »In Jeruschalaim!«

Einmal hatte er jedoch widerspenstig aus Trotz geantwortet: »In Danzig!«, das er von seines Vaters Briefmarkensammlung und auch aus dem schweren deutschen Atlas kannte, zwischen dessen Seiten er, in der Wohnzimmerecke auf dem Teppich ausgestreckt, Stunden über Stunden wegtauchen und umherstreifen konnte, besonders an Winterabenden. Mit dieser Antwort veranlaßte er Herrn Danzig wehmütig verschämt zu lächeln und etwas auf deutsch zu murmeln, das mit den Worten »mein Kind« endete. Und die Augen seiner Mutter füllten sich aus irgendeinem Grund mit Tränen, während sie seinen Kopf plötzlich gewaltsam an sich zog und sein Gesicht über und über mit hastigen Küssen bedeckte.

Was mochte aus den Danzigs geworden sein? Gewiß waren sie längst gestorben. Eine Bankfiliale arbeitete seit Jahren in den ehemaligen Räumen des kleinen Lokals, das immer so vor Sauberkeit geblitzt hatte, daß Fima noch jetzt, nach tausend Jahren, diesen reinlichen Geruch in der Nase spürte, der ihn irgendwie an den Duft frischen Schnees erinnerte. Auf jedem der blütenweiß gedeckten Tische stand stets ein Glasväschen mit einer einzigen steilen Rose. An den Wänden hingen ruhige Bilder von Seen- und Waldlandschaften. Und gelegentlich speiste allein an einem entfernten Tisch, im Winkel neben den Blumentöpfen, ein schlanker britischer Offizier. In steifer Haltung saß er da. Die Uniformmütze ruhte zu Füßen der Rose. Wo mochten die Seen- und Waldbilder seither gelandet sein? Wo auf der Welt speiste jetzt der einsame britische Offizier? Und wo bist du gelandet? Eine Stadt der Sehnsüchte und des Wahnsinns. Ein Flüchtlingslager, keine Stadt.

Dabei kannst du dich doch immer noch aufmachen und ihr entfliehen. Kannst Dimmi und Jael mitnehmen und dich irgendeinem Kibbuz in der Wüste anschließen. Kannst dich aufraffen und um Tamars oder Annette Tadmors Hand anhalten. Dich mit ihr in Magdiel niederlassen und dort auf der

Bank, in der Krankenkasse, im Sozialversicherungsamt arbeiten und nachts wieder Gedichte schreiben. Ein neues Kapitel anfangen. Dem dritten Zustand ein wenig näherkommen.

Seine Füße trugen ihn von selbst tief in das Gassengewirr des Bucharenviertels. Langsam trottete er unter den in allen Farben schillernden Wäscheleinen dahin, die sich quer über die graue Straße von Haus zu Haus spannten. Auf den Balkonen, deren schmiedeeiserne Geländer verrostet waren, sah er Laubhüttengestänge, Blechkanister, Schrott, Waschschüsseln, zerberstende Kisten, Wasserbehälter, all den Ausschuß der engen Wohnungen. Fast jedes Fenster war hier mit grellbunten Gardinen verhängt. Auf den Simsen standen Weckgläser, in denen eingelegte Gurken in Knoblauchwasser mit Petersilien- und Dillblättchen schwammen. Fima spürte auf einmal, daß diese um Innenhöfe mit alten, steinernen Zisternen gebauten Viertel, die nach Braten, Zwiebeln, Backwerk, Würzfleisch und Rauch dufteten, ihm in kehligen Lauten eine ehrliche, einfache Antwort auf eine Frage anboten, die er um nichts in der Welt zu formulieren vermochte. Und er spürte, daß etwas Dringliches immer stärker von innen und außen an sein Herz pochte, sanft und beklemmend daran nagte, wie das vergessene Spiel des Mannes Johnny Guitar, wie die Seen und Wälder an den Wänden des kleinen Restaurants, in das seine Mutter ihn Freitag mittags nach den Einkäufen auf dem Markt mitnahm. Und er sagte sich: »Genug. Laß man.«

Wie jemand, der an seiner Wunde herumkratzt und weiß, daß er damit aufhören muß, aber nicht aufhören kann.

In der Rabbenu-Gerschom-Straße begegneten ihm drei kleine, füllige Frauen, die einander derart ähnlich sahen, daß Fima annahm, sie seien vielleicht Schwestern oder auch eine Mutter mit ihren Töchtern. Er starrte sie fasziniert an, weil sie fruchtbare, verschwenderisch üppige, rundliche Gestalten waren, wie die Sklavinnen auf orientalischen Haremsbildern. Seine Phantasie malte ihm ihre breite, üppige Blöße und ihre Hingabe, die gewiß gehorsam und unterwürfig erfolgte, wie bei

Büffetkellnerinnen, die warme Fleischstücke an die Schlange der Hungrigen austeilen, ohne erst groß zwischen den Gunstempfängern zu unterscheiden. Sie erbrachten die Körpergabe in gewohnter Gleichgültigkeit, ja sogar leichter Langeweile – die Fima in diesem Moment weit sinnlicher und aufreizender als alle Leidenschaftsstürme der Welt erschienen. Einen Augenblick später folgte eine Welle der Scham und löschte seine Begierde: Warum hatte er heute morgen auf Jaels Körper verzichtet? Hätte er nur noch etwas mehr List und Geduld aufgebracht, wäre ein bißchen stur geblieben, hätte sie ihm sicher nachgegeben. Zwar lustlos, aber was machte das schon? Ging es denn um Lust?

Aber worum ging es dann eigentlich?

Die drei Frauen verschwanden um die Gassenecke, während Fima verlegen, erregt und beschämt auf der Stelle verharrte. In Wirklichkeit hatte er doch heute morgen gar nicht Jaels schlanken Körper begehrt, sondern sich vage nach einer anderen – nicht sexuellen, auch nicht mütterlichen – Verschmelzung gesehnt, das heißt, Verschmelzung auch wieder nicht, sondern nach etwas, von dem Fima nicht wußte, was es war, aber doch spürte, daß gerade dieses verborgene, undefinierbar feine Etwas – so es ihm nur ein einziges Mal vergönnt wäre – sein Leben vielleicht zum Besseren wenden könnte.

Dann nahm er sich zusammen und seine Meinung zurück. Die Worte »sein Leben zum Besseren wenden« mochten vielleicht für einen verwirrten Halbwüchsigen mit Pubertätspikkeln im ganzen Gesicht passen, nicht aber für einen Mann, der fähig war, einen Staat in der Krise zu führen und ihn auf den rechten Weg zum Frieden zu lenken.

Später, vor einem kleinen Schuhgeschäft, das gleichzeitig Schusterwerkstatt war, hielt Fima inne, um den berauschenden Duft des Schuhmacherleims aus Kautschuk tief in die Lungen einzuziehen. Und hörte unterdessen Teile eines Gesprächs zwischen einem nicht mehr jungen religiösen Mann, der Leiter eines frommen Wohltätigkeitsverbands oder vielleicht Vorsteher einer Synagogengemeinde hätte sein können, und einem dicken, ungepflegten, unrasierten Reservesoldaten in schlampiger Arbeitsuniform.

Der Soldat sagte: »Bei denen da paßt der Junge dauernd auf die Oma auf. Weicht den ganzen Tag nicht von ihr. Prüft alle halbe Minute, daß sie bloß nicht, Gott behüte, noch mal wegläuft. Die ist schon völlig plemplem im Kopf, aber Beine hat sie wie eine flinke Katze.«

Der ältere Gabbai bemerkte traurig: »Der Verstand im Kopf drinnen sieht aus wie ein Stück Käse. Etwas gelb, etwas weiß. Mit allen möglichen Rillen. Im Fernsehen haben sie das gezeigt. Und der Gedächtnisschwund, da wissen die Wissenschaftler heute schon, daß das von Dreck kommt. Das kommt von Würmern, die da reinkriechen und langsam den Käseverstand auffressen. Bis er faulig wird. Manchmal kann man das sogar ein bißchen riechen.«

Der Soldat berichtigte fachmännisch: »Das sind keine Würmer. Das sind Bakterien. Von der Größe eines Sandkorns. Sogar mit dem Vergrößerungsglas kann man's kaum sehen, und alle Stunde werden vielleicht noch ein paar hundert davon geboren.«

Fima setzte seinen Weg fort, dachte ein wenig über das Gehörte nach, meinte momentweise sogar fast den fauligen Käsegeruch, von dem der Gabbai geredet hatte, in der Nase zu spüren. Dann blieb er vor der Tür eines Gemüsehändlers stehen. Auf dem Gehsteig drängten sich Kisten mit Auberginen, Zwiebeln, Salat, Mandarinen und Orangen. Darüber schwirrten Fliegen und auch zwei, drei Wespen. Es wäre schön, eines Tages mit Dimmi durch diese Gassen zu streifen. Fast körperlich spürte Fima die Wärme der Kinderfinger in seiner leeren Hand. Und er versuchte sich auszudenken, welche vernünftigen Dinge er dem kleinen, versonnenen Challenger bei ihrem gemeinsamen Streifzug hier sagen, in welchem neuen Licht er ihm all diese Eindrücke ringsum beleuchten würde. Gewiß würde Dimmi hier Aspekte entdecken, die ihm, Fima, verborgen blieben, weil er nicht mit der Beobachtungsgabe des Kindes begnadet war. Von wem hatte der Junge diese Gabe geerbt? Teddy und Jael waren augenscheinlich dauernd einzig und allein in die ihnen gestellten Aufgaben vertieft, und Baruch beschäftigte sich mit Legenden und ihrer Moral. Vielleicht wäre es das Richtigste, zu ihnen überzusiedeln. Man könnte beispielsweise mit einer vorläufigen Invasion beginnen, einen Brückenkopf errichten, etwa die bevorstehende Renovierung bei ihm zu Hause als Vorwand benutzen, sie von Anfang an beruhigen, es gehe ja nur um einen Notbehelf für zwei, drei Tage, allerhöchstens eine Woche, er werde niemandem zur Last fallen, herzlich gern nachts auf einer Matratze in der Wäscheecke auf dem Hinterbalkon schlafen. Und sofort vom Ankunftstag an werde er für alle kochen, das Geschirr spülen und abtrocknen, bügeln, in ihrer Abwesenheit auf Dimmi aufpassen, ihm bei den Hausaufgaben helfen, Jaels Leibwäsche im Waschbecken waschen und Teddys Pfeifen reinigen. Sie seien doch beide die meiste Zeit außer Haus, während er ein freier Mensch sei. Nach einigen Tagen würden sie sich an diese Lage gewöhnen. Ihre darin enthaltenen Vorteile entdecken. Eine tiefe Abhängigkeit von seinen Haushaltsdiensten entwickeln. Sie würden nicht mehr ohne ihn auskommen. Vielleicht würde gerade Ted als weitsichtiger, vorurteilsfreier Mann und logisch denkender Wissenschaftler den allseitigen Nutzen erkennen: Dimmi würde nicht mehr den ganzen Tag allein und verlassen, auf die Gnade der Nachbarn angewiesen und den Launen ihrer Kinder ausgesetzt, auf dem Hof herumlungern oder in tiefer Einsamkeit vor dem Computerbildschirm gefangen sitzen. Und Ted wäre der drückenden Last ledig, andauernd mit Jael von Angesicht zu Angesicht konfrontiert zu sein. Auch er würde sich ein bißchen befreit fühlen. Was Jael anbetraf, konnte man schwer wissen – vielleicht würde sie diese Situation mit gleichgültigem Achselzucken hinnehmen. Oder in ihr lautloses Lachen ausbrechen, wie sie es bei seltenen Gelegenheiten tat. Oder sie würde sich womöglich wieder aufmachen und nach Pasadena fahren und Dimmi uns beiden, Ted und mir, überlassen. Diese letztere Möglichkeit flammte plötzlich in strahlendem Goldlicht in Fimas Innern auf und erschien ihm faszinierend: eine Kommune. Ein Stadtkibbuz. Drei rücksichtsvolle, einander ergebene Kumpels, verbunden durch starke Bande gegenseitiger Aufmerksamkeit und Zuneigung.

Im ganzen Viertel herrschte emsiges Freitagmittagstreiben: Hausfrauen schleppten volle Einkaufstaschen, Straßenhändler priesen mit gutturalen Schreien ihre Waren an, ein rostfleckiger, verbeulter Lieferwagen, dessen eines Rücklicht eingeschlagen war wie das Auge eines Kneipenraufbolds, rangierte vier- oder fünfmal vor und zurück, bis es ihm wie durch ein Wunder gelang, sich auf dem Gehsteig in die enge Lücke zwischen zwei anderen, nicht weniger alten und mitgenommenen Lieferwagen zu zwängen. Dieser Erfolg freute Fima, als sei er Vorzeichen für eine sich auch ihm eröffnende Chance.

Ein blasser Aschkenase mit hängenden Schultern und leicht vorquellenden Augen, der aussah, als leide er an einem schweren Magengeschwür, wenn nicht an Krebs, schob stark schnaufend einen quietschenden Kinderwagen voll Lebensmitteln in Papier- und Plastiktüten und einer ganzen Batterie Limoflaschen die Steigung hinauf. Zuoberst lag eine Abendzeitung, deren Seiten im Wind flatterten. Fima lugte schräg auf die Schlagzeile und schob die Zeitung dann behutsam zwischen die Flaschen, da er fürchtete, sie könnte jeden Augenblick hochwirbeln und auseinanderfliegen. Der Alte sagte nur: *»Nu. Schoin.«*

Ein grau-gelber Hund kam in einschmeichelndem Trott, den Schwanz zwischen die Beine geklemmt, angelaufen, beschnüffelte zaghaft die Hosenkrempen des besorgten Fima, fand kein besonderes Interesse an ihm und entfernte sich mit gesenkter Schnauze. Es könnte doch sein, grübelte Fima, daß dies zum Beispiel ein Ururenkel des Hundes Balak ist, der hier vor rund achtzig Jahren den Verstand verloren und sämtliche Gassen ringsum in Angst und Schrecken versetzt hat, bis er unter großen Qualen starb.

In einem Hof sah er die Reste eines verfallenen Palastes, den Kinder aus kaputten Kisten und Kästen errichtet hatten. Dann, an der Wand einer Synagoge namens *Erlösung Zions – Lehrhaus der Gemeinde ehemaliger Mashhader* prangten mehrere Grafitti, die Fima sich erst einmal betrachtete: »Gedenket des Schabbattages, ihn zu heiligen.« Das »ihn« erschien im überflüssig, aber zu seiner Verblüffung war er sich dessen nicht ganz sicher. »Kahane muß ran – der Ma'arach in den Bann.« Und »Den Verleumdern sei keine Hoffnung.« Sei? Ist? Haben? Auch hier war er sich nicht sicher und beschloß, später daheim im Gebetbuch nachzuschlagen. »Schulamit Alloni fickt mit Arafat.« »Bedenke, daß du Staub bist.« Dieser letzten Inschrift stimmte Fima kopfschüttelnd zu. »Rachel frißt in de Goß.« Links von diesem Grafitto fand er zu seinem Bedauern »Frieden jetzt – schlägt fehl zuletzt.« Aber er hatte ja immer gewußt, daß man tief pflügen mußte. Und dann »Auge um Auge«, Worte, die ihn schmunzelnd über die Frage nachdenken ließen, was der Dichter damit sagen wollte. Eine andere Hand hatte hingekritzelt: »Malmilian, der Verreder, hat seine Mutter verkauft!« Fima begriff, daß der Schreiber Verräter mit Verreder verwechselt hatte, fand aber doch einen gewissen Zauber an diesem Fehler. Als habe irgendeine lyrische Eingebung über der schreibenden Hand geschwebt, die der Schreibende nicht sehen konnte und doch umgesetzt hatte.

Der *Erlösung Zions* gegenüber befand sich ein winziger Laden, fast nur eine Nische, für Schreibwaren. Die Scheibe war völlig von Fliegendreck überzogen und kreuz und quer mit Resten von Klebeband gegen Bombenschäden übersät. Ein Andenken an einen der Kriege, die wir vergebens gewonnen haben, dachte Fima. In der kleinen Auslage türmten sich allerlei verstaubte Schreibblöcke, Hefte, deren Ränder sich vor Alter schon wellten, ein verblichenes Porträt von Mosche Dayan in Generalsuniform vor der Westmauer, das die Fliegen ebenfalls nicht verschont hatten, sowie Radiergummis, Lineale und billige Plastikfedertaschen, zum Teil mit den aufgedruckten Konterfeis runzliger aschkenasischer Rabbiner oder sephardischer Thoragelehrter in reichgeschmückten Gewänderrn. Zwischen all dem erspähte Fima ein dickes, in grauen Karton gebundenes Heft mit mehreren hundert Blättern, von der Sorte, die Schriftsteller und Philosophen vergangener Generationen sicher verwendet hatten. Plötzlich erfüllten ihn Sehnsucht nach seinem Schreibtisch und tiefe Abneigung gegen die Gipser und Anstreicher, die sein geregeltes Alltagsleben bedrohten. In drei, vier Stunden würde hier die gellende Sirene erklingen, die den Schabbatbeginn ankündigte. Das Gewimmel in den Gassen würde versiegen. Schöne, sanfte Stille, das Schweigen von Pinien, Stein und eisernen Läden würde von den Berghängen rings um die Stadt hinabwallen und sich über Jerusalem ausbreiten. Männer und Kinder in züchtiger Feiertagskleidung würden mit Gebetbüchern in die zahlreichen kleinen Bethäuser streben, die hier in jeder Gasse verstreut lagen. Die Hausfrau würde die Kerzen anzünden und der Vater in weichem orientalischen Tonfall den Weinsegen sprechen. Familie nach Familie würde sich zu Tisch setzen. Arme, notleidende Menschen, die auf die Erfüllung der Gebote setzen und nicht das Unerforschliche zu erforschen suchen. Menschen, die Gutes erhoffen, wissen, was vor ihnen liegt, stets darauf vertrauen, daß auch die Regierenden sicher wissen, was vor ihnen liegt, und alles weise richten. Gemüsehändler, Krämer, Kaufleute und Straßenhändler, Lehrlinge, niedrige Beamte der Stadt- oder Staatsverwaltung, kleine Makler, Postbeamte, Verkaufsagenten, Handwerker. Fima versuchte, sich den Alltag in diesem Viertel auszumalen und dann den Zauber von Schabbat und Feiertagen. Dabei war er sich bewußt, daß die Bewohner hier ihr karges Brot sicher mühsam verdienten und gewiß ihre Last mit Schulden, Einkommen und Hypothekenzahlungen hatten. Aber trotzdem erschien ihm ihr Leben richtig, echt, erfüllt von Ruhe und geheimer Freude, die er nie gekannt hatte und bis zu seinem Tode auch nicht kennen würde. Auf einmal wünschte er sehnlich, in diesem Augenblick in seinem Zimmer zu sitzen, oder vielleicht eher noch im eleganten Wohnzimmer seines Vaters in Rechavia zwischen den hochglanzpolierten Möbeln, dicken Teppichen und glitzernden Lüstern mitteleuropäischen Stils, umgeben von Büchern, Porzellan und Kristall, endlich auf die Hauptsache konzentriert.

Aber was war diese Hauptsache? Was, in Gottes Namen, war die Hauptsache?

Vielleicht dies: aufstehen und mit einem Streich, von heute, von Schabbatbeginn an, das Geschwätz, die Vergeudung und die Lüge wegwischen, unter denen sein Leben begraben lag. Richtig war, seine Armseligkeit in Demut zu akzeptieren, sich für immer mit der Einsamkeit abzufinden, in die er sich aus freien Stücken begeben hatte – endgültig und unwiderruflich. Von nun an würde er in Schweigen leben. Sich abkapseln. Seine häßlichen Verbindungen zu all den weiblichen Pflegefällen abbrechen, die in der Wohnung und in seinem Leben herumliefen. Davon ablassen, Zwi und Uri und die anderen aus der Gruppe mit gestenreichen Spitzfindigkeiten zu belästigen. Jael würde er von fern lieben, ohne als Störenfried aufzutreten. Vielleicht würde er sogar auf die Reparatur des Telefons verzichten: sollte auch der Apparat von jetzt an schweigen. Damit er aufhörte zu prahlen und zu lügen.

Und Dimmi?

Dimmi würde er sein Buch widmen. Denn ab nächste Woche würde er jeden Morgen vor der Praxis fünf bis sechs Stunden im Lesesaal der Nationalbibliothek zubringen. Würde systematisch alle vorhandenen Quellen, einschließlich der vergessenen oder kuriosen, neu durchsehen. Und wäre so in einigen Jahren imstande, ehrlich und genau die Geschichte vom Aufstieg und Niedergang des zionistischen Traums zu schreiben. Oder sollte er womöglich lieber einen witzigen, leicht verrückten Roman über Leben, Tod und Auferstehung des Judas Iskariot verfassen? Den er ungefähr nach seiner eigenen Person gestalten könnte?

Eigentlich war es besser, nicht zu schreiben. Von heute an

Zeitungen, Radio und Fernsehen für immer fahrenzulassen. Höchstens würde er den klassischen Musiksendungen lauschen. Jeden Morgen, Sommer wie Winter, würde er beim ersten Tageslicht eine Stunde lang den Olivenhain drunten im Wadi, vor seinem Haus, durchstreifen. Danach bescheiden frühstücken, Gemüse, Obst und eine Scheibe Schwarzbrot ohne Marmelade, sich rasieren – aber warum denn rasieren, nein, er würde seinen Bart wild wachsen lassen – und sich dann hinsetzen, um nachzudenken. Abends nach der Arbeit würde er sich noch ein bis zwei Stunden die Stadt erwandern. Sich systematisch mit Jerusalem vertraut machen. Nach und nach ihren Zauber erkunden. Jede Gasse, jeden Hinterhof, jede Nische entdecken, nachsehen, was sich hinter jeder Steinwand verbarg. Keine Agora würde er mehr von seinem verrückten Vater annehmen. Und am Abend würde er allein am Fenster stehen und seiner inneren Stimme lauschen, die er bisher ständig durch Geschwafel und Komödien zu unterdrücken gesucht hatte. Er würde von Jaels senilem Vater, dem alten Pionier Naftali Zwi Levin, lernen, der den ganzen Tag lang nur die Wand vor sich anstarrte und auf jegliche Rede mit der Frage »In welcher Hinsicht?« antwortete. Eigentlich keine schlechte Frage. Obwohl man bei genauerer Betrachtung vielleicht auch darauf verzichten könnte: Der Begriff »Hinsicht« schien ebenfalls leer und belanglos.

Schnee von gestern.

Grippe vom letzten Jahr.

Asoi.

Fima mußte angewidert daran denken, daß vergangenen Freitag, genau vor einer Woche, bei Schula und Zwi Kropotkin, die Debatte nach Mitternacht sich um die russischen Einflüsse auf die einzelnen zionistischen Strömungen gedreht hatte. Zwicka hatte sich kühl über den naiven Tolstoiismus bei A. D. Gordon und dessen Schülern mockiert, und Uri Gefen hatte daran erinnert, wie sich im Land einst die Liebe zu Stalin und die Lieder über Budjonnys Reiter ausgebreitet hatten.

Worauf er, Fima, mit leicht gekrümmtem Rücken aufstand und sämtliche Anwesenden in schallendes Gelächter versetzte, indem er in schmelzend rollendem Tonfall einen typischen Abschnitt einer alten literarischen Übersetzung aus dem Russischen deklamierte: »›Haben Sie hier Wohnsitz genommen?‹ – ›Nein, in der Nähe von Spasow, beim Kloster W., dortselbst wohne ich, in der Vorstadt, bei Marfa Sergejewna, der Schwester Awdotja Sergejewnas. So Sie sich zu erinnern geruhen: Zu einem Balle fuhr sie, den Fuß brach sie sich, als sie aus der Kutsche gesprungen. Jetzt wohnt sie nahe des Klosters und ich – bei ihr...‹«

Uri hatte gesagt: »Damit kannst du im ganzen Land auf Tournee gehen. Es dem Volke nahebringen.«

Und Teddy: »Das könnte direkt aus der Hochzeit in dem Film *Deer Hunter* stammen. Wie hieß der noch hierzulande?«

Worauf Jael trocken, wie zu sich selbst, bemerkte: »Warum feuert ihr ihn noch an. Guckt doch, was er aus sich macht.«

Als habe er eine Ohrfeige von ihr eingesteckt, die ihm Tränen des Dankes in die Augen trieb, wurde Fima sich jetzt der Bedeutung ihrer Worte bewußt. Und beschloß, sich niemals wieder vor ihr zum Narren zu machen. Oder vor anderen. Von nun an würde er sich zusammennehmen, konzentriert sein.

Während er noch so dastand und sein neues Leben plante, dabei im Eingang eines grauen Backsteingebäudes die Namen der Bewohner von einer Reihe verbeulter Briefkästen ablas, erstaunt auch hier eine Familie Pisanti entdeckte und sich fast wunderte, wieso er dann nicht auch seinen Namen darunter fand, sprach ihn höflich ein geschniegelter sephardischer Talmudstudent an, ein schlanker, bebrillter Bursche in der Kleidung eines aschkenasischen Chassids. Zaghaft, als fürchte er, womöglich einen Faustschlag zu ernten, empfahl er Fima, hier auf der Stelle das Gebot des Tefillinlegens zu erfüllen.

»Na, meinen Sie, das wird das Kommen des Messias beschleunigen?« fragte Fima.

Der *Awrech* antwortete sofort enthusiastisch, als sei er von vornherein auf eben diese Frage vorbereitet gewesen, mit nordafrikanischem Akzent, aber in jiddischer Satzmelodie: »Das wird Ihrer Seele guttun. Auf der Stelle werden Sie Erleichterung und Freude empfinden, was ganz Wunderbares.«

»In welcher Hinsicht?« fragte Fima.

»Das ist eine bekannte Tatsache, mein Herr, wohlgeprüft und erprobt: Der Gebetsriemen für den Arm beseitigt die Unreinheit des Körpers und der für den Kopf – spült den ganzen Schmutz von der Seele.«

»Und woher wissen Sie, daß mein Körper unrein und meine Seele schmutzig ist?«

»Gott behüte, so was will ich nicht gesagt haben. Daß ich mich nicht mit den Lippen versündige. Die Seele eines jeden Juden, selbst wenn er, Gott bewahre, ein Vergehen auf sich geladen hat, ist am Sinai dabeigewesen. Das ist ein bekanntes Faktum. Deswegen leuchtet und strahlt jede jüdische Seele wie der Himmelsglanz. Aber, was soll ich sagen? Manchmal kann es zu unserem Leidwesen passieren, daß vor lauter Kummer und Nöten, vor all dem Mist, den das Leben auf der niedrigen Welt dauernd über uns auskippt, die Seele sich gewissermaßen mit Staub überzieht. Was tut der Mensch, wenn der Motor in seinem Auto verstaubt ist? Er läßt ihn waschen. Und so ist es auch mit dem Staub auf der Seele. Den bringt das Gebet des Tefillinlegens im Handumdrehen weg. Gleich fühlen Sie sich wie neu.«

»Und was nützt es euch, wenn ein Weltlicher einmal Gebetsriemen anlegt und danach weiter Übertretungen begeht?«

»Gut, das ist folgendermaßen, mein Herr: Erstens, auch einmal hilft was. Verbessert die Instandhaltung. Denn eine Mizwa zieht die nächste nach sich. Das ist auch wie beim Auto, das man nach soundso viel Kilometern zur Wartung bringt – Vergaserreinigung, Ölwechsel und all das. Ist doch ganz natürlich – nachdem Sie was in die Erhaltung investiert haben, werden Sie künftig besser drauf achten. Damit der Wert nicht sinkt. Langsam, langsam wird Ihnen die alltägliche Instandhaltung sozusagen zur Routine. Das hab' ich nur gebracht, um's Ihnen ein bißchen verständlich zu machen.«

»Ich besitze keinen Wagen«, sagte Fima.

»Nein? Wirklich? Das zeigt mal wieder, daß alles vom Himmel geschickt ist. Da habe ich was für Sie. Ein Angebot, wie man's sonst gar nicht findet. Vielleicht einmal im Leben.«

»Ich kann nicht fahren«, sagte Fima.

»Wir kriegen Sie für dreihundert Dollar pauschal durch die Prüfung. Fahrstundenzahl unbegrenzt. Oder wir finden einen Weg, das mit dem Kaufpreis zu koppeln. Was Besonderes. Genau für Sie. Aber legen Sie vorher nur mal Tefillin, und Sie werden sehen, wie Sie sich fühlen: wie ein Löwe.«

»Mich hat Gott sowieso schon vergessen«, sagte Fima grinsend.

»Und zweitens«, fuhr der junge Mann mit wachsender Begeisterung fort, als habe er nichts gehört: »zweitens sagen Sie niemals Weltlicher. So was gibts gar nicht, einen Weltlichen. Kein Jude auf der Welt kann weltlich sein. Schon der Ausdruck an sich deutet gewissermaßen einen Makel an oder ist gar, Gott bewahre, beleidigend oder gotteslästerlich. Wie es heißt, der Mensch bezichtigt sich nicht selbst des Bösen.«

»Ich persönlich bin nun gerade einhundert Prozent weltlich«, beharrte Fima. »Erfülle kein einziges der 613 Gebote. Begehe nur ebenso viele Übertretungen.«

»Irrtum«, stellte der Talmudstudent höflich, aber bestimmt fest, »völliger Irrtum, mein Herr. Es gibt nie und nimmer auch nur einen Juden auf der Welt, der keine Gebote erfüllt, kann's gar nicht geben. Eins mehr, eins weniger. Wie der Rabbi sagt, der Unterschied ist nur quantitativ. Nicht qualitativ. Wie es keinen Gerechten auf Erden gibt, der nicht sündigt, so gibt es auch keinen Sünder auf Erden, der nicht ein wenig gerecht wäre. Ein Quentchen. Auch Sie, mein Herr, in allen Ehren, erfüllen jeden Tag mindestens ein paar Gebote. Selbst ein Mensch, der sich für einen völlig Abtrünnigen hält, selbst der tut jeden Tag einige Mizwot. Zum Beispiel, dadurch, daß Sie leben, erfüllen Sie schon das Gebot ›Wähle also das Leben‹. Alle ein, zwei Stunden, jedesmal wenn Sie eine Straße überqueren, wählen Sie das Leben, obwohl Sie, Gott behüte, auch das Gegenteil, möge der Himmel uns bewahren, hätten wählen können. Stimmt's etwa nicht? Und dadurch, daß Sie Kinder haben, gesund sollen sie sein, haben Sie das Gebot ›Seid fruchtbar und mehret euch‹ befolgt. Und daß Sie in Erez-Israel leben, schlägt Ihnen gleich noch mal mit fünf, sechs Mizwot zu Buche. Und wenn Sie sich ab und zu freuen, haben Sie auch wieder ein Gebot erfüllt. Null gibt's nicht. Allerdings können Sie oben schon mal im Minus sein, das ja, aber niemals senkt man Ihnen dort im Himmel das Kreditlimit. Anleihen können Sie unbegrenzt aufnehmen. Und aufgrund der paar Gebote, die Sie eben doch erfüllen, haben Sie droben inzwischen schon ein privates Sparkonto auf Ihren Namen, auf dem Sie jeden Tag noch ein wenig und noch ein wenig einzahlen, und täglich schreibt man Ihnen da auch Währungsausgleich und Tageszinsen gut und fügt es dem Stammkapital hinzu. Sie werden sich wundern, mein Herr, wie reich Sie schon sind, ohne es zu wissen. Wie geschrieben steht, ›Das Buch ist offen, und die Hand schreibt‹. Fünf Minuten Tefillinlegen, sogar weniger, glauben Sie mir, das tut nicht weh, und Sie heimsen schon wieder einen Zuschlag für den Schabbat ein. Was immer Ihr Geschäft in der niedrigen Welt sein mag, glauben Sie mir, keine andere Investition kann Ihnen innerhalb fünf Minuten bessere Rendite abwerfen. Das ist eine bekannte, wohlfundierte Tatsache. Nein? Nicht weiter schlimm. Vielleicht ist für Sie einfach noch nicht die Zeit gekommen, mit Tefillinlegen anzufangen. Wenn es so weit ist, werden Sie's schon merken. Sie erhalten dann einfach ein untrügliches Zeichen. Die Hauptsache, mein Herr, Sie vergessen nicht, daß die Tore der reuigen Rückkehr offenstehen, rund um die Uhr, wie man sagt. Die werden nie zugemacht. Einschließlich Schabbat und Feiertage. Und was das Auto nebst Fahrprüfung betrifft, notieren Sie sich mal zwei Telefonnummern –«

»Aber im Moment habe ich auch kein Telefon«, fiel Fima ihm ins Wort.

Der Talmudstudent blickte ihn versonnen von der Seite an, als taxiere er ihn in Gedanken, und meinte dann zögernd, die Stimme fast zum Flüsterton gesenkt: »Sind Sie etwa, Gott behüte, irgendwie in Bedrängnis, mein Herr? Sollen wir Ihnen von uns aus jemanden schicken, um nachzusehen, wie man Ihnen helfen kann? Sagen Sie's ruhig, Sie brauchen sich nicht zu schämen. Oder am besten, Sie feiern den Schabbat mit uns? Spüren einmal, was es heißt, unter Brüdern zu sein?«

»Nein. Danke«, erwiderte Fima.

Und diesmal lag etwas in seiner Stimme, das den Talmudstudenten veranlaßte, ihm beklommen Schabbat Schalom zu wünschen und sich davonzumachen. Wobei er sich zweimal nach Fima umschaute, als fürchte er, man sei ihm auf den Fersen.

Einen Moment lang bedauerte Fima, daß er diesem Hausierer in Sachen Mizwot und Autos keine ätzende Antwort verpaßt hatte, einen theologischen Faustschlag, den er nie wieder vergessen würde. Er hätte ihn zum Beispiel fragen können, ob man für die Ermordung eines fünfjährigen arabischen Mädchens dort oben ebenfalls fünf Pluspunkte bekam? Oder ob ein Kind in die Welt zu setzen, das weder man selbst noch die Mutter haben will, als Vergehen oder Mizwa gelte? Im nächsten Moment reute es ihn zu seiner Verblüffung wiederum ein wenig, daß er nicht nachgegeben hatte, und sei es nur, um diesem jungen Nordafrikaner in wolhynischer oder galizischer Verkleidung eine kleine Freude zu machen, der ihm trotz seiner offensichtlichen Verschlagenheit naiv und gutwillig erschien: Sicher bemühte auch er sich auf seine Weise, das Unverbesserliche ein wenig zu verbessern.

Unterdessen passierte er, gedankenverloren vor sich hintrottend, eine Schreinerei, einen Lebensmittelladen, dem starker Räucherfischgeruch entströmte, eine Metzgerei, die ihm mörderisch blutrünstig aussah, und ein düsteres Geschäft für züchtige Häubchen und Perücken, stoppte schließlich an einem nahen Kiosk und erstand die Wochenendausgaben von *Jediot Acharonot*, *Chadaschot* und *Ma'ariv*, denen er aus einer verschwommenen Neugier heraus auch noch das ultraorthodoxe Blatt *Jated Ne'eman* hinzufügte. Nunmehr mit einem wahren Berg Freitagszeitungen beladen, betrat Fima eine winzige Imbißstube Ecke Zefanja-Straße. Es war ein kleiner Familienbetrieb mit nur drei ramponierten rosa Resopaltischen, beleuchtet von einer schwachen Glühbirne, die schmierig-gelbes Licht unter sich verbreitete. Überall spazierten träge Fliegen herum. Ein Bär von einem Mann döste, den Bart zwischen die Zähne geklemmt, hinter der Theke, worauf Fima einen Augenblick die Möglichkeit erwog, ob das nicht etwa er selbst hinter dem Praxistresen war, den man durch einen Zauber hierherversetzt hatte. Er sank auf einen nicht übermäßig sauber wirkenden Plastikstuhl und versuchte sich zu erinnern, was seine Mutter ihm Freitag mittags vor tausend Jahren im Restaurant des Ehepaars Danzig bestellt hatte. Zum Schluß entschied er sich für Hühnersuppe, Gulasch mit gemischtem Salat, Fladenbrot und sauren Gurken und eine Flasche Schweppes. Während des Essens wühlte er den Zeitungsstapel durch, bis seine Finger schwarz und die Blätter voller Fettflecke waren.

Im *Ma'ariv*, auf der zweiten Seite, stand eine Nachricht über einen arabischen Jüngling aus Jenin, der bei lebendigem Leib verbrannt war, als er versuchte, einen in der Hauptstraße jener Stadt geparkten Armeejeep anzuzünden. Die Nachforschungen hätten ergeben, hieß es, daß die zusammengeströmten Araber den Militärsanitäter daran gehindert hätten, dem brennenden jungen Mann erste Hilfe zu leisten, und auch die Soldaten nicht an ihn heranließen, um das Feuer zu löschen, weil die Menge anscheinend glaubte, der vor ihren Augen Verbrennende sei ein israelischer Soldat. An die zehn Minuten lang sei der Jüngling »unter grausigen Schreien« bei lebendigem Leib an dem selbst gelegten Feuer verkohlt, bis er verstummte und seinen Geist aufgab. In dem Städtchen Or Akiva war indes ein kleines Wunder geschehen: Ein etwa fünfjähriger Junge war aus einem hohen Stockwerk gestürzt, hatte dabei eine schwere Kopfverletzung davongetragen und das Bewußtsein seit Ende des Versöhnungstags nicht wiedererlangt. Inzwischen hatten die Ärzte ihn aufgegeben und in eine Pflegeanstalt verlegt, in der er bis zum letzten Atemzug nur noch dahinvegetieren sollte. Doch die Mutter, eine einfache Frau, die weder lesen noch schreiben konnte, wollte die Hoffnung nicht begraben. Nachdem die Ärzte ihr mitgeteilt hatten, daß das Kind keine Heilungschancen habe und nur ein Wunder es noch zurückholen könne, pilgerte sie zu einem berühmten Rabbi nach Bne Brak und rief ihn um Hilfe an. Der Rabbi befahl der Mutter, einen gewissen Talmudschüler, der als geistig behindert bekannt war, gegen Entlohnung zu beauftragen, dem stummen, gelähmten Kind Tag und Nacht immer wieder direkt in die Ohrmuschel Blatt 90 aus dem Sohar-Band zur Genesis, von den Worten »Mosche sprach, o Ewiger« bis »und erfuhr oben Verbindung durch Jizchak« (das Kind hieß Jizchak) vorzulesen. Und tatsächlich zeigte der Junge nach vier Tagen und vier Nächten erste Lebenszeichen, und jetzt war er gesund und munter, rannte, fromme Lieder singend, umher und besuchte auf Sonderstipendium ein streng orthodoxes Internat, in dem er sich bereits den Ruf eines wunderbaren kleinen Talmudgenies erworben hatte. Warum probiert man Blatt 90 des Sohar nicht auch mal an Jizchak Rabin aus? Und an Jizchak Schamir? Fima grinste und schimpfte über die Soße, die ihm auf die Hose gespritzt war.

Im *Jated Ne'eman* las er flüchtig einen bösen Erguß über die Entvölkerung der Kibbuzim, deren gesamte Jugend, nach den Worten des Blattes, in den entlegensten Winkeln des Fernen Ostens und der Anden umherstreune, wo sie sich schrecklichen heidnischen Sekten anschlösse. Und wiederum im *Ma'ariv* empfahl ein altgedienter Publizist der Regierung, bloß nicht überstürzt allen möglichen zweifelhaften Friedenskonferenzen nachzurennen: Wir müssen zumindest so lange abwarten, bis die israelische Abschreckungskraft wieder völlig hergestellt ist. Keinesfalls dürfen wir aus einer Position der Panik und Schwäche an den Verhandlungstisch treten, während das Schwert der Intifada uns gewissermaßen noch an der Gurgel sitzt. Friedensverhandlungen wären wohl erst dann wünschenswert, wenn die Araber endlich begriffen, daß sie weder eine politische noch militärische noch sonstwelche Aussicht haben, und – den Schwanz zwischen die Beine geklemmt – bei uns angelaufen kommen und uns um Frieden anflehen.

In *Chadaschot* stieß er auf eine überspannte Satire, die in etwa besagte, statt Eichmann aufzuhängen, hätten wir ihn lieber in weiser Voraussicht begnadigen sollen, um uns seine einschlägige Erfahrung und sein Organisationstalent zunutze zu machen, denn jetzt sei er hier durchaus am Platz unter denen, die den Arabern zusetzen und sie in Massen nach Osten vertreiben möchten, ein Metier, in dem Eichmann bekanntlich Spezialkenntnisse besessen habe. Danach fand er in der Wochenendbeilage von *Jediot Acharonot* eine Farbreportage über die Leiden einer ehemals berühmten Sängerin, die harten Drogen verfallen war – und gerade jetzt, da sie sich von ihrer Sucht zu lösen suchte, kam ein herzloser Richter und entzog ihr das Sorgerecht für ihr kleines Töchterchen, das einer Affäre mit einem umjubelten Fußballstar entstammte, der die Vaterschaft nicht anerkennen wollte. Das Baby war auf gerichtliche Anordnung einer Pflegefamilie übergeben worden, von der sie, die Sängerin, energisch behauptete, der Mann dort sei in Wirklichkeit ein jugoslawischer Goj, der nicht einmal nach den Regeln der jüdischen Halacha übergetreten und womöglich gar nicht beschnitten sei.

Nachdem Fima vergeblich sämtliche Hosen-, Hemd- und Jackentaschen umgekrempelt hatte und beinah verzweifelt wäre, wurde er zum Schluß ausgerechnet in der Jackeninnentasche fündig, aus der er einen zusammengefalteten Zwanzigschekelschein fischte, den Baruch dort unbemerkt eingeschleust haben mußte. Er zahlte, stammelte zum Abschied einige beschämte Entschuldigungen und ging – unter Zurücklassung des gesamten Zeitungsbergs.

Beim Verlassen des Restaurants merkte er, daß es kälter geworden war. Ein abendlicher Schatten lag bereits in der Luft, obwohl es erst Nachmittag war. Der rissige Asphalt, die verrosteten Eisentore, in die hier und da das Wort *Zion* eingelassen war, die Schilder von Läden, Werkstätten, Talmudschulen, Vermittlungsbüros und Wohlfahrtskassen, die auf dem Gehweg aufgereihte Mülltonnenbatterie, die von fern zwischen den verwahrlosten Höfen durchlugenden Berge – das alles nahm verschiedene Grautöne an. Von Zeit zu Zeit drangen fremde Laute in das feste Getriebe der Gassen: Glockenklänge – hoch und langsam oder abgehackt und tief, fein, laut oder elegisch – und ein ferner Lautsprecher, Luftdruckhämmer und dumpfes Sirenengeheul. All diese Geräusche vermochten jedoch nicht das Schweigen Jerusalems zu übertönen, dieses ständige, allem zugrunde liegende Schweigen, das man, wenn man nur will, in Jerusalem stets aus allem Lärm heraushören kann. Ein alter Mann und ein Kind, vielleicht ein Großvater mit seinem Enkel, kamen Fima langsamen Schritts entgegen.

Der Junge fragte: »Aber du hast doch gesagt, drinnen in der Erde wär' Feuer, warum ist dann der Boden nicht heiß?«

»Erst mal mußt du ein bißchen lernen, Jossel«, erwiderte der Großvater. »Je mehr du lernst, desto besser verstehst du, daß wir am besten gar nichts fragen.«

Fima mußte daran denken, daß in seiner Kindheit ein alter Hausierer durch die Straßen Jerusalems gezogen war, der – einen schiefen, quietschenden Handwagen vor sich herschiebend und einen Sack überm Rücken – gebrauchte Möbel und Kleidung an- und verkaufte. In den Knochen hörte Fima noch die wie ein Verzweiflungsschrei gellende Stimme des Alten: Zuerst war sie ein paar Straßen entfernt dumpf, unheilverkündend, bedrohlich wie aus Erdentiefen aufgeklungen. Ganz langsam, als krieche der Mann auf dem Bauch von Gasse zu Gasse, war das Rufen dann heiser, grauenhaft, spröde näher gekommen – *al-te Sa-chen, al-te Sa-chen* –, von einem einsamen, durch Mark und Bein dringenden Unterton durchzogen wie ein verzweifelter Hilfeschrei, als würde dort jemand abgestochen. Irgendwie verband sich dieser Aufschrei in Fimas Erinnerung mit Herbst, mit niedrigen Wolken, Donner und ersten staubigen Regentropfen, mit geheimnisträchtigem Pinienrauschen, grauem trüben Licht, mit leeren Gehwegen und verlassenen Vorgärten im Wind. Angst überkam ihn und drang zuweilen sogar nachts in seine Träume ein. Wie eine letzte Warnung vor sich anbahnendem Unheil. Lange Zeit kannte er die Bedeutung der jiddischen Worte *al-te Sa-chen* nicht und war sicher, diese schnarrende, furchterregende Stimme rufe ihm warnend zu: *»Al te-sa-ken!* – Werd nicht alt!« Auch nachdem seine Mutter ihm erklärt hatte, daß ›alte Sachen‹ nichts als Gebrauchtwaren bedeute, konnte er das grauenhafte Gefühl nicht loswerden, das Unheil selber ziehe von Straße zu Straße immer näher heran, klopfe an die Hoftore, warne ihn von fern vor Alter und Tod mit dem verzweifelten Rufen eines Betroffenen, den das Übel schon gepackt hat und der nun andere daran gemahnt, daß auch ihre Stunde kommen werde.

Jetzt, da Fima an dieses Gespenst denken mußte, tröstete er sich grinsend mit den Worten des ehemaligen Beamten in Frau Scheinfelders Restaurant, dem Mann, den Gott vergessen hatte: Macht nichts. Wir sterben ja doch alle.

Am oberen Ende der Strauß-Straße hielt Fima vor dem schrill dekorierten Schaufenster eines ultraorthodoxen Reisebüros namens *Adlersflügel.* Betrachtete im Stehen eine Weile das ausgestellte Farbplakat, auf dem der Eiffelturm in einer Lücke zwischen Big Ben und Empire State Building ragte. Daneben lehnte sich der schiefe Turm von Pisa zu dem Dreigestirn hinüber, gefolgt von einer holländischen Windmühle, vor der zwei völlig verblödete fette Kühe grasten. Der Werbetext lautete: *Mit G'ttes Hilfe kommen Sie an Bord und fahren wie ein Lord!* Und darunter in den traditionellen Lettern heiliger Bücher: *Zahlung auch in sechs bequemen zinsfreien Raten möglich.* Außerdem prangte dort eine Luftaufnahme von Bergen in ewigem Schnee mit der in hellblauen Lettern quer gedruckten Aufschrift: *Unbeschwert verreisen – glatt-koscher speisen.*

Fima faßte den Beschluß einzutreten und sich nach dem Preis einer ermäßigten Flugkarte nach Rom zu erkundigen. Sein Vater würde ihm die Summe sicher anstandslos vorstrecken, und in ein paar Tagen würde dann auch er mit Uri Gefen und Annettes Mann in einem netten Café an der Via Veneto sitzen, in der Gesellschaft freizügiger, kühner Frauen und vergnügungssüchtiger Männer Cappucino schlürfen, scharfsinnig über Salman Rushdie und den Islam debattieren und seine Augen an den Figuren der vorbeiflanierenden Mädchen weiden. Oder umgekehrt: würde allein am Fenster einer kleinen Pension mit grünen Holzläden sitzen, auf das alte Gemäuer hinausschauen, einen Briefblock auf den Knien, und von Zeit zu Zeit pointierte Prognosen und Gedankengänge zu Papier bringen. Vielleicht würde sich ein Spalt in dem versiegten Brunnen auftun und neue Gedichte sprudeln lassen. Vielleicht auch würden sich wie von selbst unbekümmerte, heiter beschwingte Bekanntschaften ohne jede Verpflichtung ergeben, unbeschwerte Bande, wic sie in dem von geifernden Propheten wimmelnden Jerusalem gar nicht möglich waren. In irgendeiner Zeitung hatte er kürzlich gelesen, fromme Reiseagenten wüßten vorzügliche Beziehungen zu knüpfen, die es ihnen ermöglichten, Flugtickets zu Spottpreisen anzubieten. Und dort in Rom, zwischen gepflegten Palazzi und gepflasterten Plätzen, nimmt das Leben doch offen und fröhlich seinen Lauf, angefüllt mit Vergnügungen ohne Schmach und Schuld, und wenn in Rom auch Gewalt und Unrecht vorkommen sollten, hast du das Unrecht dort doch nicht zu verantworten, und die Leiden lasten dir nicht auf dem Gewissen.

Ein dicker, bebrillter junger Mann, die rosigen Wangen glatt rasiert, aber auf dem Kopf ein flaches schwarzes Käppchen, hob zwei kindliche Augen von einem Buch, das er hastig mit einer Ausgabe der frommen Zeitung *Hamodia* abdeckte, und begrüßte Fima in lautem aschkenasischen Tonfall: »Schalom alechem, mein Herr.« Er mochte um die fünfundzwanzig sein, wirkte aber gesetzt, honorig und selbstsicher, als er diensteifrig hinzufügte: »Was kann ich bitte für Sie tun?«

Fima stellte fest, daß hier neben Auslandsreisen auch Lottoscheine, Lotterielose und Lose der Wohlfahrtslotterie zugunsten des Roten Davidsterns verkauft wurden. Er blätterte in einigen Broschüren, die ihm »Urlaubspakete« in eleganten, streng orthodoxen Hotels in Safed und Tiberias anboten, eine Kombination von körperlicher Regeneration unter fachärztlicher Aufsicht und seelischer Läuterung durch fromme Gebete »an den heiligen Gräbern von Löwen der Thora und Adlern der Weisheit«. Doch nun, vielleicht weil er entdeckte, daß das weißgestärkte Oberhemd des jungen Reisekaufmanns an Kragen- und Ärmelrändern – haargenau wie sein eigenes – leicht angeschmutzt war, änderte Fima seinen Vorsatz und beschloß, die Romreise aufzuschieben. Zumindest bis er mit seinem Vater darüber gesprochen und sich mit Uri Gefen beraten hatte, der heute oder morgen von dort zurückkehren mußte. Oder erst Sonntag? Trotzdem zögerte er ein wenig, überflog ein Prospekt mit Bildern von koscheren Pensionen in »der berggekrönten Schweiz«, schwankte zwischen Lotto und Staatslotterie und entschied sich schließlich, um den Mann, der seine Unschlüssigkeit geduldig und zuvorkommend hingenommen hatte, nicht ganz zu enttäuschen, ein Los des Roten Davidsterns zu erwerben. Mußte dann aber auch darauf verzichten, weil er in seinen Taschen, außer Annettes Ohrring, nur noch drei Schekel vorfand: das Wechselgeld, das er zuvor in dem Fliegenlokal in der Zefanja-Straße herausbekommen hatte. Also nahm er dankend ein paar überzählige Prospekte mit detaillierten Angaben über Gruppenreisen für Gesetzestreue entgegen. In einem hieß es auf hebräisch, englisch und jiddisch, durch die Gnade des Allmächtigen habe sich soeben der Weg aufgetan, zu den Gräbern »hoher Zaddikim« in polnischen und ungarischen Landen zu reisen, dortselbst heilige Stätten aufzusuchen, die der Bedränger, ausgelöscht sei sein Name, verwüstet habe, und sich auch an den

Schönheiten Jefets zu erfreuen, die den Geist des Menschen weiteten – und all das in streng koscherer jüdischer Atmosphäre unter Leitung hervorragender, erfahrener, unbescholtener Reiseleiter und mit Erlaubnis und Empfehlung großer Thoragelehrter. Der Reiseagent sagte: »Vielleicht möchte der Herr uns nach reiflicher Überlegung erneut beehren?«

»Möglich«, erwiderte Fima. »Mal sehen. Auf jeden Fall vielen Dank und Entschuldigung.«

»Keine Ursache, mein Herr. Es war uns eine Ehre und ein Vergnügen. Einen guten gesegneten Schabbat wünsche ich noch.«

Als Fima weiter aufwärts Richtung Gewerkschaftsgebäude ging, kam ihm der Gedanke, daß dieser rundliche, diensteifrige Bursche mit den Wurstfingern und dem gestärkten, an Kragen und Manschetten schwärzlichen Hemd mehr oder weniger im Alter des Sohnes war, auf den Jael zwei Minuten von hier in irgendeiner Praxis in der Hanevi'im-Straße verzichtet hatte. Dabei grinste er traurig, denn, von dem Käppchen und der salbungsvollen Tenorstimme abgesehen, hätte ein Außenstehender womöglich eine gewisse Ähnlichkeit zwischen ihm und diesem dicklichen, angeschmutzten, glattzüngigen jungen Reiseagenten festgestellt, der so unbedingt gefallen wollte. Ja eigentlich konnte man auch hinsichtlich des vollen Kantortenors nicht ganz sicher sein. Ob Jael wohl gewisser Muttergefühle für ein derart gemästetes Geschöpf fähig gewesen wäre? Mit den trüben blauen Augen hinter der dicken Brille? Mit den rosigen Schweinsbäckchen? Wäre sie imstande gewesen, sich hinzusetzen und ihm ein blaues Wollmützchen mit weichem Wollbommel zu stricken? Arm in Arm mit ihm auf den Machane-Jehuda-Markt zu gehen und ihn zwischen schwarzen Oliven wählen zu lassen? Und du? Hättest du ab und zu den Drang verspürt, ihm einen zusammengefalteten Geldschein in die Tasche zu stecken? Anstreicher für ihn zu bestellen? Jael hat also doch recht gehabt. Wie immer. Das ist bei ihr angeboren.

Und trotzdem, dachte er plötzlich bitter, es hätte doch auch eine Tochter werden können. Eine kleine Guilietta Masina mit zartem, schmalen Rücken und feinem, blonden Haar. Die man vielleicht nach ihrer Großmutter, Lisa, hätte nennen können oder in der hebräischen Form Elischewa. Obwohl Jael sich dem vermutlich widersetzt hätte.

Eine bittere, kalte Frau, sagte er sich verwundert.

Wirklich nur durch deine Schuld? Nur wegen dem, was du ihr angetan hast? Bloß wegen des griechischen Versprechens, das du nicht eingehalten hast und nicht einhalten konntest und das auch kein anderer an deiner Stelle hätte einhalten können? Einmal hatte er neben Nina Gefens Bett eine alte, zerfledderte Übersetzung des Romans *Frau ohne Liebe* liegen sehen. Von François Mauriac? Oder André Maurois? Oder vielleicht Alberto Moravia? Er hätte Nina fragen sollen, ob es in jenem Roman um eine ungeliebte oder aber eine der Liebe unfähige Frau ging. Der Titel *Frau ohne Liebe* ließ sich immerhin so oder so interpretieren. Doch im selben Moment erschien ihm der Unterschied zwischen den beiden Möglichkeiten fast bedeutungslos. Nur höchst selten hatten Jael und er unter sich das Wort »Liebe« benutzt. Abgesehen vielleicht von der Griechenlandzeit, in der er wie die drei Mädchen auch in den Worten nicht wählerisch gewesen waren.

Kraniche kreisten und sind weg.

Als er die Straße überquerte, war scharfes Bremsenquietschen zu vernehmen. Ein Lieferwagenfahrer schimpfte lauthals über ihn: »Komm mal her, bist du noch normal?«

Fima dachte ein wenig darüber nach, erschauerte mit Verspätung und murmelte kleinmütig: »Entschuldigung. Tut mir leid, Verzeihung.«

»Total schwachsinnig. Vollidiot«, schrie der Fahrer. »Hast mehr Glück als Verstand.«

Fima dachte auch darüber nach, und als er den gegenüberliegenden Gehsteig erreicht hatte, stimmte er dem Fahrer zu. Und auch Jael, die sich entschieden hatte, ihm keinen Sohn zu gebären. Ja sogar der Möglichkeit, hier am Schabbatvorabend auf der Straße überfahren zu werden, statt nach Rom zu flüchten. Wie der arabische Junge, den wir vorgestern in Gaza umgebracht haben. Verlöschen. Zu Stein werden. Vielleicht das nächste Mal als Schleuderschwanz zur Welt kommen. Jerusalem für Joeser räumen. Und er nahm sich vor, heute abend seinen Vater anzurufen und ihm mit allem Nachdruck mitzuteilen, daß die Tüncherei abgesagt sei. Er werde sich ja sowieso bald aufmachen und hier wegfahren. Und diesmal würde er nicht nachgeben, nicht weich werden, keinen Kompromiß eingehen, sondern bis zum Ende auf seinem Standpunkt beharren und Baruchs Finger ein für allemal aus seinen Taschen und aus seinem Leben verscheuchen.

Am Ärztehaus an der Kreuzung Strauss-Hanevi'im-Straße hatten sich einige Menschen versammelt. Fima trat dazu und erkundigte sich, was geschehen sei. Ein kleinwüchsiger Mann mit Vogelnase und sattem bulgarischen Akzent wußte ihm zu berichten, es sei hier ein verdächtiger Gegenstand gefunden worden und jetzt warte man auf das Eintreffen des Sprengstoffexperten der Polizei. Worauf ein bebrilltes junges Mädchen sagte, ach was, stimmt nicht, eine schwangere Frau ist auf den Stufen in Ohnmacht gefallen, und gleich kommt der Krankenwagen. Fima drängte sich rudernd zum Zentrum des Geschehens vor, da er feststellen wollte, welche Version der Wahrheit näherkam. Obwohl er auch in Betracht zog, daß sie beide gleich falsch sein konnten. Oder, gerade umgekehrt, beide richtig? Angenommen beispielsweise, die schwangere Frau hatte den verdächtigen Gegenstand gesehen und war vor lauter Schreck ohnmächtig geworden?

Aus dem Streifenwagen, der mit Blaulicht und Martinshorn eintraf, forderte jemand die Leute über Megaphon auf, auseinanderzutreten, um den Weg freizugeben. Fima gehorchte aus einem Reflex staatsbürgerlicher Pflichterfüllung sofort, und trotzdem schubste ihn ein schwitzender, nicht mehr junger Polizist, die Uniformmütze in komischem Winkel auf den Hinterkopf geschoben, unsanft zur Seite.

»Gut, in Ordnung, schubsen Sie doch nicht, ich hab' mich ja schon zerstreut.«

Worauf der Wachmann ihn in rollendem rumänischen Tonfall anbrüllte: »Werden Sie mir mal lieber nicht schlau, sonst kriegen Sie noch einen drauf.«

Fima steckte zurück. Ging in Richtung Bikur-Cholim-Krankenhaus davon. Wobei er sich fragte, ob er sich denn weiter zerstreuen werde, bis er eines Tages ebenfalls mitten auf der Straße umfiel. Oder er ging wie ein Hauskakerlak auf dem Küchenboden ein, und die Nachbarn von oben, das Ehepaar Pisanti, würden es erst eine Woche später, wenn der Gestank ins Treppenhaus drang, merken und die Polizei und seinen Vater alarmieren. Dem Vater würde sicher irgendeine chassidische Legende über einen sanften Tod einfallen. Oder er würde wieder, wie gewöhnlich, sagen, der Mensch ist ein Paradox, lacht, wenn er weinen sollte, weint, wenn er lachen müßte, lebt ohne Verstand und stirbt ohne Lust – des Menschen Tage sind wie Gras. Bestand noch Aussicht, mit der Zerstreuung aufzuhören? Sich endlich auf die Hauptsache zu konzentrieren? Und wenn ja, wie anfangen? Und was, in Gottes Namen, war diese Hauptsache?

Als er bei dem Geschäft Ma'ajan-Stub Ecke Jaffa-Straße angekommen war, bog er unwillkürlicch rechts ab und schleppte sich Richtung Davidka-Platz weiter. Und weil ihm plötzlich die Füße weh taten, kletterte er geistesabwesend in den letzten Bus nach Kiriat Jovel. Vergaß aber nicht, dem Fahrer Schabbat Schalom zu wünschen.

Viertel vor vier, kurz vor Schabbatbeginn, erreichte er die Haltestelle nahe seinem Haus. Dachte auch daran, sich von dem Fahrer mit den Worten »danke und auf Wiedersehen« zu verabschieden. Frühe Abenddämmerung begann schon die leichten Wolken über den Bethlehemer Bergen gold zu färben. Und Fima begriff plötzlich in aller Schärfe mit dumpfem Schmerz, daß nun auch dieser Tag unwiederbringlich vorüber war. Keine Menschenseele war in seiner Straße zu sehen, außer einem dunklen, etwa zehnjährigen Jungen, der eine Maschinenpistole aus Holz auf ihn richtete und ihn dadurch veranlaßte, sofort in einer Geste völliger Ergebung die Hände hochzuheben.

Der Gedanke an sein Zimmer erfüllte ihn mit Widerwillen: die ganze öde Zeit, die auf ihn lauerte, von jetzt an bis zur Nacht und eigentlich – bis Schabbatausgang, an dem sich die Gruppe vielleicht bei Schula und Zwi versammeln würde. Alles, was er heute hätte tun müssen, aber nicht getan hatte, und für das es nun schon zu spät war. Einkäufe. Postamt. Das Telefon. Bargeld von der Bank. Annette. Und noch irgendeine dringende Angelegenheit, die ihm partout nicht einfallen wollte. Außerdem mußte er ja noch Vorbereitungen für die Tüncherei treffen. Möbel rücken und abdecken. Die Bücher im Bettkasten bergen. Das Bettzeug in die Schränke stopfen. Die Bilder von der Wand nehmen, auch die Landkarte, auf der die Kompromißgrenzen mit Bleistift eingezeichnet waren. Herrn Pisanti bitten, ihm die Regale abzubauen. Aber zuallererst mußte er Zwi Kropotkin anrufen. Ihm behutsam – diesmal ohne beleidigend zu werden oder in Sticheleien zu verfallen – auseinandersetzen, wie weitgehend sein in der neuen Ausgabe von *Politika* abgedruckter Aufsatz auf einer irrigen, simplifizierenden Annahme beruhte.

Vorausgesetzt, das Telefon hatte sich inzwischen tatsächlich erholt.

Genau vor dem Hauseingang, in einem weißen Wagen mit geschlossenen Scheiben, sah Fima einen stämmigen Mann völlig zusammengesunken, die Arme auf das Steuerrad gelegt, den Kopf zwischen den Armen vergraben, als schlafe er. Vielleicht ein Herzinfarkt? Oder ein Mord? Ein Sprengstoffanschlag? Selbstmord? Fima sammelte allen Mut und pochte leicht an die Scheibe. Sofort richtete sich Uri Gefen auf, kurbelte das Fenster herunter und sagte: »Da bist du ja. Endlich.«

Fima versuchte in seiner Verblüffung einen dummen Witz zu formulieren, aber Uri schnitt ihm das Wort ab, indem er ruhig sagte: »Komm, wir gehen zu dir rauf. Wir müssen miteinander reden.«

Nina hat ihm alles verraten. Daß ich Ehebruch mit ihr getrieben – vielmehr nicht getrieben – habe. Daß ich sie beleidigt und gedemütigt habe. Aber was macht er denn überhaupt hier? Er müßte doch jetzt in Rom sein? Oder hat er insgeheim einen Doppelgänger?

»Schau, Uri«, sagte er, wobei ihm das Blut aus dem Gesicht wich und erschrocken in die Leber flüchtete, »ich weiß nicht, was Nina dir erzählt hat, tatsächlich ist sie schon einige Zeit –«

»Warte. Wir sprechen in deiner Wohnung.«

»Tatsächlich wollte ich schon längst –«

»Wir reden drinnen, Fima.«

»Aber wann bist du denn zurückgekommen?«

»Heute morgen. Um halb elf. Und dein Telefon ist abgestellt.«

»Wie lange hast du hier draußen auf mich gewartet?«

»Eine Dreiviertelstunde ungefähr.«

»Ist was passiert?«

»Gleich. Wir reden im Haus.«

Als sie drinnen waren, schlug Fima vor, für beide Kaffee zu machen. Obwohl die Milch wohl schon sauer geworden war. Uri wirkte so müde und gedankenversunken, daß Fima den Abbau der Regale nicht ansprechen mochte. Deshalb sagte er nur: »Als erstes mache ich Wasser heiß.«

»Wart mal einen Moment«, erwiderte Uri. »Setz dich. Hör gut zu. Ich habe eine schlechte Nachricht.« Bei diesen Worten legte er Fima seine warme, derbe Bauernhand, so knorrig wie die Rinde eines Olivenbaums, in den Nacken. Und wie immer jagte diese Berührung Fima einen leichten angenehmen Schauder über den Rücken. Er schloß die Augen wie eine Katze, die ein Streicheln abbekommen hat. Dann sagte Uri weiter: »Seit Mittag sucht man dich. Zwi war zweimal hier und hat einen Zettel an der Tür hinterlassen. Freitags ist eure Praxis geschlossen, und so rennen Teddy und Schula schon zwei Stunden herum, um eure Ärzte ausfindig zu machen. Wir wußten nicht, wohin du verschwunden warst, nachdem du von Jael weggegangen bist. Und ich hab' nur meinen Koffer zu Hause abgesetzt und bin gleich hergefahren, um dich sofort zu erwischen, wenn du zurückkommst.«

Fima schlug die Augen auf. Sah mit einem ängstlich flehenden Kinderblick zu dem großen Uri. War jedoch nicht überrascht, weil er stets auf dieses Unheil gewartet hatte. Lautlos, nur mit den Lippen, fragte er: »Dimmi?«

»Dimmi ist völlig okay.«

»Jael?«

»Dein Vater.«

»Krank. Ich weiß. Schon seit einigen Tagen –«

»Ja. Nein. Schlimmer«, sagte Uri.

Auf eigenartige, ja wunderbare Weise wurde Fima in diesem Moment von der Selbstbeherrschung angesteckt, die Uri Gefen unwillkürlich ausstrahlte. Und er fragte ruhig: »Wann genau ist es passiert?«

»Mittags. Vor vier Stunden.«

»Wo?«

»Bei ihm zu Hause. Er hat im Sessel gesessen und russischen Tee mit zwei alten Damen getrunken, die ihn offenbar um eine Spende für einen Wohltätigkeitsverein angehen wollten. Vom Blindenhilfswerk oder so was Ähnliches. Sie sagen, er habe angefangen, einen Witz oder eine Anekdote zu erzählen und sei dann plötzlich mit einem Seufzer verschieden. Einfach so. Im Sessel. Hat überhaupt nicht mehr gelitten. Und seit dem Mittag suchen wir dich alle.«

»Ich verstehe«, sagte Fima und zog seine Jacke wieder über. Seltsam, ja angenehm war ihm das Gefühl, daß sich sein Herz weder mit Kummer noch mit Schmerz, sondern vielmehr mit einer Welle der Tatkraft füllte. Einer praktischen, wohlkontrollierten Energie.

»Wo ist er jetzt?«

»Immer noch zu Hause. Im Sessel. Die Polizei ist schon

dagewesen. Es gibt irgendeine Verzögerung hinsichtlich seiner Überführung – momentan nicht weiter wichtig. Die Ärztin vom Stock unter ihm war innerhalb zwei Minuten da und hat festgestellt, daß alles vorbei ist. Ich glaube, sie war auch eine gute Freundin von ihm. Zwi, Teddy und Schula warten vermutlich dort auf dich. Nina kommt aus dem Büro rüber, sobald sie alles geregelt und die formellen Dinge erledigt hat.«

»Gut«, sagte Fima, »danke. Laß uns hinfahren.«

Einen Moment später fügte er hinzu: »Und du, Uri? Direkt vom Flughafen? Hast den Koffer ins Haus gestellt und hast dich gleich aufgerafft, um mich suchen?«

»Wir wußten nicht, wohin du verschwunden warst.«

»Ich hätte dir wenigstens eine Tasse Kaffee machen sollen«, sagte Fima.

»Laß man«, erwiderte Uri. »Konzentrier dich nur mal einen Augenblick und denk gut nach, ob du etwas von hier mitnehmen mußt.«

»Gar nichts«, entgegnete Fima sofort militärisch knapp, mit einem ihm sonst nicht eigenen Nachdruck, »schade um die Zeit. Laß uns gehen. Wir sprechen unterwegs weiter.«

30. Wenigstens soweit wie möglich

Um Viertel nach fünf parkte Uri seinen Wagen in der Ben-Maimon-Allee. Die Sonne war bereits hinter Pinien und Zypressen untergegangen. Aber am Himmel schwebte noch ein seltsames Dämmerlicht voll trübem Flimmer: weder Tages- noch Nachtlicht. Über der Allee und den massiven Steingebäuden lag zarte, nagende Schabbatabendwehmut. Als habe Jerusalem aufgehört Stadt zu sein und sei erneut zum bösen Traum geworden.

Der Regen hatte nicht wieder eingesetzt. Die Luft war feucht, gesättigt, Fima witterte den bitteren Geruch im Staub verfaulender Blätter. Ihm fiel ein, daß er als Kind einmal zu ähnlicher Stunde, bei Schabbatbeginn, hier allein auf seinem Fahrrad die ausgestorbene Straße auf und ab gefahren war. Als er am Haus vorbeikam, hatte er den Kopf gehoben und Vater und Mutter auf dem Balkon gesehen. Streng und aufrecht standen sie da, gleich groß, beide dunkel gekleidet, sehr nahe beieinander, aber ohne sich zu berühren. Wie zwei Wachsfiguren. Und es schien ihm, sie trauerten beide einem Gast nach, den sie immer noch erwarteten, obwohl sie längst nicht mehr mit seinem Kommen rechneten. Zum ersten Mal im Leben ahnte er damals verschwommen die tiefe Schmach jenes Schweigens, das seine ganze Kindheit über zwischen ihnen herrschte. Ohne jeden Streit. Ohne Klage. Ohne Auseinandersetzung. Höflich zuvorkommende Stille. Er war daraufhin vom Fahrrad abgestiegen und hatte schüchtern gefragt, ob es für ihn schon Zeit sei hinaufzukommen.

»Wie du möchtest«, sagte Baruch.

Und seine Mutter sagte gar nichts.

Diese Erinnerung weckte bei Fima den dringenden, beklemmenden Wunsch, etwas zu klären, Uri zu fragen, nachzuforschen, denn er meinte, er habe vergessen, die Hauptsache zu prüfen. Aber was die Hauptsache war, wußte er nicht. Obwohl er spürte, daß sein Unwissen in diesem Augenblick dünner als sonst war, so ähnlich wie eine zarte Spitzengardine, die schemenhafte Bewegungen erkennen läßt. Oder ähnlich einem verschlissenen Kleidungsstück, das den Körper noch umhüllt, aber nicht mehr wärmt. Und er spürte in den Knochen, wie sehr er sich danach sehnte, weiterhin unwissend zu bleiben.

Als sie die Treppen zum dritten Stock hinaufgingen, legte Fima plötzlich Uri die Hand auf die Schulter, denn der andere erschien ihm müde und traurig. Fima verspürte das Bedürfnis, durch diese Berührung seinen großen Freund aufzumuntern, der vor langer Zeit ein vielgerühmter Kampfflieger gewesen war und immer noch mit leicht vorgeschobenem Kopf, wie in Flugrichtung, durch die Gegend lief, eine Fliegeruhr mit allen Schikanen am Handgelenk, während seine Augen gelegentlich noch den Eindruck eines Menschen erweckten, der alles von oben sieht.

Und doch ein warmherziger, ehrlicher und treuer Freund.

An der Tür war ein Kupferschild angebracht, auf dem, schwarz auf grau, zwei Worte eingraviert standen: *Familie Numberg.* Auf ein viereckiges Pappstück darunter hatte Baruch mit seiner energischen Handschrift notiert: *Bitte zwischen ein Uhr mittags und fünf Uhr nachmittags nicht zu klingeln.* Unwillkürlich blickte Fima auf die Uhr. Aber man brauchte sowieso nicht zu klingeln, denn die Tür stand einen Spalt offen.

Zwi Kropotkin hielt die beiden ein paar Minuten im Flur auf, wie ein eifriger Stabsoffizier, dessen Auftrag lautet, die Eintreffenden vor Betreten des Lagezimmers über die neuesten Entwicklungen zu informieren: Trotz Ambulanzfahrerstreik und Schabbatbeginn habe die unermüdliche Nina per Telefon, von ihrem Büro aus, dafür sorgen können, daß... daß er in den Leichenkeller des Hadassa-Hospitals überführt wurde. Fima freute sich aufs neue über die schüchterne Verlegenheit Zwis, der ihm überhaupt nicht wie ein berühmter Geschichtswissenschaftler und Dekan vorkam, sondern eher wie ein ewiger Jugendführer mit bereits leicht gebeugten Schultern oder wie ein Dorfschullehrer. Und er mochte auch das Blinzeln seiner Augen, das wie ein jäher Lichtstrahl hinter den dicken Brillengläsern aufleuchtete, und seine feste Angewohnheit, geistesabwesend alles zu befingern, was ihm in die Quere kam, Geschirr, Möbel, Bücher, Menschen, als kämpfe er sein Leben lang mit einem geheimen Zweifel an der Wirklichkeit aller Dinge. Ohne den Jerusalemer Irrsinn, ohne Hitler, ohne den jüdischen Verantwortungswahn wäre dieser bescheidene Gelehrte in Cambridge oder Oxford gelandet, wo er in Ruhe hätte leben können, bis er hundert Jahre war, und seine Zeit zwischen Golf und Kreuzzügen oder zwischen Tennis und Tennyson aufgeteilt hätte.

»Sehr gut, daß ihr ihn habt überführen lassen«, sagte Fima. »Was hätte er hier auch den ganzen Schabbat über machen sollen?«

Im Zimmer umringten ihn die Freunde, streckten ihm von allen Seiten die Hände entgegen und strichen ihm sanft über Schulter, Wange und Haar, als habe Fima beim Tod seines Vaters die Rolle des Kranken geerbt. Als hätten sie die Pflicht, behutsam zu prüfen, ob er auch kein Fieber habe, ob ihm kalt sei, ob er unter Schüttelfrost litte oder womöglich ebenfalls im Schild führe, sich ohne Vorwarnung davonzumachen. Schula drückte ihm eine Tasse Tee mit Zitrone und Honig in die Hand. Und Teddy führte ihn schonend zur einen Ecke des brokatbezogenen, mit Stickkissen übersäten Sofas, auf dem er Platz nahm. Anscheinend warteten alle angespannt, daß er etwas sagen möge. Fima tat ihnen den Gefallen: »Ihr seid alle wunderbar. Tut mir leid, euch so den Schabbatabend zu verderben.«

Der tiefe, breite, mit rötlichem Leder bezogene Sessel seines Vaters stand ihm genau gegenüber, ein ebenfalls rötliches Lederkissen an der Lehne befestigt, als bestehe das Ganze aus frischem Fleisch. Nur der Fußschemel schien ein wenig zur Seite gerückt. Und, einem Szepter gleich, lehnte rechts der Stock mit dem Silberknauf.

Schula sagte: »Eins ist jedenfalls völlig sicher: er hat überhaupt nicht gelitten. In einer Minute war alles vorüber. Früher hat man das einen sanften Tod, einen Tod durch Kuß, genannt und gesagt, der sei nur Gerechten vergönnt.«

Fima lächelte: »Gerechte hin, Gerechte her, Küsse sind immer ein wichtiger Bestandteil seines Repertoires gewesen.« Und während er das sagte, bemerkte er etwas, das seinen Augen bisher entgangen war: Schula, mit der er vor über dreißig Jahren, vor Anbruch des Geißbockjahrs, gegangen war, als sie noch eine feine, mädchenhafte Schönheit besessen hatte, war sehr gealtert und ergraut. Auch ihre Schenkel waren dick geworden. Sie glich jetzt fast einer frommen Sephardin, die Abbau und Verschleiß völlig ergeben hinnimmt.

Ein stickiger, kondensierter Geruch, der Muff schwerer Teppiche und teurer alter Möbel, die viele Jahre dieselbe Luft geatmet haben, hing im Zimmer, und Fima erinnerte sich daran, daß dieser Geruch schon immer hier geherrscht hatte, also unter keinen Umständen Frau Professor Kropotkins Altersduft war. Dabei witterte er aber auch leichten Zigarettendunst. Er sah sich um, entdeckte eine kaum angefangene Zigarette, die man am Aschenbecherrand ausgedrückt hatte, und fragte, wer denn hier rauche. Er erfuhr, daß eine Freundin seines Vaters, eine der beiden ältlichen Spendensammlerinnen, in deren Gegenwart das Unglück geschehen war, ihre Zigarette gleich nach dem Anzünden ausgedrückt haben mußte. Hatte sie das getan, sobald sie merkte, daß Baruch pfeifend atmete? Oder schon nach dem Ganzen? Oder genau in dem Augenblick, in dem er aufseufzte und verschied? Fima bat, den Aschenbecher wegzuräumen. Und freute sich daran, Teddy losstürzen und seinen Willen erfüllen zu sehen. Zwi fragte, mit den langen Fingern die Heizungsröhren betastend, ob er wolle, daß man ihn dorthin fahre. Fima begriff die Frage nicht. Worauf Zwi, nur mühsam seine Verlegenheit überwindend, erklärte: »Dorthin. Zur Hadassa. Um ihn zu sehen? Vielleicht –«

»Was gibt's da schon zu sehen«, fiel Fima ihm achselzuckend

ins Wort. »Sicher elegant wie immer. Was soll man ihn stören.« Danach beauftragte er Schula, Uri einen starken schwarzen Kaffee zu bringen, weil er seit Verlassen des Flugzeugs heute morgen unaufhörlich herumgerannt sei. Eigentlich wär's besser, du würdest ihm auch was zu essen geben. Gewiß geht er vor Hunger ein. Nach meiner Rechnung müßte er das Hotel in Rom gegen drei Uhr morgens verlassen haben, er hat also wirklich einen langen, schweren Tag hinter sich. Andererseits siehst du mir auch reichlich müde, sogar erschöpft aus, Schula. Und wo sind Jael und Dimmi? Jael muß man holen. Auch Dimmi würde ich gern hier sehen.

»Sie sind zu Hause«, sagte Ted entschuldigend, »der Junge hat es ein bißchen schwer aufgenommen. Man kann schon sagen, er hat ein besonderes Attachment zu deinem Vater gehabt.« Danach erzählte er weiter, Dimmi habe sich im Wäschezimmer eingeschlossen, so daß sie sich telefonisch mit ihrem Freund, dem Kinderpsychologen aus Südafrika, beraten mußten, der gemeint hatte, sie sollten ihn einfach in Ruhe lassen. Und tatsächlich sei er nach einiger Zeit herausgekommen und sofort an seinen Computer gegangen. Dieser Freund aus Südafrika hat nun gerade geraten –

»Quatsch«, sagte Fima. Und dann mit ruhigem Nachdruck: »Ich will beide hierhaben.«

Sagte es und wunderte sich im gleichen Moment selbst über den neuen autoritären Charakterzug, den das Unglück ihm verliehen hatte. Als habe der Tod seines Vaters ihm Beförderung, eine überraschende Rangerhöhung eingebracht, so daß er nun beliebig Befehle erteilen und ihre sofortige Ausführung verlangen durfte.

»Gewiß«, sagte Ted. »Wir können sie herholen. Aber nach dem, was der Psychologe gesagt hat, wäre es, meine ich, doch besser –«

Diesen Einwand wies Fima auf der Stelle mit den Worten »Ich bitte darum« zurück.

Ted zögerte, tuschelte mit Zwi, guckte auf die Uhr und sagte:

»Okay, Fima. Wie du möchtest. In Ordnung. Ich spring' los, Dimmi holen. Nur daß Uri mir vielleicht seine Schlüssel gibt, weil ich Jael den Wagen dagelassen hab'.«

»Auch Jael bitte.«

»Gut, ich ruf' sie an? Sehe mal, ob sie kann?«

»Natürlich kann sie. Sag ihr, ich hätte darum gebeten.«

Ted ging, und Nina kam. Schlank, praktisch, mit scharfen, schnittigen Bewegungen, das schmale Fuchsgesicht Klugheit und schlaue Überlebenskunst ausdrückend, energiegeladen, als habe sie sich den ganzen Tag über nicht mit Beerdigungsvorbereitungen, sondern mit der Rettung Verwundeter unter Feindbeschuß beschäftigt. Sie trug einen grauen Hosenanzug, die Brillengläser funkelten, und in der Hand hielt sie einen harten schwarzen Diplomatenkoffer, von dem sie auch nicht abließ, als sie Fima eckig umarmte und auf die Stirn küßte. Aber Worte fand sie keine.

Schula sagte: »Ich geh' in die Küche, für alle was zu trinken machen. Wer möchte was? Vielleicht will jemand auch ein Rührei? Oder eine Scheibe Brot mit irgendwas?«

Zwi bemerkte unsicher: »Dabei war er eigentlich ein stabiler Mann. Voller Energie. Mit einem herzlichen Lachen in den Augen. Mit einer Riesenlust auf Leben, gutes Essen, Geschäfte, Frauen, Politik und was nicht sonst noch alles. Vor kurzem ist er unvermittelt bei mir im Büro, auf dem Skopusberg, aufgetaucht und hat mir einen stürmischen Vortrag gehalten, in dem er behauptete, Leibowitz benutze Maimonides für demagogische Zwecke. Nicht mehr und nicht weniger. Und als ich ihm zu widersprechen versuchte, um Leibowitz' Ehre ein wenig zu verteidigen, hat er mich mit irgendeiner Legende über einen gewissen Rabbi von Drohóbycz überfallen, dem Maimonides im Traum erschienen ist. Tiefer Lebensdrang, würde ich sagen. Ich hatte immer gedacht, er würde noch Jahr und Tag durchhalten.«

Fima, gewissermaßen als letzte Instanz in einem Streit, der gar nicht erst angefangen hatte, bestimmte: »Er hat ja auch tatsächlich Jahr und Tag durchgehalten. Ist nicht gerade in der Blüte seiner Jahre dahingegangen.«

Nina sagte: »Durch ein Wunder haben wir das Nötige noch gerade eben erledigen können. Es ist alles für Sonntag geregelt. Glaubt mir, es war wirklich ein irrer Wettlauf mit der Zeit, wegen Schabbatbeginn. Dieses Jerusalem ist noch schlimmer als Teheran. Du bist doch nicht böse, Fima, daß wir nicht auf dich gewartet haben. Du warst uns glatt abhanden gekommen, deshalb habe ich mir erlaubt, die formalen Dinge zu übernehmen. Nur um dir Scherereien zu ersparen. Ich habe schon Traueranzeigen in *Ha'arez* und *Ma'ariv* vom Sonntag aufgegeben. Vielleicht hätte ich noch weitere Zeitungen dazunehmen sollen, aber ich hab's einfach nicht mehr geschafft. Die Beerdigung haben wir auf übermorgen um drei Uhr nachmittags festgesetzt. Wie sich herausstellte, hatte er sich schon selbst um eine Grabstätte gekümmert, nicht in Sanhedria neben deiner Mutter, sondern auf dem Ölberg. Übrigens hat er auch dir einen angrenzenden Platz dort gekauft. Neben sich. Und in seinem Testament genaue, ausführliche Anweisungen für die Beisetzung hinterlassen. Er hat sich sogar einen Kantor, aus der gleichen Stadt wie er, ausgesucht, der die Zeremonie leiten soll. Es ist ein wahres Wunder, daß ich diesen Mann ausfindig machen und vielleicht knapp eineinhalb Minuten vor Schabbatbeginn noch am Telefon erreichen konnte. Und auch den Grabsteintext hat er für sich selber verfaßt. Irgendwas, das sich reimt. Aber das kann mindestens bis Ablauf des ersten Trauermonats, wenn nicht bis zum Jahrestag warten. Wenn nur ein Viertel von denen zur Beerdigung erscheinen, die von seiner Philanthropie profitiert haben, muß man mit mindestens einer halben Million Menschen rechnen. Einschließlich dem Oberbürgermeister und allen möglichen Rabbinern, Funktionären und Knessetabgeordneten, von all den Witwen und Geschiedenen, die mit gebrochenem Herzen hinterblieben sind, ganz zu schweigen.«

Fima wartete, bis sie fertig war. Und fragte dann ruhig: »Hast du das Testament selbst geöffnet?«

»Im Büro. In Anwesenheit von Zeugen. Wir dachten bloß –«
»Wer hat dir das erlaubt?«
»Um ehrlich zu sein –«
»Wo ist es jetzt, dieses Testament?«
»Hier. In meinem Aktenkoffer.«
»Gib's mir.«
»Jetzt?«

Fima stand auf, nahm ihr den schwarzen Koffer aus der Hand, klappte ihn auf und entnahm ihm einen braunen Umschlag. Schweigend trat er auf den Balkon hinaus, um allein genau an der Stelle zu stehen, an der seine Eltern an jenem Schabbatabend vor tausend Jahren gestanden hatten, als sie ihm wie zwei Gestrandete auf einer Insel vorkamen. Das letzte Tageslicht war längst verloschen. Stille wehte von der Allee empor. Die Straßenlaternen flimmerten in gelblichem Glanz, der sich mit wabernden Nebelschwaden vermischte. Die steinernen Häuser standen sämtlich stumm und verschlossen da. Kein Laut drang aus ihnen. Als habe sich dieser gegenwärtige Augenblick in eine ferne Erinnerung verwandelt. Ein flüchtiger Windstoß wehte Hundegebell aus dem Kreuztal herauf. Der dritte Zustand ist eine Gnade, die zu erlangen man sich jeglichen Willens entledigen und unter dem Nachthimmel stehen muß, alterslos, geschlechtslos, zeitlos, volklos, ohne alles.

Aber wer kann so dastehen?

Einst, in seiner Kindheit, hatte es hier in Rechavia höfliche kleine Gelehrte gegeben, Menschen wie aus Porzellan: staunend dreinblickend und sanft im Umgang. Sie hatten die Angewohnheit, einander auf der Straße zu grüßen, indem sie den Hut zogen. Als löschten sie damit Hitler aus. Als holten sie ein Deutschland aus der Versenkung hervor, das es nie gegeben hatte. Und da sie lieber für zerstreut und lächerlich gehalten wurden, als gegen die Sitten des Anstands zu verstoßen, lüfteten sie den Hut auch dann, wenn sie nicht sicher waren, ob der Entgegenkommende ein Freund oder Bekannter war oder nur einem Freund oder Bekannten ähnlich sah.

Eines Tages, als Fima neun Jahre alt war, kurze Zeit vor dem Tod seiner Mutter, hatte er seinen Vater die Alfassi-Straße hinunter begleitet. Baruch blieb stehen und unterhielt sich lange, auf deutsch oder auch tschechisch, mit einem rundlichen, gepflegten alten Herrn in einem altmodischen Anzug mit schwarzer Fliege, bis der Junge die Geduld verlor, mit den Füßen aufstampfte und gewaltsam am Arm des Vaters zu zerren begann. Der ihm eine Ohrfeige versetzte und ihn mit *ty Durak, ty Smarkatsch* (du Dummkopf, du Rotznase) anbrüllte. Hinterher erklärte er Fima, das sei ein Professor und Forscher von Weltruhm gewesen. Und erläuterte ihm, was Weltruhm bedeutet und wie man ihn erwirbt. Diese Lektion vergaß Fima nie wieder. Und stets weckte dieser Ausdruck ein aus Ehrfurcht und Spott gemischtes Gefühl bei ihm. Ein andermal, sieben bis acht Jahre später, um halb sieben Uhr morgens, ging er wieder mit seinem Vater spazieren, in der Raschba-Straße, und da kam ihnen mit kleinen, raschen Schritten Ministerpräsident Ben Gurion entgegen, der seinerzeit Ecke Ben-Maimon-Ussischkin-Straße wohnte und den Tag mit einem schnellen Morgenmarsch zu beginnen pflegte. Baruch Numberg zog den Hut und sagte: »Würden Sie mich bitte entschuldigen und mir nur einen kleinen Moment ihre Gunst erweisen, mein Herr?«

Ben Gurion blieb stehen und rief: »Lufatin! Was machst du denn in Jerusalem? Wer soll da auf Galiläa aufpassen?«

Baruch erwiderte gemächlich: »Ich bin nicht Lufatin, und Sie, mein Herr, sind nicht der Messias. Obwohl Ihre törichten Chassidim Ihnen das sicher ins Ohr flüstern. Bitte nehmen Sie sich vor denen in acht und glauben Sie nicht daran!«

Der Ministerpräsident sagte: »Was? Sie sind nicht Grischa Lufatin? Vielleicht irren Sie sich? So eine Ähnlichkeit. Sie sehen ihm sehr ähnlich. Na, es hat ja auch zwei Jossi ben Schimon gegeben. Und wer sind Sie dann?«

Worauf Baruch entgegnete: »Ich zähle nun gerade zum gegnerischen Lager.«

»Lufatins Gegnern?«

»Zu den Ihren, werter Herr. Und ich erlaube mir zu sagen ...«

Aber Ben Gurion stürmte schon weiter und sagte nur noch im Gehen: »Na, dann streiten Sie man. Nichts wie gestritten. Nur daß Sie mir vor Streitfreude nicht verabsäumen, diesen netten Burschen da zu einem loyalen, vaterlandsliebenden Bürger Israels und einem Beschützer seines Volkes und Landes zu erziehen. Alles andere ist egal.« Und damit trabte er weiter, gefolgt von einem bildschönen Mann, der offenbar die Aufgabe hatte, ihn vor Störenfrieden zu bewahren.

Baruch sagte: »Dschingis-Khan!« Und fügte dann hinzu: »Sieh selber, Efraim, wen die Vorsehung sich auserwählt hat, Israel zu erlösen: Das ist doch genau der Dornenstrauch aus Jotams Fabel.«

Fima, der damals etwa sechzehn Jahre gewesen war, lächelte in der Dunkelheit vor sich hin, als er daran dachte, wie verblüfft er seinerzeit festgestellt hatte, daß Ben Gurion kleiner als er war und Bauch, roten Dickschädel, kurze Beine und die Kreischstimme einer Marktfrau besaß. Was hatte sein Vater dem Staatschef sagen wollen? Was würde er selbst ihm jetzt nach allem sagen? Und wer war eigentlich jener Lufatin oder Lufatkin, der den Schutz Galiläas vernachlässigte?

Es hätte doch auch sein können, daß das Kind, das Jael nicht haben wollte, zu einem Mann von Weltruhm herangewachsen wäre.

Oder Dimmi?

Plötzlich, wie in jährer Erleuchtung, begriff Fima, daß gerade Jael mit ihren Forschungen über den Düsenantrieb für Kraftfahrzeuge wohl mehr als wir alle dem nahegekommen war, was Baruch sich sein Leben lang von ihm, Fima, erträumt hatte. Und er fragte sich, ob nicht er selbst eine Art Dornenstrauch aus der Fabel Jotams war? Zwicka und Uri, Teddy, Nina und Jael – alles Bäume, die Frucht tragen. Und nur du, du Eugen Onegin von Kiriat Jovel, läufst in der Welt herum und produzierst Unsinn und Lüge. Schwatzt und belästigst alle andern. Polemisierst mit Kakerlaken und Schleuderschwänzen.

Aber warum sollte er nicht den Entschluß fassen, von heute, von morgen an den Rest seines Lebens darauf zu verwenden, es ihnen leichter zu machen? Er würde die Erziehung des Kindes auf sich nehmen. Kochen und waschen lernen. Jeden Morgen die Buntstifte auf dem Reißbrett anspitzen. Gelegentlich das schwarze Farbband in ihrem Computer wechseln – so ein Computer ein Farbband hatte. Und so könnte er demütig, wie ein namenloser Soldat, seinen bescheidenen Beitrag zu der Anstrengung leisten, den Düsenantrieb zu verbessern und Weltruhm zu erlangen.

In seiner Kindheit waren hier in Rechavia an lauen Sommerabenden hinter geschlossenen Fensterläden vereinzelte Klaviertöne erklungen. Die Wüstenluft selbst hatte diese Klänge gewissermaßen zum Gespött gemacht. Und jetzt war keine Spur mehr von ihnen übrig. Ben Gurion und Lufatin waren tot. Tot auch die geflüchteten Gelehrten mit ihren Hüten und Fliegen. Und zwischen ihnen und Joeser lügen, huren und morden wir. Was ist übriggeblieben? Pinien und Stille. Und auch zerbröselnde deutsche Bücher, auf deren Rücken die Goldlettern bereits dunkel geworden sind.

Plötzlich mußte Fima Tränen der Sehnsucht unterdrücken. Nicht Sehnsucht nach den Toten, nicht nach dem, was hier war und nicht mehr ist, sondern nach dem, was hier vielleicht hätte sein können, aber nicht ist und auch nie mehr sein wird. Ihm kamen die Worte »Der Ort, wo er stand, weiß von ihm nichts mehr« in den Sinn, obwohl er sich trotz aller Anstrengungen nicht erinnern konnte, von wem er vor zwei, drei Tagen diesen furchtbaren Ausdruck gehört hatte.

Der ihm jetzt eindringlich und treffend vorkam.

Die Minarette auf den Anhöhen rings um Jerusalem, die Ruinen, die Quadermauern um zusammengeduckte Klöster, die spitzen Glasscherben oben auf diesen Mauern, die schweren Eisentore, die vergitterten Fenster, die Keller, die dämmrigen Nischen, das fanatische, Ränke schmiedende Jerusalem, das bis zum Hals in Alpträumen über gesteinigte Propheten, gekreuzigte Heilande und aufgeschlitzte Erlöser steckt, ringsum die Nacktheit der Berge und dürren Felsflächen, die Leere der durch Höhlen und Spalten zerklüfteten Hänge, konvertierte Olivenbäume, die beinah das Baumsein aufgegeben und sich in das Reich der unbelebten Dinge eingereiht haben, einsame Steinhütten am Rand tief eingeschnittener Schluchten, und dahinter die großen Wüsten, die sich von hier nach Süden bis zum Tor der Tränen, nach Osten bis Mesopotamien und nach Norden bis Hamat und Tadmor erstrecken, Länder der Ottern und Nattern, Weiten der Kreide und des Salzes, Verstecke der Nomaden mit ihren schwarzen Ziegen und den Rachedolchen in den Falten ihrer Burnusse, dunkle Wüstenzelte, und mitten zwischen all dem eingeschlossen Rechavia mit den wehmütigen Klaviertönen in kleinen Zimmern gegen Abend, seine zerbrechlichen Gelehrten, die Regale voll deutscher Bücher, die guten Manieren, das Hütelüpfen, die Mittagsruhe von eins bis fünf, die Kristallüster, die hochglanzpolierten Diasporamöbel, die Brokat- und Lederbezüge, das Kristall, die Truhen, die russische Hitzigkeit meines Vaters und Ben Gurions und Lufatins, die mönchischen Lichtkegel um die Schreibtische trübsinniger, auf dem Weg zum Weltruhm Anmerkungen hortender Forscher, und wir, die ihnen in verzweifelt hilfloser Verwirrung nachfolgen, Zwicka mit Kolumbus und der Kirche, Ted und Jael mit dem Düsenantrieb für Kraftfahrzeuge, Nina, die den Bankrott des orthodoxen Sexshops lenkt. Wahrhaftig, der mühsam ein Stück geordneten Staat in seiner Ausschabungshölle zu wahren sucht, Uri Gefen, der in der Welt herumreist, Frauen erobert und mit trauriger Ironie über seine Eroberungen lacht, Annette und Tamar, die Sitzengelassenen, du selbst mit dem Herzen des Christentums, den Schleuderschwänzen, den nächtlichen Briefen an Jizchak Rabin und dem Preis der Gewalt im Zeitalter des moralischen

Niedergangs. Und Dimmi nebst seinem abgeschlachteten Hund. Wohin bewegt sich all das? Wie ist es passiert, daß wir mit dem Krug angefangen haben und plötzlich beim Faß gelandet sind? Wohin ist jene Karla, unterwegs zur arischen Seite, verschwunden?

Als sei das hier kein Wohnviertel und keine Stadt, sondern ein abgelegenes Lager von Walfängern, die sich am Ende der Welt an einem gottverlassenen Strand in Alaska festgesetzt, in der unendlichen Wildnis zwischen blutdürstigen Nomadenstämmen ein paar wackelige Häuser mit einem windschiefen Zaun hochgezogen haben und nun allesamt ausgefahren sind, um weit draußen im dunklen Meer einen Leviatan zu suchen. Der nicht da ist. Während Gott sie längst vergessen hat, wie ihm die Gastwirtin von gegenüber gestern gesagt hatte.

Fast greifbar sah Fima sich allein dastehen und in finsterer Nacht das verlassene Walfängerlager bewachen. Eine schwache Kerosinlampe schwankt an der Spitze einer Stange im Wind, flackert im Dunkel, beinah ersterbend in den schwarzen Weiten, und außer ihr kein Licht entlang der pazifischen Öde, die sich nach Norden bis zum Pol und nach Süden bis ans Ende von Feuerland ausdehnt – ein einziges, absurdes Glühwürmchen. Der Ort, wo er stand, weiß von ihm nichts mehr. Und doch – Goldlicht. Das du so weit wie möglich erhalten mußt. Damit es nicht aufhört, inmitten der froststarren Felder unterhalb der Gletscher und Schneewehen zu blinken. Du hast die Pflicht, darüber zu wachen. Damit es nicht feucht wird. Nicht verlöscht. Nicht vom Wind ausgeblasen wird. Zumindest solange du noch hier bist, und bis Joeser kommt. Obwohl sich fragt, wer du bist und was du bist und was du mit den Walfängern zu tun hast, die es nie und nimmer gegeben hat, du mit deinen kurzsichtigen Augen, den schlaffen Muskeln, den fetten Männerbrüsten, mit deinem lächerlichen, plumpen Körper. Du trägst jetzt die Verantwortung.

Aber in welcher Hinsicht?

Er steckte die Hand in die Tasche, um eine Tablette gegen

Sodbrennen zu suchen. Doch anstelle des kleinen Blechdöschens brachten seine Finger den Silberohrring zum Vorschein, der einen Augenblick wie verzaubert in dem Lichtschein aus dem Zimmer hinter ihm aufblitzte. Als er diesen Ohrring ins Herz der Dunkelheit warf, meinte er Jaels spöttische Stimme zu hören: »Dein Problem, mein Lieber.«

Und er antwortete, das Gesicht der Nacht zugewandt, in leisem bestimmten Ton: »Stimmt. Mein Problem. Und ich werde es auch lösen.«

Wieder grinste er sich eins. Aber diesmal war es nicht sein reguläres, armseliges, verlegenes Grinsen, sondern das erstaunte Lippenschürzen eines Menschen, der lange Zeit vergebens eine komplizierte Antwort auf eine komplizierte Frage gesucht und nun plötzlich eine einfache Antwort offenbart bekommen hat.

Damit drehte er sich um und ging wieder nach drinnen. Sofort entdeckte er Jael, die – Knie an Knie auf dem Sofa – in ein Gespräch mit Uri Gefen vertieft war. Fima schien, bei seinem Eintreten sei ein Lachen auf ihrer beider Lippen erstarrt. Aber er empfand keine Eifersucht. Im Gegenteil regte sich bei ihm insgeheim Heiterkeit bei dem Gedanken, daß er eigentlich schon mit jeder der hier im Zimmer anwesenden Frauen geschlafen hatte, mit Schula, Nina und Jael. Und gestern mit Annette Tadmor. Und morgen war ein neuer Tag.

Im selben Moment sah er Dimmi auf der Teppichkante knien – ein altkluges, philosophisches Kind – und mit einem Finger langsam Baruchs riesige, von innen elektrisch beleuchtete Erdkugel drehen. Die Glühbirne färbte die Ozeane tiefblau und die Landflächen golden. Der Junge wirkte konzentriert, entrückt, wissend, was vor ihm stand. Und Fima verzeichnete in Gedanken, wie jemand, der sich ins Gedächtnis einprägt, wo ein Koffer steht oder wo der Stromschalter ist, daß er dieses Kind mehr liebte, als er jemals ein menschliches Wesen auf der Welt geliebt hatte. Einschließlich Frauen. Einschließlich der Mutter des Kindes. Einschließlich seiner eigenen Mutter.

Jael erhob sich und ging auf ihn zu, als zögere sie, ob sie ihm die Hand drücken oder nur ihre Hand auf seinen Ärmel legen solle. Fima wartete nicht ab, bis sie sich entschieden hatte, kam ihr vielmehr zuvor, umarmte sie fest und drückte ihren Kopf an seine Schulter, als sei nicht er, sondern sie der Mensch, der hier Trost brauchte und verdiente. Als wolle er ihr sein neues Waisentum zum Geschenk machen. Jael murmelte etwas an Fimas Brust, das er nicht verstand und auch nicht unbedingt verstehen wollte, denn er stellte mit Freuden fest, daß Jael, wie Ministerpräsident Ben Gurion, fast einen ganzen Kopf kleiner als er war. Obwohl er selbst nicht besonders groß war.

Dann löste Jael sich aus seinem Griff und eilte, flüchtete fast, in die Küche, um Schula und Teddy zu helfen, die belegte Brote für alle machten. Fima kam auf die Idee, Uri oder Zwi zu bitten, in seinem Namen die beiden Ärzte und Tamar anzurufen, und warum nicht auch Annette Tadmor? Im Augenblick hatte er den Wunsch, heute abend hier alle Leute zu versammeln, die sein Leben irgendwie berührten. Als plane etwas in seinem Innern, ohne sein Wissen, eine Art Zeremonie zu veranstalten. Eine Predigt zu halten. Den Anwesenden möglichst eine Botschaft zu übermitteln. Zu verkünden, daß von heute an... Oder vielleicht hatte er die Trauer mit einer Abschiedsfeier verwechselt? Abschied wovon? Und was für eine Predigt? Was hatte ein Mann wie er anderen Menschen zu verkünden? Heiligt und reinigt euch alle für das Kommen des dritten Zustands?

So oder so überlegte er es sich anders. Verzichtete auf den Versammlungswunsch.

Trotzdem setzte er sich in jähem Entschluß nicht auf den Platz, den Jael ihm neben dem riesigen Uri auf dem Sofa frei gemacht hatte, sondern in den Sessel seines Vaters. Streckte genüßlich die Beine auf den gepolsterten Fußschemel aus. Rückte bequem auf dem weichen Sitz zurecht, der seinen Rükken aufnahm, als sei er für ihn nach Maß gefertigt. Unwillkürlich pochte er zweimal mit dem Silberknaufstock auf den Boden. Doch als alle verstummten und sich ihm in angespannter

Bereitschaft zuwandten, ihm zu lauschen, jede Bitte zu erfüllen, ihn mit Zuneigung und Trost zu überhäufen, lächelte Fima nur verbindlich. Und fragte verwundert: »Was ist das denn für eine Stille hier? Redet ruhig weiter.«

Zwi, Nina und Uri versuchten ihn durch ein Gespräch, einen leichten Gedankenaustausch über Dinge, die ihm am Herzen lagen, abzulenken – die Situation in den Gebieten, die Darstellung dieser Situation in den italienischen Fernsehsendungen, die Uri sich in Rom angeguckt hatte, die Bedeutung der amerikanischen Fühlungnahmen. Fima ging nicht in die Falle. Begnügte sich damit, sein zerstreutes Lächeln nicht aufzugeben. Ein Weilchen dachte er an Baruch, der jetzt in einem Kühlfach im Keller des Hadassa-Krankenhauses lag, in einer Art Bienenstock von Gefrierschubladen, die teils oder sämtlich mit frischen Jerusalemer Toten bevölkert waren. Fima versuchte in seinen Knochen die Kälte und Dunkelheit der Schublade, den Boden des düsteren Nordmeers, das sich vor der Walfängerstation erstreckt, zu spüren. Fand aber in seinem Innern keinerlei Schmerz. Keine Angst. Ja, ihm war leicht ums Herz, und er begann fast, diesem Untergrundtotenstock mit den Leichenschubladen eine vergnügliche Seite abzugewinnen. Er erinnerte sich an die Geschichte seines Vaters über den Streit zwischen den Eisenbahndirektoren, dem israelischen und seinem amerikanischen Kollegen, und an die Legende von dem berühmten Zaddik und dem Straßenräuber, die die Kleider tauschten. Er war sich immer noch bewußt, daß er etwas sagen mußte. Und immer noch hatte er keine Ahnung, was er seinen Freunden sagen könnte. Nur wurde dieses Unwissen dünner und dünner. Wie ein Schleier, der nur halb verdeckt. Er stand auf und ging zur Toilette, wo er nun aufs neue entdeckte, daß die Spülung hier bei seinem Vater durch einen einfachen Drehhahn betätigt wurde, den man beliebig, wann immer man wollte – ohne Wettlauf, ohne Niederlage, ohne die ständige Demütigung –, auf- und zudrehen konnte. Dieser Sorge war man also enthoben.

Zurückgekehrt, kniete er sich neben Dimmi auf die Teppichecke und fragte: »Kennst du die Sage von dem Kontinent Atlantis?«

»Kenn' ich«, sagte Dimmi. »Da hat's mal ein Programm im Schulfernsehen drüber gegeben. Das ist nicht genau eine Sage.«

»Was dann? Wirklichkeit?«

»Gewiß nicht.«

»Weder Sage noch Wirklichkeit?«

»Ein Mythos. Das ist was anderes als eine Sage. Es ist mehr wie ein Kern.«

»Wo ungefähr hat dieses Atlantis gelegen?«

Dimmi drehte den erleuchteten Globus etwas und legte sanft die blasse Hand auf den im Glanz der inneren Glühbirne aus den Tiefen erstrahlenden Ozean zwischen Afrika und Südamerika, wobei auch die Finger des Kindes von gespenstischem Schein beleuchtet wurden: »Hier ungefähr. Aber das ist egal. Es ist mehr in Gedanken.«

»Sag mal, Dimmi, meinst du, es gibt noch was, nachdem man gestorben ist?«

»Warum nicht?«

»Glaubst du, daß Großvater uns jetzt hört?«

»Da gibt's nicht so viel zu hören.«

»Aber könnte es sein?«

»Warum nicht?«

»Und können wir ihn auch hören?«

»In unseren Gedanken. Ja.«

»Bist du traurig?«

»Ja. Wir beide. Aber wir trennen uns nicht. Wir können uns weiter liebhaben.«

»Und dann? Soll man sich nicht mehr vor dem Tod fürchten?«

»Das ist doch unmöglich.«

»Sag mal, Dimmi, hast du heute abend überhaupt Abendbrot gegessen?«

»Ich bin nicht hungrig.«

»Dann gib mir die Hand.«

»Warum?«

»Einfach so. Zum Fühlen.«

»Was fühlen?«

»Einfach so.«

»Genug. Fima. Hör auf. Geh zu deinen Freunden zurück.«

Hier wurde das Gespräch unterbrochen, weil Dr. Wahrhaftig – prustend und schnaubend mit gerötetem Gesicht – hereinstürmte, nicht wie ein Trauergast, sondern wie jemand, der hier pflichtgemäß angestürzt kam, um auf der Stelle einen Skandal zu beenden. Fima vermochte ein Lächeln nicht zu unterdrücken, weil er plötzlich leichte Ähnlichkeit zwischen Wahrhaftig und Ben Gurion, der seinen Vater vor vierzig Jahren in der Raschba-Straße angebrüllt hatte, entdeckte. In Begleitung des Arztes erschien Tamar Greenwich – zaghaft, mit Tränen in den Augen, der gute Wille in Person. Fima wandte sich ihnen zu, ließ geduldig Händedruck und Umarmung über sich ergehen, begriff jedoch nicht, was sie sagten. Aus irgendeinem Grund murmelten seine Lippen geistesabwesend: »Macht nichts. Nicht so schlimm. Das kann passieren.«

Offenbar kriegten auch sie kein Wort mit. Und akzeptierten schnell ein Glas Tee.

Um halb acht Uhr abends, wieder in seines Vaters Sessel, die Beine gemütlich übereinandergeschlagen, lehnte Fima den Joghurt und das Matjesbrötchen ab, das Teddy ihm vorsetzte. Entfernte Uris Arm von seiner Schulter. Und verzichtete auf die Wolldecke, die Schula ihm über die Knie breiten wollte. Den braunen Umschlag, den er vorher Ninas Aktenkoffer entnommen hatte, gab er ihr unvermittelt zurück mit der Aufforderung, ihn zu öffnen und das Testament laut zu verlesen.

»Jetzt?«

»Jetzt.«

»Obwohl es üblich ist –«

»Obwohl es üblich ist.«

»Aber Fima –«

»Jetzt bitte.«

Nach einigem Zögern und raschem Blickwechsel mit Zwi, Jael und Uri beschloß Nina zu gehorchen. Zog zwei engbeschriebene Schreibmaschinenseiten aus dem Umschlag hervor. Und begann in der Stille, die sich im Zimmer ausgebreitet hatte, zu lesen, erst leicht verlegen und dann mit ihrer professionellen Stimme, die fließend, gleichmäßig und trocken klang.

Zuerst kamen detaillierte, pedantische Anweisungen für Beerdigung, Gedenkfeier und Grabstein. Dann folgte der materielle Teil. Boris Baruch Numberg befahl, zweihundertvierzigtausend US-Dollar zu ungleichen Teilen sechzehn Institutionen, Organisationen, Verbänden und Komitees zu spenden, deren Namen in alphabetischer Reihenfolge, jeweils mit der betreffenden Summe daneben, aufgeführt waren. Zuoberst auf der Liste erschien der Ausschuß zur Förderung des Pluralismus und am Schluß – eine Talmudschule. Nach der frommen Oberschule und vor den Unterschriften des Verstorbenen, des Notars und der Zeugen standen die folgenden Zeilen: »Abgesehen von dem Grundbesitz Reines-Straße in Tel Aviv, über den nachstehend in der Anlage Verfügung getroffen wird, gehen meine sämtlichen Vermögenswerte erblicherweise an meinen einzigen Sohn, Efraim Numberg Nissan, der hervorragend zwischen Gut und Böse unterscheidet, in der Hoffnung, daß er sich von nun an nicht mehr mit der Unterscheidung begnügen, sondern sein Glück und seine ganz ausgezeichneten Fähigkeiten dem Bemühen widmen wird, das Gute zu tun und den Zugriff des Bösen soweit wie möglich einzuschränken.«

Über den Unterschriften prangte noch eine Zeile in energischer Handschrift: »Diese Fassung ist bei wachem Geist und klarem Verstand erstellt, niedergeschrieben und unterzeichnet worden hier in Jerusalem, der Hauptstadt Israels, im Monat Marcheschwan 5749, dem Jahr 1988 nach der Zählung der Völker, dem vierzigsten Jahr der unvollendeten Erneuerung jüdischer Unabhängigkeit.«

Aus der Anlage ging hervor, daß der Grundbesitz in der Tel

Aviver Reines-Straße, von dessen Existenz Fima gar nichts gewußt hatte, ein mäßig großes Wohnhaus war. Das der Alte Dimmi vermachte, »meinem geliebten Enkel, Freude meiner Seele, Israel Dimitri, Sohn von Theodor und Jael Tobias, daß es ihm bei Vollendung seines achtzehnten Lebensjahres zu Erbe werde, bis dahin aber der treuen Verwaltung meiner teuren Schwiegertochter, Frau Jael Numberg Nissan Tobias, geborene Levin, unterstehe – ihr die Früchte und ihrem Sohn das Kapital.«

Ferner wies die Anlage Fima von nun an als Alleineigentümer einer mittelgroßen, aber soliden, gewinnbringenden Kosmetikfabrik aus. Außerdem sollte ihm die Wohnung gehören, in der er geboren und aufgewachsen war und in dem seine beiden Eltern im Abstand von gut vierzig Jahren das Zeitliche gesegnet hatten. Es war eine große Wohnung mit fünf geräumigen Zimmern und tiefen Fensternischen im dritten Stock in ruhiger, vornehmer Lage, reich möbliert in wuchtigem alten mitteleuropäischen Stil. Weiter erhielt Fima diverse Aktien, Wertpapiere, ein Leergrundstück im Viertel Talpiot, offene und geheime Konten bei mehreren Banken im Inland und in Belgien und einen Panzerschrank, der Bargeld und verschiedene Wertgegenstände, darunter den Schmuck seiner Mutter – Gold- und Silberschmuckstücke, mit Edelsteinen besetzt – enthielt. Weiter erbte er eine Bibliothek von mehreren tausend Bänden, darunter Ausgaben des Talmud und anderer heiliger Schriften in rötliches Leder gebunden, eine Sammlung von – zum Teil raren – Midraschim sowie ein paar hundert Romane in russisch, tschechisch, deutsch und hebräisch, zwei volle Regale mit chemischer Fachliteratur in denselben Sprachen, die Gedichte Uri Zwi Greenbergs, darunter seltene, längst vergriffene Sammelbände, Dr. Eldad Scheibs Bibelstudien, die Werke von Graetz, Dubnow, Klausner, Kaufmann und Urbach und auch eine Reihe alter Erotica, sämtlich auf deutsch oder tschechisch – Sprachen, die Fima nicht beherrschte. Daneben besaß er von nun an eine Briefmarkensammlung, eine Sammlung antiker Münzen, neun Sommer- und sechs Winteranzüge, rund fünfundzwanzig Krawatten – etwas altmodisch und konservativ – sowie einen wunderschönen Spazierstock mit Silberknauf.

Zu diesem Zeitpunkt fragte Fima sich nicht, was er mit all dem anfangen sollte, sondern brütete nur darüber, was ein Mann wie er wohl von Kosmetikproduktion und -vermarktung verstand. Und da die Sprache eine solche Häufung zusammengesetzter Substantive nicht duldet, verbesserte er in Gedanken: Kosmetika – ihre Herstellung und Vermarktung.

Worauf er sich plötzlich sagte: Duldet nicht. Dann soll sie's eben nicht dulden.

Um zehn Uhr abends, nachdem er mit Dimmi ins Schlafzimmer gezogen war und ihm dort einen kleinen Krimi über die Argonauten und das goldene Vlies erzählt hatte, stand er auf und schickte all seine Freunde nach Hause. Hörte nicht auf ihre Bitten und Proteste. Nein, danke, es bestehe keinerlei Grund, daß einer von ihnen hier über Nacht bei ihm bleibe. Nein, danke, er wolle auch nicht zu seiner Wohnung nach Kiriat Jovel gefahren werden. Und er habe keine Lust, bei jemandem von seinen Freunden zu übernachten. Heute nacht wolle er hierbleiben. Wolle mit sich selber allein sein. Ja. Bestimmt. Danke. Nein. Gewiß. Nicht nötig. Jedenfalls schön von euch. Ihr seid alle wunderbare Menschen.

Als er allein war, hatte er plötzlich Lust, ein Fenster zum Lüften aufzumachen. Doch beim Überdenken beschloß er, das nicht zu tun, sondern im Gegenteil für einige Zeit die Augen zu schließen und möglichst zu klären, woraus genau dieser merkwürdige Geruch bestand, der seit eh und je in dieser Wohnung hing. Unheilsgeruch. Obwohl sich keinerlei Verbindung zwischen dem Geruch und dem heute hier geschehenen Unheil herstellen ließ. Alle Jahre war die Wohnung sauber, gepflegt, aufgeräumt gewesen. Zumindest nach außen hin. Sowohl zu Lebzeiten seiner Mutter als auch nach ihrem Tod. Zweimal die Woche kam eine Hausgehilfin, die sogar die Kerzenhalter, die

Messinglampen und die Silberkelche für Kiddusch und Hawdala polierte. Der Vater selbst pflegte all die Jahre jeden Morgen, Sommer wie Winter, kalt zu duschen. Und alle fünf Jahre wurde die Wohnung frisch gestrichen und generalrenoviert.

Woher also kam dieser Geruch?

Seit er, nach Abschluß seiner Wehrdienstzeit, nicht mehr hier wohnte, war ihm dieser Geruch jedesmal unangenehm in die Nase gestiegen, wenn er den Alten besuchte. Ein leiser Anflug von Gestank, stets halb von anderen Gerüchen überdeckt. War es Abfall, der nicht rechtzeitig geleert wurde? Oder Wäsche, die zu lange im Korb auf dem Balkon wartete? Ein Defekt in der Abwasserleitung? Ein Naphtalinhauch aus den Kleiderschränken? Ein feiner Dunst zu schwerer und zu süßer aschkenasischer Speisen? Überreifes Obst im Körbchen? Abgestandenes Wasser in den Vasen, obwohl selbst die Blumen regelmäßig zweimal die Woche gewechselt wurden? Hinter der Eleganz und der Ordnung hing allezeit eine Säuerlichkeit in der Luft, geringfügig und verborgen zwar, aber tiefsitzend und hartnäckig wie Schimmel. War das ein unauslöschlicher Überrest der kondensierten, gläsernen Zuvorkommenheit, die sich hier zwischen Vater und Mutter entsponnen hatte, erstarrt war und auch nach ihrem Tod nicht weichen wollte? Bestand Aussicht, daß sie nun verflog?

Man könnte meinen, bei dir in Kiriat Jovel herrschten die Wohlgerüche von Myrrhe und Weihrauch in deiner trotzkistischen Küche, im Flausensack auf dem Balkon und in der verwahrlosten Toilette, dachte Fima spöttisch.

Er stand auf und öffnete das Fenster. Eine Minute später schloß er es wieder. Nicht wegen der Kälte, sondern weil er sich lieber nicht schon jetzt von dem Unheilsgeruch trennen wollte, an den er sich gewiß nie mehr richtig würde erinnern können, nachdem er ihn einmal verjagt hatte. Besser, er blieb noch ein paar Tage. Die Zukunft begann ja erst. Und eigentlich war es angenehm, jetzt hier in der Küche zu sitzen und bei einem Glas glühendheißen russischen Tee bis tief in die Nacht hinein mit dem Alten zu debattieren. Ohne Lachen oder Leichtsinn. Wie zwei intime Gegner. Weit weg von chassidischen Legenden und allerlei Spitzfindigkeiten, Wortklaubereien, Anekdoten und gewitzten Kalauern. Nicht um den Alten zu reizen, nicht um ihn mittels provozierender Ketzersprüche aus dem Häuschen zu bringen, sondern mit Zuneigung. Wie zwei Landvermesser, die zwei gegnerische Staaten vertreten, aber professionell und freundschaftlich gemeinsam an der exakten Absteckung der Grenze arbeiten. Von Mensch zu Mensch. Um endlich zu klären, was war, was ist, was unwiederbringlich fertig und vorbei ist und was hier vielleicht noch sein könnte, wenn wir uns ihm mit allen verbliebenen Kräften zuwenden.

Aber was war diese Angelegenheit, die er mit seinem Vater zu klären hatte? Welche Grenze war abzustecken? Was mußte er dem Alten beweisen? Oder Jael? Oder Dimmi? Was hatte er zu sagen, das nicht aus einem Zitat bestand? Oder einem Widerspruch? Oder einer Binsenweisheit? Oder einem witzigen Gag?

Die Erbschaft belastete ihn nicht, weckte bei ihm aber auch keine Freude. Von Kosmetika verstand er nun wirklich nichts, aber eigentlich hatte er von nichts auf der Welt tiefere Ahnung. Vielleicht lag darin sogar ein gewisser Vorteil, den Fima momentan nicht näher zu definieren suchte. Außerdem hatte er ja keine Bedürfnisse. Abgesehen von den einfachen Bedürfnissen des Lebens – Essen, Wärme und Unterkunft. Und auch keinerlei Wünsche, außer wohl den verschwommenen Wunsch, alle zu versöhnen, Streitigkeiten zu schlichten, hier und da ein wenig Frieden zu stiften. Wie sollte er das machen? Wie wandelt man Herzen zum Guten? Bald würde er schließlich mit den Werksmitarbeitern zusammentreffen müssen, um festzustellen, wie die Arbeitsbedingungen aussahen, zu prüfen, was es dort zu verbessern gab.

Er mußte also lernen. Lernen konnte er ja. Und deswegen würde er es auch tun. Schrittweise.

Aber er würde erst morgen anfangen. Obwohl in Wirklichkeit morgen schon heute war: Mitternacht war bereits vorbei.

Einen Augenblick erwog er, sich angezogen in das Bett seines Vaters zu legen und dort einzuschlafen. Doch einen Moment später meinte er, es sei schade, diese besondere Nacht zu vergeuden. Er mußte sich in der Wohnung umsehen. All ihre Rätsel erkunden. Sich erste Kenntnisse in der Ordnung des Reiches erwerben.

Bis drei Uhr morgens wanderte Fima durch die Zimmer, machte Schränke auf, durchforschte die Dunkelkammern der schweren schwarzen Kommode, kramte in jeder Schublade, schnüffelte unter den Matratzen, zwischen dem Bettzeug und in dem Haufen weißer Hemden seines Vaters, die noch des Bügelns harrten. Streichelte die Brokatbezüge. Befühlte die Silberleuchter und die Silberbecher für Kiddusch und Hawdala und wog sie in der Hand. Strich über die Lackschicht, die die altmodischen Möbel überzog. Verglich die Serviertabletts. Legte unter der Musselindecke die stumme Singer-Nähmaschine seiner Mutter frei und entlockte dem Bechstein-Klavier einen einzelnen, hohlen Ton. Wählte einen Kristallkelch, schenkte sich französischen Cognac ein und hob sein Glas auf das Wohl der sechs Vasen, in denen aufrechte Gladiolen blühten. Entkleidete zellophanraschelnd eine erlesene Schweizer Pralinenschachtel und kostete eine feine Süßigkeit. Kitzelte mit einer schillernden Pfauenfeder, die er auf dem Schreibtisch gefunden hatte, die Kristallüster. Brachte mit besonderer Vorsicht das dünne Rosenthal-Service zu zartem, feinen Klingen. Durchstöberte die gestickten Servietten, die dezent nach Parfüm duftenden Taschentücher, die Batist- und Wollschals, die Reihe der Lederhandschuhe und die Auswahl an Schirmen, unter denen er auch einen alten, blauseidenen Sonnenschirm entdeckte, durchkämmte den Stapel italienischer Opernplatten, die sein Vater sich gern in voller Lautstärke auf dem Grammophon vorgespielt hatte, wobei er den Sängern dann mit seinem kantorreifen Tenor zu Hilfe kam – gelegentlich im Beisein einer oder zwei seiner Freundinnen, die ihn verzauberten Blicks anhimmelten, während sie mit abgespreiztem kleinen Finger ihren Tee nippten. Zog weiße Tafelservietten aus ihren vergoldeten Ringen, denen Davidsterne und das Wort *Zion* in hebräischen und auch lateinischen Buchstaben eingraviert waren. Musterte die Bilder an den Wänden des Salons, besonders eines, auf dem eine bildhübsche Zigeunerin einen Bären tanzen ließ, der zu lächeln schien. Befingerte die Bronzebüsten Herzls und Seew Jabotinskys, fragte beide höflich nach ihrem Wohlergehen heute nacht, schenkte sich noch einen Cognac ein und süßte mit einer weiteren Praline, entdeckte in einer entlegenen Schublade silberne, perlenbesetzte Schnupftabaksdosen und dazwischen plötzlich auch den Schildpattkamm, den seine Mutter sich im hellen Nacken ins Haar zu stecken pflegte. Nur die blaue Babystrickmütze mit dem weichen Bommel fand sich nirgendwo. Die Badewanne stand auf Löwentatzen aus mattem Kupfer, und auf der Konsole dahinter sah er ausländische Badesalzpackungen, allerlei Salben, Schönheitsmittel, mysteriöse Medikamente und Cremes. Und war überrascht, über einem Bügel ein Paar Seidenstrümpfe längst vergessener Machart mit Rückennaht vorzufinden, deren Anblick ihm plötzlich ein leichtes Flattern in den Lenden verursachte. Dann betrat er die Küche, prägte sich sogar den Inhalt von Kühlschrank und Brotkasten ein und ging ins Schlafzimmer weiter, wo er an der ebenfalls seidenen Bettwäsche, die linealgerade gefaltet auf den Borden lag, schnupperte. Einen Moment lang kam Fima sich wie ein beharrlicher Detektiv vor, der den Ort des Verbrechens systematisch Handbreit für Handbreit nach einem einzigen Indiz absucht, einem kleinen, aber entscheidenden Beweis. Doch welches Indiz war das? Welches Verbrechen? Fima zerbrach sich nicht weiter den Kopf darüber, weil sich von Minute zu Minute seine Stimmung besserte. All die Jahre über hatte er sich nach einem Ort gesehnt, an dem er sich wie zu Hause fühlen könnte, aber niemals hatte er diese Empfindung verspürt, nicht in der Kindheit, nicht auf seinen Reisen, nicht während der Ehe, nicht in der eigenen Wohnung, nicht in der gynäkologischen Praxis, nicht bei Freunden, weder in seiner

Stadt noch in seinem Land noch in seiner Zeit. Vielleicht, weil das ein von vornherein unerfüllbarer Wunsch war. Außerhalb seiner Reichweite. Außerhalb unser aller Reichweite. Auch heute nacht, zwischen den zahllosen verlockenden Gegenständen, die stur die Hauptsache vor ihm verbargen, erschien ihm dieser Wunsch noch unerreichbar. Worauf er sich sagte: Gut. Exil. Und dem hinzufügte: Na wenn schon.

König Richard, bei Shakespeare, hatte den vergeblichen Wunsch gehegt, ein Königreich für ein Pferd hinzugeben. Und Efraim Nissan war jetzt, gegen drei Uhr nachts, auf der Stelle bereit, seine gesamte Erbschaft für einen Tag, eine Stunde völliger innerer Freiheit mit dem Gefühl des Daheimseins einzutauschen. Obwohl sich der Verdacht bei ihm regte, daß zwischen Daheimseinsgefühl und innerer Freiheit eine Spannung oder sogar ein Gegensatz bestand. Den wohl nicht einmal Joeser und seine glücklichen Freunde, die in hundert Jahren hier an unserer Stelle leben würden, aufzuheben vermöchten.

Um fünf Uhr morgens nickte er in voller Kleidung ein, worauf er bis elf Uhr vormittags durchschlief. Und als er dann aufwachte, geschah es nicht aus eigenem Antrieb: Die Freunde kamen erneut, um bei ihm zu sitzen und seine Trauer zu mildern. Die Frauen brachten volle Essenstöpfe mit, und auch die Männer taten ihr Bestes, Fima mit Gunst und Mitgefühl, Wärme und Zuneigung zu päppeln. Wieder und wieder versuchten sie ihn in politische Diskussionen hineinzuziehen, bei denen Fima nicht mitmachen wollte, sich aber doch gelegentlich herabließ, ein Lächeln beizusteuern. Oder ein Kopfnicken. Andererseits rief er Dimmi an und freute sich riesig zu hören, daß der Junge Interesse an der Briefmarken- und der Münzsammlung hatte, vorausgesetzt, Fima ging eine Partnerschaft mit ihm ein. Und verschwieg, um sich eine Überraschung für später aufzusparen, die Hundertschaften von Zinnsoldaten aus seiner Kindheit, die er in einer versteckten Schublade für seinen Challenger gefunden hatte.

Am Abend, nach Schabbatende, stand Fima plötzlich auf, schlüpfte in den Wintermantel seines Vaters, ließ all seine Freunde sitzen und Trauer hüten und ging zum Luftschnappen weg, wobei er versprach, in einer Viertelstunde zurückzusein. Am nächsten Morgen um acht wollte er schon in den Werksbüros im Gewerbezentrum Romema erscheinen. Die Beerdigung war ja für drei Uhr nachmittags anberaumt, so daß er sich noch vorher dort ein wenig ein Bild machen konnte. Aber heute abend durfte er noch einmal, ein letztes Mal, ziellos umherschlendern.

Der Himmel war schwarz und wolkenlos, und die Sterne taten ihr Möglichstes, seine Aufmerksamkeit zu erregen. Als sei der dritte Zustand eine selbstverständliche Tatsache. Berauscht durch die Jerusalemer Nachtluft, vergaß Fima seine sämtlichen Versprechungen. Statt nach dem Spaziergang zu seinen Freunden zurückzukehren, beschloß er, die Trauergepflogenheiten zu ignorieren und sich einen kleinen Urlaub zu gönnen. Warum sollte er sich nicht endlich, allein, die Komödie mit Jean Gabin ansehen, über die er nur Gutes gehört hatte? An die zwanzig Minuten stand er geduldig vor der Kasse an. Schließlich kaufte er eine Karte für die erste Abendvorstellung, betrat den Saal kurz nach Beginn des Films und setzte sich in eine der letzten Reihen, die fast leer waren. Doch nach einiger Ratlosigkeit und Verwunderung wurde ihm klar, daß die Komödie mit Jean Gabin bereits abgesetzt war und man von heute abend an hier einen anderen Film zeigte. Fima beschloß daher hinauszugehen und zu sehen, was es in dem schönen alten Viertel Nachlat Schiw'a Neues gab, dessen Gassen er von Kind an geliebt und erst vor einigen Nächten mit Karla durchstreift hatte. Aufgrund der Müdigkeit und vielleicht auch, weil ihm leicht und frei ums Herz war, blieb er trotzdem auf seinem Kinostuhl sitzen, in den Mantel seines Vaters gehüllt, starrte auf die Leinwand und fragte sich, warum und wozu die Figuren im Film einander unablässig alle möglichen Leiden und Kränkungen zufügten. Was hinderte sie eigentlich daran, sich gegenseitig ein wenig zu schonen? Es würde ihm nicht schwerfallen, den Filmhelden, so sie ihm nur einen Augenblick lauschen würden, eines zu erklären: Falls sie versuchen wollten, sich hier wie zu Hause zu fühlen, müßten sie einer vom anderen und jeder von sich selber ablassen. Sich bemühen, gut zu sein. Wenigstens soweit wie möglich. Zumindest solange die Augen sehen und die Ohren hören, und sei es auch unter zunehmender Müdigkeit.

Gut sein, aber in welcher Hinsicht?

Die Frage erschien ihm spitzfindig. Denn es war alles einfach. Ohne Anstrengung folgte er dem Lauf der Dinge. Bis ihm die Augen zufielen und er im Sitzen einschlief.

1989–1990

Schulamit Alloni (geb. 1928), Knessetabgeordnete der linksgerichteten Bürgerrechtsbewegung (RAZ) mit über zwanzigjähriger parlamentarischer Erfahrung. Eine Art Altmeisterin der Linken.

Natan Alterman (1910–1970), in Warschau geborener, bedeutender hebräischer Dichter.

Micha Josef Berdyczewski (1865–1921), hebräischer Schriftsteller und Philosoph.

Chaim Nachman Bialik (1873–1934), einer der größten hebräischen Dichter der Moderne.

Josef Chaim Brenner (1881–1921), hebräischer Erzähler und Kritiker mit nachhaltigem Einfluß vor allem auf die jüdische Arbeiterbewegung.

Cherut-Bewegung, Hauptteil des rechtsgerichteten Likud-Blocks.

Bogdan Chmelnizki (1593–1657), Kosakenführer, wurde bei seiner Erhebung gegen den polnischen Adel 1648 Urheber der blutigsten Judenverfolgungen der ostjüdischen Geschichte vor Hitler.

Ge'ula Cohen, Knessetabgeordnete der rechtsgerichteten Techija-Partei mit langjähriger politischer und parlamentarischer Erfahrung. Eine Art Altmeisterin der Rechten.

Schoschana Damari, ältere jemenitische Sängerin, deren Lieder – vor allem aus dem israelischen Unabhängigkeitskrieg – nostalgische Reminiszenzen wecken.

Simon Dubnow (1860–1941), wurde vor allem bekannt durch die zehnbändige, auf deutsch verfaßte *Weltgeschichte des jüdischen Volkes* (1925–29). Er wurde in Riga von einem Gestapo-Offizier ermordet, der sein Schüler gewesen war.

Gusch Emunim, »Block der Getreuen«, 1974 gegründete rechtsgerichtete Siedlerbewegung, die die jüdische Besiedlung der besetzten Gebiete betreibt. Der Bewegung gehören zwar auch weltliche Israelis an, aber die Mehrzahl rekrutiert sich aus nationalreligiösen Kreisen.

Amir Gilboa (geb. 1917), bedeutender hebräischer Dichter.

Hawdala, »Unterscheidung«, Zeremonie am Ausgang des Schabbat oder eines jüdischen Feiertags zur Unterscheidung zwischen Heiligem und Profanem.

Se'ew (Vladimir) Jabotinsky (1880–1940), in Odessa geborener russischer und hebräischer Schriftsteller und Journalist. Als aktiver zionistischer Politiker gründete er 1925 die Revisionistische Partei, die schon früh die Schaffung eines großisraelischen Staats propagierte und zur erbitterten Gegenspielerin der Arbeiterbewegung wurde. Nach der Proklamation des Staates Israel ging sie in der 1948 gegründeten Cherut-Bewegung auf. Jabotinsky gilt als geistiger Vater der israelischen Rechten.

Rabbi Meir Kahane, radikaler amerikanischer Rabbiner, der 1968 zunächst die militante »Jüdische Verteidigungsliga« in New York, 1973 dann die extrem religiös-nationalistische Kach-Bewegung in Israel gründete. Nachdem er 1984, nach zwei vergeblichen Anläufen, ein Knessetmandat errungen hatte, wurde die Bewegung 1988 wegen rassistischer Tendenzen von der Teilnahme an den Wahlen ausgeschlossen. Im November 1990 (nach Abschluß der hebräischen Buchausgabe) wurde Kahane in New York von einem Araber ermordet.

Rabbi Nachman Krochmal (1785–1840), Philosoph, Historiker, einer der Begründer der »Wissenschaft des Judentums«.

Kiddusch, »Heiligung«, Segen zu Beginn des Schabbat- oder Festmahls.

Kischinew, Hauptstadt der Moldau-Republik (Bessarabien), berüchtigt durch Pogrome 1903 und 1905.

Lavon-Affäre, nach dem seinerzeitigen israelischen Verteidigungsminister Pinhas Lavon (1904–1976) benannte Affäre um eine höchst heikle und zudem gescheiterte Geheimdienstoperation in Ägypten 1954, die zu einem lange schwelenden Konflikt zwischen Ben Gurion und Lavon führte und letzten Endes ihrer beider Ausscheiden aus der aktiven Politik beschleunigte.

Jeschajahu Leibowitz (geb. 1903), Biochemiker und Philosoph. In Riga geboren, studierte er in Deutschland und der Schweiz, von wo aus er 1934 nach Palästina auswanderte. Trotz seiner streng religiösen Lebensweise ein vehementer Verfechter eines Kompromißfriedens mit den Palästinensern.

Raw (Rabbiner) Mosche Levinger, radikaler Vertreter von Gusch Emunim, lebt in Hebron.

Ma'arach, »Bund«, Parteiblock um die Israelische Arbeitspartei, oft auch synonym für sie gebraucht.

MaHaRaL, herbäische Abkürzung für Juda Löw ben Bezalel, genannt »der Hohe Rabbi«, der um 1525–1609 in Prag lebte und der Sage nach der Verfertiger des Golem war, nämlich eines sprachlosen künstlichen Menschen, der kraft des Gottesnamens erschaffen wurde.

Uri Malmilian, israelischer Fußballstar, der von Betar Jerusalem zu Makkabi Tel Aviv überwechselte.

Meschhed (Mashhad), Hauptstadt der nordostiranischen Provinz Khorasan.

Mizwa (Mehrzahl: Mizwot), »Gebot«, das heißt die vom jüdischen Religionsgesetz, der Halacha, vorgeschriebenen rituellen und ethischen Gebote.

Moschawa (Mehrzahl: Moschawot), schon in der Anfangszeit der zionistischen Besiedlung gegründete landwirtschaftliche Kolonien, in denen jeder Bauer oder Pflanzer unabhängig und meist auch mit Lohnarbeitern seinen Hof bewirtschaftete. Manche dieser Siedlungen haben sich ihren dörflichen Charakter bewahrt, andere sind zu Städten herangewachsen. Nicht zu verwechseln mit dem Moschaw (Mehrzahl: Moschawim), einem Dorf mit genossenschaftlichen Zügen, das weitgehend auf Lohnarbeit verzichtet.

Palmach, Kommandotruppe der jüdischen Untergrundarmee Hagana. Wirkte entscheidend am israelischen Unabhängigkeitskrieg mit und wurde danach aufgelöst.

Jossi Sarid (geb. 1939), scharfzüngiger Knessetabgeordneter der Bürgerrechtsbewegung.

Tallit, Gebetsmantel oder Gebetsschal, an dessen vier Enden die nach Num. 15,38–41 vorgeschriebenen Schaufäden angebracht sind.

Tefillin, Gebetsriemen, zwei Lederkapseln (je eine für Kopf und Arm), die bestimmte auf Pergament geschriebene Schriftverse enthalten und mittels der an ihnen befestigten Lederriemen beim Werktagsgebet angelegt werden, nach dem in Deut. 6,8 und anderswo ausgesprochenen biblischen Gebot.

Inhalt